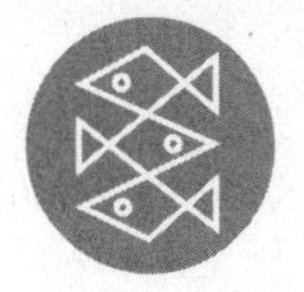

W0029753

Es hätten für Siggi Baumeister ruhige Wintertage in der Abgeschiedenheit der Eifel werden können. Der Schnee fällt, die Katze erwartet Junge, und es muss Holz für den Ofen gehackt werden. Doch dann schickt ihn ein Nachrichtenmagazin zur Recherche in das Bonner Regierungsviertel, und mit einem Mal beginnt für Baumeister ein Albtraum. Ein Landstreicher wurde erschlagen, im Normalfall höchstens eine Zehn-Zeilen-Meldung. Doch Baumeisters journalistischer Instinkt sagt ihm, dass mehr hinter der Sache steckt und der Tote nicht der ist, für den man ihn hält. Die Ungereimtheiten häufen sich, Recherchen sollen halboffiziell unterbunden werden. Siggi Baumeister stellt seine Nachforschungen dennoch nicht ein und bemerkt beinahe zu spät, dass der Preis dafür sein eigenes Leben sein könnte. Und dass er sich mit Leuten angelegt hat, vor denen er auch in der Eifel keinen Unterschlupf findet.

Jacques Berndorf ist das Pseudonym des 1936 in Duisburg geborenen Journalisten, Sachbuch- und Romanautors Michael Preute. Sein erster Eifel-Krimi, »Eifelblues«, erschien 1989. Mittlerweile umfasst die Eifel-Krimi-Serie um den Journalisten Siggi Baumeister 21 Bände und ist deutschlandweit überaus populär. Jacques Berndorf zählt zu den erfolgreichsten deutschen Krimiautoren, und seine Romane führen regelmäßig die Bestsellerlisten an.

Der Autor hat selbst in der Eifel eine späte Heimat gefunden und schöpft aus seiner ländlichen Umgebung Kraft und Ideen für seine authentischen Kriminalromane.

Mehr zu Jacques Berndorf unter www.jacques-berndorf.de

Außerdem im Fischer Taschenbuch erschienen:
»Der letzte Agent«
»Der Bär«
»Mond über der Eifel«
»Die Nürburg-Papiere«

Jacques Berndorf

Requiem für einen Henker

Ein Eifel-Krimi

Fischer Taschenbuch Verlag

2. Auflage: April 2012

Veröffentlicht im Fischer Taschenbuch Verlag,
einem Unternehmen der S. Fischer Verlag GmbH,
Frankfurt am Main, November 2011

Die Originalausgabe erschien 1990 im Verlag Bastei Lübbe
Druck und Bindung: CPI – Clausen & Bosse, Leck
Printed in Germany
ISBN 978-3-596-19346-2

»Ich erinnere mich, vor Jahren, als Howard Hawks den Film *The Big Sleep* drehte, stritten er und Bogart sich darüber, ob eine der Figuren ermordet worden war oder Selbstmord begangen hatte. Sie schickten mir ein Telegramm und fragten mich, und verdammt, ich wusste es auch nicht.«

Raymond Chandler in einem
Brief an Hamish Hamilton
am 21. März 1949

Ein Wort vorab

Als Journalist hat er zwei Drittel der Erdkugel bereist, als Krimiautor hat er sich ganz tief in die Provinz zurückgezogen: Jacques Berndorf alias Michael Preute.

In der stillen Abgeschiedenheit der Eifel hat er eine neue Heimat gefunden, hat sich verabschiedet vom Lärm der Welt und hat in sich hineingehorcht. Und dann entstanden die »Eifel-Krimis« um den Journalisten Siggi Baumeister.

Berndorfs Gesamtauflage geht mittlerweile in Millionenhöhe, seine Fans kommen aus dem gesamten deutschsprachigen Raum. Sie alle dürsten nach immer neuen mörderischen Geschichten aus dem Landstrich, den der Autor selbst einmal ganz liebevoll als den »schönsten Arsch der Welt« bezeichnet hat.

Ein paarmal hat sich Jacques Berndorf einen Ausfallschritt erlaubt und hat sein Alter Ego Baumeister außerhalb der Buchreihe »Eifel-Bindestrich« ermitteln lassen. Nun hat der KBV die ehrenvolle Aufgabe übernommen, diese alten Schätze zu heben. »Der letzte Agent« – lange Jahre vergriffen – erlebte im vergangenen Frühjahr eine fulminante Wiederauferstehung. Und jetzt folgt »Requiem für einen Henker«.

Die Berndorf-Fans in der Eifel und im Rest der Welt freuen sich, denn damit werden nun endlich die letzten Lücken im »Eifelkrimi-Kosmos« des Jacques Berndorf geschlossen.

Wir bedanken uns bei unserem Freund Michael Preute dafür, dass er uns und seinen Fans dieses Geschenk macht, und wir wünschen Ihnen, liebe Leserinnen und Leser, viel Vergnügen mit Siggi Baumeisters rasanter Agentenjagd in Bonn und der Eifel.

Ihr KBV-Team

1. Kapitel

Leonhard Cohen sang drohend *First we take Manhattan*, die Katze Krümel raste in einem Anfall von Schwangerschaftsfieber über den Küchentisch und warf den Honigtopf um, das Telefon schrillte, die Türglocke läutete, und ein Mann brüllte: »Briketts!«

Da ich nicht gleichzeitig auf alles reagieren konnte, sah ich dümmlich zu, wie der große Honigtopf gemächlich zum Tischrand rollte, über die Kante verschwand und dann mit einem satten Flatsch auf den Fliesen landete. Es war ein sehr heller, sehr flüssiger Akazienhonig.

Cohen drohte zum zweiten Mal, jetzt auch Berlin zu nehmen, jemand versuchte, die Haustür mit Gewalt zu öffnen, das Telefon schrillte noch immer, Krümel war verschwunden.

Zwei Wochen lang hatte ich mich mit nichts auseinandersetzen müssen als dem Hämmern des Regens, dem klebrigen Nebel und der ermüdenden Hetze der Gedanken in ganz kleinen, tödlichen Kreisen.

Dieser Anfall von hektischer Betriebsamkeit machte mir zu schaffen.

Der Reihe nach also. Ich schlurfte zur Haustür. Draußen war der Fahrer von der Raiffeisenkasse, und ich sagte ihm, er solle die Briketts vor die Garage kippen, aber ein Stück neben das Tor bitte, damit ich mein Auto noch erreichen könne. Er erwiderte beleidigt, das Auto würde er mir schon nicht zuschütten, und verschwand aus meinem Blickfeld. Das Telefon schrillte noch immer, Cohen hatte seine Eroberungspläne aufgegeben, stattdessen röhrte eine Jungmännertruppe begeistert *Life is Life*, Krümel duckte sich im Flur hinter meine Gummistiefel und sah so aus, als wolle sie mich überfallen. Ich machte als Nächstes das Radio aus.

Den Honig ließ ich fürs Erste Honig sein und ging ans Telefon. Es war Grabert, und er klang wie immer ziemlich verbittert. Er fühlte sich unterbezahlt. »Wie ist das Wetter bei Ihnen in der Eifel? Kriegen wir noch richtigen Schnee? Mein Gott, dieser furchtbare Winter!«

»Wir haben Regen und Nebel und Temperaturen um fünf Grad plus. Die Sicht liegt ständig unter fünfzig Metern. Das ist seit drei Monaten so, und ich bin hochdepressiv.«

»Dann habe ich etwas für Ihre Genesung, ein Stück pralles Leben. Können Sie schnell für mich nach Bonn fahren?«

»O je, ich mag nur die Altstadt, nicht das Regierungsviertel. Da laufen mir zu viele Kolleginnen und Kollegen im Zustande höchster Erleuchtung herum.«

Grabert gluckste. »Diese Sache haben wir aber exklusiv, da kann Ihnen keiner dazwischen. Eine hochfeine Geschichte.«

Immer, wenn Grabert behauptet, er habe eine hochfeine Geschichte, kann man sicher sein, dass es irgendwie mit Geschlechtsverkehr zu tun hat.

»Wer bumst also mit wem?«

»Nicht doch, nicht doch.« Er flötete wie ein Dompfaff, und ich konnte förmlich sehen, wie er fünf Wurstfinger innig auf sein Herz legte. »Tausend auf die Schnelle, wenn Sie die Geschichte hinkriegen.«

»Und wenn ich sie nicht hinkriege?«

»Die Hälfte.«

Ich dachte daran, dass ich die Briketts bezahlen musste und etwas für die Rente tun sollte. Also sagte ich: »Lassen Sie es raus.«

»Also, das Familienministerium ist bekanntlich an der Aidsfront sehr aktiv. Die Ministerin hat einen gewissen hohen Beamten mit einem Bumsbomber nach Thailand geschickt. Wilhelm Blechschmidt heißt der Typ. Er sollte herausfinden, wie die Deutschen da unten in den Puffs mit der Furcht vor

Aids umgehen. Das war vor vierzehn Monaten. Er ist auch wirklich hingeflogen, aber er hat sich einen Dreck um Aids gekümmert. Stattdessen hat er eine Thaifrau aufgerissen, ein Superweib. Die hat er mitgenommen nach Bonn und ihr ein Prachtappartement gemietet. Seine Ehe ist natürlich im Eimer, und er hat sich den zweiten Frühling auf Staatskosten finanziert. Nicht schlecht, was?«

»Wenn es stimmt. Und Sie, was wollen Sie?«

»Ich will ein Interview mit dem Mann. Nein, nein, nicht was Sie denken, nicht kaputtmachen den Kerl. Ich will ihn sagen hören, dass die deutschen Ehefrauen langweilig sind und dass die Thaimädchen Feuer im Hintern haben. Und Fotos von der Kleinen will ich auch, möglichst geile.«

Grabert ist eine Speerspitze des deutschen Journalismus, Grabert schreibt wöchentlich eine Kolumne, in der er sich um die politische Moral der Deutschen kümmert und vor dem allgemeinen Verfall warnt. Damit wir alle auch präzise wissen, was er meint, bringt er Schmuddelgeschichten aus Bordellen und titelt sie so: *Wie Freudenmädchen Katharina S. (23) die große Liebe fand*, oder: *Ich war meinem Zuhälter hörig, bis Horst (31) kam!*

»So ein Interview kriege ich nie, wenn der Mann nicht krank ist.«

»Sie kriegen es. Wenn es überhaupt einer kriegt, dann Sie.«

Er war lästig, ich wollte ihn loswerden und sagte: »Na gut.« Dann hängte ich ein.

Krümel sprang auf den Schreibtisch und starrte mich vorwurfsvoll an. Mit Hilfe alter Kissen und einer noch älteren Pferdedecke hatte ich ihr sechs Tage lang an den besten Stellen im Haus immer neue Nester für ihre Niederkunft gebaut. Sie hatte an allen gerochen und sich gelangweilt abgewendet.

»Ich baue für dich und die Kleinen ein Nest unter dem Schreibtisch«, erklärte ich ihr jetzt. »Da bist du immer bei mir und kannst deine Jungen auch mal alleine lassen, in Ordnung?«

Sie streckte die rechte Vorderpfote vor und leckte sie genüsslich ab. Sie wollte mehr, und offensichtlich wusste sie, dass ich das wusste.

»Aber auf dem Schreibtisch geht das nicht«, wehrte ich mich. »Das musst du verstehen ... Und jetzt scher dich weg, ich muss für dein Fressen etwas tun.«

Aber sie blieb sitzen, starrte mich an und leckte sich schließlich den Bauch. Dann seufzte sie tief und legte den Kopf auf das Telefon. Schwangere Katzen sind nur schwer zu ertragen.

Ich schob sie beiseite und rief im Bonner Familienministerium an. Es war gar nicht schwer, diesen Blechschmidt an den Apparat zu bekommen. Er hatte eine ganz sympathische Stimme.

Ich legte meine Karten sofort auf den Tisch. »Das ist fast peinlich privat. Ich heiße Baumeister, bin Journalist und habe den Auftrag, ein Interview mit Ihnen zu machen. Es geht um Ihre Lebensgefährtin, die Dame aus Thailand.«

Ich hielt es für das Beste, gerade auf das Ziel loszugehen, und hatte dabei die berechtigte Hoffnung, er werde mich auf zivilisierte Weise zum Teufel schicken und den Hörer einhängen.

Stattdessen lachte er und sagte: »Ich habe mich schon gefragt, wie lange es noch dauert. Na gut, besuchen Sie mich zu Hause. Am besten heute Abend, da habe ich Zeit. Sagen wir um acht zum Abendessen, passt Ihnen das?«

»Danke«, sagte ich verblüfft. Ich notierte die Adresse und bedankte mich noch einmal artig. Dann ging ich den Honig in der Küche an. Es dauerte fast eine Stunde, und anschließend gab es dort kein Möbelstück, das nicht klebte. Schließlich zog ich die Ackerkluft an und begann die Briketts zu stapeln, die natürlich doch zum größten Teil vor der Einfahrt lagen. Das war trostlos, bis ich mir fest einbildete, es trainiere die Muskeln und mache meine Bauchdecke wieder jugendlich und fest.

Krümel hatte sich hoch auf einen Stapel Buchenholz gehockt und sah mir zu. Ab und zu leckte sie sich über den Bauch, um ihren ungeborenen Jungen wärmende Mutterliebe zu geben. So brachten wir den Tag hin, bis ich gegen Abend badete und mich landfein machte.

Über Adenau fuhr ich ins Ahrtal ein, dann die endlosen Kurven bis Altenahr und über die Höhen zum Autobahnkreuz Meckenheim. Es hatte keine Minute aufgehört, in feinen, eindeutig grauen Tropfen zu regnen. Inzwischen schwelgte die Landschaft in Düsternis, sie schien aufgehört haben zu atmen, es gab nirgends klare Horizonte. Um nicht von der ganzen Trübsal angesteckt zu werden, schob ich ein Band von Harry Belafonte ein. *O Island in the sun ...*

Blechschmidt wohnte in einem der modernen Blocks auf den Äckern am Südrand der Stadt. Er war ein auffallend schlanker Mann, um die fünfzig, und begrüßte mich mit wachsamer Zuvorkommenheit. Ein bisschen erinnerte er mich an einen freundlichen Habicht, der allerdings genau wusste, was er wollte. Er trug einen teuren dunkelgrünen Samtanzug über einem grauen Rollkragenpullover, und mir kam er vor wie jemand, der kein bisschen Angst vor dem Alter hat.

Er bat mich in einen Wohnraum, der etwa so groß war wie ein halber Tennisplatz, dabei aber durchaus kultiviert wirkte. Bei der Einrichtung war man offenbar nach der Devise vorgegangen: Man muss nicht über Geld reden, man kann es auch in Möbeln anlegen.

»Setzen Sie sich, wohin Sie wollen«, sagte er mit seiner angenehmen Stimme und strich sich eine silberne Haartolle aus der Stirn. »Cognac, Bier, Wein, oder was?«

»Ein Wasser, bitte. Und ich will Ihre Zeit nicht länger beanspruchen. Ich fühle mich sowieso nicht wohl bei diesem Thema.«

»Es scheint auch nicht so recht zu Ihnen zu passen«, meinte er und verschwand irgendwohin, um das Wasser zu holen. Dabei erklärte er: »Ich habe über unsere Pressestelle erfahren, wer Sie sind. Man liebt Sie nicht sonderlich, weil Sie Ihre Ecken und Kanten haben, aber man nimmt Sie ernst.« Er war hinter einer Wand verschwunden, an der ein hervorragender Druck von Chagall aus der Jerusalem-Zeit hing. »Wie kommen Sie überhaupt an dieses platte Thema, Herr Baumeister?«

»Weil ich freischaffend bin, weil ich etwas für meine Rente tun muss. Ich wäre Ihnen dankbar, wenn Sie mich einfach rausschmeißen würden, anstatt auf meinem im Augenblick eher schwachen Selbstbewusstsein herumzutreten. Darf ich vorher noch eine Pfeife rauchen?«

»Ja, sicher.« Er tauchte wieder auf und hatte eine Flasche Gerolsteiner Sprudel so in die Armbeuge gelegt, als trüge er etwas Kostbares aus dem Weinkeller. »Es kursieren wilde Gerüchte über mich und mein Privatleben. Alter Wüstling verlässt Frau und Kinder, holt sich eine Schönheit aus Thailand ins Haus, spielt verrückt und trägt hin und wieder sogar im Dienst einen Jeansanzug ohne Krawatte. Ist es das?«

»Nicht ganz. Wenn ich meinen Auftraggeber richtig verstanden habe, soll ich Sie nach Einzelheiten Ihres Sexuallebens fragen und Ihre Lebensgefährtin um ein paar mindestens obszöne Fotos bitten.« Ich stopfte mir die Straight Grain von Jeantet und sah zu, wie er mit vollkommen ruhigen Händen die Wasserflasche öffnete, mir etwas eingoss, sich einen Cognac nahm und dann zufrieden in einen Ledersessel setzte. Er war sichtlich erheitert und nicht die Spur nervös.

»Weshalb haben Sie mich eingeladen?«

Er lächelte und öffnete die Hände zu einer friedvollen Indianergeste. »Um vorzubeugen. Ich weiß, dass irgendwelche Leute aus dem eigenen Ministerium an meinem Stuhl sägen. Die sicherste Methode, einen missliebigen Mann aufs

Kreuz zu legen, ist immer noch die, ihn gewissermaßen nebenbei auf der privaten Ebene zur Strecke zu bringen. Als Sie anriefen, kam mir der Gedanke, es könnte wichtig sein, Ihnen zu sagen, was wirklich mit meinem Privatleben ist.«

»Und was ist wirklich damit?«

»Es ist normal, denke ich. Ich bin aus Bremen, wie Sie sicher wissen, ein normal sturer Norddeutscher. Die Ministerin bat mich, hier in Bonn für sie zu arbeiten. Bereits damals, vor vier Jahren, habe ich mich von meiner Familie getrennt. Ich kannte die Dame aus Thailand noch gar nicht. Es ist richtig, dass sie meine Lebensgefährtin ist. Es ist nicht richtig, dass ich sie auf einer Reise nach Thailand kennen lernte. Das war in Rom, genauer gesagt in einem Krankenhaus. Sie ist nämlich eine auf Herzfehler spezialisierte Kinderärztin. Sie ist zweiundvierzig Jahre alt und arbeitet hier an der Uni-Klinik. Im Moment macht sie für uns das Abendessen.« Er lächelte, er war zufrieden mit sich und der Welt.

»Wollen Sie sie heiraten?« Das war eine dümmliche Frage, ich setzte schnell hinzu: »Ich suche nach Munition, um die Story zu killen.«

Er beugte sich vor, griff nach einer Schachtel mit Mentholzigaretten, zündete sich eine an und murmelte: »Das ist der Knackpunkt der Geschichte, und da werden die Gerüchte auch so ekelhaft. Wir sind längst verheiratet, seit einem guten Jahr.« Dann paffte er den Rauch weit über den Tisch und lachte. »Ich habe Sie eingeladen, um Ihnen das zu sagen. Und damit ist die Geschichte eigentlich keine Geschichte mehr.«

»Das war sie wohl nie«, sagte ich.

»Wer wollte das denn drucken?«

Ich war in Versuchung, eine detaillierte Schilderung des Meinungsmachers Grabert zu geben. Mit einem Seufzer entschied ich mich anders. »Das sage ich nicht. Täte ich es, wäre ich ein Nestbeschmutzer. Sind Sie glücklich?«

»Ja. Ihr Tabak riecht gut.«

Seine Frau hieß Anabelle, war auf eine sehr knabenhafte Art schlank und hübsch, dazu heiter und klug. Sie sagte, sie sei in einer Upperclass-Familie streng katholisch erzogen worden und habe von so etwas wie Sexualität erst durch einen gewissen Blechschmidt in Bonn erfahren. Wir schwätzten bis weit nach Mitternacht, ehe ich erleichtert und widerwillig ging.

Es regnete noch immer, es war noch immer neblig, und Bonn-Süd war trostlos.

Irgendwer hat einmal formuliert, Bonn sei halb so groß wie der Zentralfriedhof von Chicago, aber doppelt so tot. Der Mann hat sicherlich noch untertrieben, was das Regierungsviertel angeht, aber ebenso sicher war er nie in der Innenstadt. Ich wusste ein paar nette Gaststätten, die mir anheimelnder erschienen als die Aussicht auf eine Fahrt durch die Eifel. Es war zwei Uhr morgens, als ich in einer Gaststätte im gutbürgerlichen und meist gut gelaunten Poppelsdorf den letzten Kaffee trank und in meinen Wagen stieg.

Ich weiß heute nicht mehr, warum ich unbedingt in das Regierungsviertel wollte. Mit Sicherheit nicht aus irgendeiner Vorahnung heraus. Am wahrscheinlichsten ist, dass ich einfach durch die Stadt fahren wollte – nur schauen, was los ist, um mit vager Befriedigung festzustellen, dass nichts los ist.

Ich erinnere mich, dass ich die Adenauerallee in Richtung Bad Godesberg fuhr und mir selbst vorhielt, was für ein Idiot ich sei, nachts durch das grauschwarze Bonn zu kurven. Ich weiß auch noch, dass ich am Palais Schaumburg vorbeikam, dann am Bundeskanzleramt. Danach muss ich nach links in die Welckerstraße eingebogen sein; in der Dahlmannstraße in Höhe des Presse- und Informationsamtes parkte ich den Wagen. Wie so oft fragte ich mich, wieso dieses Amt ausgerechnet Informationsamt genannt werden möchte. Ich muss den Trenchcoat übergezogen haben, weil ich später einen großen

Blutfleck am rechten Ärmel entdeckte. Den Weg, den ich ging, kann ich rekonstruieren.

Ich ging in Richtung Stresemannufer, bog nach rechts auf die Uferstraße ab, kam also am Haus des Bundesrats vorbei. Der Fluss lag dunkel und trist im Nebel wie ein betonierter Wurm. Nichts regte sich.

Zwei Männer vom Bundesgrenzschutz kamen mir entgegen, ich sagte gutgelaunt: »Selbst, wenn Sie es nicht glauben: ich gehe spazieren.«

Sie lachten und gingen weiter, und ich blieb am Ufer stehen – ungefähr in Höhe der Schiffsanlegestelle, mit dem Rücken zum Wasserwerk, in dem der Bundestag seine Notunterkunft hat. Mit dem Rücken auch zur Baustelle des neuen Bundestages, die uns noch jahrelang erhalten bleiben wird. Ich stopfte mir die gebogene Redwood, die so gut unter meinen Schnurrbart passt, und schmauchte vor mich hin. Ich fragte mich erneut, was ich denn hier wollte, als mir die Autos auffielen. Sie hatten allesamt die Scheinwerfer eingeschaltet, auf zweien von ihnen kreiste das blaue Licht. Sie standen auf dem Parkplatz des Abgeordnetenhochhauses, des Langen Eugen, wie die Bonner in Anspielung auf den geistigen Vater dieser architektonischen Scheußlichkeit sagen.

Endlich war etwas los.

Also machte ich mich gemächlich auf, um zu sehen, was denn da Furchtbares geschehen war. Vermutlich hatten sie eine alte Keksdose gefunden und wussten nicht, ob es eine Bombe war oder eine Keksdose.

Ich hatte es überhaupt nicht eilig, nichts vom Fieber brennender Neugier, nichts von jenen idiotisch hektischen Erwartungen, die angeblich den guten Journalisten ausmachen.

Im Sommer ist es grün hier, Kastanien geben Schatten, müde Touristen stehen Schlange an zwei trostlosen Kiosken und kauen vertrocknete Frikadellen.

Man hatte die Wagen so in einen Kreis gefahren, dass ihre Scheinwerfer sich gegenseitig anschielten. Es war ein kleiner Kreis, etwa zwanzig Meter im Durchmesser. In seiner Mitte lag sehr unordentlich ein Mensch auf dem Bauch, ein Mann.

Es waren ein paar Uniformierte da, aber die meisten der hektischen Akteure waren in Zivil. Sie rannten hin und her, sie fotografierten, sie maßen aus, sie sprachen miteinander, sie gebärdeten sich ungeheuer wichtig. Sie waren alle schlechtgelaunt. Alles in allem zählte ich zwölf Männer.

Jemand brüllte gereizt: »Das Licht reicht mir nicht. Fahr den Mast aus und gib mir Saft von oben!« Ein anderer rief hektisch: »Dass mir keiner an den Knaben geht, bevor wir alles fotografiert haben!« Ein Dritter dicht neben mir seufzte bitter: »Es war so eine schöne, ruhige Nacht, verdammt.«

Jemand gegenüber im Dunkeln zwischen den Scheinwerfern meinte ungerührt: »Regt euch nicht auf, Jungens, das ist ein Penner, das sieht man doch. Und ein anderer Penner hat den kaltgemacht, ganz einfach.«

Ein Uniformierter fasste mich ganz behutsam an der Schulter. Er grinste mich freundlich an.

»Wer sind Sie denn?«

»Spaziergänger«, sagte ich. »Ich komme zufällig vorbei.«

»Könnten Sie dann auch zufällig weitergehen?«

»Das glaube ich nicht, denn zufällig bin ich auch von der Presse.«

Eine Männerstimme wie aus dem Kino der Fünfziger sagte zwischen Anfällen von Raucherhusten: »Sag mal, riecht ihr Pressefritzen jetzt schon unsere Leichen?« Er stand plötzlich im Licht. Er hatte ein sehr rotes Gesicht, eine von der Grippe fast violette Nase und trug eine Art Pepitahut. Er war ein kleiner, kugeliger Mann. Er kam durch den Kreis auf mich zu und starrte mich aus irritierenden Augen an. Es waren Echsenaugen, schmal und gelbgesprenkelt. Die Lider senkten sich unendlich langsam und hoben sich genauso langsam wieder.

»Ich gehe wirklich spazieren, und hier ist mein Presseausweis«, sagte ich.

Er nahm den Ausweis, sah uninteressiert hinein, gab ihn mir zurück und schniefte: »Guttmann. Ich mache die Mordkommission. Ich brauche wohl nicht erst zu fragen, ob Sie vorher schon hier waren oder vorbeigekommen sind und Ihnen irgendetwas aufgefallen ist?«

»Nein.«

»Hm. Diese Geschichte hier ist eine kleine, miese, brutale Sache, und Sie werden sie nicht einmal lokal auswerten können. Zehn-Zeilen-Meldung, mehr nicht.«

»Ich will sie ja gar nicht auswerten, ich mag Arbeit eigentlich nicht. Aber wer ist der Tote überhaupt?«

»Weiß ich noch nicht.« Er machte eine Pause, und ich dachte, er könnte hervorragend die deutsche Stimme des John Wayne sein. »Er sieht jedenfalls aus wie ein Penner. So wie er da auf dem Bauch liegt, haben wir ihn auch gefunden. Jemand hat ihm den Schädel eingeschlagen, vermutlich mit dem Stein, der daneben liegt. Die Flasche, aus der sie gesoffen haben müssen, liegt auch noch daneben.«

Hoffentlich war er wenigstens richtig weggetreten, als es passierte, dachte ich. Der arme Kerl, der hier in einer derart ungemütlichen Nacht wie ein deplatziertes Häufchen Lumpen geendet war, tat mir für einen Moment unendlich Leid. Nicht einmal jetzt interessierte sich jemand wirklich für ihn; er war nur die unwillkommene Unterbrechung eines ungeliebten Bereitschaftsdienstes. Aber ich würde mich für ihn interessieren, nahm ich mir vor, ganz privat, auch wenn hier ganz bestimmt keine Story zu holen war.

»Ich lasse die Spurenfritzen erst zu Ende werkeln«, murmelte Guttmann. »Dann drehen wir ihn um.«

Das dauerte noch gute zwanzig Minuten, und ich erfuhr inzwischen von Guttmann, dass er böse sechsundfünfzig

Jahre alt war, seit vierzehn Tagen eine schwere Grippe hatte und seit eben diesen vierzehn Tagen seine Frau kaum gesehen hatte.

»Na, kommen Sie«, sagte er gutmütiger, als ich ihm bei seinen kalten Augen zugetraut hätte, »Sie sollen auch nicht leben wie ein Hund.« Dann ging er vor mir her zu der Leiche hin und fragte laut in die Runde: »Alles okay, kann ich ihn umdrehen?«

Irgendwelche Männer brummten aus dem Dunkel ein verdrießliches »Ja«, und Guttmann beugte sich nieder und griff den Toten an der Schulter und am Oberschenkel. Dann wuchtete er ihn mit einer einzigen, überraschend geschickten Bewegung herum.

»Du lieber Himmel, der stinkt wie eine Fuselfabrik.« Er drehte sich zu mir um. »Sehen Sie? Ein Penner! Sagte ich doch.«

Der tote Mann hatte einen Dreitagebart und sah ungeheuer friedvoll aus. Er mochte fünfundvierzig oder fünfzig Jahre alt geworden sein.

»Ihr könnt jetzt fotografieren«, sagte Guttmann.

Ich nahm die Nikon AF aus der Tasche, die ich immer mit mir herumtrage, und fotografierte das Gesicht des Toten.

»Wie kommt eigentlich um diese Zeit ein Penner ausgerechnet hierher?«

»Das ist nichts Besonderes«, erklärte Guttmann. »Ein paar von denen ziehen ständig am Rhein entlang. Das sind wahrscheinlich die einzigen Bundesbürger, mit denen unsere Abgeordneten in direkten Kontakt kommen. In Bonn gehen sie in die Tiefgarage, weil es draußen zu kalt ist. Der hier hat es eben nicht mehr bis dahin geschafft. Nach dem kräht garantiert kein Hahn mehr. Sind die eigentlich praktisch, diese kleinen Kameras?«

»Sehr. Alles automatisch. Werden diese Penner registriert?«

»Die sind alle registriert. Wenn nicht bei uns, dann in den Nachbarcomputern. Die Brüder kennen wir, die machen erkennungsdienstlich keine Schwierigkeiten. Kann ich dem jetzt an die Figur, Jungs?«

Einer der Fotografen nickte, und Guttmann klappte vorsichtig das uralte, braune Jackett des Toten auf.

»Sieh mal an, sogar eine Brieftasche. Noch dazu eine gute aus Leder. Und wer sagt's denn, der Junge hatte sogar einen Ausweis.« Er blätterte in den Papieren. »Wollen Sie mitschreiben?«

Ich wollte ihn nicht enttäuschen und wenigstens irgendwie wie ein Pressefritze agieren. Also holte ich einen Block aus der Tasche, zückte den Kugelschreiber und murmelte: »Dann diktieren Sie mal!«

»Also: Der Ausweis scheint in Ordnung. Ausgestellt vor acht Jahren hier in Bonn, einmal verlängert. Name: Lewandowski. Vorname: Alfred. Alter: jetzt siebenundvierzig. Wohnhaft ... wohnhaft ist er nicht, ohne ständigen Wohnsitz. Na ja, was Wunder. Sonst ist nichts in der Brieftasche, absolut nichts. Mal sehen, was er noch bei sich hat. Hier in der Hosentasche ist ein Schlüssel, ein einzelner Schlüssel für ein Sicherheitsschloss. DOM-Schloss, also Hersteller DOM in Köln. Warte ... hier in der linken Hosentasche ist Geld – Moment noch ... ja, Scheine und Münzen. Mann, der Junge war ja reich, richtig reich! Das sind ... dreihundertsechzig Mark und zwanzig Pfennig. Hm.« Er blickte mich nachdenklich aus seinen Echsenaugen an, aber er sah mich nicht. Er dachte konzentriert über etwas nach.

Ich fotografierte den Stein, mit dem irgendein Mensch dem Alfred Lewandowski den Schädel eingeschlagen hatte. Dann noch ein paarmal sein Gesicht, seine Hände, die Figur total, die Schnapsflasche. Es war Korn, er hatte bei ALDI 6,20 Mark gekostet.

»Wie lange werden Sie brauchen, um den Mörder zu finden?«

»Das wird gar kein Mord sein«, sagte Guttmann abwesend. Man sah, wie wenig Spaß ihm diese Fledderei machte, aber er durchsuchte die Leiche mit akribischer Sorgfalt weiter, während er mit mir redete. »Sehen Sie, diese Leute saufen immer bis zur Bewusstlosigkeit. Und dann passiert so etwas eben. Wahrscheinlich weiß der Täter gar nicht, dass er seinen Kumpel erschlagen hat. Wahrscheinlich liegt er irgendwo, schläft seinen Rausch aus und wundert sich dann, dass der alte Berber Lewandowski nicht mehr da ist. So was ist Routine, reine Routine. Schreiben Sie was drüber?«

»Nein, wahrscheinlich nicht. Es ist höchstens ein Thema, weil er auf dem Parkplatz der Mächtigen erschlagen wurde.« Ich gab ihm meine Karte. »Nein, ich werde wohl nichts schreiben. Rufen Sie mich an, wenn doch irgendetwas außergewöhnlich ist? Ich wohne in der Eifel. Da gibt es keine Penner.«

»Ich rufe Sie an, wenn noch etwas Merkwürdiges kommt, aber rechnen Sie nicht damit. Na, da laust mich doch der Affe!« Guttmann zog mit zwei Fingern ein Stück Papier aus der Brusttasche des Toten und hielt es ins Licht. »Eine Bahnkarte. Und das gleich vom Feinsten: Rückfahrt erster Klasse nach Basel. Nach Basel! Das soll einer verstehen. Nicht benutzt, völlig jungfräulich sozusagen.«

»Ein komischer Penner, nicht wahr?«, murmelte ich und sah Guttmann an. Er antwortete nicht, sondern hockte bloß da und starrte die Fahrkarte an. Für einen Moment sah er so aus, als hätte er keinen Hals mehr, als habe er gerade schlimme Prügel bezogen.

Ich ging zurück – nicht den Weg am Rheinufer entlang, sondern durch die Görresstraße und die Saemischstraße direkt zu meinem Wagen. Ich hatte keine Lust mehr, durch das nächtliche Bonn zu flanieren. Am Nordverteiler bog ich auf die

Autobahn Richtung Koblenz, in Wehr fuhr ich wieder ab. Ich nahm den Weg über den Nürburgring und drehte mächtig auf, als könne das helfen.

Auf der langen Geraden, die zu den Haupttribünen führt, kam der Wagen ins Schleudern, als ich stur durch eine riesige Pfütze rauschen wollte. Ich brachte ihn zum Stehen, nicht mit Geschick, sondern mit Glück. Ich stieg aus und hielt mein Gesicht in den Regen. Ich zitterte.

Im Licht der Scheinwerfer sah ich den großen Blutfleck an meinem Trenchcoat. Als ich das Gesicht des Toten fotografiert hatte, war ich ihm wohl zu nahe gekommen. Irgendwann stieg ich wieder ein und fuhr im Schritttempo nach Hause. Krümel lag auf meinem Kopfkissen und beklagte sich mauzend, und ich sagte: »Halt die Schnauze!«

Schlafen konnte ich nicht. Nach einer halben Stunde stand ich wieder auf und machte mir einen starken Kaffee. Ich hockte an meinem Schreibtisch, starrte durch das Fenster in den Regen und fragte mich, ob der Kriminalbeamte Guttmann schon wusste, dass Lewandowski gar nicht Lewandowski war. Aber vielleicht irrte ich mich auch, vielleicht war das alles nur eine Folge von Schlafmangel und übersteigerter Phantasie.

Ich ging hinauf ins Badezimmer und entwickelte den Film. Auf den nassen Abzügen sah Lewandowski aus wie ein Penner, und vielleicht war er auch einer. Doch ich zweifelte stark daran, auch wenn ich noch nicht genau bestimmen konnte warum.

Er hatte ein schmales Gesicht, von dunkelblonden, strähnigen Haaren umrahmt, die an den Schläfen grau wurden. Der Mund wirkte überraschend empfindsam, die Nase war klein und gerade. Seine Augen mussten, als sie noch funktioniert hatten, grau gewesen sein, so grau wie Eiswasser auf einer zugefrorenen Pfütze. Ein fast asketisches Gesicht, schmal in den Wangen, eingefallen wie das Gesicht eines Mannes, der viel im Freien ist, der das Joggen übertreibt, vielleicht magenkrank ist. Aber das mochte natürlich am Tod liegen. Ich vergrößerte ein Stück des Gesichtes heraus, die linke Hälfte vom Kinnbogen bis unter das Auge. Der Bart schien tatsächlich drei bis vier Tage alt zu sein. Aber die Haut war, trotz der Bartstoppeln, sehr glatt, sehr gepflegt, kleinporig. Ich vergrößerte die Stirn heraus. Da war es noch deutlicher zu sehen: Das war nicht die Haut eines Mannes, der wie ein Penner lebt. Viel zu glatt, viel zu sanft.

Krümel saß auf dem Badewannenrand und sah mir zu. Im Rotlicht schimmerten ihre Augen wie kostbare Jadestücke.

»Vielleicht war er ein ganz neuer Penner«, überlegte ich. »Es kann ja vorkommen im Leben, dass jemand abrutscht, abstürzt, keine Lust mehr hat, plötzlich zum Penner wird. Vielleicht war Lewandowski einer von dieser Sorte? Was meinst du, Katze?«

Sie antwortete mir nicht direkt, sondern leckte sich bedeutungsvoll die Pfote.

»Okay, ich werde mir die Haare ansehen, ob er sie selbst geschnitten hat oder vielleicht ein Kumpel dran herumsäbeln durfte.«

Ich vergrößerte also die Haaransätze heraus, an den Schläfen, wo kein Blut und keine Hirnmasse alles verklebt hatten. Trotz Regen und Dreck wurde eines klar: Da war ein Friseur dran gewesen, kein Amateur. Die feinen Abstufungen waren deutlich zu erkennen; das musste einmal ein teurer Messerschnitt gewesen sein.

Endlich die Hände: feinnervig, mit langen Fingern und zwar schmutzigen, aber völlig intakten Nägeln. Keine rauen Hautstellen im Winkel zwischen Haut und Nägeln, nicht einmal Schmutz.

»Dieser Lewandowski war nie im Leben ein Penner«, erklärte ich Krümel. »Oder er war erst seit gestern in der Branche.«

Dieser Guttmann von der Mordkommission hatte einen intelligenten Eindruck gemacht, er musste das alles gesehen haben. Er hatte den Mund gehalten. Soviel zum Vertrauen zu Männern mit Echsenaugen.

»Du könntest mir helfen, Katze, und mir sagen, wer Lewandowski wirklich war, als er noch lebte. Du und deinesgleichen, ihr wart in Ägypten heilig, weil eure Augen aussehen, als leuchte aus ihnen die Weisheit. Also sag's mir, denn Guttmann wird es uns nicht sagen wollen. Oder er darf nicht.«

Aber Krümel half mir nicht, sie streifte hinter mir her in das Arbeitszimmer und sah mir zu, wie ich in meinen Karteikästen wühlte. Das brachte nichts. Dann nahm ich mein Tagebuch vom vergangenen Jahr, was aber auch nichts half, da ich nicht den geringsten Anhaltspunkt hatte, wonach ich eigentlich suchen sollte. Schließlich legte ich mich auf das Sofa und dachte nach. Ich war schon fast eingeschlafen, als Krümel auf meinen Bauch sprang, sich etliche Male drehte, ehe sie sich zusammenrollte, ausgiebig gähnte und zufrieden schnurrend die Augen schloss.

Um elf Uhr wurde ich wach, weil das Telefon läutete, und ich wusste augenblicklich, dass es Guttmann war.

»Guten Morgen«, sagte er aufgeräumt. »Ich wollte Ihnen nur schnell mitteilen, dass Sie in der Sache Lewandowski nichts mehr zu erwarten haben. Wir haben den Mörder, oder richtiger den Totschläger. Die Fahndung hat ihn heute Morgen in der Tiefgarage am Bonner Markt erwischt. Der Penner hat zugegeben, dass Lewandowski sein bester Kumpel war und gestern mit ihm gesoffen hat. Sie wollten in der Tiefgarage schlafen und heute Morgen zu den Barmherzigen Schwestern gehen und sich eine Suppe geben lassen. Der Mann sagt, er kann sich an nichts erinnern. Er weiß aber noch, dass Lewandowski zwei oder drei Flaschen Schnaps spendiert hat.

Die haben dermaßen gesoffen, dass ihnen der Faden gerissen ist.« Kurzes Zögern. »Ich glaube das sogar, denn er ist eigentlich nicht der Typ, der einem anderen den Schädel einschlägt.« Er räusperte sich. »Tja, das war's eigentlich schon.«

»Eine Frage: Wie viel Alkohol hatte das Opfer im Blut?«

Wieder so ein Stocken. »Genug, genug. Ich wollte Ihnen nur Bescheid geben, dass an der Sache nichts dran ist.«

»Das ist nett von Ihnen«, sagte ich. »Wenn Sie mal in die Eifel kommen, schauen Sie einfach rein. Hier gibt es noch luftgetrockneten Schinken, der so schmeckt, wie er aussieht, und andere altmodische Dinge.«

Er sagte: »Das mache ich«, und es klang merkwürdig kleinlaut. Zumindest in meinen Ohren. Obwohl ich die Antwort schon kannte, versuchte ich es mit einer letzten Frage: »Was ist mit der Bundesbahnfahrkarte nach Basel?«

Die Antwort kam viel zu schnell: »Die hat er entweder gefunden oder geklaut.«

»Na, sicher doch«, sagte ich und hängte ein.

Wenig später schellte es, und Opa Fahsen stand in der Tür. Er ist fünfundachtzig und zieht nur noch von Tür zu Tür, um Guten Morgen zu sagen und das Leben aufregend zu finden.

»Junge«, schniefte er asthmatisch, »ich komme hier vorbei und denke, der Baumeister Siggi macht doch immer so 'nen prima Aufgesetzten aus Schlehen. Und den trinkt er nicht mal selber!« Er grinste mit einem verfaulten Zahn und sah aus wie ein Ungeheuer aus mittelalterlichen Alpträumen.

»Komm rein«, sagte ich. »Ich bin nicht rasiert, nicht gewaschen und nicht angezogen. Aber ich denke, mein schöner Geist ist auch genug.«

»Bestimmt«, sagte er etwas verständnislos und schlurfte mit seinem Haselnussstock durch den Flur. »Es ist so gemütlich bei dir, wenn das Feuer brennt. Haste genug Holz und Kohlen?«

»Hab' ich. Willst du den Aufgesetzten kalt oder stubenwarm?«

»Stubenwarm ist besser für 'nen alten Magen. Junge, wenn ich dran denke, wie wir mal im Krieg mit zehn Mann nichts zu fressen hatten, aber hundert Pullen Korn.« Er kicherte in sich hinein. »Da kam der Kommandeur und wunderte sich, dass wir alle besoffen waren. Eine Stunde später war er selber hackevoll und tönte rum, Hitler hätte den Krieg längst verloren. Solche Bemerkungen gingen damals nur besoffen. Das war vierundvierzig, als die Amis uns jeden Tag Feuer unterm Hintern machten.«

»Hast du eigentlich irgendwelche Orden mit nach Hause gebracht?«

Er sah mich kurz und scharf an, starrte aus dem Fenster und nickte bedächtig. »Klar, wer hat das nicht? Ich habe meine Metallsammlung neunundvierzig gegen zwei Zentner Kartoffeln getauscht. Bei einem Mann, der später bei uns Landrat wurde. War ein gutes Geschäft damals. Kennst du eigentlich die Methode mit den Tannentrieben?«

»Nein, kenne ich nicht.«

»Also, du nimmst soliden Achtunddreißigprozentigen und tust so im März, April frische Tannentriebe rein. Drei, vier Stück, nicht mehr. Und weißen Kandis dazu, aber nicht zu viel. Drei Monate später hast du eine feine Sache. Ach so, du trinkst ja gar nicht.«

»Ich kann das aber für dich machen«, sagte ich. »Du, dein Orden hat mich auf was gebracht. Weißt du noch, wann dieser Nikolaus Bremen in Bonn sein Bundesverdienstkreuz gekriegt hat?«

»Tja. Ihr seid ja damals alle mitgefahren, du hast fotografiert. Muss August gewesen sein, August siebenundachtzig. Wieso meine Orden?«

»Nicht wichtig«, murmelte ich, »war nur so eine Idee.« Dann wurde ich unruhig, aber ich konnte ihn nicht hinauswerfen. Er hätte auch gar nicht begriffen, dass ich zu arbeiten hatte. Eine halbe Stunde später schlurfte er genauso selbstverständlich, wie er gekommen war, wieder davon, und ich stürzte mich erneut auf mein Tagebuch. Diesmal fand ich sofort, was ich suchte.

Am 3. August 1987 waren wir mit sechs Autos aus unserem Dorf nach Bonn gefahren, um dabei zu sein, wie Nikolaus Bremen sein Verdienstkreuz bekam. Der Landwirtschaftsminister wollte es ihm persönlich überreichen. Natürlich, das war es.

Acht oder zehn Bauern waren dort gewesen, mit all ihren Verwandten und Freunden. Insgesamt zwanzig Frauen und Männer waren ausgezeichnet worden. Es war feierlich und zugleich familiär zugegangen, eine jener Ordensverleihungen, wie sie in Bonn jede Woche vorkommen und von denen in der Regel außer den Beteiligten niemand Notiz nimmt.

Nikolaus hatte mich gebeten zu fotografieren, und Wilhelm, sein Sohn, hatte die ganze Sache auf Band genommen. Ich rief ihn an. Langsam erwachte in mir das Jagdfieber. »Wilhelm, Siggi hier. Du hast doch damals, als wir wegen des Verdienstkreuzes in Bonn waren, die Rede aufgenommen und alles, was der Minister sonst noch gesagt hat. Hast du das Band noch?«

»Das hat mein Vater. Wenn er was getrunken hat, lässt er es laufen und brüllt, dass er dem Scheißminister den Scheißorden zurückbringt. Wieso?«

»Ich würde mir das Band gerne überspielen. Ich will nur hören, wie so ein Minister redet.«

»Ich bringe es vorbei«, sagte er und hängte ein.

Die Filme, die ich damals aufgenommen hatte, lagen noch in meinem Archiv. Die farbigen waren damals entwickelt worden, die schwarzweißen nicht. Nach einer Stunde hatte ich die wichtigsten Negative entwickelt und kopiert.

Als Wilhelm mit dem Tonband kam, sagte ich ganz beiläufig: »Ich brauche das Ding nur als Hintergrund für ein etwas dünnes Manuskript.« Ihm war das offensichtlich völlig egal, und nach einem schnellen Aufgesetzten verschwand er wieder.

Ich erinnerte mich jetzt, dass sehr viele Fotografen da gewesen waren oder jedenfalls viele Menschen mit Fotoapparaten. Und immer hatte dieser Mann krampfhaft versucht, all den Linsen auszuweichen. Das war mir aufgefallen, weil es mir ziemlich theatralisch vorgekommen war, und ich hatte mir die Mühe gemacht, ihn ein paarmal sehr schön zu treffen.

Es war nicht schwierig, auf dem Band die betreffende Stelle zu finden. Der Minister sagte pathetisch leise: »Und nun zu Ihnen, Herr Doktor Steinen.« Pause, Husten, Räuspern. »Ich darf Ihnen stellvertretend diese hohe Ehrung seitens der Bundesregierung zuteil werden lassen.« Wieder Stille, wieder Räuspern, ein einzelner klatschte höflich. Dann erneut der Minister: »Und nun komme ich zu meinem Jugendfreund Franz Xaver Rallinger aus dem Berchtesgadener Land. Dir, lieber Franzel ...«

Ich war wütend. Ich rief in Bonn an, und es dauerte eine Weile, ehe er ans Telefon kommen konnte.

»Baumeister hier. Sie haben auf mich eigentlich nicht den Eindruck eines berufsmäßigen Lügners gemacht, aber ich möchte schon wissen, wieso Sie mich beschissen ...«

»Ich habe es fast erwartet«, unterbrach er meine Beschimpfung. »Aber ich wüsste trotzdem gern, wie Sie darauf gekommen sind. Es sei denn ...«

»Es sei denn, was?«

»Na ja, es sei denn, dass Sie heute Nacht doch nicht so zufällig am Langen Eugen aufgekreuzt sind.«

»Es war Zufall. Mein Ehrenwort gebe ich in diesem unserem Lande allerdings nicht mehr.«

»Und haben Sie auch schon einen Namen für Herrn Lewandowski?«

»Steiner, Doktor Steiner. Und was machen wir jetzt?«

»Ich weiß es nicht«, murmelte er undeutlich, »ich weiß nicht was Sie machen. Ich mache nichts, ich kann nichts mehr machen.«

»Auf jeden Fall will ich mit Ihnen sprechen.«

»Ja, ja«, knurrte er, und es war deutlich, dass er das alles zum Kotzen fand. »Das Beste ist, Sie vergessen den Vorfall schleunigst.«

»Sie vergessen gerade etwas. Meinen Beruf nämlich. Wann kann ich also zu Ihnen kommen?«

»Sie zu mir? Überhaupt nicht! Das Ding ist zu heiß.«

»Dann treffen wir uns auf neutralem Boden. Ich habe nämlich eine ganze Menge Fragen.«

»Aber ich weiß kaum etwas. So gut wie nichts. Vergessen Sie es doch einfach.«

»Guttmann, Sie machen mich krank. Wo treffen wir uns?.«

»Kann ich heute zu Ihnen rauskommen?«

»Sie zu mir? Dann muss es wirklich stinken. Gut, heute Abend um neun. Und bringen Sie Ihre Unterlagen mit.«

»Es gibt keine Unterlagen«, sagte er kühl.

»Und der Penner, der Lewandowski erschlagen hat?

»Den gibt es auch nicht.« Und er legte auf.

2. Kapitel

Als ich nach dem Gespräch nachdenklich aus dem Fenster sah, überkam mich eine fast euphorische Stimmung: Kein Nebel mehr, kein Regen, stattdessen fiel sanft und nachdrücklich der erste richtige Schnee dieses Winters. Es war wie ein Wunder.

»Krümel, hör zu, wir können endlich das Vogelfutter raustragen. Alle werden sie kommen, die Meisen und Buchfinken und Spatzen und Dompfaffen und Hänflinge und Amseln und Stare. Stare? Sind das nicht Zugvögel? Ist ja egal, hörst du, es fällt Schnee!«

Krümel war nicht da. Ich fand sie auf dem Küchentisch andächtig vor dem Milchtopf mit dem engen Hals sitzend, den ich eigens angeschafft hatte, um ihrer Gier einen Riegel vorzuschieben. Sie hatte endlich den Weg gefunden. Mit der Pfote langte sie tief in die Milch und leckte sie dann genüßlich ab. Auf mein lautstarkes Schimpfen ging sie gar nicht ein, also ließ ich sie weiterklauen. Werdende Mütter sind sensibel.

Später dann spaltete ich zwei Stunden Anmachholz, ging mit Krümel durch den Schnee im Garten und beschloss, im Frühjahr eine Birke an die östliche Begrenzungsmauer zu setzen. Es wurde rasch dunkel, aus Nordwest kam ein scharfer, kalter Wind, das Feuer im Kamin ließ die Schatten tanzen.

Der Mann mit den Echsenaugen war pünktlich und ersparte mir jeden Small talk. Er kam aus der Nacht, hockte sich vor den Kamin, rieb sich die Hände und murmelte anerkennend: »Schön haben Sie es hier.« Dann eröffnete er mit dem erstaunlichen Satz: »Tja, ich bin schnell vorbeigekommen, um mir Ihr Versprechen zu holen, dass Sie sich nicht mehr um diesen toten Lewandowski kümmern.« Wieder dieser unendlich langsame Lidschlag, wieder diese hellgelben, gesprenkelten Augen, die mich so ansahen, als hätten sie ihr Eigenleben, als wüssten sie viel mehr, als dieser Mensch, zu dem sie zufällig gehörten, je begreifen würde.

»Wollen Sie etwas trinken?«

»Haben Sie einen Schnaps im Haus? Ich friere.«

»Selbst gemachten.«

Ich holte die Flasche aus dem Eisschrank und goss ihm ein.

»Weshalb soll ich mich nicht mehr darum kümmern?«

»Weil die Bundesanwaltschaft Sie herzlich darum bittet. Es geht gar nicht um diesen Toten, es geht nicht um mich oder um Belange der Mordkommission, es geht um Sie. Sie sollen zu Ihrer eigenen Sicherheit die Hände davonlassen.« Er wedelte mit Händen und Armen, als könne er es so dringlicher machen. »Ich ermittle auch nicht mehr. Ich darf nicht mehr ermitteln.« Er grinste schief wie ein Schuljunge und schüttelte langsam den Kopf, als fände er sich in dieser Situation überhaupt nicht zurecht.

»Langsam, langsam«, sagte ich. »Können wir uns zunächst auf eine Sprachregelung einigen? Wie nennen wir ihn? Lewandowski? Dr. Steiner?«

»Ist mir wurscht«, sagte er heftig. »Wenn ich an ihn denke, nenne ich ihn Lewandowski, obwohl er im Computer plötzlich Breuer hieß.«

»Also auch noch Breuer. Wie heißt er wirklich? Hat also die Bundesanwaltschaft Sie zu mir geschickt?«

»Ja, so ähnlich. Sie sollen die Hände rausnehmen. Sofort und ganz und basta.«

»Was geschieht denn Ihrer Meinung nach, wenn ich trotzdem recherchiere?«

Wieder dieses langsame Heben und Senken der Lider. »Ich weiß nicht genug, um Prophet zu sein. Ich vermute, dass Sie dann echte Schwierigkeiten bekommen. Es wird Ihnen sowieso niemand Auskunft geben, und wer kann, wird auf Ihnen herumtrampeln.«

»Das klingt ganz wie eine Sache nach meinem Herzen.«

»Lassen Sie doch die Arie mit dem Heldentenor. Gut, Ihr Schnaps. Steigen Sie aus und Schluss.«

»Wer war Lewandowski wirklich?«

»Ich weiß es nicht. Und wenn ich es wüsste, dürfte ich es Ihnen nicht sagen. Wieso Dr. Steiner?«

Ich gab ihm die Fotos und berichtete ausführlich von der Ordensverleihung und wie sehr dieser Tote sich bemüht hatte, nicht fotografiert zu werden.

Er saß da, bewegte keinen Muskel, starrte auf die Fotos, schloss die Augen, räusperte sich und murmelte dann kaum hörbar: »Scheiße! Scheiße! Sie haben alle Fehler, und meistens ist es die Eitelkeit.«

» Was heißt das?«

»Vergessen Sie es.«

»Erzählen Sie mir erst mal den Teil, den Sie erzählen dürfen.«

»Deshalb bin ich ja hier«, sagte er trocken. »Der Generalbundesanwalt rechnet fest mit Ihrer Hilfe. Die soll darin bestehen, dass Sie vergessen und schweigen. Er geht davon aus, wenn Sie darum gebeten werden, dann werden Sie vermutlich nicht weiter recherchieren. So denken sich das jedenfalls die Herren von der Bundesanwaltschaft.« Er lächelte freudlos. »Ich denke allerdings, dass die hohen Herren sich die Dinge so zurechtlegen, wie sie sie gerne hätten. Und wie ich Sie einschätze, werden Sie nicht nur loslegen, sondern jetzt erst richtig Dampf machen.« Er machte eine lange Pause und schlürfte genießerisch an dem Kräuterschnaps. »Also, wir finden den toten Lewandowski, und Sie stoßen dazu. Gewöhnlich gehen wir dann bei unseren Computern hausieren, um zu sehen, was die anzubieten haben. Bei Lewandowski spuckt der Computer die kürzeste Auskunft aus, die

Sie sich vorstellen können: C-16, nur ein C-16. Das heißt, ich muss augenblicklich die Bundesanwaltschaft verständigen, kriege den Fall mit sofortiger Wirkung abgenommen, muss auf der Stelle die Akte abliefern und kann alles vergessen, was ich bis zu diesem Zeitpunkt weiß oder ermitteln konnte.«

»Was bedeutet der Code C-16 genau?«

Er fuchtelte wieder mit den Händen. »Das ist doch wurscht, was er bedeutet, das spielt doch gar keine Rolle. Ich muss einen Aktenvermerk machen, einen peinlich genauen Aktenvermerk. In diesem Fall muss ich also schildern, wer der Polizei den Toten gemeldet hat, wie er entdeckt wurde, wo er lag, wie er vermutlich zu Tode kam, wie die ersten Ermittlungen verlaufen sind, wer von meinen Leuten zugegen war. Ich musste natürlich auch erwähnen, dass Sie zufällig des Weges kamen, dass wir miteinander gesprochen haben und genau, was wir sprachen. Ich habe auch vermerkt, dass ich Sie bitten werde, zu schweigen und nicht zu recherchieren.«

Krümel sprang im Flur an der Tür hoch, krallte sich an die Klinke, die Tür ging auf, Krümel kam hereinspaziert und schnupperte desinteressiert an Guttmanns Hosenbeinen. Plötzlich sprang sie auf seinen Schoß, leckte über seinen linken Handrücken, biss einmal kräftig hinein und verschwand dann wie der Blitz unter dem Schreibtisch.

»Sie mag Sie. Das war ein Testbiss, ein Liebesbiss. Sie heißt Krümel, und sie ist schwanger.«

»Hallo, junge Frau«, murmelte er matt. Dann brachte er ein Päckchen Gitanes zum Vorschein und zündete sich eine an.

»Ich rauche zu viel. Hören Sie, ich bin wirklich hierher gekommen, um Sie im Namen der Bundesanwaltschaft darum zu bitten, die Sache nicht zu verfolgen. Ich weiß nichts über Lewandowski, außer natürlich, dass er ein C-16 ist, was einfach besagt, dass er alles andere als ein Penner war. Aber das wissen Sie ja ohnehin, nachdem Sie ihn als Dr. Steiner bei einer Ordensverleihung fotografiert haben.«

»Wieso taucht der Name Breuer im Computer auf?«

»Breuer ist ein Schlüsselwort und rein technisch zu verstehen. Irgendwelche Leute haben sich darauf geeinigt, dass alles, was zu den Namen Lewandowski, oder Dr. Steiner an Fakten auftaucht, unter der Bezeichnung Breuer im Computer archiviert wird. Breuer kann also sein tatsächlicher Name sein, der Name eines Vorgesetzten, eines Amtes oder auch bloß der Name eines Falles, in dem dieser Mann eine Rolle spielte. Ich weiß es nicht.«

»Nur, dass Sie nicht die ganze Wahrheit sagen«, stellte ich ohne jeden Vorwurf fest. »Was bedeutet C-16 wirklich? Ich mag zwar auf dem Land leben, aber wie solche Computer funktionieren, weiß ich ziemlich genau. Dieses C-16 muss in Ihrem Computer einen Wert haben, entweder plus oder minus. Irgendwie muss Ihnen der Computer doch verraten, was C-16 bedeutet, soweit zumindest, ob dieser tote Lewandowski ein Gegner der Bundesanwaltschaft war oder nicht. War er ein Gegner, hat das C-16 ein Minuszeichen, stand er auf der Seite der Bundesanwaltschaft, ein Pluszeichen. An diesem Punkt versuchen Sie zu mogeln.«

»Wertester Baumeister«, sagte er mit einem Lächeln, das seine Augen Lügen straften, »ich streife die Wahrheit nur, weil dieser verdammte Staatsapparat es so befiehlt und weil ich in Ruhe meine Rente erleben will.« Er warf den Zigarettenstummel in das Feuer. »Richtig, es war nicht die ganze Wahrheit. Im Computer erschien der Name Breuer, dann das C-16 und dahinter ein ZAB. Das heißt zunächst, dass alles sofort an die Bundesanwaltschaft abzugeben ist. Und die haben andere Computer mit Programmen, zu denen ich keinen Zugang habe.«

Weiter, dachte ich, erzähl weiter. »Essen Sie etwas mit mir? Rauchschinken vom Bauern?«

»Wäre nicht schlecht«, murmelte er abwesend.

»Kommen Sie, wir gehen in die Küche. Haben Sie dieses C-16 eigentlich oft?«

Er schüttelte den Kopf. »Das war eine Premiere für mich. O wie schön, ein richtiger alter Küchenherd.«

»Schwarzbrot mit Butter dazu?«

»Margarine wäre besser. Meine Frau hat mein Cholesterin fest unter Kontrolle. Ich sag' ja, ich will die Rente erleben.«

»Sie haben auf die Geschichte mit dem Plus oder Minus nicht geantwortet. Warum weichen Sie aus?«

Er schnaubte und starrte aus dem Fenster. Es hatte wieder zu schneien begonnen. »Vielleicht untermauert das die Tragweite des Falles. C-16 bedeutet, dass Lewandowski ein Mann ist, der für diesen Staat im Einsatz war, als er starb.«

»So etwas wie ein Staatsschützer?«

»Kann man sagen.«

»Ein Spion vielleicht, ein Agent?«

Das erheiterte ihn, er drehte sich grinsend zu mir um. Diesmal lachten auch die Augen mit. »Das käme Ihnen entgegen, was? Das gefällt dem Journalisten! Ein Agent! Na prima! Lewandowski kann alles Mögliche gewesen sein: BND, Verfassungsschutz, Bundeskriminalamt, Zollfahnder, Finanzfahnder, was weiß ich. Das weiß nur die Bundesanwaltschaft, und die wird kein Wort sagen, kein Sterbenswort. Aber das erklärt wenigstens die Bundesbahnfahrkarte nach Basel.«

»Ist das nicht ungewöhnlich: ein Staatsagent als Penner?«

Er seufzte. »Diese Geheimdienstjungs lassen nichts aus. Angeblich hat im Sommer ein Verfassungsschützer eine Demonstration in Bonn als wandelnde Lokusbude unterlaufen. Aber das ist wohl üble Nachrede.«

»Was geschieht, wenn ich trotz allem recherchiere?«

»Dann wird es unerfreulich«, murmelte er. »Vorzüglich, der Schinken.« Sein Gesicht wirkte auf einmal wieder ganz verschlossen, so als habe er plötzlich erschreckt erkannt, dass er zu viel gesagt hatte.

»Haben Sie wirklich noch nie von einem anderen C-16-Fall gehört? Und noch nie von diesem Lewandowski?«

Er hob den Kopf, streifte mich mit einem Blick und brach sich ein Stück Brot ab. Mehr würde ich wohl nicht aus ihm herausbekommen. Zumindest jetzt nicht.

»Es muss gut sein, hier zu leben, draußen so den Wind heulen zu hören ...«

»Ja, sicher«, meinte ich, obwohl ich eigentlich über etwas ganz anderes reden wollte.

Dann aßen wir gemächlich eine Stunde lang wie zwei Leute, die kaum Gemeinsames haben, die in zwei Welten leben und nur zufällig in einem Wirtshaus zusammenhocken. Zu allem Überfluss sprachen wir hauptsächlich über Ehefrauen und Fußball im Fernsehen, zwei Themen, von denen ich nichts verstehe.

Als wollte er unsere Hilflosigkeit noch deutlicher sichtbar machen, seufzte er: »Hübsch gemütlich hier«, und wischte sich den Mund mit einer Serviette ab. »Kennen Sie eigentlich Metzger, Willi Metzger?«

»Nein. Müsste ich?«

Er zuckte die Schultern. »Ein Kollege von Ihnen.«

»Kenne ich nicht. Wo arbeitet er?«

»Im Wesentlichen für dpa. Na ja, ist auch egal. Ich muss wohl los.« Er stand auf und ging zögernd zum Fenster.

Ich hatte den Eindruck, als wollte er noch etwas fragen, das verbotene Bereiche berührte. Stattdessen sagte er: »Ich muss noch einmal wiederholen, dass ich nicht aufgrund eines einsamen Entschlusses hier bin.« Und nach einer Pause: »Dass Sie Willi Metzger nicht kennen, ist wirklich erstaunlich.«

»Ich bin zerknirscht«, brummte ich. »Dieser Lewandowski-Fall hat Sie ganz schön meschugge gemacht, was?«

Er nickte knapp, schlurfte hinaus auf den Flur und stapfte dann vor mir her aus dem Haus. Ohne zurückzuschauen hob er grüßend die Hand und fuhr mit seinem kleinen schwarzen Wagen los. Es schneite noch immer, und es roch nach Weihnachten, obwohl das Fest der Liebe längst vorbei war.

Es wird unerfreulich, hatte er gesagt.

Lassen Sie die Finger davon, hatte er gesagt.

Ich habe den Auftrag der Bundesanwaltschaft, hatte er gesagt.

Kennen Sie eigentlich Metzger, Willi Metzger?

Ich hockte an meinem Schreibtisch und fühlte mich unwohl. »Er kann nicht ernsthaft glauben, dass ich mich da raushalte. So dumm kann er nicht sein. Nein, so dumm ist er ja auch nicht. Wahrscheinlich erwartet er geradezu, dass ich recherchiere.«

Krümel hatte sich auf die Fensterbank zum Hof gelegt und beobachtete, wie im Schein der großen Lampe draußen der Schnee rieselte. Offensichtlich beruhigte sie das, denn sie schloss genüsslich die Augen, gähnte und blinzelte träge.

»Was glaubst du, wann wirst du gebären?«

Sie drehte mir den Kopf zu und sah sehr gelangweilt aus.

Dann sah ich die Eintragung in meinem Kalendarium. *Die Baronin kommt*, stand da. »O nein!«, brüllte ich, und Krümel schoss von der Fensterbank hinunter und war unter dem Tisch verschwunden.

Ich hatte es völlig vergessen, verdrängt, in irgendeinen Gehirnwinkel abgeschoben. Das passte mir jetzt vielleicht. Andererseits würde sie mich nicht groß stören, sie würde ihrer Arbeit nachgehen, womöglich auch hin und wieder etwas mit mir plaudern, hauptsächlich aber ihre Arbeit tun und dann wieder in die Redaktion nach Hamburg entschwinden.

»Aber ich kann sie jetzt nicht gebrauchen«, beschwerte ich mich laut. Und ich konnte sie jetzt nicht mehr anrufen, mitten in der Nacht, und für meine kleinen Sorgen würde sie sowieso kaum Verständnis haben. »Also lassen wir sie kommen, wir helfen ihr, soweit wir können. Wir kassieren die Miete und machen ihr einen Kaffee, wir sind richtig nette Leute, bis sie verschwindet.«

Während ich Krümel meinen Entschluss mitteilte, ging ich durch den Flur, öffnete die Haustür, starrte hinaus in den puderartigen Schnee und lauschte dem Knistern.

Es war bitterkalt und ansonsten totenstill. Krümel rieb sich an meiner Wade und maunzte leise. Ich ging zurück und schaltete WDR 2 ein. Eine Frau sang *Same old story, same old song* ...

Kennen Sie eigentlich Metzger, Willi Metzger?

Als das Telefon läutete, stand ich an der Giebelwand auf dem Dachboden und maß aus, wie hoch ich einen offenen Kamin bauen musste, obwohl ich diese Zentimeterangaben seit einem Jahr auswendig kannte und immer noch kein Geld hatte, den Dachboden auszubauen. Aber ich konnte nicht schlafen.

Ich rannte nach unten und nahm den Telefonhörer ab, es war unser Ortsbürgermeister dran.

»Gott sei Dank, dass du da bist. Dann bist du also doch nicht tot. Ich hab' ja gesagt, der Siggi fährt so nicht.«

»Was ist denn überhaupt los?«

»Du hast wohl schon geschlafen, was? Na, da ist jemand oben in der Wacholderheide von der Straße geflogen. Muss mit Wahnsinns-Geschwindigkeit aus Richtung Kerpen gekommen sein. In der schlimmsten Kurve hat es den rausgeschmissen, aber frag mich nicht wie. Muss sofort tot gewesen sein; das ganze Auto ein Klump. War dein Auto, also ich meine, es war ein schwarzer Peugeot GTI, genau wie deiner, und zuerst haben alle gedacht, dass ... na ja, also wir dachten alle ...«

»O Scheiße!«, sagte ich erstickt und warf den Hörer auf die Gabel.

So wie ich war, rannte ich in die Garage, sprang in den Wagen und fuhr los. Es schneite nicht mehr, und da die Temperaturen abrupt noch mehr gefallen waren, war es sehr glatt. Gleich in der Ausfahrt vom Hof kam ich ins Rutschen und driftete bedenklich nahe am gegenüberliegenden Graben vorbei. Daraufhin zwang ich mich, langsamer zu fahren.

Die Straße zwischen Kerpen und Ahütte führt stetig bergauf. Oben auf der Höhe kommt ein sanftgewelltes Plateau, links und rechts stehen Kieferngruppen und Wacholderbäume in sehr hohem Gras. Jetzt sah alles gleich aus, mit dem Leichentuch des Schnees überzogen, nur die winterlichen Gerippe der Bäume standen wie schwarze Scherenschnitte gegen das blasse Mondlicht.

Es hatte ihn in einer sanften Rechtskurve erwischt. Er war offensichtlich ohne jede Reaktion einfach geradeaus in die Kiefern gerast.

Wenn in der Eifel nachts ein Unglück geschieht, kommen die Zuschauer angefahren und lassen ihre Scheinwerfer mitleidslos auf die Szenerie knallen. Da hier immer irgendjemand CB-Funk im Wagen hat, werden es sehr schnell sehr viele Zuschauer. Es waren sicher zwanzig Autos da, und sie machten aus dem Unglücksort eine traurige Bühne.

Etwas abseits der Kieferngruppe stand ein Rettungsfahrzeug des Roten Kreuzes, und nutzlos und stumm kreisten seine blauen Lichter. Neben dem Fahrzeug stand eine Bahre im Schnee, mit einem langen, leblosen Bündel darauf.

Ich parkte den Wagen, stopfte mir mit klammen Fingern die Prato von Lorenzo, zündete sie an und arbeitete mich langsam durch die Gruppe der Zuschauer vor.

»Der muss wie ein Wahnsinniger gefahren sein«, meinte ein Mann beeindruckt, als ginge es um eine sportliche Höchstleistung. »Du kannst auf der Straße nicht die Spur von Bremsen sehen, nicht die Spur.«

Eine junge Frauenstimme sagte hell und fröhlich: »Als ich den Schrotthaufen gesehen habe, da dachte ich zuerst an diesen Journalisten, diesen Baumeister. Der hat doch auch so ein Auto.«

Guttmann war also tot. Aus irgendeinem Grund war er in der Kurve einfach geradeaus gefahren, ganz selbstverständlich einfach schnurgeradeaus – wie ein Selbstmörder, oder wie jemand, der einen Herzschlag erleidet. Sein Wagen musste wie ein Geschoss zwischen die beiden engstehenden, stämmigen Kiefern gefegt sein. Er hatte sich hochgestellt, dann überschlagen und war auf dem Dach über zwei Wacholderbäume hinweggerast und in die Kieferngruppe geschleudert. Das Wrack war ein einziger Klumpen Blech.

Ein Polizist, von dem ich nur wusste, dass er Rolf Schmitz hieß, stand daneben im pulvrigen Schnee und stocherte mit einem trockenen Ast auf den blutigen Sitzwracks herum, als könne er etwas entdecken, das irgendwie von Bedeutung wäre. »Ein Wahnsinn«, sagte er und sah mich an wie einen Kamikaze-Pilot, der doch zurückgekommen ist. »Ein Wahnsinn! Der Mann ist bei der Bonner Kripo. – Ich möchte wissen, was der überhaupt hier wollte.«

»Wieso sieht man keine Bremsspuren?«, fragte ich.

»Das wissen wir noch nicht«, sagte er. »Seit einer halben Stunde frage ich mich, wieso der Mann nicht mal versucht hat zu bremsen. Die Kurve ist doch nicht zu übersehen. Reifen geplatzt? Kann nicht sein, die sind in Ordnung. Ein Wahnsinniger oder ein Selbstmörder?«

Dann fuhr er mit dem spitzen Ende des Stockes fast spielerisch durch ein kreisrundes Loch in der Windschutzscheibe des Peugeot, die wie ein Fremdkörper gute zehn Meter vom Wagen entfernt fast unversehrt im tiefen Schnee lag. Geistesabwesend zog er den Stock wieder heraus und versenkte ihn in einem zweiten Loch. Insgesamt waren es vier, ziemlich dicht beieinander, und alle auf der Fahrerseite.

»Oh, verdammt«, sagte ich heftig.

Der Polizist Schmitz starrte mich ungläubig an.

»Das darf doch nicht wahr sein«, murmelte er kaum hörbar. Und dann lauter: »He, Chef, komm mal her. Komm mal ganz schnell hierher!«

Ich drehte mich um und schlich zu meinem Auto. Es fing wieder sanft zu schneien an, hinter dem Hügel waren Krähen wachgeworden und kreischten verärgert.

Ich stieß auf die Straße zurück und ließ den Wagen langsam weiter rückwärts rollen, bis ich nur noch den grell erleuchteten Vorhang des fast in der Luft stehenden Schnees über der Kuppe sah. Dann fuhr ich langsam und mit durchdrehenden Rädern wieder hoch; ich versuchte mir vorzustellen, wie das mit Guttmann passiert war.

Ich versuchte mir vor allem vorzustellen, was irgendwelche Menschen hatten tun müssen, um Guttmann auf diese Weise erledigen zu können. Ich wollte den Punkt ausfindig machen, an dem sie gestanden haben mussten. Wer immer sie auch gewesen sein mochten.

Links kamen die Spitzen der Kiefern in mein Blickfeld, in die Guttmann gerast war. Rechts von der Straße stand eine sehr hohe, dichte Baumgruppe aus sechs oder acht Wacholderstämmen. Ich stoppte und stieg aus. Hinter den Stämmen im Windschatten waren Reifenspuren. In einer halben Stunde würden sie nicht mehr zu sehen sein.

Der Polizist namens Schmitz kam angelaufen und fragte atemlos: »Haben Sie noch was gefunden? Das ist ja wirklich sonderbar mit den Löchern in der Scheibe.«

Er starrte auf die Reifenspuren. »Wenn hier welche gestanden haben, dann sind die Löcher in der Windschutzscheibe, ja dann sind die ja wirklich ... Vielleicht haben die gewildert? Klar! ... Die haben gewildert ... die hatten was vor der Flinte ... Rehe, oder so ... und irgendwie kam der Peugeot dazwischen und ... und ...«

Bei seinem atemlosen Versuch, einen begreifbaren Vorgang zu konstruieren, wirkte er vollkommen hilflos. Er brach ab, starrte mich an und schien mich erst jetzt richtig zu erkennen. Heiser fragte er: »Was meinen Sie, Herr Baumeister?«

»Die haben nicht gewildert«, sagte ich. »Nicht bei diesen Einschusslöchern. Das muss ja eine Elefantenbüchse gewesen sein oder eine Flak oder was weiß ich. Keine Wilderer.«

»Chef!«, schrie er hysterisch, »Chef, komm mal her!« Dann rutschte er plötzlich aus, drohte, auf die Reifenspuren zu trampeln, machte einen grotesk weiten Schritt über sie hinweg und fuchtelte wild mit den Armen. »Das müssen wir absperren hier. Das gehört sofort abgesperrt. Scheiße, der Schnee, das schneit ja alles zu. Chef!« Dann rannte er los.

Ich ging zu meinem Wagen und fuhr heim. Ich fragte mich, wie lange es dauern würde, bis sie aus ihrem Computer die erste Antwort erhalten hätten. Der Name Guttmann würde sie todsicher zu Lewandowski/Breuer führen und zu C-16, und genauso todsicher zu Baumeister.

Und dann würden sie vor meiner Tür stehen und mir auf die Nerven gehen. Ich hatte keine Ahnung, was ich ihnen sagen sollte. Eigentlich wusste ich gar nichts, und sie wussten vielleicht alles.

Wie in Trance machte ich die Garage zu und ging ins Haus. Ich setzte mich vor das nur noch glimmende Feuer und starrte hinein. Dann schob ich ein Band mit Haydns Streichquartetten in den Apparat. Das brachte mich schon gar nicht in die Wirklichkeit zurück. Es war drei Uhr morgens.

Kennen Sie eigentlich Metzger, Willi Metzger?

Schrill klingelte das Telefon. Ein Mann sagte geschäftsmäßig kühl: »Herr Baumeister, ich nehme an, Sie haben unseren Anruf erwartet. Wir werden in Kürze bei Ihnen sein. Gehen Sie bitte nicht aus dem Haus, bis wir dort sind.«

»Lieber Himmel«, sagte ich wütend, »wenn ich nicht auf Sie warten wollte, wäre ich ja wohl längst in der Normandie, oder?«

»Ach ja?«, sagte er pikiert und hängte ein.

Ich hockte vor dem Feuer und hörte die zweite Seite des Haydn-Bandes. Dann fiel mir plötzlich ein, dass niemand außer mir wusste, dass ich Fotos von Lewandowski als Dr. Steiner besaß. Guttmann war tot, Guttmann hatte das niemandem mehr erzählen können. Oder hatte er Funk im Wagen gehabt? Ich stellte mir das Wrack seines Autos vor: Waren da Antennen gewesen? Ich erinnerte mich nicht. Die Zeit wurde langsam knapp. Ich sprang auf und schob die Fotos zwischen alte Akten. Dann kam mir das Versteck zu wenig perfekt vor. Wenn Guttmann über Funk mit irgendwem gesprochen hatte, bevor er in den Tod raste, waren die Bilder von Lewandowski jetzt heiß, glühend heiß.

Ich holte sie also wieder hervor, packte sie zusammen mit den Negativen in eine braune Papiertasche, klebte die Tüte zu und versteckte sie auf dem Dachboden in einem alten, nicht benutzten Zug des Kamins. Ich kam mir dabei etwas lächerlich vor, aber ich wollte nicht riskieren, die einzigen Dokumente eines so bösen, vertrackten Falles zu verlieren. Im Radio sang eine Frau vollmundig *Take my breath away ...*

Dann hockte ich mich mit dem Tonband auf das Sofa und diktierte die Geschichte, wie ich sie bisher erlebt hatte. Das Band verstaute ich ebenfalls im Schornstein.

Immer noch kein Besuch. Ich schleppte Holz aus der Scheune herein und stapelte es in der Kiste neben dem Kamin. »Ich muss die Baronin doch aus dem Bett holen«, erklärte ich Krümel. »Ich will allein sein, ich kann jetzt keine Leute hier gebrauchen, schon gar keine Frau.«

Sie maunzte, lief über den Flur in die Küche, kam zurück, maunzte wieder, lief erneut in die Küche. »Willst du Fisch oder Fleisch?« Ich öffnete den Küchenschrank und machte ihr eine Dose penetrant riechendes Makrelenfilet auf. »Du bist ein Luxuswesen. Warum begnügst du dich nicht mit Essiggurken?« Ich sah ihr zu, wie sie gierig fraß. Es war jetzt nach vier Uhr morgens. Ich ging telefonieren.

Die Baronin meldete sich sofort, sie klang nicht im Geringsten verschlafen. »Von Strackner hier.«

»Siggi Baumeister. Hör zu, ich kann dich jetzt nicht hier wohnen lassen. Ich habe einen schlimmen Fall am Bein, einen sehr schlimmen Fall, ziemliches Durcheinander, schwer zu recherchieren, es geht nicht.«

Sie schwieg eine Weile und sagte dann gelassen mit ihrer tiefen Stimme: »Du bist vielleicht gut. Ich will in einer Stunde losfahren. Wieso rufst du erst jetzt an?«

»Weil ich es noch nicht länger weiß, erst seit dieser Nacht.«

»Aber ich störe dich doch nicht. Du kannst machen, was du willst. Du wirst mich nicht spüren. Und wenn ich etwas wissen will, kannst du es mir sagen oder nicht. Ich kann mir gut allein helfen, wie du weißt. Was ist los mit dir?«

»Ich kann dich jetzt nicht gebrauchen.« Mehr fiel mir nicht ein.

»Baumeister, du bist verrückt«, sagte sie trocken, und ich hörte, wie sie sich eine Zigarette anzündete. »Hör zu, ich will Accessoires fotografieren, für ein Vorprodukt im Modeteil. Dazu brauche ich Steine und alte Baumwurzeln und Moos und Schnee. Du hast gesagt, dass es bei dir in der Eifel genug davon gibt. Wir mieten also für ein paar Tage dein Haus und bezahlen gut dafür. Ich kann jetzt nicht mehr umdisponieren, ich hänge in Terminen, der Hersteller wird mir die Hölle heiß machen, wenn ich es verschiebe. Was ist bloß los mit dir? Du weißt, was in der Redaktion passiert, wenn ich sage: Baumeister will nicht!«

»Ich werde geächtet und du ausgestoßen«, sagte ich.

»Richtig«, sagte sie. »Baumeister, gib dir einen Stoß und mach mir meinen Terminplan nicht kaputt.«

»Ich werde aber kaum hier sein«, meinte ich lahm.

»Dann leg mir den Hausschlüssel irgendwohin.« Sie lachte. »Du klingst ganz schön durcheinander.«

»Durcheinander ist nicht das richtige Wort. Kannst du nicht in irgendein schönes Hotel im Schwarzwald gehen oder ins Kleinwalsertal oder weiß der Teufel wohin?«

»Wieso schellt es bei dir um diese Zeit?«

»Das sind die Bullen«, sagte ich. »Jetzt wird es ernst. Also, such dir ein anderes Ziel, ja?«

Sie waren zu zweit, und hinter ihnen hatten sich zwei uniformierte Polizisten aufgebaut.

Einer von ihnen war Schmitz. Es schneite noch immer oder schon wieder.

»Kommen Sie herein.« Ich ging vor ihnen her. »Setzen Sie sich, wo Sie wollen. Soll ich einen Kaffee machen?«

Sie sahen sich schnell um, als erwarteten sie einen Lauschangriff aus der Ecke hinter den Sesseln. Dann öffneten beide fast synchron ihre Mäntel. Es waren praktisch identische schwere, dunkelblaue Tuchmäntel. Beide Herren hatten militärisch kurze Haarschnitte und übertrieben akkurate Schnäuzer, sie stellten den gleichen verantwortungsvollen Blick zur Schau. Sie mussten beide um die vierzig sein, und ihre Gesichter waren sonnenbankbraun und gänzlich charakterlos – ich würde sie niemals wiedererkennen, da war ich mir sicher.

Der, der wohl etwas mehr Verantwortung trug, versuchte es mit einem aalglatt-freundlichen Einstieg: »Wir danken

Ihnen, dass Sie uns empfangen. Mein Name ist Beck, meine Behörde, nun, die kennen Sie ja.« Dann setzte er sich, woraufhin auch der zweite Mann wagte, Platz zu nehmen. Einen Augenblick lang machten sie den Eindruck, als sei alles gesagt, als wollten sie nur zwei Minuten ausruhen und dann wieder verschwinden, zu irgendeinem lästigen, aber nötigen Job.

»Darf ich Sie nun bitten zu berichten?«, fragte Beck endlich; diesmal klang er etwas unduldsam, so als wundere er sich darüber, dass ich nicht längst Rapport erstattet hätte.

»Bitten dürfen Sie zweifellos«, meinte ich sanft, »aber ich werde nicht berichten. Worüber auch? Sehen Sie, Guttmann hat mir eindeutig erklärt, dass es sich um eine höchst geheime Staatssache handelt. Dann ist er plötzlich tot, und Sie schneien hier mit Polizeischutz herein, nennen sich Beck und Kompagnon und wollen, dass ich berichte. Einfach so.«

»Das ist ja wohl die Höhe!«, zischte der mit etwas weniger Verantwortung und beugte sich weit vor. Er war doch nicht perfekt: Links unten hatte er eine ziemliche Zahnlücke. Und er war sehr wütend: »Schließlich vertreten wir diesen Staat.«

»Na, na«, beruhigte ihn Beck. »Was wollen Sie also, Herr Baumeister?«, fragte er voll väterlicher Nachsicht.

»Ich möchte zunächst Ihre Dienstausweise sehen. Und dann können Sie mir konkrete Fragen stellen. Ich liefere Ihnen keine Geschichte frei Haus. Ich habe nämlich gar keine Geschichte.«

»Werden Sie nicht frech, Mann«, sagte der mit den Gebissproblemen voll echter Entrüstung, und auch Beck war jetzt sichtlich ungehalten: »Wir können Sie auch verhaften, Baumeister!«

»Dazu haben Sie kein Recht. Und ganz nebenbei: Falls ich in zwei Stunden nicht hier an diesem Telefon erreichbar bin, setzt mein Anwalt Himmel und Hölle in Bewegung. Ich kann mir nicht vorstellen, dass das Ihrer vorgesetzten Behörde recht ist, bei so einem sensiblen Fall. Oder dem Minister im Bundeskanzleramt, dem Innenminister und dem Innenausschuss des Bundestages. Das käme nämlich schriftlich zu ihnen, mit Kopie, an alle Presseagenturen und Korrespondenten in Bonn.«

Beck schluckte und versuchte, forsch zu klingen: »Das schreckt uns wenig!«

Ich sagte nichts, starrte in das Feuer und ließ sie überlegen. Kurz darauf kochte das Wasser in der Küche, und ich ging und goss den Kaffee auf. Waren die so dämlich, oder war das alles schon für mich bestimmte Schau? Jedenfalls zischte der Kleine unüberhörbar: »Einfach kassieren und anschließend dementieren!«

»Geht nicht«, murmelte Beck; er klang unglücklich. »Aus seinem Dossier geht hervor, dass er Ernst macht. Also ruhig.«

Ich brachte ihnen den Kaffee und freute mich darüber, dass meine Hände kein bisschen zitterten. »Erst die Papiere, dann können Sie fragen.«

Die Papiere schienen mir echt zu sein, und laut Ausweis hieß Beck tatsächlich Beck und war ermittelnder Staatsanwalt bei der Bundesanwaltschaft.

»Es geht also um Herrn Lewandowski«, sagte er betont geduldig. Er starrte dabei verbissen auf seine Knie, er hatte wohl noch Probleme mit seiner Rolle. »Es geht um den Mann, den Sie tot gesehen haben.«

»Ja, ja, ich weiß. Lewandowski oder Breuer, wie er in Ihrem Computer heißt.«

»Was hat Ihnen Guttmann gesagt?«

»Nichts. Er hat mich in Ihrem Namen gebeten, mich da rauszuhalten und nicht zu recherchieren. Er hat gesagt, der Tote sei ein C-16-Fall, der das Staatsinteresse berühre. Und das war es auch schon.«

»Ich ordne hiermit an, dass Sie nicht recherchieren!« Er war vermutlich befugt, solch eine Anordnung zu treffen, aber es klang einfach lächerlich.

Ich hob meine Tasse an die Lippen, trank gelassen und wünschte mir zweihundert Zuschauer, weil ich so phantastisch ruhig war. »Was sollte ich denn recherchieren? Ich weiß nichts, absolut nichts. Guttmann war hier, verwarnte mich, fuhr weg und verunglückte tödlich, das ist alles.«

Beck sah mich an, und seine Augen waren fast geschlossen. Er nickte langsam: »Guttmann ist tödlich verunglückt, und Sie wissen nichts.«

»Absolut nichts.«

»Würden Sie diese Aussage vor einem Bundesermittlungsrichter wiederholen?«

»Selbstverständlich. Sie können mich jederzeit vorladen.«

Er nickte, hatte seine Rolle wieder, war wieder von sehr viel Verantwortung geplagt. »Das werden wir tun, das werden wir sicherlich tun.« Dann sah er seinen Begleiter an. »Wir können wohl gehen.« Er lächelte milde und hatte müde, gerötete Augen. »Wir danken Ihnen für Ihr Verständnis und verlassen uns darauf, dass Sie nicht recherchieren.«

»Ich verzichte für das Vaterland«, sagte ich.

In der Haustür blieb der zweite Mann stehen, drehte sich zu mir herum und sagte mit schmalen Lippen: »Es ist Ihnen untersagt, sich aus dem Dorf zu entfernen, Ferienreisen zu unternehmen oder die Grenzen der Bundesrepublik ins Ausland zu überschreiten.« Er mochte mich immer noch nicht.

»Mann, das geht nicht.« Ich war wirklich betroffen. »Das Dorf hier hat doch nicht einmal einen Lebensmittelhändler.«

»Selbstverständlich dürfen Sie sich Kartoffeln kaufen«, meinte Beck aus dem Hintergrund, wieder ganz Vater. »Um Gottes willen, wir sind doch nicht pingelig.«

»Danke«, sagte ich artig.

An diesem Morgen musste es sein: Ich nahm zwei Schlaftabletten und döste irgendwann auf dem Sofa ein. Später muss ich mich halb bewusstlos in mein Bett gequält haben, denn als es erst schellte und dann jemand wie wild gegen die Haustür schlug, wurde ich dort wach und musste mich zerschlagen und ohne Brille die Treppe hinuntertasten.

Da stand ich in der Tür und spürte ziemlich schmerzhaft die Kälte an sämtlichen, üblicherweise bedeckten Körperteilen. Ich hatte meinen Bademantel vergessen. Und zu allem fragte ich auch noch dümmlich: »Ja, bitte?«

Die Baronin ist eine sehr zierliche Frau, schlank und schmal. Sie wirkt größer, als sie wirklich ist, weil ihr Haar mächtig und lang in wilden Wellen um ihr Gesicht weht, ein Löwenhaupt. Wie so viele Frauen, die in der Modebranche sind, sieht man sie nie aufgetakelt. Sie trug ihre üblichen Jeans zu einem blaukarierten Holzfällerhemd, darüber eine schwarze Lederjacke, die bis zu ihren Fellstiefeln herunterhing. Sie stand direkt vor mir, starrte mich an und sagte nur: »O Gott!« Dann begann sie schallend zu lachen.

»Wie spät ist es denn?«, fragte ich, immer noch nicht Herr der Situation. Dann sah ich, wie Frau Spill gegenüber die Gardine beiseite riss. Ich bedeckte beidhändig meine Blöße und drehte mich so schnell wie möglich herum. Das war zu viel, mir wurde schwindlig, und ich musste mich am Türrahmen festhalten.

Die Baronin erstickte fast an ihrem Lachanfall. Schließlich brachte sie mit Mühe heraus: »Eigentlich bin ich hier, um zu arbeiten.« Dann zog sie die Tür hinter sich zu und sagte glucksend: »Ich glaube, ich mache dir erst mal einen Kaffee, ja?«

»Das ist sehr gütig«, sagte ich und schritt so gemessen wie möglich die Treppe hinauf. Ich hörte, wie sie kichernd in der Küche verschwand und mit irgendwelchem Geschirr herumklapperte. Kurz darauf fing sie tief und hübsch zu singen an: »Armer Gigolo, schöner Gigolo ...«

Ich duschte, rasierte mich und versuchte vergebens mich an die Gesichter der Staatsanwälte zu erinnern. Stattdessen sah ich die ganze Zeit das Gesicht von Guttmann vor mir.

Kennen Sie eigentlich Metzger, Willi Metzger?

Was hatte er gewollt, weshalb war er wirklich gekommen? Wer war Alfred Lewandowski in Wirklichkeit gewesen? Dr. Steiner? Breuer, Otto Breuer?

»Kaffee ist fertig«, rief die Baronin von unten.

Krümel tanzte neben mir die Treppe hinunter, und als sie die Baronin sah, versteckte sie sich hinter meinen Beinen.

»Tut mir Leid, ich muss geschlafen haben wie ein Toter.«

»Oh«, sagte sie strahlend, »das war ein durchaus heiterer Tagesanfang. Der Kaffee steht vor dem Kamin. Du musst Holz nachlegen. Was wollten übrigens die Bullen heute Nacht?« Sie zündete sich eine Gauloise an, hustete etwas und sagte dann leichthin: »Du hast dich am Telefon ein bisschen gehetzt angehört.«

»Ach, es war eigentlich gar nichts Besonderes«, sagte ich. »Sie wollten nur eine Auskunft.«

»Ach so«, sagte sie. Sie glaubte mir kein Wort.

Ich setzte mich an den Kamin und sah sie über meine Kaffeetasse hinweg an. Irgendwann in ihrer Jugend hatte sie einen Baron geheiratet, das aber sehr schnell als Fehler begriffen und zu den Akten gelegt. Sie war seit vier Jahren recht erfolgreich im Moderessort, und sie gehörte zu den Frauen, die ganz wortlos deutlich machen, dass sie zum Leben keinerlei Hilfestellung brauchen. Sie mochte ein paar Jahre älter sein als dreißig, und sie war eine ausgesprochene Zierde ihres Geschlechtes.

»Es geht um Ledertaschen und Gürtel«, sagte sie. »Zum Teil will ich sie an Models fotografieren, zum Teil aber auch einfach so. Auf Steinen, in Moos, in langen Waldgräsern und so. Hier ist übrigens der Scheck, ich brauche dein Haus eine Woche, macht zwei Tausender.«

»Danke.« Ich faltete den Scheck zusammen und steckte ihn ein. »Du solltest erst einmal in den Steinbruch gehen. Du findest da rotbraune Vulkanbrocken, groß wie eine Faust oder zwei, drei Tonnen schwer. Dann rotgeäderten Basalt. Westlich davon einen Buchenhochbestand mit langen Gräsern und großen Moosteppichen ...«

»Was heißt das, westlich davon?«, fragte sie. Sie hatte ein ganz eigentümliches Lächeln.

»Ich gebe dir eine Karte mit, es ist alles nur zehn Minuten entfernt. Was noch?«

»Wenn ich zusätzliches Licht brauche?«

»Wir nehmen Lastwagenbatterien auf Alfreds Trecker mit. Bist du allein, oder kommen noch Leute nach?«

»Allein. Sag mal, du bist nervös, nicht wahr?«

»Ein bisschen.«

»Erzähl mir davon.« Sie drückte die Zigarette aus und zündete sich sofort eine neue an.

Ich stopfte mir die Shag von Savinelli. »Da ist heute Nacht ein Mann erschossen worden. Hier ganz in der Nähe. Der Mann kam von mir, er war Chef der Mordkommission in Bonn, er fuhr einen kleinen Peugeot GTI, und ich frage mich ...«

»Das hast du doch alles geträumt«, sagte sie entgeistert.

»Nein, nein, das stimmt schon so. Er fuhr den gleichen Wagen wie ich, und ich frage mich, ob die vielleicht gedacht haben ...«

»Du meinst, die wollten dich ...?« Sie war wieder ganz ruhig und sah in ihren Schoß.

»Das kann schon sein«, murmelte ich. »Es ist unwahrscheinlich, aber es kann sein. Na ja, ist ja nicht dein Bier.«

»Hör mal«, sagte sie aufgebracht, »nun red bloß nicht solchen Scheiß. Was ist das für eine Geschichte?«

»Ich bringe dein Gepäck ins Gästezimmer, dann zeige ich dir den Steinbruch und erzähle die Geschichte, ja?«

Sie sah mich skeptisch an. »Du musst aber nicht.«

»Nein, nein, das mache ich ganz freiwillig. Es ist sicher gut, diese Geschichte selbst zu hören und zu überlegen, was dran ist.«

Ich schleppte also ihr Gepäck hoch, machte den Ofen an und legte ihn mit Briketts voll, damit er drei Tage sanft durchbrannte. Dann rief ich Krümel, die sich angesichts des Gastes zurückgezogen hatte und die Baronin unter dem Schreibtisch hervor anstarrte.

»Komm her, du kannst mitkommen. Sie ist eine Freundin, kein Katzenhasser.«

»Geht sie etwa mit?«

»Sicher, wenn sie dich akzeptiert, geht sie mit. Aber sie hat Schwierigkeiten mit Frauen, sie ist schwanger.«

»Und wann ist es soweit?«

»In ein paar Tagen, schätze ich. Sie sucht schon nach einer Stelle für die Geburt. Am besten, du kniest dich hin, streckst die Hand aus und hältst sie ihr hin. Wenn die Hand in Ordnung ist, geht sie mit.«

Krümel fand wie ich, dass die Hand der Baronin in Ordnung war, ich schloss das Haus ab, und wir marschierten los. Krümel hielt sich dicht neben mir.

Der Himmel war grau, mit blauen Flecken, und es roch nach Schnee.

Im Westen zog ein Keil Wildgänse zum Horizont. Ziemlich vollständig erzählte ich meine Geschichte, und als wir am Sportplatz vorbeigingen und in den Wald kamen, sagte die Baronin: »Das ist doch eine völlig blödsinnige, undurchsichtige Story, bei der so ziemlich alles in der Luft hängt, oder? Und wenn du sie schreibst, nimmt sie dir kein Mensch ab. Das ist wie eine Nachrichtensendung vom anderen Stern, das ist der reine Räuber-und-Gendarm-Quatsch.«

»Mag schon sein, aber der tote Lewandowski ist nicht Lewandowski, und Guttmann kam zu mir, um mich auf einen Kollegen namens Willi Metzger aufmerksam zu machen. Und wenn die Bundesanwaltschaft gleich zwei Staatsanwälte in dieses Kaff schickt, um mich zu stoppen, dann steckt eine üble Geschichte dahinter. Irgendetwas stinkt da gewaltig.«

Krümel hatte in einem Haselnussstrauch etwas entdeckt. Sie schoss vorwärts, duckte sich zum Sprung, federte ab, fuhr mit der Schnauze in ein Schneeloch, in dürres Laub. Sie kam mit einer kleinen, braunen Maus heraus, die sie einfach hoch in die Luft warf.

»Nimm sie ihr weg«, sagte die Baronin hastig.

»Sie ist eine Jägerin«, sagte ich.

»Aber so eine niedliche ... ja, ja, ich verstehe schon. Warum macht sie sie bloß nicht gleich tot?«

Krümel war hinter einer gefällten Weißtanne verschwunden, und wir hörten sie knurren und herumjagen.

»Ich würde dir raten, die Geschichte nicht zu machen«, sagte die Baronin und zündete sich eine Zigarette an. »Aber die Chefredaktion wird dir natürlich sagen, dass sie jeden Preis zahlt, wenn die Geschichte gut ist. Als ich das erste Mal daran dachte, in den Journalismus zu gehen, habe ich von solchen Geschichten geträumt. Später kriegte ich nie eine Chance, so etwas zu recherchieren. Immer drängten sich irgendwelche Machos vor. Heute bin ich froh, solche Geschichten nicht am Hals zu haben.«

»Das glaube ich dir nicht.«

»Doch, doch, glaub mir ruhig. Was wirst du tun?«

»Ich muss zuallererst herausfinden, wer Willi Metzger ist. Sieh mal, da ist der Steinbruch.«

»Unheimlich schöne Farben in den Steinen. Und was mache ich, wenn es weiter schneit?«

»Warten. Du wirst ja auch für das Warten bezahlt, du bist ja angestellt. Da rechts in den jungen Buchen fließt übrigens ein Bach ganz flach über große Steine. Sieht gut aus, besonders jetzt.«

»Da ist eine Höhle in der Steilwand, kommt man da ran?«

»Das geht, aber die Höhle ist höchstens einen Meter tief.«

»Und als Hintergrund?«

»Das ist machbar. Ach ja, unten am Greisenbach werden gerade Erlen gefällt. Das frische Holz ist grellgelb bis rot. Du solltest das nutzen.«

Sie sah mich von der Seite an und murmelte: »Du solltest vielleicht Mode machen oder im Styling arbeiten.«

»Ich kann mich beherrschen, ich bin Journalist ...«

»Und du wirst Lewandowskis Mörder jagen, nicht wahr?«

»Ja.«

3. Kapitel

Sie holte den Belichtungsmesser aus der Tasche und begann hin- und herzulaufen, zu messen, sich Notizen zu machen. »Ich werde zusätzliches Licht brauchen und jede Menge Reflektoren, aber es wird gut werden.«

»Hast du alles im Wagen?«

»Alles dabei. Was sagt der Wetterbericht?«

»Es wird wärmer. Wir kriegen Westwind, also erst mal weniger Schnee und mehr Regen. Direkt vom Atlantik. Wenn die Weströmung dann steht, wird die Sonne kommen, so in zwei, drei Tagen.«

»Lebst du eigentlich immer allein, oder kriegst du manchmal Besuch?« Sie zog sich den Steilhang hinauf und maß das Licht vor einem irisierend grauen Basaltbrocken mit einer grellweißen kristallinen Ader.

»Kein Besuch, ich bin noch nicht alt genug dafür.«

Sie grinste und kam wieder hinuntergeklettert. Dann schlenderten wir auf unserer eigenen Spur zurück nach Hause.

Auf dem Weg tauchte Krümel wieder auf und sah sehr zufrieden aus, bis ihr die Lauferei zu mühselig wurde. Also schleppte ich sie in der Armbeuge zurück, und sie schnurrte den ganzen Weg über.

»Ich gehe mal baden«, sagte die Baronin und verschwand die Treppe hinauf.

Kennen Sie eigentlich Metzger, Willi Metzger?

Ich rief Koßmann von dpa in Bonn an, mit dem ich einmal zusammen in Israel gewesen war. Er war ein freundlicher, vorsichtiger Mann, genau das, was ich brauchte.

»Hör zu, es geht um Willi Metzger, den Kollegen Willi Metzger. Arbeitet der für dich?«

»Hat gearbeitet.« Er zögerte. »Kanntest du ihn nicht? War ein ganz netter Kerl, ein Eigenbrötler, aber nett.«

»Für wen arbeitet er jetzt?«

»Für die eigene Seligkeit. Er ist tot, verunglückt.« Er machte eine Pause. »Warte mal, ich war auf der Beerdigung. Das war Ende November. Ja, jetzt weiß ich es wieder, er ist am 28. November tödlich verunglückt. Kennst du die Schnellstraße in Köln-Süd, die zwischen den Autobahnen nach Bonn und Brühl-Eifel?«

»Ja, kenne ich.«

»Da ist er über den Haufen gefahren worden. Als Fußgänger, nachts.«

Ich atmete tief durch. »War er an einer Geschichte für euch?«

»Nein. Kann sein, dass er irgendetwas recherchierte, das ich nicht kannte. Aber er hatte keinen Auftrag, wenn du das meinst. Er ... na ja, es ist halt passiert.« Er machte den Eindruck, als wollte er noch etwas sagen, aber er schwieg.

»Ist die Polizei eingeschaltet worden?«

»Ja, sicher. Er lebte mit der Groß zusammen, Claudia Groß. Die ist hier bei mir Sekretärin. Mein Gott, hat die gelitten, und sie leidet immer noch. Willst du mit ihr sprechen?«

»Ja. Und noch eine Frage: War irgendetwas an dem Unfall, sagen wir mal, komisch?«

»Sehr komisch, wenn du mich schon fragst. Erstens war es komisch, dass er als Fußgänger auf einer Schnellstraße unterwegs war, an der nicht mal ein Haus steht. Zweitens war es noch komischer, dass er vollkommen betrunken war.«

»Was ist daran komisch?«

»Er war Alkoholiker und seit mehr als vier Jahren pulvertrocken. Er arbeitete sehr aktiv bei den Anonymen Alkoholikern mit, und er achtete wie der Teufel darauf, dass er keinen verdeckten Alkohol zu sich nahm. Soßen und Eis und so, du weißt schon.«

»Kann es denn nicht einfach ein Rückfall gewesen sein?«

»Kann natürlich sein, aber ich halte das für ausgeschlossen. Zwei oder drei Tage vorher haben wir noch zusammen gegessen, und er sagte, er würde selbst dann nicht mehr trinken, wenn er in eine Lebenskrise rutscht. Ich habe ihm geglaubt. Er war ganz gelassen und sicher, nicht die Spur von Krise, verstehst du? Was hast du vor? Ist er eine Geschichte? Und wenn ja, kann ich die haben?«

»Ich weiß noch nichts. Er ist bis jetzt höchstens der kleine Zipfel einer Geschichte. Aber wenn daraus eine Geschichte wird, biete ich sie dir an. Und jetzt brauche ich diese Claudia.«

»Mach es gut und viel Glück, ich verbinde.« Es klickte, dann kam eine Frauenstimme, hoch und etwas außer Atem. »Ja? Groß hier.«

»Ich heiße Siggi Baumeister. Ich bin Journalist, und ich würde Sie gern treffen.«

Kurzes Zögern. »Es geht wohl um Willi, um meinen ...?«

»Ja.«

Dann überraschend resolut: »Das wurde auch Zeit, dass mal jemand sich drum kümmert.«

»Aber ich weiß noch nichts. Wann können wir uns sehen?«

»Morgen Nachmittag um fünf, bei mir in Wesseling.« Sie gab mir die Adresse, und ich bedankte mich.

Trotz meiner Vorhersage hatte es wieder zu schneien begonnen. Der Wind drehte langsam auf West, die graue Wolkendecke wurde schwarz, die Nacht zog herauf.

Die Baronin kam aus ihrem Zimmer und sah edel aus. Sie trug einen dunkelblauen Seidenmantel, hockte sich in einen Sessel und sagte: »Du hast doch sicher nichts dagegen, wenn ich mir hier die Nägel mache, oder?«

»Fühl dich wie zu Hause. Was willst du essen?«

»Ein Brot und einen Tee, bitte. Weißt du jetzt, wer Willi Metzger ist?«

»Wer er war. Er ist tot. Er war ein Kollege.«

Sie zündete sich eine Zigarette an. »Na los, erzähl schon.«

Ich berichtete ihr das Wenige, was ich wusste, und sie murmelte: »Also hat Guttmann dich auf diesen merkwürdigen Tod aufmerksam machen wollen, oder?«

»Ja, sicher.« Dann schwiegen wir; die Baronin hatte ihre Nägel ganz vergessen, und ich legte bis zum Beginn der Tagesschau eine CD auf. Siggi Schwab und Peter Horton spielten Gitarre, und Jon Eardley blies mit dem Flügelhorn ungeheuer weich und einfühlsam meine Verzagtheit fort. Der Titel hieß *No more Lovesongs*.

Ich schüttelte die Lethargie ab, sprang auf, holte neues Holz und machte uns dann ein Brett voll belegter Brote. Danach sahen wir uns die Nachrichten der ARD an. Die Baronin starrte ziemlich abwesend in den Fernseher und streichelte zuweilen ihr Kinn, als überlegte sie angestrengt. Sofort nach dem Wetterbericht fragte sie: »Darf ich mal telefonieren?«

»Bitte, ich kann rausgehen.«

»Bleib ruhig hier, es wird kurz.« Sie stand auf und marschierte auf das Telefon los wie ein Soldat. Sie wählte und sagte, noch ehe der andere sich richtig hatte melden können: »Ja, ich bin's. Hör mal zu, ich habe mir überlegt, dass du deine Pantoffeln einpackst und aus meiner Wohnung verschwindest.« – »Was heißt drüber nachdenken? Ich habe darüber nachgedacht. Pack sie ein und hau ab.« – »Plötzlich? Das ist doch nicht plötzlich. Ich hatte sechs Stunden Zeit zwischen Hamburg und der Eifel. Ich habe mich entschieden, ich will, dass du verschwindest, ich werde wieder allein leben.« – »Nein, ich will nicht mit dir darüber diskutieren, unter keinen Umständen. Und krieg jetzt um Gottes willen nicht irgendeine neue Allergie. Und leg dich nicht in mein Bett.« – »Nein, ruf nicht hier an, es hat keinen Zweck. Pack die Pantoffeln ein und geh, okay?« Dann legte sie den Hörer sehr bedachtsam auf, atmete tief durch und sagte leise: »Das musste sein.«

»Ich habe da was für dich.« Ich suchte das Video eines älteren ZDF-Jazzclubs heraus und legte es ein. Chet Baker blies auf seiner Trompete hauchend, zögernd, sehr empfindsam *I'm a fool to want you.*

Sie lächelte. »Du bist ein verrückter Typ. Der Trompeter sieht aus wie eine Leiche.«

»Als er das spielte, war er fast schon eine. Heroin. Kurz darauf sprang er in Amsterdam aus dem Fenster in die Ewigkeit, er wollte nicht mehr.«

In diesem Moment schrillte das Telefon, und ich ging hin und meldete mich mit »Krematorium, Ofen vier«, woraufhin die Baronin glucksend lachen musste.

»Kann ich sie sprechen?«, fragte ein Mann hörbar irritiert.

»Mich?«

»Nein, nein, ich meine die Baronin.«

»Das geht nicht, wir arbeiten jetzt.«

»Kann ich später noch mal anrufen?«

»Nein, wir sind sowieso nicht da. Nehmen Sie einfach Ihre Pantoffeln und gehen Sie, ja?« Ich hängte ein. »Was ist das für ein Mann?«

»O je«, sagte sie mit einer wegwerfenden Geste und zündete sich eine Zigarette an. Sie rauchte sehr viel. Dann schellte das Telefon erneut, ich nahm den Hörer ab und sagte streng. »Hören Sie, machen Sie keinen Terror, die Baronin hat keine Zeit für Sie. Ist das jetzt klar?«

Jemand sagte ziemlich hilflos: »Ja aber, ja aber ... Ist da nicht der Anschluss Baumeister? Wer ist denn da?« Als ich nichts sagte, wurde der Anrufer ungeduldig und fragte: »Sind Sie das, Baumeister?«

»Ja, Baumeister hier.«

»Hier spricht Schmitz, Herr Baumeister. Entschuldigung, dass ich störe. Der Polizeibeamte Rolf Schmitz, wissen Sie? Der von dem Autounfall heute Nacht.«

»Ja ja, ich weiß schon. Was kann ich für Sie tun?«

»Schreiben Sie darüber? Ich meine, lassen Sie in dieser Angelegenheit was drucken?«

»Nein, so schnell nichts. Ich weiß ja nix. Wieso?«

»Tja, ich rufe Sie eigentlich privat an, dienstlich kann ich das ja nicht. Also, ich wollte nur sagen: Die Sache hat nicht stattgefunden.«

»Wie bitte? Mit welchem Kaliber ist denn Guttmann erschossen worden?«

»Mit gar keinem, Herr Baumeister, mit gar keinem. Das ist es ja. Guttmann ist gar nicht erschossen worden, Guttmann war gar nicht hier in der Eifel, sozusagen, Guttmann ist auch gar nicht hier verunglückt. Der Vorfall hat nicht stattgefunden, verstehen Sie? Wenn Sie aber was drüber schreiben wollen, dann soll ich Ihnen von mir und meinem Kollegen bestellen, dass wir stocksauer sind.«

»Sie sind also aus den Ermittlungen rausgeschmissen worden? Ist es das?«

»Ja. Wir haben nicht mal Protokolle schreiben dürfen. Und die Formblätter, die wir schon ausgefüllt hatten, mussten wir rausrücken. Wir können nicht mal beweisen, dass der Unfall stattgefunden hat, verstehen Sie? Da war ein Mann, der gesagt hat, wir sollten das alles schleunigst vergessen. Was bilden sich diese Heinis aus Bonn oder Karlsruhe oder sonst woher eigentlich ein? Also, wir sind stinksauer, kann ich Ihnen sagen. Da kommt irgend so ein Fatzke vom Verfassungsschutz und sagt mir, ich soll alles vergessen, weil überhaupt nichts passiert ist. Der Guttmann hatte doch Familie. Und was sagen die der? Also, wir sind stinksauer, Herr Baumeister. Ich habe denen auch gesagt, dass Sie bestimmt nicht den Mund halten, wo Sie doch immer für dieses Magazin da arbeiten. Da haben die bloß gesagt: Der Baumeister sagt nix, der wird den Teufel tun, der weiß, was gut für ihn ist.«

»Mit welchem Kaliber ist denn Guttmann nun erschossen worden?«

»Mit gar keinem, Herr Baumeister, mit gar keinem. Guttmann kann ja überhaupt nicht erschossen worden sein, weil er gar nicht in der Eifel war, verstehen Sie?«

»Mit welchem Kaliber, Herr Schmitz? Ich schicke euch morgen einen Kasten Bier in die Wache.«

»Ein Kasten Bier reicht da nicht.«

»Zwei? Drei? Einen Lastwagen voll?«

Er lachte. »Schon gut. Also dieser Bundesanwalt Beck hat erst mal einen Kranwagen geschickt, der das Autowrack abgeholt hat, amtlich wissen wir gar nicht, wohin. Wir wissen aber privat, dass es jetzt auf dem Hof vom Polizeipräsidium in Bonn steht. Die Leiche von Guttmann ist auf schnellstem Weg in das Gerichtsmedizinische Institut in Bonn gebracht worden. Das ist alles.«

»Das Kaliber, Herr Schmitz.«

»Also, das haben wir auch noch mitgekriegt, ehe sie uns verscheucht haben. Es war eine UZI, eine besonders handliche Maschinenpistole.«

»Komische Waffe für Wilderer. Und was ist mit den Reifenspuren rechts von der Straße?«

»Mitsubishi Pajero, fabrikneu. Kann aber sein, dass die Reifen auf einen Mercedes-Geländewagen montiert waren.«

»Sie sind ein As. Das mit der Maschinenpistole kommt mir merkwürdig vor.«

»Uns auch, obwohl wir ja nix mehr damit zu tun haben. Jedes Kind weiß ja, dass eine UZI eine sehr kurze, harte Waffe ist. Streut wie eine Gießkanne, genau schießen kann man damit gar nicht.«

»Ist denn etwas über den Abstand gesagt worden, den der Schütze vom Opfer hatte?«

»Kein Wort. Aber selbst auf eine kurze Distanz, zwanzig Meter oder so, müsste der Schütze besser gewesen sein als unser Schützenkönig. Und er muss Übung haben. Die Waffe hat einen irren Rückschlag. Vielleicht war das ja auch eine Spezialanfertigung. Aber das wissen wir nicht. Na ja, wenn Sie vielleicht doch drüber schreiben, können wir uns ja mal treffen.«

»Das machen wir. Und vielen Dank.« Die Baronin sah mich erwartungsvoll an. Ich sagte nur kurz: »Guttmann ist von einem Profi erledigt worden. Zumindest sieht es so aus.«

»Gibt es so etwas bei uns wirklich, Profis im Töten?«

»Selbstverständlich. Das internationale Rauschgiftgeschäft zum Beispiel kann ohne Killer nirgends arbeiten. Mal abgesehen davon, dass eigentlich schon jeder Soldat so ein Profi ist. Erzähl mir lieber von diesem Mann.«

Sie dachte kurz nach und sagte: »Da gibt es im Grunde nicht viel zu erzählen. Also, ich lernte ihn in Pöseldorf in einer Kneipe kennen. Gut aussehender Typ, groß, breitschultrig, kurze, dunkle Haare, vierzig, geschieden, keine Kinder, Bankkaufmann. Und weil mir gerade danach war, nahm ich ihn mit.« Sie schnippte mit dem Finger der linken Hand, als wollte sie jede sentimentale Anwandlung verscheuchen. »Ich muss sagen, er war Mittelklasse. Im Bett, meine ich. Er ist Banker, sagte ich das schon? Morgens um sechs Uhr raus und joggen an der Außenalster. Mindestens sechstausend Meter, sonst stimmte irgendetwas nicht. Dann rasieren, dann duschen, dann ab in die Bank. Und das alles bei ständig dröhnendem Radio. Na ja, das ging ja noch. Wirkte sehr intelligent und konnte gut Geschichten erzählen. Na ja, er kam immer öfter. Dann brachte er einen Koffer voll Krimskrams mit und blieb. Ziemlich bald merkte ich, dass es mit der Intelligenz doch nicht so weit her war, weil seine Geschichten sich schnell wiederholten. Er brauchte jeden Morgen länger für seinen Schnurrbart als ich für die ganze Morgentoilette. Vor allem aber hatte er Allergien. Gegen Hundehaare und Orangensaft, gegen Zigarettenrauch, gegen Aspirin, gegen die Luft in Flugzeugen und so weiter und so fort. Auf jeden Fall bekam er dauernd ein fleckiges Gesicht, und sobald er einen neuen Fleck entdeckte, flippte er aus. Im Bett wurde er auch nicht aufregender, weil sein Repertoire ziemlich bescheiden war. Und vorgestern kam er tatsächlich mit Pantoffeln an, und nun ist Schluss.«

»Und wenn er nun depressiv wird?«

Sie lachte. »Dann wird er wahrscheinlich neue Flecken kriegen. Sag mal, kannst du mir nicht morgen mal die Stelle zeigen, an der Guttmann erschossen wurde?«

Ich reagierte gar nicht darauf, und sie wurde ein bisschen verlegen, murmelte, sie sei müde, und verschwand die Treppe hinauf.

Ich hockte mich an den Schreibtisch und hörte eine Weile Ulla Meinecke zu, die *Liebe ich dich zu leise* sang. Dann verlor ich mich in meinen Gedanken. Gegen Mitternacht fing Krümel an zu maulen, und so zogen wir hinauf in das Schlafzimmer; sie legte sich wie immer auf den Teppich neben meine Matratze und sah mir zu, wie ich las. Es war Hermann Hesses *Die Welt der Bücher*, genau das, was ich brauchte, um diese scheußliche Welt für eine Weile aus dem Kopf zu bekommen. Die Käuze im Turm der alten Wehrkirche klagten, und irgendwann schlief ich ein.

Als ich aufwachte, war die Baronin im Bad und rief durch die Tür: »Ich mache gleich Frühstück.« Später frühstückten wir ganz wortlos.

»Ich will jetzt sehen, wo er erschossen wurde.« Wir standen in der Küche, ich wusch ab, und sie trocknete die Teller.

Ich nickte langsam. Der Wind stand immer noch steil auf West, der Schnee war zu schmutzig-grauen Flecken abgeschmolzen, in der Hecke unten im Garten tummelten sich Meisen und Spatzen, und am Himmel jagten die Wolken vorbei.

Der Weg kam mir heute viel länger vor. Am Fuße der Steigung, wo es geschehen war, hielt ich an.

»Die Baumkronen dort links gehören schon zu der Kieferngruppe, in die er gerast ist. Es lag noch nicht allzu viel Schnee, war aber sicher glatt genug, um ins Schleudern zu kommen. Aber nicht Guttmann. Ungefähr ab hier, am Beginn der Kurve, fuhr er geradeaus. Da rechts, siehst du die Baumkronen? Das sind sechs oder acht uralte Wacholderstämme. Da muss ein Auto gestanden haben, ein Mitsubishi Pajero. Von dort wurde geschossen.«

»Warte einen Moment, ich mache mal von hier ein paar Aufnahmen.« Sie stieg aus und fotografierte mit einem Superweitwinkel, dann mit einem Tele sehr sorgfältig nach links und rechts. Dann stieg sie wieder ein. »Wenn sie dort auf Guttmann gewartet haben, dann bedeutet das doch vielleicht, dass sie ihn schon von Bonn bis hierher verfolgt haben, bis zu dir.«

»Richtig.«

»Offensichtlich hat er es aber nicht bemerkt. Sie müssen also wirklich Profis gewesen sein.«

»Auch richtig.«

»Das bedeutet aber auch, dass sie wussten, dass er auf der Rückfahrt diese Straße benutzen würde.«

»Kein Kunststück. Jeder, der aus meinem Dorf nach Bonn fahren will, muss diese Straße nehmen.« Wir waren oben. Ich hielt an und parkte rückwärts in einen Feldweg ein.

»Sieh genau hin. Da hat er die Fahrbahn verlassen, ist durch den Graben gepflügt und dann in die Kiefern.«

Da lagen ein paar traurig aussehende rot-weiße Plastikfetzen herum, mit denen die Polizei die Unfallstelle abgeriegelt hatte.

»Er ist in die Bäume gefahren, dann hochkant gegangen, dann auf das Dach gefallen. So auf dem Dach liegend hat er die zwei Wacholderstämme rasiert und ist dann – wieder auf den Rädern – in die zweite Kieferngruppe dort hinten gerast.«

Es gab nicht mehr viel zu fotografieren, der Platz war vollkommen zertrampelt. Die Baronin war trotzdem sehr genau, stocherte im Schnee, fand ein kleines Blechteil und machte ein Foto davon. Sie fand auch ein vollkommen durchgeblutetes Stück Verbandsgaze. Auch das fotografierte sie.

»Eigentlich ist das doch ungeheuer dreist, hier so auf Guttmann zu warten«, murmelte sie. »Die Straße, breit und bequem, und sicherlich ist hier relativ viel Verkehr.«

»Hast du bis jetzt außer uns ein Auto gesehen? Die breiten Straßen hier verdanken wir dem Verteidigungsministerium, meine Liebe. In der Vorstellung der NATO befinden wir uns hier nämlich im Bereich der Frontlinie der Dritten Staffel, wenn der böse Russe kommt. Überall in der Eifel gibt es Straßen, so breit wie Rollbahnen, und sie sind als Aufmarschwege, als Nachschubstraßen gebaut.«

»War es ganz dunkel?«

»Ja. Dazu der Schneefall. Das ist etwas, das mir Sorgen macht. Wie konnte der Schütze in diesem Schneeflimmern Guttmann sehen, genau erkennen und dann auch noch präzise schießen? Und das ausgerechnet mit einer so groben Waffe wie der UZI?«

»Und wenn er die Scheinwerfer eingeschaltet hatte?«

Eine Gruppe Krähen stieg hinter Ginsterbüschen auf und machte furchtbaren Lärm. »Scheinwerfer? Könnte sein. Aber das erschwert die Sache bei Schneefall noch, wegen der Reflexion. Lass uns mal zu der Stelle gehen, wo der Schütze vermutlich war.« Wir gingen über die Straße hinweg zu der Wacholdergruppe. Auch dort lagen die weiß-roten Plastikfetzen. »Der Wagen stand hier hinter den Stämmen, und sieh mal, die Reifenspuren, das ist der Rest davon.«

»Von hier bis zu dem Punkt, wo Guttmann von der Straße abkam, sind es aber gut achtzig Meter«, sagte sie. »Geh doch mal runter und markier für mich die Stelle.«

Das tat ich, konnte von dort aus aber die Baronin nicht mehr sehen. Atemlos kam sie gelaufen und rief: »Vielleicht war er auf den Bäumen hier.«

»Unmöglich. Auf einen Wacholder kann man nicht klettern. Zu dicht, zu stachlig. Hol doch mal meinen Wagen dahin und steig aufs Dach.«

Sie fuhr meinen Wagen hinter die Stämme und stellte sich auf das Dach. Jetzt konnte sie mich sehen; sie fotografierte mich.

Ich ging wieder zu ihr hinauf. »So könnte es gewesen sein. Der Schütze steht auf dem Dach seines Autos ... Aber die Entfernung!«

»Und wenn er seine Waffe nimmt und in den Straßengraben hinunterschleicht, so dass er im entscheidenden Augenblick ganz nah an Guttmann dran ist? Dann schießt er, läuft zu seinem Auto und verschwindet.«

»Das kann sein, das kann alles sein.«

Sie hockte sich in den Wagen. »Ich stelle mir vor, ich drehe einen Action-Film und will es besonders spannend machen. Ich lasse also den Mörder einen günstigen Punkt im Straßengraben suchen, und er schießt erst, als Guttmann nur noch zehn Meter weg ist.«

»Du bist eine hervorragende Regisseurin, ich werde dich weiterempfehlen. Lass uns jetzt zurückfahren. Du wolltest es sehen, du hast es gesehen. Bleibt immer noch das Problem der Waffe, egal bei welcher Distanz, egal bei welchem Licht.«

Sie drehte sich ab, fummelte an ihrem Fotokoffer auf dem Beifahrersitz herum, wandte sich dann abrupt zu mir und sagte wütend: »Aber Guttmann ist doch, verdammt noch mal, sehr endgültig tot. Und dabei spielen Waffe und Distanz und all der Scheiß gar keine Rolle. Er ist tot, verstehst du, einfach tot. Und du machst ein Männerspiel draus und willst die Umstände ausforschen.«

Abrupt hielt ich an. Ich sah der Baronin gerade in die Augen. »Ich finde das alles auch beschissen. Aber wenn ich darüber schreiben will, muss ich den Hintergrund kennen, oder?« Ich stopfte mir die Royal Rouge von Stanwell, die mich so gelassen aussehen lässt.

»Der Hintergrund ist bestialisch, Baumeister, sonst gar nichts. Und ich frage mich, ob es überhaupt Sinn macht herauszufinden, wer es war. Du sagst ja, es laufen genug Männer rum, die für ein paar Mark irgendwelche anderen Männer töten. Und wahrscheinlich finden sie gar nichts dabei und kommen sich auch noch großartig vor. Erinnere dich, Baumeister, dafür verteilen andere Männer Orden.«

Mein Streichholz brach ab. »In welcher Welt lebst du eigentlich? Du kommst mir vor wie gewisse Alternative, die unbedingt die Geheimdienste abschaffen wollen. Wenn man sie aber mit der Arbeit dieser Dienste konfrontiert, stellen sie fest, dass sie erst einmal alle Geheimdienste neu gründen würden – wenn sie an die Macht kämen. Und diese Geheimdienste, sagen sie, würden dann alles, alles und alles besser und menschlicher machen. Glaubst du das?«

»Ja, verdammt noch mal!«, sagte sie wild.

»Aber das dauert noch sechs bis sechzehn Generationen«, gab ich genauso erregt zurück.

»Ja, und? Irgendwann müssen wir doch mal anfangen, oder?« Sie hatte trotz ihres dunklen Teints ein furchtbar rotes Gesicht, und ihr Mund war nur noch ein Strich.

»Schon gut, schon gut. Mach du deinen Job, ich mache meinen.« Das dritte Streichholz brach ab, das vierte auch, und ich steckte die Stanwell wieder in die Tasche. »Fotografiere du deine Täschchen und deine Gürtel und deine Broschen und all den Krimskrams – und lass mich Guttmanns Mörder suchen.«

»Ich kann doch nicht arbeiten, du beschissener Macho!«, fluchte sie. »Dieses Scheißwetter! Wer hat mich um Gottes willen nur auf die Idee gebracht, das alles hier zu fotografieren? Warum bin ich bloß nicht nach Teneriffa geflogen?«

»Weil es hier so schön idyllisch ist«, sagte ich grinsend und nahm die Stanwell wieder aus der Tasche. Das fünfte Streichholz brach nicht ab.

»Sieh mal, sieh nur hin, es fängt schon wieder an zu schneien!«

»Dann geh doch einfach ins Heu und fotografiere die Sachen in der Scheune – mit alten Pferdegeschirren und Kuhketten und Eisenpflügen und Eggen und so Zeug. Schöne Farben!«

Sie lächelte schmal. »Das ist eine gute Idee. Aber erst mal muss ich duschen. Ich finde das hier ... alles so dreckig.«

»Das ist deine scheue Seele«, sagte ich. »Das verstehe ich ja. Du kriegst auch einen italienischen Kaffee.«

»Du bist wirklich ein Macho, Baumeister.« Sie grinste wieder.

»Natürlich. Mein Vater war ein Macho, und er hat seine Frau ein Leben lang zärtlich geliebt.«

»Mein Vater war auch ein Macho, und er hat seine Frau ein Leben lang malträtiert. Und wenn er am Sonntag keine Vorsuppe zum Essen bekam, hat er erst gewütet, dann gesoffen und dann meine Mutter geschlagen.«

»Komm, lass uns fahren.«

»Ja, schon gut, ich bin einfach sauer, und diese Sache hier geht mir ganz schön an die Nieren.« Sie hockte sich in ihr Polster und schwieg, bis wir auf den Hof rollten. »Hast du etwas dagegen, wenn ich zu dieser Freundin von dem toten Kollegen mitfahre?«

»Nein, komm ruhig mit. Und jetzt zeige ich dir die Scheune. Vielleicht tut es dir noch weh, dass du den Typen in Hamburg abgeschossen hast.«

»Ganz bestimmt nicht. In den war ich nicht einmal verknallt. Dieser Guttmann tut mir weh, der tut mir wirklich weh.«

»Sieh mal, tonnenweise Heu und Stroh, ein uralter Leiterwagen, jede Menge altes Eisen und Rost, braune Töne, grüne Töne, Goldtöne in allen Schattierungen.«

Krümel kam von irgendwoher angesprungen und rieb sich an meinen Beinen.

»Sag mal, lebst du deshalb hier? Weil alles nicht so nah ist, nicht so dicht, mehr Abstand?«

»Das ist es nicht, glaube ich. Ich habe auch hier keinen Abstand, aber hier kann ich denken. Und hier ist das Wetter wichtig und der Mensch manchmal unwichtig. Hast du deine Scheinwerfer im Wagen?«

»Ja, hinten drin.«

Sie warf das Haar mit einer schnellen Kopfbewegung nach hinten. »Glaubst du, ich kriege den Leiterwagen von oben? Total?«

»Du musst auf die Balken klettern. Die sind stabil. Die Leiter steht da hinten an der Wand.«

»Bist du sauer, weil ich vorhin gebrüllt habe?«

»Nicht im Geringsten. Ich kann dich ganz gut verstehen. So, ich hole dir jetzt dein Zeug aus dem Auto.«

Ich sah ihr zu, wie sie alles aufbaute, wie sie aus Kisten und Koffern die Taschen und Gürtel und die anderen Dinge nahm und sie auf dem Leiterwagen drapierte. Dann kletterte sie leicht und gelenkig im Dachgebälk herum, maß das Licht, stellte die Scheinwerfer auf, korrigierte, schimpfte, änderte wieder, maß alles neu durch, sah durch die Kameras, änderte. Sie war eine Perfektionistin, und es machte Freude, ihr zuzusehen. Außerdem erinnerte sie mich irgendwie an Krümel. Ein Wunder, dass die noch nicht eifersüchtig war.

»Können wir deinen Wagen nehmen, wenn wir die Frau besuchen?«

»Sicher«, sie nickte. »Glaubst du, dass man dich überwachen wird?«

»Ich weiß es nicht, und wenn, kann ich es auch nicht verhindern. Aber wenn sie registrieren, dass ich trotz ihres Verbotes recherchiere, werden sie sich eher zurückhalten, wenn sie merken, dass ich jemanden aus der Redaktion bei mir habe.« Ganz überzeugte mich das selbst nicht.

Wir gingen um drei aus dem Haus, nachdem ich mein Telefon auf den Auftragsdienst hatte schalten lassen.

»Wo wohnt sie denn?«

»An der Rodenkirchener Straße, in Wesseling.«

»Und welchen Eindruck macht sie am Telefon?«

»Einen etwas hilflosen, und einen ziemlich wütenden.«

»Warum hat denn niemand von dpa in dieser Sache recherchiert?«

»Du weißt doch, wie das ist. Die sind allesamt zu mit ihrem Tageskram, die haben absolut keine Zeit.«

»Hatte er denn keine Freunde?«

»Er war ein Eigenbrötler, sagt sein Chef.«

Wir fanden das Haus ohne Schwierigkeiten. Es hatte eine hässliche Eternit-Fassade, war aber ordentlich und gepflegt. Claudia Groß öffnete gleich nach dem ersten Schellen. Sie war eine kleine, blonde, etwas rundliche Frau mit einem vollen, normalerweise vermutlich ungemein gutmütig wirkenden Gesicht. Jetzt aber blickte sie uns misstrauisch an, so, als wären wir die ersten Menschen, die ihr nach langer Zeit begegneten. Sie mochte etwa fünfunddreißig Jahre alt sein.

»Es ist nett, dass Sie Zeit für uns haben«, sagte die Baronin herzlich.

Augenblicklich verlor sie etwas von ihrer Ängstlichkeit und bat uns herein. Sie trug flache Latschen aus billigem, dunkelbraunem Cord, zu enge Jeans und eine pinkfarbene Bluse, die auch zu eng saß. Sie hatte viel Mühe darauf verwendet, sich zu schminken, und alles war ihr zu grell und zu aufgetragen fröhlich geraten.

Noch ehe wir in das Wohnzimmer traten, fragte sie eifrig: »Kaffee, Tee, Bier?«

Sie stellte Tassen vor uns hin, sie wieselte herum, sie stellte die Dose mit dem Kandiszucker ganz schnell hintereinander auf vier verschiedene Positionen. Dann fragte sie plötzlich: »Wie sind Sie auf Willi Metzger gestoßen?«

»Durch Zufall«, erklärte ich. »Da ist in der Eifel ein Kripobeamter tödlich verunglückt. Er kam von mir und war auf dem Weg nach Bonn. Bei unserem Gespräch fragte er mich ohne jeden ersichtlichen Grund, ob ich Ihren Lebensgefährten kannte. Ich kann nur annehmen, dass er diese Frage absichtlich gestellt hat.«

»Dann war es also Guttmann«, sagte sie schnell, und ihre Augen waren groß und dunkel vor Schreck und Angst. Als könnte sie das alles nicht aushalten, stotterte sie: »Ich brühe nur schnell den Tee auf, bin sofort wieder da.«

»Wenn sie Guttmann kennt, weiß sie etwas«, flüsterte die Baronin.

Claudia kam wieder, goss ein, setzte sich und lächelte mechanisch. Die Schlagader an ihrer linken Halsseite pochte sichtbar. »Mir wird immer noch schummrig, wenn ich davon rede. Es war wirklich Guttmann, nicht wahr?«

»Es war wirklich Guttmann.«

»Komisch«, murmelte sie. Sie machte eine lange Pause, und ihr voller Mund wurde plötzlich schmal. Die Augen hielt sie geschlossen, als rede sie mit sich selbst. »Das Beste ist wohl, ich erzähle von Willi. Sie müssen wissen, dass er Alkoholiker war. Vor fünf Jahren völlig auf den Hund gekommen. Er hatte die Familie verloren und den Job und so weiter und so weiter, man kennt das ja. Irgendwie hat er es dann aber gepackt. Mit Hilfe der Anonymen Alkoholiker in Köln. Er war seit fast vier

Jahren vollkommen trocken, und ich habe immer gesagt: Den könnte man mit einem Fass Whisky auf einer einsamen Insel absetzen, der würde lieber verhungern! Vor drei Jahren lernten wir uns kennen, und es hat sofort gefunkt. Tatsächlich wollte ich ihm jetzt zu Weihnachten einen Heiratsantrag machen, weil ich ein Kind mit ihm wollte. Er übrigens auch. Na ja, erst behielt er seine Kölner Wohnung bei, er wollte nicht sofort zu mir ziehen, obwohl das viel billiger gewesen wäre. Er sagte: Weiß der Teufel, wie ich mit dem Schnaps zurechtkomme. Er war eben ehrlich. Vor zwei Jahren zog er dann hier ein. Ich habe das Haus von meinen Eltern geerbt. Jeden Dienstag ging er nach Köln in eine Gruppe der Anonymen Alkoholiker. Ich habe mich mit voller Überzeugung für ihn eingesetzt, und unser Chefredakteur gab ihm eine Chance. Willi war ziemlich schnell einer der Besten und Zuverlässigsten. Er hatte nur eine Marotte: Agenten und Spione. Wenn Sie sein Zimmer sehen – jede Menge Fachliteratur, von CIA bis KGB, schrecklich, sage ich Ihnen. Woche für Woche versuchte er, der Redaktion eine Geschichte über Spione in Bonn anzudrehen. Die Kollegen lachten ihn schon aus deswegen, aber er nahm es nicht krumm. Er nahm es auch nicht übel, wenn ich ihn damit hänselte. Und eins musste man ihm lassen: Er verstand wirklich etwas davon. Wenn es tatsächlich einen konkreten Spionagefall gab, dann waren seine Beiträge immer die besten. Na ja, dann, so gegen Mitte des vergangenen Jahres, hat sich irgendwas geändert. Er war immer noch bei den Anonymen Alkoholikern, leistete immer noch Hilfe für andere Süchtige, aber keine Agenten und Spione mehr. Da war er plötzlich ganz still.«

Sie beschrieb mit beiden Händen verzweifelt Kreise. »Ich weiß nicht, wie ich das ausdrücken soll. Es war, als hätte er irgendetwas erlebt oder gesehen, was ihn zutiefst erschreckt hat. Er ...«

»Haben Sie ihn denn nicht danach gefragt?« Die Baronin lächelte sie an. »Sie haben doch mit ihm gelebt.«

»Natürlich habe ich ihn gefragt, aber er konnte so schwer aus sich heraus. Das war wohl auch einer der Gründe für sein Trinken früher. Er konnte nie richtig über sich selbst sprechen. Er sagte: ›Hab noch etwas Geduld, dann erzähle ich es dir.‹ Auf jeden Fall bot er plötzlich meinem Chef keine Spionagegeschichten mehr an. Er machte weiter gute Reportagen, nur die Spione waren out. Er wurde sogar ein bisschen gehänselt, weil er keine Agentenserien mehr anbot. Aber er lächelte nur und sagte: ›Ihr werdet es erleben!‹ Keiner wusste, was er damit meinte. Eine Kollegin witzelte, er sei wohl selbst unter die Spione gegangen, um besser darüber schreiben zu können. Zu Hause grub er sich in seinem Arbeitszimmer ein und las und notierte, aber wenig. Er rannte in alle Büchereien in Bonn und Köln, kopierte, machte Verzeichnisse. Es waren nur Materialien über Spionage, Geheimdienste und Geheimdiplomatie. Wissen Sie, ich bin eher romantisch, und diese Wühlerei wurde echt zu einem Problem für mich. Ich hatte ja schon Schwierigkeiten, ihn wenigstens mal am Wochenende ins Bett zu kriegen.« Sie lächelte und sah dabei ungeheuer verwundbar aus. Dann murmelte sie fast unhörbar: »Es tut immer noch ganz schön weh.«

»Also schrieb er Manuskripte?«, fragte ich in die Stille hinein.

»Nein. Das war ja das Komische. Ich bat ihn immer wieder, er solle mich doch mal etwas lesen lassen. Dann antwortete er regelmäßig: ›Da gibt es nichts zu lesen. Das schreibe ich erst auf, wenn ich alle Beweise habe. Dann druckt mich der Spiegel in Fortsetzungen.‹« Sie schluckte. »Ich habe ihm geglaubt.« Sie schloss wieder ihre Augen, zupfte an ihren Jeans und an ihrer Bluse herum, sah schließlich die Baronin an und fragte zaghaft: »Macht es Ihnen was aus, wenn ich schnell was anderes anziehe? Alle Sachen sind mir zu eng geworden. Seit er tot ist, seit ich allein hier in der Bude hocke, esse ich nur noch. Ich fresse, ich fresse, ich fresse.« Sie rannte hinaus und erschien ziemlich bald wieder in einem sehr weiten Kleid, das mit seinen fröhlichen Farbtupfern aussah wie aus einer anderen Zeit.

»Für die Schwangerschaft«, kommentierte sie und sah ganz verloren aus.

Sie setzte sich, schlug die Arme um den Leib und fuhr fort: »Mitte Oktober 1989 gab es dann zwischen uns eine kurze Unstimmigkeit. Wir hatten jeder ein Konto bei derselben Bank. Eines Tages gab mir die Angestellte, die mich kannte, Auszüge für Willi mit, die ein völlig neues Konto betrafen. Es war ein Darlehenskonto. Wie sich herausstellte, hatte er bei der Bank zehntausend Mark aufgenommen. Er hatte sich das Geld in bar auszahlen lassen und für irgendetwas ausgegeben, das mit der geheimnisvollen Geschichte zusammenhing, die er recherchierte. Ich schrie ihn richtig an, ich war wütend und fühlte mich übergangen. Er blieb ganz ruhig und sagte, das Geld würde er hundertfach wieder reinkriegen. Er habe es gebraucht, um Informationen zu kaufen. Später habe ich mich dann entschuldigt, und wir haben uns wieder vertragen. Damals sagte er mir, er wollte mich zu meinem eigenen Schutz nicht in die Sache mit reinziehen.« Sie sah die Baronin an, und ich dachte, jeden Moment würde sie ihre künstliche Fassung verlieren. »Damals haben wir an ein Kind gedacht, ich habe auch die Pille abgesetzt. Wir hatten aber kein Glück – sonst wäre ich jetzt schwanger.«

»Wie kam denn nun Guttmann ins Spiel?«, fragte ich hastig.

»Das war auch im Oktober 1989«, sagte sie. »Ich weiß bis heute nicht, was Guttmann bei der Kripo eigentlich macht, aber er muss ein ziemlich hohes Tier sein, oh, gewesen sein. Ich kann mich an den Abend gut erinnern, das habe ich im Tagebuch festgehalten. Es war der 29. Oktober, ein Donnerstag. Willi brachte Guttmann mit. Ich machte ihnen Kaffee und Schnittchen, und sie gingen rauf in Willis Zimmer. Zwei Stunden hörte ich nichts, dann wurden sie ganz laut und aufgeregt. Einmal kam Guttmann heraus, um zur Toilette zu gehen. Dabei sagte er wörtlich: ›Wenn wir das haben, wackelt die Regierung, dann wackelt ganz Bonn!‹ Willi sagte mir hinterher, er wäre fast soweit, bald würde er anfangen zu schreiben, und ich wäre die Erste, die es lesen dürfte. Von da an arbeitete er wirklich in jeder freien Minute da oben in seinem Arbeitszimmer. Tja, und dann weiß ich nur, was am Abend des 28. November geschah. Das war ein Samstag.«

Jetzt endlich begann sie zu weinen und schluchzte: »Tut mir Leid, aber ich werd' einfach nicht damit fertig, verdammt, verdammt.«

Ich schwieg hilflos, dann stand die Baronin auf und nahm sie in die Arme. Fünf Minuten lang war es sehr still.

»Willi hatte morgens lange geschlafen, dann drei Stunden gearbeitet. Wir haben dann ... wir haben dann miteinander geschlafen. Es war das letzte Mal.« Um ihren Mund zuckte es wieder. »Anschließend gingen wir zusammen spazieren, und am Abend nach Köln ins Kino. Willi war in bester Stimmung. ›Ich muss nur noch schreiben‹, sagte er. Als wir aus dem Kino zurückkamen, war es nach Mitternacht. Dann ging das Telefon. Es war Guttmann, das konnte ich hören. Willi sagte mehrmals hintereinander: ›Das darf doch gar nicht wahr sein.‹ Dann verabredete er sich mit Guttmann für den nächsten Tag um drei im Polizeipräsidium in Bonn. Später ging das Telefon wieder. Diesmal sagte Willi nichts, er blieb die ganze Zeit stumm. Dann sagte er drohend einen einzigen Satz: ›Dass mir das kein Kickeck ist!‹ Ich habe das Wort nicht genau verstanden. Kickick oder Kickeck, ich weiß es nicht, ich habe es so jedenfalls ins Tagebuch eingetragen. Er sagte zu mir: ›Ich muss noch mal eben weg!‹, und er war sehr aufgeregt. Dann stieg er in sein Auto und war verschwunden. Tja, das war es dann.«

Sie stand auf, sah eine Weile aus dem Fenster auf die Straße und schlurfte wie unter einer schweren Last zurück zu ihrem Sessel. »Das war es natürlich noch nicht. Es würde besser passen, wenn ich sage, dass danach alles aus den Fugen geriet. Um drei Uhr nachts rief die Polizei an und fragte mich, ob hier ein Willi Metzger wohnte. Dann wollten sie wissen, wer ich sei, und sie würden gleich vorbeikommen. Sie holten mich ab und sagten unterwegs, Willi wäre tot. Man hätte ihn gar nicht weit von hier gefunden, und ich müsste ihn identifizieren.« Sie fing wieder an zu weinen, ein richtiger Krampf. Dann atmete sie tief durch, zündete sich eine von den Zigaretten der Baronin an und paffte hilflos.

»Sie nahmen mich mit ins Krankenhaus, und da lag er und war tot. Um seinen Kopf war ein dicker, blutiger Verband. Ich habe bei der Polizei irgendetwas unterzeichnet, was, weiß ich bis heute nicht. Die Polizisten wollten mich nach Hause bringen, und ich sagte: ›Moment mal, wo ist denn sein Auto?‹ Da fragten die mich: ›Wie bitte? Wieso denn sein Auto? Er hatte doch gar kein Auto!‹ Ich dachte, ich drehe durch. ›Natürlich war er mit dem Auto unterwegs‹, sagte ich. ›Das ist aber komisch‹, meinten sie. ›Herr Metzger ist als Fußgänger auf der Verbindung zwischen den Autobahnen Köln-Bonn und Köln-Euskirchen angefahren worden.‹ Ich habe kein Wort mehr rausgebracht. Sie haben mich dann nach Hause gebracht. Ganz früh am Sonntagmorgen habe ich mir dann ein Taxi bestellt, weil ich nicht in der Lage war, mein Auto zu fahren. Ich habe den Fahrer durch jede kleine Nebenstraße hier fahren lassen. Wir haben Willis Wagen dann auch gefunden. Er parkte ordnungsgemäß in der Bergerstraße in Berzdorf, gar nicht weit von hier. Ich hatte den Zweitschlüssel und brachte den Wagen irgendwie nach Hause. Ich war fertig, vollkommen fertig, und meldete mich krank. Am Donnerstag danach war die Beerdigung, alle Kollegen kamen, die ganze Redaktion. Guttmann kam übrigens auch. Ich hatte gehofft, er würde mir etwas sagen, aber er sagte gar nichts. Er sah mich nur an, gab mir die Hand, schüttelte den Kopf und heulte, ja, richtig geheult hat er, aber gesagt hat er kein Wort ...«

Guttmann, der Guttmann mit den Echsenaugen, den ich gekannt hatte – der sollte auf einer Beerdigung geheult haben? Wie tief hatte er in der Sache gesteckt?

»Einen Tag später wurde ich aufs Revier bestellt. Der Beamte war sehr freundlich und gab mir alles, was sie bei Willi gefunden hatten, die Geldbörse, die Papiere und so weiter. Der Beamte sagte mir, sie hätten keinen Schimmer, wer Willi umgefahren haben könnte, und sie hätten auch keine Ahnung, wieso Willi als Fußgänger auf dieser Schnellstraße gewesen wäre. Häuser gibt es da nicht, nur freies Feld. Aber dann kam es: Der Beamte sagte, die Blutprobe hätte glatte drei Promille ergeben, das sei eindeutig. Ich sagte, er müsse sich irren, ich schrie ihn richtig an. Aber er konnte ja nichts dafür. Ich bin dann weggelaufen.«

»Und Sie sind ganz sicher, dass Willi nicht getrunken hat?«, fragte ich.

»Ganz sicher. Er war ruhig und voller Selbstvertrauen, und seine Geschichte war fertig. Verdammt noch mal! Und abgesehen davon hat hier um diese Zeit überhaupt keine Kneipe mehr auf. Dann drei Promille? Das sind vielleicht dreißig Schnäpse oder dreißig Glas Bier. Aber wenn sie ihn umbringen wollten, dann war das der einfachste Weg. Sie brauchten ihm den Alkohol ja nur in den Körper zu spritzen.«

»So einfach ist das nicht«, sagte ich schnell. »Wenn das so passiert sein sollte, dann müssen sie es getan haben, als er noch lebte, denn sonst wird der Alkohol nicht mehr durch den Körper transportiert.«

»Dieses Gerede ist ja furchtbar«, protestierte die Baronin schrill.

Aber Claudia ließ sich nicht beirren. Mit gerötetem Gesicht ereiferte sie sich: »Überlegen Sie doch mal: Der Mann war seit langem trocken, pulvertrocken, und er war aktiv bei den Anonymen Alkoholikern. Nach Mitternacht kamen wir aus dem Kino. Dann rief Guttmann an, und das Gespräch dauerte sehr lange. Dann kam dieser andere Anruf, der mit dem Kickeck, und dann erst ging mein Willi aus dem Haus. Das muss also gegen zwei Uhr gewesen sein. Und um drei, also eine Stunde später, ist schon alles vorbei. Da hat derselbe Mann drei Promille im Blut und ist tot. Er müsste ja schon hier vor dem Haus sofort die Pulle an den Hals gesetzt haben! Anders hätte er alleine nie auf diesen Pegel kommen können. Und dann rennt Willi plötzlich als Fußgänger auf einer Schnellstraße rum. O nein, die ganze Sache stinkt!«

»Haben Sie nach der Beerdigung jemals versucht, mit Guttmann darüber zu sprechen?«, fragte ich.

»Ich habe versucht, Guttmann zu erreichen, aber ich hatte das Gefühl, er ließ sich verleugnen. Ich habe aber mit einem Kollegen bei dpa über die Sache gesprochen. Der glaubte mir, sagte aber auch, ich hätte keine Chance, dass irgendein Staatsanwalt das untersucht. Meinen Sie das auch?«

»Das meine ich auch«, sagte ich. »Und ganz bestimmt jetzt, wo Guttmann auch tot ist.«

»War das etwa auch kein Unfall?«, fragte sie hastig.

»Doch, doch«, sagte die Baronin schnell. »Bei Schneeglätte oben in der Eifel. Können wir Willis Zimmer mal sehen?«

»Sicher«, sagte sie. Wie eine Schlafwandlerin ging sie vor uns her eine steile Stiege hinauf.

Das Zimmer unter der Dachschräge war klein, hell und freundlich. Vor seinem Arbeitsplatz hatte er einen Zettel an die Wand geheftet: *Es ist durchaus nicht normal, wenn jemand sagt, dass er dich mag!*

Ein kleines Wandregal, vollgepackt mit Büchern, auf der Erde Bücherstapel, alles in allem sicher gut dreihundert Titel. Es war alles vorhanden, von Exners *Kriminalbiologie* über Barrons *KGB* bis hin zu Powers' *CIA* – es fehlte wirklich nichts. Statt eines Schreibtischs hatte Willi Metzger an einem riesigen Tapeziertisch gearbeitet. Aber der war so gut wie leer.

»Und er hat wirklich kein Manuskript geschrieben?«

Sie schüttelte den Kopf. »Kein Manuskript. Er sagte, er hätte jede Zeile im Kopf.«

Die Baronin sagte: »Das Beste wird sein, wenn Sie hier abschließen und nichts verändern. Und lassen Sie niemanden rein!«

»Wollen Sie denn weiter recherchieren?«

»Wir stochern erst mal so herum. Mal sehen, ob wir etwas finden. Wir kommen auf jeden Fall wieder«, sagte die Baronin dumpf. Sie hatte ein ganz starres Gesicht.

Im Wagen fragte sie: »Und was machen wir jetzt?«

»Erst muss ich dich nach Hause bringen. Ich suche mir ein Bett in Bonn und versuche, an die Frau von Guttmann heranzukommen.«

»Die will ich auch kennen lemen. Ich komme mit nach Bonn.«

»Du bist eingestiegen, nicht wahr?«

»Natürlich«, murmelte sie. »Du kannst ruhig ein Doppelzimmer nehmen; ich fühle mich nicht bedroht.«

Wir entschieden uns für eine bescheidene Pension im Bonner Rosental, im ersten Stock eines ehemals glanzvollen Bürgerhauses – der typische Schlafplatz für müde Handelsvertreter. Ich sagte flott: »Ehepaar Meier« und gab als Adresse Hamburg, Hafenstraße an. Dann zahlte ich sechs Tage im Voraus, um keinerlei Fragen aufkommen zu lassen. Die dicke, gutmütige Wirtin strahlte und bot uns einen »kostenlosen

Fernseher« an, »damit die Abende etwas gemütlicher sind.« Mir war das Telefon auf unserem Zimmer wichtiger. Ich rief sofort bei Guttmanns an. Eine gedämpfte Männerstimme meldete sich: »Ja, bitte?«

»Baumeister aus der Eifel. Kann ich Frau Guttmann sprechen?«

»Meine Mutter ... das geht nicht ... wir haben einen Trauerfall.«

»Ja, ich weiß. Sagen Sie Ihrer Mutter nur meinen Namen.«

Es klackte, als er den Hörer ablegte. Dann eine Frauenstimme, kaum zu verstehen: »Ja, Herr Baumeister?«

»Kann ich Sie besuchen?«

»Die Kinder sind da.« Dann in den Raum hinein: »Könnt ihr mich mal einen Moment allein lassen?« Eine Weile war Stille. Endlich: »Wann wollen Sie denn kommen?«

»Es tut mir Leid, das mit dem Unfall. Ich mochte Ihren Mann wirklich ...«

»Jetzt reden Sie auch schon von einem Unfall«, unterbrach sie mich sofort. »Mit mir müssen Sie nicht so reden. Wenn Sie um Mitternacht kommen könnten, dann werden meine Söhne betrunken sein und meine Tochter wird schlafen oder weinen oder was weiß ich.«

»Ja, natürlich«, sagte ich und legte auf.

4. Kapitel

Was machen wir jetzt?«, fragte ich. »Die Guttmann will uns erst um Mitternacht sehen. Sie glaubt auch nicht an einen Unfall.«

»Ich möchte hier bleiben, ausruhen, nachdenken.«

»Ich rufe den Auftragsdienst an, ich will wissen, ob der Bundesanwalt Beck bereits nach uns sucht. Und er wird nach uns suchen.« Irgendeine junge Frau, die ich mir blond, mager und ewig gelangweilt vorstellte, leierte: »Herr Baumeister, es liegen sechs Anrufe vor. Der Reihe nach also ...«

Der vierte war Beck, und er ließ mir ausrichten, ich möge zurückrufen, er sei immer erreichbar. Also rief ich gleich an.

»Baumeister hier. Sie wollten mich sprechen.«

»O ja, o ja«, sagte er vorwurfsvoll. »Wieso lassen Sie sich auf den Auftragsdienst schalten? Recherchieren Sie etwa doch?«

»Ich recherchiere und schreibe und will nicht gestört werden.«

»Und was recherchieren Sie, und was schreiben Sie?« Becks Stimme war eisig geworden.

»Ich mache eine Geschichte über Selbstmord bei Jugendlichen, wenn's recht ist.«

»Ja, ja, immer diese miesen Themen. Und deshalb lassen Sie sich auf den Auftragsdienst schalten?« Er war nicht überzeugt.

»Das mache ich oft.«

»Das entspricht nicht der Wahrheit«, stellte er noch zwei Grad kälter fest. »Wir wissen, dass Sie seit über einem Jahr nicht mehr auf den Auftragsdienst geschaltet waren. Wo sind Sie jetzt?«

»In der Eifel natürlich.«

»Herr Baumeister!«

»Also, in einer Telefonzelle außerhalb.«

»So, dann lassen Sie uns mal Klartext reden. Recherchieren Sie in der Sache Lewandowski?«

»Wollen Sie mir drohen?«

»Drohungen passen nicht zu mir. Lassen Sie die Finger von dem Fall, wie Sie es versprochen haben. Es wird unangenehm für Sie, wenn Sie unsere Absprache brechen.«

»Sie treiben mir die Tränen in die Augen. Darf ich Sie um etwas bitten?«

»Was denn?«

»Rufen Sie mich nur noch an, wenn Sie etwas wirklich Wichtiges haben. Lassen Sie mich ansonsten mit Ihrem Scheißdreck in Ruhe.«

Am anderen Ende der Leitung war es einen Moment still. Vermutlich musste Beck erst tief durchatmen. Dann: »Ich werde gut auf Sie achten, sehr genau. Ich weiß, dass gegen den Staat zu sein bei Leuten wie Ihnen sozusagen in ist, aber auch Sie müssen begreifen lernen, dass dieser Staat schützenswert ist. Also tun Sie, was man Ihnen sagt, und halten Sie sich raus.«

»Ihre Diktion erinnert mich irgendwie an katholische Kirche. Untertanendenken.«

»Oh, christliche Demut stünde Ihnen sicher gut zu Gesicht.«

Langsam reizte er mich. »Gore Vidal hat Jesus einmal einen demagogischen Tischler genannt. Was meinen Sie wohl, wie er Sie nennen würde?«

»Soll das eine Kriegserklärung sein, Herr Baumeister?«

»Für eine Kriegserklärung sind Sie mir eine ganze Nummer zu klein. Kriegserklärungen erinnern mich außerdem an die schlechtere Hälfte dieses Jahrhunderts. Sie übrigens auch. Leben Sie wohl.« Ich hängte ein.

Die Baronin meinte ganz erschrocken: »Du hast ihn wütend gemacht.«

»Ich wollte ihn wütend machen. Wütende Leute machen Fehler.«

»Du bist verrückt, Baumeister. Die Sorte Fehler, die diese Leute machen, können für ihre Feinde tödlich sein.«

»Aber ich mag ihn nicht, und da er das weiß, spielt es sowieso keine Rolle.«

»Klug war es trotzdem nicht.«

Sie verschwand im Bad und rief durch die Tür, sie werde sich eine Stunde lang einweichen. Also legte ich mich auf das Bett und versuchte zu überlegen, was Willi Metzger wohl hatte schreiben wollen. Wem war er auf die Schliche gekommen – Lewandowski? Irgendwelche Spione? Was und wen hatten die ausspioniert? Wer hatte Willi Metzger so profihaft, getötet? Wem hatte er vor seinem Tod etwas von ›Kickeck‹ gesagt? Wer oder was war ›Kickeck‹? Warum hatte Erich Guttmann mir Willi Metzger so sehr ans Herz gelegt? Damit ich Metzgers Thema übernahm, oder um mir klarzumachen, wie leicht man ums Leben kommen kann? Wer würde versuchen, mich zu töten? Wenn nämlich irgendwer Metzger getötet hatte, woran ich kaum noch zweifelte, dann musste derselbe Mann, dieselbe Gruppe auch Guttmann töten. Wenn ich also das gleiche Wissen haben würde wie Metzger und Guttmann, würde man mich ... Und war das irgendwie zu vermeiden?

Die Baronin kam fröhlich summend aus dem Bad zurück und sah ausgesprochen hübsch aus. Sie trug irgendetwas Enges, Schwarzes, was sowohl ein knapper Turnanzug als auch ein aufreizender Fummel sein konnte – angelegt, Aufsehen zu erregen. Sie sagte: »Ich habe einfach nichts zum Anziehen dabei«, legte sich neben mich auf das Bett und fragte: »Was sagt dein kluges Hirn?«

»Nichts. Es gibt tausend Fragen, und auf jede Frage ungefähr das Dreifache an Antworten. Nur eines ist mir klargeworden: Der tote Penner Lewandowski hat etwas mit dem toten Journalisten Metzger zu tun. Und beide Tote haben irgendetwas mit dem toten Kripobeamten Guttmann zu tun. Du wirst jetzt in deiner unendlichen Weisheit bemerken, dass zu diesen Schlüssen durchaus auch ein Badeschwamm ausreicht und kein Gehirn nötig ist ...«

»Moment, Moment. Es ist durchaus nicht klar, was Metzger überhaupt mit Lewandowski zu tun hatte. Keinerlei Hinweise.«

»O doch, nur sehr verdeckt. Guttmann findet den toten Lewandowski und muss mir auftragen, mich nicht darum zu kümmern. Das tut er auch. Aber er weist mich gleichzeitig auf Metzger hin, also haben Metzger und Lewandowski irgendetwas miteinander zu tun.«

»Schon kapiert. Weiter?«

»Nun ja, das Dumme ist, dass wir es mit drei Toten zu tun haben, die irgendwie zusammenhängen. Aber eines wissen wir nicht: Ob es nämlich bei ihrem Tod auch irgendeinen Zusammenhang gibt.«

»Wenn man aber weiterdenkt, bist du der nächste, oder?«

»Das müssen wir ausprobieren.«

»Du bist verrückt, Baumeister, absolut verrückt. Du solltest Schluss machen, und zwar sofort.«

»Kommt nicht in Frage«, murmelte ich.

Wir schwiegen und waren uns der Nähe des anderen sehr bewusst. Irgendwann wurde ihr Atemrhythmus hörbar schneller, und ich sprang hastig auf. »Ich gehe mich schon mal für den Besuch schönmachen, duschen, rasieren und so.«

Da lag sie und lächelte mich mager an, griff nach ihren Zigaretten und sagte nichts.

Die Guttmanns wohnten in der Weberstraße in einem ehemals sehr ansehnlichen Haus, dessen Fassade voll guter Stuckarbeit war. Der Vorgarten war so klein, dass kaum die beiden Mülltonnen darin Platz hatten. Aber es gab gleich davor zwei uralte Kastanien, die in dem ständig rieselnden Dreck überlebt hatten und an sehr stolze, narbenbedeckte Indianer erinnerten, schweigsam und unberührbar. Die Straße lag trostlos leer da, bewohnt scheinbar nur von Bäumen und Autos. Es war gespenstisch still, und der Schnee der Eifel fehlte mir. Es war ein merkwürdiger Anblick.

Ich schellte. Nach einer Weile ging das Licht im Hausflur an, man hörte unsichere Schritte, dann ging abrupt die Tür auf, und ein junger Mann stand schwankend und sagte mit schwerer Zunge: »Ja, bitte?« Er sah uns nicht an, er sah wohl überhaupt nichts, er schielte leicht und war leichenblass.

»Baumeister. Ihre Mutter erwartet uns.«

»Ah, jaahhh.« Er drehte ab und stieß hart an den geschlossenen linken Türflügel. Ich fing ihn auf, und die Baronin sagte erschreckt: »Er hat sich bestimmt weh getan.«

Dann kam eine kleine, schmale Frau aus dem Hausinnern, sehr schnell und sehr resolut. Sie sagte liebevoll: »Er ist nur betrunken.« Sie legte sich seinen Arm über die Schulter, nahm ihn mir ab und schob und drückte ihn den Flur entlang nach drinnen. Wir warteten im Hausflur. Nach einer Minute war sie zurück und musterte uns eindringlich. Sie sagte eine ganze Weile nichts, untersuchte nur mich und dann die Baronin und dann die Türschwelle zwischen uns. Schließlich fragte sie freundlich die Baronin: »Sind Sie eine Kollegin?«

»Kollegin und Freundin«, sagte ich.

Sie nickte bedächtig mit einem schmalen, schönen Gesicht unter struppig wilden, dunkelbraunen Haaren, die sie stolz wie einen Federschmuck trug.

»Ich hoffe, Sie werden das verstehen«, erklärte sie der Baronin. »Ich möchte zunächst allein mit Herrn Baumeister sprechen. Es geht um Dinge, die ich nur mit ihm besprechen kann.« Das kam ganz ruhig, freundlich-kühl und duldete keinen Widerspruch.

»Fahr in die Pension zurück, ich nehme später ein Taxi.«

Die Baronin bemühte sich um ein Lächeln. Sie sagte leise: »Ich glaube, ich kann das verstehen.«

»Dann ist es ja gut«, sagte Frau Guttmann. »Ich will Sie nicht kränken.«

Die Baronin ging die zwei Stufen hinunter und wandte sich noch einmal um. Sie sagte unbeholfen: »Ich möchte Ihnen nur noch sagen, dass mir die Sache Leid tut.«

»Ja«, sagte Frau Guttmann. Sie war kaum mehr als einen Meter fünfzig groß, aber sie stand dort wie ein Fels. Dann drehte sie sich zu mir um und bestimmte: »Wir gehen ins Refugium!«

Ich folgte ihr durch den Flur, einen sehr hohen, schmalen Gang, zum Hinterausgang: Zwei Stufen, und wir standen in einem Hinterhof, der sicherlich nicht größer war als vierzig Schritte im Quadrat. Aber um dieses Quadrat hatte jemand mit Liebe zu Bäumen Rotbuchen gepflanzt und im Zentrum eine leibhaftige kleine Blockhütte errichtet, einfach gefügt aus dicken Tannenbohlen.

»Wir haben vier Kinder, und mein Mann war der Ansicht, er brauche einen Raum zum Nachdenken. Das fand ich auch, also haben wir in zwei Sommerferien das Häuschen dahingebaut.« Sie schloss die Tür auf. Innen sah es aus wie in einer unaufgeräumten Berghütte, in der ein erfolgloser Dichter haust.

»Es ist chaotisch hier, aber es riecht nach ihm und seinen fürchterlichen Zigaretten.« Sie nahm irgendwelche Unterlagen vom Tisch und warf sie einfach auf den Boden. »Trinken Sie etwas?«

»Nein, danke.«

Wir setzten uns einander gegenüber, und sie sah mich an und sagte mit halb geschlossenen Augen: »Ehe Sie mich etwas fragen oder mir etwas sagen, lesen Sie das hier.« Sie legte ein maschinenbeschriebenes Blatt vor mich hin. Ich las: *Bonn, im Januar 1990. VERTRAG. Der Journalist Siggi Baumeister, Eifel, und Frau Anna Guttmann geb. Treben, Bonn, Weberstraße, schließen folgenden Vertrag: Frau Guttmann wird Herrn Baumeister in der fraglichen Angelegenheit vollständig unterrichten, soweit sie dazu imstande ist. Herr Baumeister verpflichtet sich, sämtliche Manuskripte in dieser Angelegenheit (seien sie vom Umfang einer Meldung oder einer Reportage oder einer Serie oder sei es ein Buch) Frau Anna Guttmann vorzulegen, bevor sie gedruckt werden. Bonn, im Januar. Unterschriften.*

»Das unterschreibe ich nicht«, sagte ich.

»Aber es ist lebenswichtig für mich. Ein Irrtum kann ganz schlimme Folgen haben. Ich sage Ihnen ohne diesen Vertrag kein Wort.«

»Das verstehe ich. Aber Sie haben ein paar Fehler gemacht. Die Formulierung *bevor sie gedruckt werden* schützt Sie nicht. Da ich auf eine redaktionelle Endfassung nur sehr begrenzten Einfluss habe, muss es heißen: ›bevor die Texte irgendeinem verantwortlichen Redakteur einer Tageszeitung, einer Wochenzeitung, einer Illustrierten oder eines Magazins vorgelegt werden.‹ Und dann noch der wichtige Satz: ›Jede redaktionelle Änderung bedarf der ausdrücklichen und schriftlichen Zustimmung von Frau Anna Guttmann.‹ Dann können die in den Redaktionen nämlich nicht machen, was sie wollen.«

»O ja«, sagte sie langsam und lächelte, »das verstehe ich. Dann ändern wir das, und Sie unterschreiben?«

»Selbstverständlich.«

Sie tippte die Änderungen mit zwei Fingern auf einer Reiseschreibmaschine, wir unterschrieben, jeder faltete sein Exemplar zusammen. Dann sahen wir uns erneut an.

Sie trug eines dieser violetten Halstücher der Friedensbewegung auf einem malvenfarbenen Mohairpullover, der zwei erstaunlich gut geformte Brüste ahnen ließ. Ich fragte mich, wie alt sie sein mochte. Sie war beinahe unheimlich ruhig.

»Ihr Mann muss etwas geahnt haben«, begann ich. »Er wies mich auf Willi Metzger hin und war voller Kummer. Irgendetwas machte ihm zu schaffen. Er machte auch absichtlich Fehler, wohl um mir zu zeigen, wie gefährlich diese Angelegenheit ist. Irgendwie sollte ich merken, dass er eigentlich viel mehr wusste.«

»Was waren denn das für Fehler?« Sie verschränkte ihre Hände und drehte sie gegeneinander. Die Fingerknöchel wurden weiß.

»Nun ja, der erste passierte noch am Tatort, also auf dem Parkplatz, auf dem Lewandowski erschlagen wurde. Er machte den ersten Fehler, als er mir sagte, der tote Lewandowski sei zweifellos ein Penner, und eigentlich sei das im Regierungsviertel nichts Besonderes. Dabei weiß ich, dass Penner das Regierungsviertel wie die Pest meiden. Da laufen viel zu viele Polizisten in Uniform und in Zivil herum.«

»Und der nächste Fehler?«

»Der nächste Fehler: Ihr Mann tat so, als glaube er fest an die Existenz des Penners Lewandowski. Wenn aber sogar mir ziemlich von Beginn an klar war, dass Lewandowski kein Penner sein konnte, musste er als Profi das längst gemerkt haben. Am meisten aber verwirrte mich, dass er sich so verhielt, als warte er darauf, von mir gesagt zu bekommen, ich hätte ihn durchschaut. Dummerweise habe ich nichts gesagt.«

Sie lächelte unbestimmt und strich sich mechanisch über die Haare. Unten an den Wurzeln wuchsen sie grau nach. »Erich hat mir gesagt, dass er beim Anblick Lewandowskis sofort gedacht hat: Jetzt gibt es Stunk! Er hat mir auch gesagt, ich soll mir Ihren Namen merken, er hat ihn mir sogar diktiert. Hat er noch einen Fehler gemacht?«

»Ja. Der nächste war der, dass er mich in der Eifel besuchte. Wenn sich die Bundesanwaltschaft in einen heiklen Fall einschaltet, mag es vielleicht passieren, dass sie einen Kripomann bittet, unliebsame Zeugen ruhig zu stellen. Das geschieht dann aber bestimmt nicht per Hausbesuch, sondern nur im Amt, vor laufendem Tonband. Warum ist er trotzdem zu mir in die Eifel gekommen, warum so privat?«

»Das weiß ich sehr genau. Sehen Sie, da war dieser schreckliche Tod von Willi Metzger, und Erich hat sehr darunter gelitten. Er hat sich gefragt, ob Sie vielleicht da weitermachen würden, wo Metzger offensichtlich angelangt war. Ihm selbst waren ja ziemlich die Hände gebunden. Er hoffte inständig, dass Sie riechen würden, wie viel da faul ist. Er hat immer gesagt, diesen Fall könne nur ein harter, cleverer Profi lösen, der aber zugleich absoluter Idealist sein müsse. Ihnen traute er das zu.«

»War Ihr Mann selbst so?«

»Warum fragen Sie mich nicht, um was es eigentlich geht?« Sie wollte nicht über ihren Mann sprechen. Noch nicht.

»Sehen Sie, ich taste mich heran. Ich will erst begreifen, wie die Menschen sind, die in diese Sache verwickelt sind. Wenn es Ihnen aber lieber ist, dann ...«

»Nein, nein, machen Sie auf Ihre Art weiter. Ich antworte Ihnen, wo ich kann. Sind Sie wirklich zufällig auf den Parkplatz gekommen? Mitten in der Nacht?«

»Wirklich vollkommen zufällig. Wer ist dieser Lewandowski also gewesen? Ein Spion?«

»Nein, nein, das wohl nicht. Wahrscheinlich war Lewandowski ein Mann namens Breuer und einer ganzen Menge anderer Namen. Wahrscheinlich hat er Spione gejagt.«

»Also ein Agentenjäger, ein Abwehrmann?«

»Ja und nein. Nicht, wie man sich das sonst vorstellt.« Sie zog die Stirne kraus, spielte mit einem Bleistift, zog wirre

Linien über ein Stück Papier. Sie hatte immer noch einen sehr schönen Mund. »Erich hat den Lewandowski immer die Notbremse genannt, ja, die Notbremse. Dieser Lewandowski war auch, wie Sie sich bestimmt schon gedacht haben, Willis Zielperson.«

»Lassen Sie uns jetzt langsam machen, ganz langsam. Ich muss erst noch ein genaueres Bild von Willi Metzger bekommen. Meinen Sie, er war einer, der unbedingt die Wahrheit herausfinden will, oder war er eher jemand, der sich so in eine Sache verbohrt, dass er die Wahrheit notfalls auch ein bisschen verbiegt?«

»Hundertprozentig einer, der unbedingt die Wahrheit finden will.«

»Und wie hieß seine entscheidende Frage?«

»Wer ist eigentlich Lewandowski?«

»Und wie lautete, in eine Frage gekleidet, der Verdacht?«

»Ist Lewandowski ein beauftragter Mörder?«

»Seit wann bestand dieser Verdacht?«

»Seit dem August des Jahres '89.«

»Was hatte denn nun Ihr Mann damit zu tun?«

»Eigentlich gar nichts. Es war eine private Sache für ihn. Also: Willi Metzger kam im August zu Erich, hier in dieses Haus. Er kam mit einem Verdacht, einem ungeheuerlichen Verdacht. Anfangs hat mein Mann ihn für einen Spinner gehalten, aber später nahm er ihn sehr ernst. Erich durfte sich dienstlich um die Sache gar nicht kümmern, weil es sie behördlicherseits gar nicht gab. Aber zu mir sagte er: ›Diese Nuss will ich noch knacken, dann gehe ich in Rente.‹« Sie schluckte trocken.

»Um was für einen Mord ist es gegangen? Wenn Metzger hierher kam, um Fragen nach Lewandowski zu stellen, dann muss doch ein Mord vorgelegen haben, etwas Konkretes.«

»Es gab etwas. Aber das war anfangs nicht handfest, sondern noch sehr verschwommen. Erich sagte, es sei der Versuch, einen Pudding an die Wand zu nageln.«

»Aber Metzger und Ihr Mann haben das schließlich geschafft?«

»Ja.«

»Jetzt die Frage der Fragen, und ich möchte Sie bitten, sie so zu beantworten, als sei jede vermutete Tatsache längst bewiesen: Wer war Lewandowski wirklich?«

»Der Henker. Er tötete im Auftrag dieses Staates.«

»Das gibt es nicht.« Mir wurde plötzlich ganz flau.

Das erste Mal sah sie mich direkt an. Sie hatte runde, erstaunt blickende Augen. »Ich dachte, Sie hätten das vermutet oder irgendwie geahnt.«

»Nicht einmal im Traum. Und das hat Metzger recherchiert, das war sein Thema?«

»Das war sein Thema. Ich sagte ja, anfangs hat mein Mann ihn für einen Spinner gehalten, aber dann muss er begriffen haben, dass an Metzgers Verdacht erschreckend viel dran war und ...«

»Wieso sagen Sie, ›er muss begriffen haben‹? Hat er Ihnen das nicht gesagt?«

Sie sagte dumpf: »Wir hatten damals viel Streit, er sagte mir so gut wie nichts.«

»Damals? Was heißt damals?«

»Im Sommer 1989. Er hat mir erst später einiges von der Sache erzählt.« Sie zog mit dem rechten Zeigefinger unsichtbare Linien auf die Tischplatte. »Ich hatte Schuld.«

»Es interessiert mich nicht, wer schuld war, ich will nur wissen, was hinter der Sache steckt. Wollen Sie das nicht erzählen?«

Sie blickte mich immer noch an, sah jetzt aber verletzt aus. »Sie werden noch oft mit mir sprechen müssen, um alles zu verstehen, nicht wahr?«

»Das ist zu erwarten.«

»Und Sie werden die Sache verfolgen? Ich meine, Sie werden nicht kneifen?«

Mir war mulmig zumute. Aber ich zögerte keinen Augenblick. »Nein.«

»Dann müssen Sie meine Geschichte auch kennen, sonst begreifen Sie nicht, warum ich einiges weiß und anderes nicht.« Sie zog wieder wirre Linien auf der Tischplatte. »Mein Mann wollte sich nämlich scheiden lassen. Er war wütend und zornig und irgendwie am Ende. Und da kam Metzger mit seinem Verdacht. Ich weiß, dass Erich sich unter normalen Umständen wahrscheinlich nie in diese Sache verbissen hätte. Eigentlich bin ich schuld, dass Erich sterben musste.«

»Das ist doch völlig abwegig. Außerdem haben Sie sich wieder vertragen, oder? Und das ist das Entscheidende. Ich muss nichts aus Ihrem Privatleben wissen.«

»Sie müssen doch, sonst kapieren Sie es nicht.«

»Also gut, erzählen Sie, was Sie für wichtig halten.«

»Es ist eine ziemlich miese, mittelmäßige Geschichte, wie sie jeden Tag passiert. Ich wollte einfach Spaß haben, ich wollte etwas nachholen, ich habe mein Gehirn vergessen und meine Lebenserfahrung und was weiß ich alles. Im letzten Sommer, als Metzger mit der Lewandowski-Geschichte kam, war ich auf der Höhe meiner Entdeckungsreisen. Ich gab mich feministisch, um mir selbst nicht eingestehen zu müssen, dass ich nichts anderes wollte als möglichst unverbindliche, aufregende Männergeschichten. Die Kinder waren aus dem Haus, mein Mann war völlig überarbeitet, und ich dachte, er wüsste gar nicht mehr, dass er mal eine Frau hatte. Ich war aber wütend, ich wollte leben, verstehen Sie? Ich dachte: Das kann doch nicht alles gewesen sein! Ich hatte schon Zweifel, ob ich als Frau noch etwas taugte. Die Geburt von vier Kindern ist noch keine Leistung. Ich wurde langsam neurotisch, sogar sehr neurotisch. Ich bin also frontal auf die Männer los, habe ihnen jeweils vorgemacht, dass ich sie von Herzen mag. Dabei mochte ich nicht einmal mich. Aber es funktionierte prima, zumindest körperlich, auch wenn ich die meisten der Kerle, mit denen ich etwas hatte, verachtete. Ich fühlte mich großartig oder machte mir das zumindest vor. Ach, ich weiß auch nicht ...«

Sie hatte rote Flecken im Gesicht, aber sie wollte weitersprechen. »Als Willi Metzger hier auftauchte mit seinem furchtbaren Verdacht, da ist Erich überhaupt nur eingestiegen, weil er völlig verzweifelt war und nach irgendetwas suchte, das einen Sinn haben konnte. Ich hatte gerade einen Geliebten, der ziemlich anspruchsvoll war. Es war hektisch und chaotisch und schlimm. Während ich glaubte, dass Erich ahnungslos wäre, wusste er längst alles – wirklich alles. Er hat den Atem angehalten und gebetet: Lieber, alter Mann, lass es vorbeigehen! Es war ja auch völlig verrückt, denn ich hatte nicht nur diesen einen Liebhaber, sondern eigentlich drei. Drei, denen ich genauso wenig bedeutete wie sie mir. Ich fühlte mich als emanzipierte Siegerin und war eigentlich nur eine armselige Idiotin.« Sie hatte sich immer noch nicht verziehen. »Und während ich hier einen der drei im Bett hatte, klingelte es, und Metzger stand vor der Tür. Ich wollte ihn abwimmeln, aber er sagte, er sei mit Erich verabredet. Mein Gott, war das ein Stress. Irgendwie schaffte ich also den Jungen raus und Metzger rein, und kurz darauf kam Erich. Sie hockten sich zusammen, ich war ausgeschlossen. Es war lange nach Mitternacht, als Erich ins Schlafzimmer kam. Er war vollkommen durcheinander und sagte irgendetwas von einer unglaublichen Geschichte, die so verrückt wäre, dass sie schon wieder wahr sein könnte. Und in dieser Stunde war Erich nicht mehr mein Feind. Er hockte da auf der Bettkante und erzählte die ganze Geschichte ...«

»Erzählen Sie diese Geschichte, los!«

»Das kann ich nicht, ich habe ihm nicht zugehört, ich habe kein Wort mitgekriegt. Ich habe nur genickt und ja und nein gesagt und dabei ihn angesehen, ihn wieder ganz neu gesehen und über uns nachgedacht und dass wir von vorne anfangen müssten.«

Ich dachte, jetzt würden endlich die Tränen kommen, aber sie war noch immer nicht soweit. Schnell fragte ich: »Ging es denn um Lewandowski? Ist damals schon der Name Lewandowski gefallen?«

»Ja, sein Name ist gefallen, das ist sicher. Und die ganze Geschichte muss ja wahr gewesen sein, denn irgendwer ist hingegangen und hat Erich getötet. Das weiß ich genau. Wie ist denn das ... wie war es, ich meine, wie ...?«

»Er ist auf kürzester Distanz erschossen worden, er hat keine Sekunde gelitten.«

Sie zuckte zusammen, als hätte ich sie ins Gesicht geschlagen. »Mir hat man das von dem Unfall gesagt, aber geglaubt habe ich das keine Sekunde.« Immer noch keine Träne, aber sie war weiß wie eine Wand, und ihre Mundwinkel zitterten.

»Hatte Ihr Mann denn eine Ahnung, wer Lewandowski getötet haben könnte?«

Sie war ganz in ihrer Schattenwelt von Trauer, Erinnerung, von Schuld und Verlust. Sie musste sich zusammennehmen, um mich überhaupt zu verstehen.

»Als Lewandowski auf dem Parkplatz gefunden worden war, kam Erich zum Frühstück vorbei. Er saß am Tisch und lachte richtig, weil es ja wirklich komisch ist. Er sagte, mindestens sechs oder acht Parteien kämen als Mörder in Frage. Und alle hätten sie im Prinzip Recht.«

Sie stand abrupt auf und kramte in einem Bücherregal herum, durchwühlte einen Haufen Zeitungen auf dem Boden, suchte sogar hinter der zischenden Gasheizung, die an eine

Butangasflasche angeschlossen war. Als sie endlich murmelte: »Ach hier!«, schaute ich gespannt auf das, was sie anbrachte. Es war nur eine Flasche Calvados mit einem kleinen Glas. Sie wischte es mit einem Papiertaschentuch aus, sah mich an und sagte mit fester Stimme: »Ich habe mich in meinem ganzen Leben noch nie vorsätzlich betrunken, jetzt möchte ich. Würden Sie bitte noch eine Weile bleiben? Suchen Sie sich auch ein Glas, irgendwo muss noch eins sein.«

»Danke, ich trinke nicht, ich werde aber gerne bei Ihnen bleiben. Wer kommt denn alles als Mörder Lewandowskis in Frage?«

Sie war mit ihren Gedanken weit weg, aber sie antwortete mechanisch: »Na ja, jemand von der russischen Botschaft, jemand von den DDR-Leuten, von den Rumänen, von den Polen, den Ungarn, den Tschechen, jedenfalls jemand von denen aus dem Ostblock.« Sie trank das Schnapsglas mit einem einzigen Schluck aus, schüttelte sich und fragte dann mit einer ganz kleinen Kinderstimme: »Ist er wirklich schnell gestorben?«

»Ganz schnell. Was hat man Ihnen darüber erzählt?«

»Er wäre auf Schnee ins Schleudern gekommen.«

»Hat man Ihnen erlaubt, ihn zu sehen?«

Sie schüttelte den Kopf und goss sich erneut von dem Calvados ein. »Nein. Die Kollegen von ihm, die hier waren, haben mir auch gesagt, ich solle ihn nicht mehr anschauen. Das will ich auch nicht. Ich will ihn so in Erinnerung behalten, wie er an jenem Abend war, damals, als ich mich wieder neu in ihn verliebte ...«

Wenn sie so weitertrank, würde der Zusammenbruch jeden Moment kommen.

»War jemand von der Bundesanwaltschaft bei Ihnen?«

»Nein. Nur ein Mann kam vorbei, der sagte, er wäre vom Innenministerium. Er erklärte mir stolz, Erich hätte nächste

Woche ausgezeichnet werden sollen. Mit irgendeinem Bundesverdienstkreuz. Es war geschmacklos.«

Sie trank auch das nächste Glas in einem Zug aus. Dann riss sie die Augen auf und sagte erschrocken: »Mein Gott, ich bin betrunken, völlig blau. Ich habe überhaupt nichts gegessen. Werden Sie wirklich recherchieren, Herr Baumeister?«

»Ja.«

»Sie werden getötet, sage ich Ihnen.« Dann runzelte sie die Stirn.

»Ist Ihre Freundin böse auf mich, weil ich sie rausgeschmissen habe?«

»Nein, die Baronin ist in Ordnung. Die kann das verstehen.«

»Lieben Sie sie?«

»Ich mag sie.«

»Ich habe Erich geliebt, mein Leben lang habe ich ihn geliebt. Und jetzt ist er tot. Aber ich liebe ihn immer noch.«

Ich konnte ihr nur ganz profane Hilfe geben. »Wenn Sie mir sagen, wo etwas zu essen ist, hole ich es. Sie müssen essen.«

Sie goss sich erneut einen Schnaps ein, roch daran und verzog den Mund. Dann fasste sie die Flasche am Hals, stand schwankend auf und warf sie angewidert durch das geschlossene Fenster. Erst war sie erschrocken, dann kicherte sie, dann biss sie sich auf den Zeigefinger. »Erich hätte jetzt seinen Spaß an mir«, sagte sie undeutlich.

»Was wollen Sie essen?«

»Nur ein Stück Brot. Immer, wenn mir zum Kotzen ist, esse ich trockenes Brot. In der Küche.«

Ich ging hinaus auf den Innenhof und blieb stehen, um meine Augen an die Dunkelheit zu gewöhnen. Es hatte wieder zu nieseln begonnen, und es war ungemütlich kalt. Ich spürte die Nässe durch das Hemd und wollte gerade die zwei Holzstufen hinuntersteigen, als ich ihn sah.

Er kauerte ungefähr zehn Meter entfernt auf dem Dach eines niedrigen Gebäudes, das den Hof seitlich begrenzte. Er hockte da, nahm eine Kamera hoch, deren Linse matt aufblinkte, und fotografierte mich. Er machte das sehr professionell und gelassen. Er benutzte kein Blitzlicht.

»Was für einen Film haben Sie drin?«

Er reagierte völlig gelassen. »Kodak High-Speed mit Spezialemulsion. Und natürlich Spezialoptik«, sagte er. Er wollte keinen Krach, er machte nur seinen Job.

»Haben Sie mich auch gut drauf?«

»Ja«, sagte er. Dann stand er auf, blieb stehen, deckte die Kamera gegen den Nieselregen ab und wandte sich um. Er wollte offensichtlich vom Dach springen.

Ich rief ihm hinterher: »Kennen Sie eigentlich meinen Namen?«

»Natürlich, Herr Baumeister.«

»Wenn Sie Ihre Vorgesetzten treffen, sagen Sie ihnen, ich sei hier, weil ich der Letzte war, der mit Erich Guttmann zusammen war.«

»Das werde ich ausrichten.«

»Und lassen Sie die Witwe in Ruhe.«

»Auch das kann ich bestellen.«

»Und sagen Sie Beck, er sei ein Leichenfledderer.«

Er lachte gutmütig: »Das richte ich besser nicht aus. Nichts für ungut!« Dann sprang er in den Nebenhof und war verschwunden.

Ich ging in den langen Flur und suchte die Küche. Gleich die erste Tür führte hinein: ein großer, sehr gemütlicher Raum mit Möbeln aus naturbelassener Kiefer. Es war ein wenig unordentlich, als sei dieser Raum ständig bewohnt, immer bevölkert und von Gelächter erfüllt. Ich nahm das Brot aus einem Kasten, steckte ein Messer ein und machte mich auf den Rückweg. Sie saß genauso da, wie ich sie zurückgelassen hatte.

Ich schnitt ihr ein ordentliches Stück ab. »Sie werden übrigens überwacht.«

»Ja, ich weiß, macht nichts. Das geht schon eine Weile so.«

»Wie lange genau?«

»Ein paar Monate, ich kann es morgen genau feststellen. Ich habe es notiert. Es begann so im Spätherbst, als sie entdeckten, dass Erich sich privat um Lewandowski kümmert. Sie luden ihn vor, und er stritt es ab. Ich meine den Verfassungsschutz. Die sind alle schizoid, irgendwie krank.«

»Hoffentlich existieren hier keine Tonbänder oder schriftliche Unterlagen?«

»Wir haben nichts aufgenommen und außer indirekten Tagebuchnotizen nichts aufgeschrieben. Willi Metzger übrigens auch nicht.«

»Das weiß ich leider schon. Essen Sie, Sie müssen wirklich etwas essen.«

Sie griff neben sich auf den Boden und förderte eine Flasche Aquavit zutage. »Sie denken sicher, hier wird dauernd getrunken. Aber Erich liebte einen Schnaps am Abend. Einen!« Sie kicherte.

»Ihnen wird gleich schlecht. Essen Sie von dem Brot.«

»Ja, ja.« Sie begann lustlos an dem Brot herumzukauen. »Schlafen die Kinder?«

»Ich weiß es nicht, ich war nur in der Küche.«

»Mein Jüngster, achtzehn ist er, hat mich gefragt, ob er in unserem Ehebett schlafen darf.«

»Wenn ich Sie richtig verstehe, dann haben Sie und Ihr Mann sich wieder angenähert. Dann haben Sie Ihre Liebhaber aufgegeben?«

Sie nickte und begann übergangslos zu weinen. »Erich sagte, er liebte mich, er könne mich nicht aufgeben. Da habe ich, na ja, ich habe die Jungens einfach abgeschossen.« Sie lachte fast glücklich, dann kamen die Schluchzer wieder.

»Erich ist zu diesen drei Jungens gegangen. Er hat ihnen schöne Grüße von mir bestellt und gesagt, nun wäre es vorbei, es müsste Schluss sein. Nur einer von den dreien wurde noch pampig, und da hat Erich ihm ein paar Zähne ausgeschlagen.«

»Wann war das?«

»Kurz vor Weihnachten.«

»Und als Sie sich wieder verstanden, da hat er trotzdem weitergemacht in der Lewandowski-Sache?«

»O ja, sogar mit doppelter Kraft. Er war wie befreit und meinte, jetzt könne er es mit aller Welt aufnehmen.«

»Es muss einen Auslöser gegeben haben«, murmelte ich. »Es muss einen Punkt gegeben haben, an dem Erich, nein, an dem zuerst Willi Metzger begriff, dass es einen Henker gibt. Kennen Sie diesen Punkt?«

Sie kaute an dem Brot, trank einen Schluck Aquavit und nickte. »Ja, Professor Mente, Professor Walther Mente. Das war der Punkt.«

»Aber Mente ist doch ermordet worden! Die französische Action Directe hat den Bekennerbrief geschrieben. Die haben geschrieben, dass sie es gewesen wären, die Mente in die Luft gejagt haben.«

Vor Aufregung konnte ich nicht mehr stillsitzen. Ich zitterte regelrecht vor Spannung – ich wusste nur nicht, ob es Jagdfieber oder nackte Angst war.

»Richtig, aber der Brief ist nicht echt gewesen.«

Ich stotterte fast. »Aber ... aber Mente war ein ganz großes Tier – Panzerbau, Flugzeugbau, Elektronik für Kriegszwecke. Die Franzosen haben ihn umgebracht und gesagt, sie hätten es für die westdeutsche RAF getan. Was hatte das mit Lewandowski zu tun?«

»Metzger hat diese Version eben bezweifelt. Er war der Meinung, es sei nicht die Action Directe gewesen. Willi war überzeugt: Es war Lewandowski. Lewandowski habe die Notbremse gezogen und ...«

»Aber das würde heißen ...«

»Ganz richtig, das heißt es.«

Sie lächelte verkrampft. »Das war Metzgers Geschichte, und das war auch der Punkt, an dem mein Mann dachte, der Metzger spinnt.«

»Aber das ist doch Wahnsinn!«

Sie lachte bitter, und ein Brotkrümel fiel von ihren Lippen. »Sehen Sie, diesen Wahnsinn hat Metzger nicht nur geglaubt, diesen Punkt konnte er schließlich sogar beweisen. Und da ist Erich vollkommen aus dem Häuschen geraten. Es war tatsächlich nicht die Action Directe, es war Lewandowski.«

»Sind Sie eigentlich sicher, dass hier nicht irgendwelche Abhörvorrichtungen sind?«

In diesem Moment schrillte ein Telefon. Es klang sehr entfernt, als käme es aus einem anderen Raum.

»Das Telefon muss irgendwo auf dem Fußboden sein. Erich hat es meist im Papierkorb versteckt.«

Dort fand ich es; die Baronin war dran. »Siggi, Beck hat gerade hier angerufen, hier in der Pension, und nach dir gefragt. Woher kennt er diese Adresse?«

»Er hat dich verfolgen lassen, als du von hier aus dorthin gefahren bist. Hier rennen Leute über Garagen und fotografieren mich ganz offen. Mach dir nichts draus, ich komme bald.« Ich legte auf.

»Das war Ihre Freundin?«, fragte Anna Guttmann.

»Ja, sie wundert sich, dass die Bundesanwaltschaft uns aufgestöbert hat.«

»Die haben alles, die wissen alles, die können alles. Die sind eiskalt.«

»Sie sagten, Professor Mente war Metzgers erster Auslöser. Gibt es weitere?«

»O ja. Den höchst christlichen Bundestagsabgeordneten Schmitz-Feller.«

»Aber der ist doch auch tot! Herzinfarkt. Irgendwo in der Gegend von Kiel.«

»Das stimmt schon, aber Metzger hat gesagt, es sei nicht der Infarkt gewesen, sondern Lewandowski.«

»Werden wir hier wirklich abgehört?«

»Ich glaube, jetzt nicht mehr. Aber hier waren Wanzen. Erich hat sie gefunden und die Toilette hinuntergespült. Dreimal sechs Stück. Erich hat gesagt, das wäre teuer für Vater Staat.« Unvermittelt begann sie wieder zu weinen, ein grausames, grelles Weinen diesmal. Sie wollte sich endlich nicht mehr wehren. Ich hätte weiß Gott was dafür gegeben, die richtigen Worte zu finden. Aber Worte konnten ihr sowieso nicht helfen.

Ich kniete mich neben sie und nahm sie in die Arme. Ich hockte da, ganz steif und verkrampft, und fühlte sie zittern und lautlos schluchzen, bis sie einschlief. Ich ließ ihren Oberkörper vorsichtig auf die Tischplatte sinken, suchte ein Kissen und legte es ihr unter den Kopf. Dann ging ich.

5. Kapitel

Was bedeutet Kickeck?

Ich hatte völlig vergessen, Anna Guttmann danach zu fragen, aber wahrscheinlich war die Antwort etwas Einfaches, oder es handelte sich um einen Hörfehler. Ich würde noch oft mit Anna Guttmann sprechen müssen, ich hatte eine ganze Reihe Fragen vergessen. Ich war nervös.

In einem BMW, der in zweiter Reihe parkte, saßen zwei Männer und sprachen aufgeregt miteinander. Soweit ich erkennen konnte, beachteten sie mich nicht. Natürlich war weit und breit kein Taxi zu sehen, und ich überlegte, wo die nächste Telefonzelle sein mochte. Dann wurde mir bewusst, wie erfrischend der Regen wirkte, wie klärend die Nässe in meinem Gesicht. Ich ging also los, ich wollte den Weg durch die Kaiserstraße nehmen, den Hofgarten, dann den Belderberg – einmal quer durch das herrliche, bezaubernde, beschissene Bonn.

Die Leute in dem BMW benahmen sich kindisch. Der Wagen schob sich langsam und lautlos immer ein bisschen dichter an mich heran. Es war wie in einem miesen amerikanischen B-Film.

Ich beschloss spontan, ihnen ein Schnippchen zu schlagen, kalkulierte dabei ein, dass sie Funk im Wagen hatten und dass mit Sicherheit vor mir ein zweiter Wagen wartete – für den schrecklichen Fall, dass Baumeister unterwegs verloren geht. Ich bog also rasch in die Nassestraße ein, rannte bis zur Höhe des Studentenwerks und war mit drei Schritten in einer Garageneinfahrt, in der es so stockdunkel war, dass ich Mühe hatte, mir die Monaco zu stopfen. Ich rauchte gemächlich und dachte vor mich hin.

Was bedeutet Kickeck?

Die Nässe drang mir nach einer halben Stunde in die Schuhe, und ich dachte an Aufbruch, obwohl mir natürlich klar war, dass ich meine Verfolger noch längst nicht los war. Der BMW war bisher viermal in ziemlichem Tempo vorbeigekommen. Ich wollte sie auch gar nicht abhängen, aber sie sollten ruhig darüber nachgrübeln, was um Himmels willen ihr Zielobjekt in dieser Zeit getan haben könnte. Wo hatte es gesteckt, wo an den Grundfesten des Staates gesägt, welche Mitverschwörer getroffen? Ich war einfach nicht fähig, sie ernst zu nehmen.

Ich schlenderte die Lennéstraße hinunter, und hinter mir konnte ich das Triebwerk des BMW aufheulen hören. Ich könnte schwören, dass es erleichtert klang. Dann waren zwei Fußgänger hinter mir, und vor mir torkelte ein Pärchen übertrieben betrunken durch große Pfützen. Becks Leute hatten ihre Ruhe wieder.

Vor der Pension im Rosental stand der Fotograf in einem Hauseingang, diesmal mit einer Videokamera. In der Dunkelheit hätte man sie für eine UZI halten können.

»Soll ich wegen der Optik die Straßenmitte nehmen?«, fragte ich höflich.

»Das ist wurscht«, sagte er, »wo waren Sie denn die ganze Zeit?«

»Beim Kanzler, mich beschweren.«

»Aha.« Er grinste.

»Gute Nacht, ich werde jetzt schlafen gehen.«

»Angenehme Nachtruhe.« Er nahm die Kamera von der Schulter und winkte dem BMW.

»Mann, was seid ihr doch alle für arme Irre«, sagte ich. Ich war wütend; ich war durchgefroren, ich hatte den Fehler gemacht, sie überhaupt wahrzunehmen. Ich war so dumm gewesen, sie zu reizen, und ich wusste genau, dass ich im Ernstfall keine Chance gegen sie haben würde.

Die Baronin saß mit gekreuzten Beinen in einem weißen Jogginganzug auf dem Bett und hatte dem Aschenbecher nach zu urteilen mindestens zwanzig Zigaretten geraucht. Sie sah mich erwartungsvoll an und sagte: »Ich war noch bei Claudia Groß. Ich habe sie aus dem Bett geholt und mir Fotos von Metzger geben lassen. Ich musste irgendetwas tun, diese Warterei ist ekelhaft. Was hat die Guttmann erzählt, wusste sie was?«

»Moment«, sagte ich. Die Bilder von Willi Metzger lagen auf dem Tisch, und ich nahm eines in die Hand. Metzger war ein etwas dicklicher Mann gewesen, mit brauner Haartolle über einer steilen Stirn und sehr kühl und misstrauisch blickenden Augen. Um einen kleinen, schmalen Mund zogen sich Linien, die verrieten, dass er einiges mit sich und dieser Welt erlebt hatte. Er lachte, aber das Lachen schien so vage, als habe er gelernt, sofort damit aufzuhören, es auszuknipsen wie eine Lampe. Er wirkte sympathisch, aber auch wie ein Einzelgänger. Auf keinen Fall hätte ich ihn für einen Mann gehalten, der sich in eine Spionagegeschichte mischen würde.

»Was hat Anna Guttmann gewusst?«, fragte die Baronin. Ich legte den Zeigefinger an die Lippen, machte das Radio an und flüsterte an Nat King Coles Version von *The Girl from Ipanema* vorbei: »Vielleicht Wanzen. Sie hat eine Menge erzählt, und ich habe Hunger.«

»Es ist nur eine Tafel Schokolade da.«

Ich erzählte flüsternd das Wesentliche von dem, was Anna Guttmann gesagt hatte, und die Baronin wurde immer verstörter. Als ich fertig war, schien sie einer Panik bedenklich nahe. Sie zischte: »Das hat keinen Zweck! Die Geschichte stehen wir nie durch! Lass uns aufhören! Das ist viel zu gefährlich!« Dann schwieg sie beharrlich; sie war ganz blass und starrte an die Decke.

»Du bist auch noch sauer, nicht wahr?«, fragte ich leise.

Sofort wurde sie wieder lebhaft. »Du hättest nicht damit einverstanden sein dürfen, dass sie mich wegschickt.«

»Aber dann hätte sie nichts gesagt.«

»Sie hätte etwas gesagt, wenn ich die Chance bekommen hätte, mit ihr zu reden.«

»Nicht diese Frau. Sie ist hart, auch gegen sich selbst.«

»Du hättest einen Zeugen gebraucht.«

»Nicht in diesem Fall. Wenn jemals herauskommt, dass sie uns informiert hat, verliert sie die Rente. Und außerdem bist du nur gekränkt.«

»Ist das nicht mein Recht?«

»Ja, aber es ist so anstrengend. Ich muss schlafen, ich bin ziemlich hinüber.«

Als ich aufwachte, war es Mittag, und die Baronin hatte eine große Kanne Kaffee und einen Haufen belegter Brötchen organisiert. Sie flüsterte: »Du hast geschnarcht.«

»Hast du Abhörwanzen entdeckt?«

Sie zuckte die Achseln. »Ich weiß nicht, wie diese Dinger aussehen, also brauche ich sie gar nicht erst zu suchen. Ich weiß, ich sollte das alles ernster nehmen, aber irgendwie kann ich es nicht. Bei aller Tragik hat es immer etwas Lächerliches. Triffst du Anna Guttmann noch einmal?«

»In jedem Fall. Gehen wir vorher ein wenig spazieren?«

Sie sah mich an und nickte. Während ich mich rasierte und etwas frühstückte, sagten wir kein Wort.

Als wir losgingen, sagte ich zu ihr: »Sieh dich nicht um. Wir haben beide keine Erfahrung in diesen Dingen, wir merken also sowieso nicht, wer uns verfolgt, wenn wir es nicht merken sollen. Also ist es das Beste, so zu tun, als interessierten sie uns nicht.«

»Hast du dich noch nicht wieder mit Anna Guttmann verabredet?«

»Sie war erschöpft, dann betrunken, dann voller Tränen. Sie wird viel Wirbel im Haus haben, wegen der Kinder, wegen der Beerdigung. Wir können doch jederzeit an sie heran. Außerdem müssen wir jetzt vor allem schnell herausfinden, ob Metzger in Frankfurt war, als Professor Mente dort getötet wurde. Und wir müssen herausfinden, ob er in Kiel war, als Schmitz-Feller dort zu Tode kam. Wir brauchen alle Berichte über diese Vorfälle.«

»Schriftliche Unterlagen sind aber gefährlich, wenn Beck uns kassiert.«

»Du solltest in eine Redaktion gehen und alles nachlesen. Aber zunächst brauchen wir einen Notar, bei dem wir alles schriftlich protokollieren, was bisher gelaufen ist.«

»Du glaubst in Wirklichkeit gar nicht, dass wir es je veröffentlichen können, nicht wahr?«

»Das hat damit überhaupt nichts zu tun. Der Grund ist, dass Beck uns ganz offen beschattet. Das ist seine Art, uns zu drohen. Ich habe es heute Nacht gespürt: Anfangs macht es Spaß, sie ein bisschen zu narren, aber wenn sie alle Register ziehen, haben wir keine Chance. Wir sollten also im Fall der Fälle nachweisen können, dass außer uns noch andere informiert sind. Dann müssen sie vorsichtiger sein.«

»Mit wem genau haben wir es eigentlich zu tun?«

»Mit der Bundesanwaltschaft und dem Bundesverfassungsschutz. Und natürlich mit den Hilfstruppen, die sie hinzuziehen können, also Bundeskriminalamt, Landeskriminalamt und den 14. Kommissariaten der jeweiligen Gemeinden, der politischen Polizei.«

»Weißt du denn einen Anwalt?«

»Ja. Der sitzt in Köln, in der Boisseréestraße.«

»Also jetzt nach Köln?«

»Mir bummeln jetzt da vorne in das Kaufhaus. Wir steigen in einen Aufzug, den wir dann aber getrennt verlassen werden, sodass sie sich teilen müssen. Du gehst schnurstracks durch eine Tür, auf der *Notausgang* steht. Dahinter ist immer ein Treppenhaus. Da wartest du. Der Nächste, der durch die Tür kommt, ist dein Verfolger. Keine Unterhaltung, du stürzt dich wieder ins Getümmel. Kaufhaus, Treppenhaus, hin und her, bis du einigermaßen sicher bist, dass sie verwirrt sind. Dann raus und langsam zum Bonner Bahnhof. Da in einen Zug, die Straßenbahn oder einen Bus Richtung Köln. Der Anwalt heißt Bethmann.«

Wir gingen hinein, blieben im Erdgeschoss vor Bonbontheken stehen, ließen uns Uhren zeigen und ein Herrenparfüm auftupfen. Wir sahen uns nicht um, die Welt interessierte uns nicht.

Dann stiegen wir in den Lift. Die Baronin stieg im zweiten Geschoss aus und sagte beim Hinausgehen: »Viel Spaß.« Ich verließ den Aufzug im vierten.

Ein sehr junger, von seinem Beruf noch richtig begeisterter Verkäufer zeigte mir länger als eine halbe Stunde, wie ein ferngelenkter Jeep funktioniert. Dann fuhr ich einen Stock höher, aß zwei Frikadellen und rauchte ein paar Züge aus der Milano von Savinelli. Anschließend ging es wieder hinunter, und in der Damenabteilung verschwand ich hastig durch einen Notausgang,

Es dauerte vielleicht drei Sekunden, bis ein junger dürrer Rothaariger, einen Kopf größer als ich, stark schwitzend und hektisch durch die Tür geschossen kam. Ich stand direkt seitlich hinter der Tür am Treppenabsatz und lächelte ihm freundlich entgegen, und für den Bruchteil einer Sekunde war er offensichtlich vollkommen irritiert, dass ich dort so ruhig stand. Ich trat zuvorkommend beiseite, und er versuchte zu bremsen, schaute nicht auf die Stufe, verlor die Balance und fiel die Treppe hinunter.

Ich bin wahrlich nicht brutal, aber das tat mir gut. Ich drehte mich einfach um und ging die Treppe hinauf, während von unten lautes Stöhnen zu hören war. Im nächsten Stock kam ich erneut an dem Jungverkäufer mit dem ferngelenkten Jeep vorbei. Er strahlte mir schon entgegen. Ich rannte an ihm vorbei und jagte die Rolltreppe abwärts. Ich verließ das Haus in einem Pulk mit Tüten beladener Hausfrauen und verschwand in der nächsten Bäckerei. Im Stehen trank ich eine Tasse Kaffee, ließ mir dann in der Buchhandlung gleich nebenan die Vorzüge des neuen Brockhaus erklären, kaufte am Kiosk eine Zeitung und arbeitete mich auf diese Weise allmählich bis zum Busbahnhof beim Hauptbahnhof vor. Dort schlenderte ich scheinbar ziellos umher und sprang dann plötzlich in den Bus nach Köln, in der letzten Zehntelsekunde, ehe die Türen sich zischend schlossen.

In Köln blieb ich vorsichtig, stieg am Chlodwigplatz aus, schlenderte die Severinstraße entlang und stieg erst in ein Taxi, als ich mutterseelenallein und ganz langsam durch eine der kurzen Gassen in der Altstadt geschlichen war und niemand sich gezeigt hatte.

Die Baronin wartete schon vor dem Haus des Anwalts. Sie war ganz aufgeregt und stolz und sagte: »Eine Frau war hinter mir her, eine junge, vollkommen unscheinbare Frau.«

Wir meldeten uns an und gingen in ein Wartezimmer, das mich an das Wohnzimmer meiner Großmutter erinnerte.

»Die Frau war sicher ein Lehrling oder so was. Die wurde richtig rot, als sie in das Treppenhaus gerast kam und mich da seelenruhig stehen sah. Ich hab' sie angestrahlt und ganz freundlich gefragt: ›Haben Sie ein Höschen geklaut, meine Liebe?‹ Sie hat kein Wort gesagt und ist einfach die Treppe runtergegangen, steif wie ein Ladestock. Danach habe ich sie nicht mehr gesehen.«

Offenbar machte ihr das Spion-Spielen erheblich mehr Spaß als mir.

Wir mussten eine Weile warten, bis Bethmann uns in sein Arbeitszimmer rufen ließ. Er hockte hinter dem Chaos auf seinem Schreibtisch und sah mit dem weit vorgereckten Hals aus wie ein kluger Rabe. Freundlich frage er: »Also, was habt ihr denn angestellt?«

Sein gutmütiges Gesicht mit den vielen fröhlichen Fältchen wurde zunehmend ernster, je weiter ich berichtete, und seine Schultern kamen nach vorn wie zwei Höcker. Er schüttelte den Kopf und meinte schließlich: »Kinder, das ist ja eine ekelhafte Geschichte. Haltet euch da bloß raus!« Dabei trommelte er mit allen zehn Fingern auf der Tischplatte. »Das sieht tatsächlich ziemlich übel aus. Nun, was soll ich dabei?«

»Wir brauchen einen verlässlichen Mitwisser.«

»Das bringt doch nichts, wenn es um Staatsschutzdinge geht. Der Verfassungsschutz kommt hierher, holt sich die Unterlagen und basta. Ich bin dann machtlos.«

»Das geht aber nicht so einfach, wenn noch zwei, drei Kollegen Kopien haben und die Deutsche Presse-Agentur informieren, oder?«

Er grinste und sagte fröhlich. »Ach so. Kann ich mich denn darauf verlassen, dass Sie gegen kein Gesetz verstoßen, also nichts klauen, nicht in einer Einbahnstraße wenden und so?«

Wir versicherten ihm das, und dann hielten wir alles schriftlich fest – ohne die Hilfe der Sekretärin in Anspruch zu nehmen. Nach zwei Stunden waren wir fertig und fuhren nach Bonn zurück. Auf dem Weg durch die Innenstadt sprachen wir bis zur Pension kaum miteinander. Wir hatten begriffen, dass diese Geschichte bösartig war, nicht zu steuern und eigentlich viel zu groß für uns. Erst in unserem Zimmer brach die Baronin das Schweigen.

»Lichtenberg hat davon gesprochen, dass es Menschen gibt, die sich für ungeheuer wichtig halten und dabei doch bloß am Hintern der Weltgeschichte riechen, oder so. Sind wir auch solche Menschen?«

Sie hatte ein vor Erschöpfung blasses Gesicht, und ihre Augen waren stark gerötet.

»Ich denke nur an Anna Guttmann. Ihr Mann ist getötet worden, weil er wahrscheinlich den Henker dieses Staates aufgestöbert hat. Und ich will das beweisen.«

»Aber niemand wird es drucken.«

»Mag sein, aber ich muss es trotz allem versuchen. Das ist mein Beruf.«

»Die werden uns aber nicht einfach so recherchieren lassen. Die buchten uns einfach ein. Günstigstenfalls.«

»Wir müssen sie irgendwie abhängen.«

Dass dafür unsere kindischen Räuber- und Gendarm-Spielchen nicht ausreichen würden, war mir klar. Sorge machte mir, dass mir nichts einfiel. Auch dass Beck noch nicht angerufen hatte, beunruhigte mich.

Ich spähte durch die Gardine, um herauszufinden, in welchem der parkenden Autos unten auf der Straße jemand sitzen könnte, der uns im Auge behalten sollte. Ich entdeckte nichts. Aber es musste ja gar kein Auto sein, vielleicht hatten sie sich längst im Nebenzimmer einquartiert, vielleicht saßen sie auch im Haus gegenüber. Mich überkam ein Gefühl totaler Hilflosigkeit. Um wenigstens irgendetwas zu tun, suchte ich das Zimmer nach Wanzen ab. Ich fand natürlich keine.

Trotzdem flüsterten wir nur noch. Ich verstand die Baronin kaum, als sie mich fragte: »Hast du dir schon einmal überlegt, dass die Bundesanwaltschaft und der Verfassungsschutz vielleicht selbst nicht genau wissen, was los ist? Man wird sie doch kaum aufgefordert haben, den Mörder des Henkers dieses Landes zu ermitteln. Vermutlich hat man ihnen nur gesagt: Lewandowski war ein wichtiger Mensch, findet seinen Mörder!«

»Das habe ich mir auch schon überlegt, aber es bringt uns nicht weiter, weil wir keine Möglichkeit haben zu erfahren, was wirklich bei der Bundesanwaltschaft abläuft.«

»Was für Möglichkeiten haben wir denn jetzt überhaupt noch?«

»Zunächst einmal teilen wir uns. Du liest alles, was du über Professor Mente und über Schmitz-Feller kriegen kannst. Ich gehe noch einmal zu Anna Guttmann. Aber pass auf dich auf!«

Die Aussicht, etwas unternehmen zu können, besserte ihre Stimmung erheblich. Sie warf mir eine Kusshand zu und hauchte: »Geliebter, kehre heil zurück!« Dann machten wir uns an die Arbeit.

Ich bin mit John Le Carré völlig einig: Das Bonn der Regierenden ist eine kleine, beschissene Stadt. Wenn es neblig ist und kalt, dann ist Winter. Ist es neblig und warm, kann man voraussetzen, dass Sommer ist. Nur in der Altstadt ist das Wetter anders. Diesmal war es kalt und nieselte.

Ich musste quer durch die Stadt und verspürte die ganze Zeit zwanghaft den Drang, mich nach möglichen Verfolgern umzusehen. Vor lauter Selbstbeherrschung hatte ich fast einen Krampf im Nacken, als ich endlich in der Weberstraße war. Ich schellte und sagte zu dem sehr jungen, blassen Mädchen mit den langen Haaren, das öffnete: »Baumeister heiße ich. Ist Frau Guttmann da?«

Sie war klein und schmal und schaute mich mit den wachen Augen ihrer Mutter prüfend an. Dann sagte sie mit einem flüchtigen Lächeln: »Mama hat Kopfschmerzen, aber das wissen Sie sicher schon. Kommen Sie rein.«

Anna Guttmann hockte am Küchentisch, sah mich an, lächelte matt und blickte dann wieder leidend zur Decke. »Ich muss büßen. Hab' ich wirklich die Flasche durch das Fenster geschmissen?«

»Das haben Sie. Störe ich?«

»Nein. Die Beerdigung ist erst in ein paar Tagen. Mein Mann soll angeblich noch genau untersucht werden. Wegen der Versicherung, sagten sie. Ach ja, ich war heute Morgen vorgeladen. Kind, tust du uns einen Gefallen und lässt uns allein?«

Die Tochter, sie mochte um die zwanzig sein, ging widerwillig aus dem Zimmer.

»Sie haben mich in das 14. Kommissariat gebeten. Die waren sehr freundlich, aber auch sehr eindeutig. Sie haben mich gefragt, was ich weiß. Von Willi Metzger, von einem Toten, Lewandowski. Ich habe gesagt, ich wüsste nichts. Erich hätte mich niemals mit dienstlichen Fragen verunsichert. Sie haben mir natürlich nicht geglaubt. Sie haben gesagt, meine Rente wäre ernstlich in Gefahr, wenn ich irgendetwas von Wichtigkeit verschweige. Es war kurios. Ich soll anderen, der Presse vor allem, absolut nichts sagen. Ich habe gefragt, was um Himmels willen ich überhaupt sagen könnte, aber darauf sind sie nicht eingegangen. Sie haben mich immer wieder nach Metzger gefragt. Ob ich ihn persönlich gekannt habe, und wie gut Erich mit ihm bekannt war.«

»Was haben Sie geantwortet?«

»Ich habe gesagt, meines Wissens sei Metzger ein Pressefritze gewesen wie viele, mit denen Erich zu tun hatte. Darauf haben sie ganz zynisch gefragt, wieso denn Erich ausgerechnet auf Metzgers Beerdigung gewesen sei. Weiß ich doch nicht, habe ich geantwortet.«

»Was noch?«

»Sie haben mich vor Ihnen gewarnt. Sie haben gesagt, Baumeister sei ein Schnüffel-Journalist, einer von der linken Kampfpresse.«

»Aber sie tun noch immer so, als sei der Tod Ihres Mannes die Folge eines Verkehrsunfalls?«

»Indirekt gaben sie dauernd zu, dass es ein Mord war. Natürlich habe ich sie in aller Unschuld gefragt, wieso sie mich ausgerechnet zum 14. Kommissariat vorladen, wenn es doch um einen Unfall geht. Da wurden sie fast unhöflich. Ich musste einen Revers unterschreiben.«

»Was stand drin?«

»Dass ich mit niemandem ein Wort über die nicht endgültig geklärten Umstände des Todes meines Mannes spreche. Kein Wort über Willi Metzger, kein Wort über Lewandowski. Ich wollte eine Kopie, aber sie haben mir keine gegeben.«

»Aber Sie haben unterschrieben?«

»Selbstverständlich.« Sie lächelte ein wenig säuerlich. »Wenn wir alles rauskriegen wollen, müssen wir so tun, als spielten wir mit, oder?«

»Ja, das stimmt schon. Sagen Sie, haben Sie eine Ahnung was ›Kickeck‹ bedeutet?«

»Kickeck? Nie gehört. Soll das ein Name sein?«

»Das weiß ich selbst nicht. Und noch eine Frage habe ich: Durch welchen Umstand ist Metzger konkret auf Lewandowski gestoßen? Irgendwie durch die Todesfälle Mente und Schmitz-Feller, das ist klar. Aber wie? Er muss irgendeinen Beweis gefunden haben.«

»Das weiß ich sogar ziemlich genau. Erst kam er nur mit dem Verdacht, und Erich nahm ihn nicht ganz ernst. Dann kam Metzger zum zweiten Mal, und diesmal triumphierte er. Er sagte: ›Sie haben nach Beweisen gefragt, hier sind sie!‹ Dann warf er zwei Fotos auf den Tisch, und mein Mann wurde ganz blass. Auf den Bildern war Lewandowski drauf.«

»Wo sind diese Fotos?«

»Das weiß ich nicht. Nicht hier im Haus jedenfalls.«

»Was für Fotos waren das? Amateuraufnahmen?«

»Nein. Presseaufnahmen, würde ich sagen. Große Fotos. Sie zeigten den Tatort in Frankfurt und die Straße in diesem Nest bei Kiel, wo Schmitz-Feller zusammengebrochen ist.«

»Wo war Lewandowski stationiert, haben Sie davon etwas mitbekommen?«

»Das weiß ich nicht genau, aber Erich hat oft von einem Haus im Müllenkamp in Godesberg gesprochen. Sogar die Hausnummer weiß ich noch: Vierundzwanzig. Das kann sich aber auch auf eine ganz andere Sache beziehen.«

»Arbeitete Lewandowski allein?«

»Nein, er hatte Helfer. Erich nannte die Gruppe ›den Henkerstab‹. Da war eine Frau bei, die heißt Ellen Strahl. Dann gibt es da noch einen jungen Mann, der Reimer heißt, den Vornamen weiß ich aber nicht.« Nach einer Weile sagte sie mit ganz weicher Stimme: »Ich habe auch eine Frage. Hat mein Mann wirklich so etwas wie eine Ahnung von seinem Tod gehabt?«

»Ich weiß es nicht, aber ich bin davon überzeugt. Warum?«

»Weil ich in meinem Nachttisch einen Zettel gefunden habe. Da steht drauf: *Wenn mir etwas geschieht, musst du viel Mut haben!* Nur das.«

»Wann kann er den Zettel in die Schublade gelegt haben?«

»Das muss in den letzten sieben Tagen gewesen sein. Sagen Sie, Herr Baumeister, haben Sie schon eine Ahnung, wer ihn umgebracht hat?«

»Leider noch nicht. Aber ich finde es raus.«

»Werden Sie zur Beerdigung kommen?«

»Selbstverständlich.«

»Wenn Metzger und mein Mann sterben mussten, weil sie etwas Gefährliches wussten, dann müssen Sie auch auf sich aufpassen.«

»Ich versuche es. Kann ich diese Nachricht an Sie fotografieren?«

Sie kramte in ihrer Tasche, und ich machte eine Aufnahme von Guttmanns letztem Gruß an seine Frau, hastig hingekritzelt auf ein altes Kuvert. Ich sagte überflüssigerweise: »Heben Sie das gut auf, es ist wichtig, wir werden es noch brauchen. Ich melde mich wieder bei Ihnen.«

Wie ein Schatz barg sie das Stück Papier in ihrer Jackentasche. Als ich hinausging, hatte sie die Hand immer noch in der Tasche und schaute versonnen in die Ferne.

Ich schlenderte die Weberstraße entlang, dann die Zweite Fährgasse zum Rhein hinunter.

Der Fluss wirkte ölig und träge, und ein paar Schiffe tuckerten vorbei, mit Motoren, die klangen, als würden sie bald festfressen.

Was bedeutet Kickeck?

Ich aß lustlos eine Pizza bei einem Italiener, der sein eigener Koch, Oberkellner und Barmann war. Die ganze Zeit hielt ich die Straße im Auge. Nichts regte sich. Nach dem Kaffee bestellte ich ein Taxi.

»Nach Wesseling«, sagte ich und hockte mich auf die Rückbank. Nervös sah ich mich dauernd nach irgendwelchen Verfolgern um.

»Haben Sie eine Bank überfallen?«, fragte der Fahrer, ein ungeheuer dicker Mann, der beim Atmen schnaufte wie ein Walross.

»Keine Bank«, sagte ich. »Ich hab' Ihre Radkappen geklaut.«

Als ich sein gurgelndes Lachen hörte, tat mir mein Gag schon wieder Leid.

Claudia Groß war zu Hause. Sie fragte gespannt: »Haben Sie etwas herausgefunden?«

»Bisher nicht viel. Aber Willi muss zwei Fotos besessen haben, die ein Schlüssel zu der Geschichte sein können. Erlauben Sie mir, in seinem Zimmer nachzusehen?«

»Natürlich. Wollen Sie ein Wasser, einen Tee, soll ich Ihnen etwas zu essen machen? Ist Ihre Freundin aus der Sache ausgestiegen?«

»Nein, nein, sie kümmert sich um andere Dinge.«

Claudia war bedrückend einsam, und sie zeigte es. Ich sagte daher: »Könnte ich einen Tee haben? Und außerdem brauche ich Ihre Hilfe. Sagen Ihnen die Namen Ellen Strahl und Reimer etwas?«

»Nein. Nie gehört. Haben die mit Willis Geschichte zu tun?«

»Ja.« Es war ein erschreckender Gedanke, dass Claudia vermutlich nur deshalb noch lebte, weil Metzger ihr nicht das Geringste über die Affäre verraten hatte.

Sie ging vor mir her die Treppe hinauf und schloss mir Metzgers Arbeitszimmer auf. »Da in der Truhe sind Fotos, jede Menge sogar.«

»Danke, ich werde mich schon zurechtfinden.«

Es gab drei Stapel Fotos, und es war unklar, nach welchen Gesichtspunkten Willi Metzger sie geordnet hatte. Sie stammten ausnahmslos von dpa und behandelten zwei Ereignisse: Das Attentat auf Professor Mente und, das waren weit weniger Bilder, den plötzlichen Herztod des Bundestagsabgeordneten Schmitz-Feller. Dabei mussten irgendwelche Fotos sein, die einen Zusammenhang mit Lewandowski hatten.

Ich nahm Metzgers große Lupe zu Hilfe, um nichts zu übersehen. Nach über zwei Stunden war klar: Es gab kein Foto, auf dem Lewandowski zu sehen war oder das auch nur den kleinsten Hinweis auf Lewandowski enthalten hätte. Und doch musste es solche Fotos geben.

Ich rief Claudia nach oben. »Hat Willi irgendwann einmal Fotos erwähnt?«

»Nein. Ich bin ganz sicher: nein.«

»Sie kannten Metzger genau. Stellen Sie sich vor, er hatte ein paar Fotos, die wirklich wichtig waren. Man durfte sie unter keinen Umständen bei ihm finden. Was könnte er damit gemacht haben, wo würde er so etwas verstecken?«

»Das weiß ich wirklich nicht. Er hatte ja eigentlich auch keinen Grund, etwas vor mir geheim zu halten.«

»Und ob er den hatte. Er wollte Sie aus der ganzen Sache raushalten, um Sie nicht auch noch in Gefahr zu bringen. Er wusste genau, was er riskierte.«

Sie schluckte. Dann nickte sie, und ihre Augen sahen zum ersten Mal, seit ich sie kannte, nicht traurig aus. Angestrengt dachte sie nach. »Sie könnten sich ja mal den Dachboden ansehen, kommen Sie, ich zeige es Ihnen.«

Der Boden war dunkel und niedrig, und die Funzel an einem der Balken beleuchtete matt ein chaotisches Durcheinander.

»Haben Sie eine Taschenlampe?«

»Ja, ich glaube schon.« Sie verschwand nach unten.

Ich versuchte mich in der plötzlichen Stille zu konzentrieren. Angenommen, ich war Metzger, angenommen, ich wollte auf diesem Dachboden ein paar Fotos verstecken. Wo würde ich das tun?

Claudia kam mit der Taschenlampe zurück und gab sie mir.

»Sah das hier immer so aus?«

»Wie meinen Sie das?«

»Ich meine: Wenn Willi die Fotos hier versteckt hat, kann es notwendig gewesen sein, einen alten Schrank zur Seite zu schieben oder so etwas. Würde Ihnen das auffallen?«

»Sofort«, sagte sie, »lassen Sie mich mal leuchten.« Sie ließ den Lichtkegel der Taschenlampe ganz langsam über all das Gerümpel wandern. »Hier ist es wie immer, alles an seinem Platz.«

»Dann werde ich hier so lange herumgraben, bis ich etwas finde.«

»Ich mache Ihnen ein paar Würstchen heiß, einverstanden?« Sie sah mich fast bittend an, sie brauchte dringend das Gefühl, gebraucht zu werden.

»Das finde ich nett«, sagte ich. Dann begab ich mich systematisch an die Suche. Der Raum hatte eine Breite von vielleicht sechs Metern, eine Tiefe von etwa acht. Ich begann links außen, wo ich kriechen musste, um nicht gegen die Dachsparren zu stoßen, und arbeitete mich in Bahnen von etwa einem Meter Breite vor. Als Claudia mit den Würstchen kam, nahm ich gerade die Innereien eines alten Sessel auseinander. Sie grinste. »Jetzt verstehe ich, was das Wort Recherche bedeutet.«

»Ich weiß auch nicht, ob das was bringt. Aber im Moment fällt mir nichts Besseres ein. Wenn es nichts Schriftliches gibt ... das heißt: Hat er Tagebuch geführt?«

»Ja. Aber kein Mensch kann das lesen. Er führte es in Altgriechisch.«

»Wir werden sehen. Noch eine Frage: Hatte er einen Lieblingsautor?«

»Ja, Dostojewski, auch Tolstoi, Turgenjew, die klassischen Russen. Aber vor allem war er ein Filmfan. Er hat sich von vielen großen Filmen die Drehbücher besorgt. Er mochte Woody Allen besonders gern und Hitchcock ...«

Ich war mit dem Würstchen fertig und machte mich wieder an die Arbeit. Sie hockte sich derweil in der Tür auf den Boden, rauchte eine Zigarette und verlor sich in Erinnerungen an ihre große Liebe.

Ich kam zu der Hinterseite einer alten, schweren Kredenz. Der Staub lag gleichmäßig dick, aber man konnte Schattierungen erkennen: Der Staub wurde an einer Stelle deutlich heller. Während ich die Kredenz näher in Augenschein nahm, fragte ich: »War Willi übrigens nach dem Mai '89 in Frankfurt und Kiel?«

»Das weiß ich genau, er war da. Aber er hat mir nie gesagt, weshalb.«

Die Spuren schienen mir eindeutig: Jemand war um diese Kredenz herumgekrochen. Aber ich sah keine Möglichkeit, hier Bilder zu verstecken.

Claudia begann, irgendetwas über Willis Lieblingsfilme zu erzählen. Ich hörte kaum hin, weil ich zu konzentriert nach einem möglichen Versteck suchte. Ich bekam nur mit, dass dauernd von irgendeinem Buch die Rede war. »Was haben Sie gerade gesagt?«

»Dass Willis absolutes Lieblingsbuch Truffauts Interviews mit Hitchcock war. Er hat es immer wieder gelesen.«

Ich kam mit dem Kopf zu schnell hoch und rannte unter eine vorstehende Ecke. Es tat höllisch weh.

»Wo ist dieses Buch?«

»Unten, im Regal.«

»Können Sie es holen? Ich habe jetzt so ungefähr die Hälfte und muss sowieso mal Pause machen.« Sie schaute mich verblüfft an, ging aber los. Ich hockte mich am Eingang hin und rauchte ein paar Züge aus der Redwood.

Sie kam mit einem zerlesenen Hanser-Band zurück und reichte ihn mir. Ich drehte ihn um, schüttelte, und zwei Fotos fielen heraus. Ich legte das Buch beiseite und hob sie auf. Obwohl das Licht schlecht war, erkannte ich Lewandowski sofort.

Ich fühlte die Erregung des erfolgreichen Jägers in mir aufsteigen, aber ich dachte auch daran, wie unerbittlich dieser Willi Metzger seine Claudia aus der Geschichte herausgehalten hatte. Darum sagte ich möglichst gleichgültig: »Ich verstehe nichts von der Bedeutung dieser Fotos. Aber ich werde versuchen herauszufinden, was daran für Willi so wichtig war.«

»Und ich dachte, das wüssten Sie«, sagte sie enttäuscht.

»Leider nein.« Ich tat müde und enttäuscht, telefonierte ziemlich schnell nach einem Taxi und verabschiedete mich. Ich wartete auf der Straße, bis der Wagen kam. Ich brauchte frische Luft. Es kostet Kraft, in das Leben und den Tod anderer Menschen einzudringen.

6. Kapitel

Bei Nacht ist Wesseling ein totes Nest; ich hatte keine Mühe, den Wagen auszumachen, der uns folgte. Die Straße war so leer, dass das Verfolgerauto ohne Scheinwerfer fahren müsste. Aber immer, wenn der Wagen durch den Schein einer Straßenlaterne glitt, blitzten seine Fenster und die Chromteile auf.

»Sind Sie ein wichtiger Mensch?«, fragte mich der Taxifahrer ganz ruhig. Er war jung, trug einen imposanten schwarzen Vollbart und wirkte auf mich wie ein stellungsloser Intellektueller. »Nach meiner Einschätzung bin ich relativ unwichtig«, antwortete ich. »Falls Ihnen die Auskunft aber zu unsicher ist, kann ich das verstehen. Kriminell bin ich nicht.«

»Wollen wir ihn ärgern?«

»Das wäre schön«, seufzte ich.

Er drehte sich kurz zu mir um und grinste. Seine Augen waren voll strahlender Heiterkeit. »Dann brauchen Sie aber ein bisschen Zeit, und die Uhr wird laufen.«

»Schon gut, machen Sie nur. Man muss sich auch mal was gönnen.«

»Dann schnallen Sie sich fest.«

»Machen Sie so was öfter?«

»Nein. Aber manchmal habe ich eifersüchtige Ehemänner hinter mir, die sich für Superman halten.« An der nächsten Kreuzung blinkte er links, schaltete die Lichter aus und bog abrupt nach rechts ein. Dann gab er Vollgas. Keine hundert Meter weiter driftete er wieder nach rechts in eine Siedlung hinein, ohne vom Gas zu gehen. Wir rasten in eine Sackgasse, an deren Ende wir in unvermindertem Tempo durch eine Lücke zwischen einer Hecke und zwei Mülltonnen schossen. Beängstigend schnell schlingerten wir durch eine Wüstenei aus Kies und Sand, vorbei an einer Art Lagerhaus. Es ging durch tiefe Erdrinnen, an Schutthalden entlang, rechts waren wohl Schrebergärten. Er blieb beim Vollgas und erklärte überflüssigerweise: »Das hier ist keine Straße, hier sind wir in den Kiesgruben. Wenn die Leute, die Ihnen folgen, wirklich gut Bescheid wissen, riechen sie uns vielleicht. Wenn nicht, sind wir jetzt schon allein.« Er nahm wie ein Rallyeprofi eine Linkskurve, indem er mit einem Powerslide gewaltige Mengen Sand in Bewegung setzte. »Ist richtig schön, wie im Krimi.« Ich konnte ihm nicht antworten, ich hatte genug damit zu tun, meinen Magen unter Kontrolle zu behalten.

»Wissen Sie eigentlich, wer Sie verfolgt?« »Ja, so ungefähr. Aber es ist besser, Ihnen das nicht zu erklären, sonst kommen Sie noch auf die Idee, mich hier abzusetzen.«

»Der Fahrgast ist König!«, meinte er bloß lakonisch.

Jetzt verließ er auch noch den Weg, der sowieso keiner war, und hielt auf einen Damm zu, der mit hohem Gras bewachsen war. Er ging ihn senkrecht an, und je höher der Wagen kletterte, desto häufiger drehten die Räder durch. »Komm schon, Olle!«, ermunterte er sein Auto, und er hatte Erfolg. Die Schnauze des Taxis kippte nach vorn, und unter uns lag ein Baggersee mit stählernen Förderbändern auf dem Wasser, in dem sich fahl das bisschen Mondlicht spiegelte. Der Bärtige hielt sich nicht mit der Aussicht auf, er gab schon wieder Gas und rutschte gefährlich schräg hinunter auf das Ufer zu. Dann stellte er den Motor ab und sagte: »Frauen und Kinder zuerst in die Boote.« Es war unheimlich still, als der Wagen einen halben Meter vor dem Rand zum Stillstand kam. Einzig das leise Plätschern des Wassers war zu hören.

»Und Sie glauben, wir sind hier sicher?«

Er grinste, knipste eine Leselampe unter dem Armaturenbrett an, holte eine Karte aus der Seitentasche und tippte mit dem Zeigefinger darauf. Zufrieden erklärte er. »Sehen Sie:

Hier habe ich Sie abgeholt. Dann haben wir eine perfekte Acht gedreht und stehen jetzt vielleicht fünfzig Meter von dem Haus entfernt, aus dem Sie gekommen sind, auf der Rückseite, verstehen Sie? Die werden überall suchen, hier bestimmt nicht.«

»Man sollte Sie auszeichnen und weiterempfehlen.«

Er grinste. »Die Solidarität des Proletariats. Wie lange warten wir?«

»Eine Stunde ungefähr«, entschied ich.

»Dann mache ich Ihnen einen Freundschaftspreis«, er schaltete das Taxameter aus.

Wir sprachen nicht mehr viel; irgendwann döste ich ein, er weckte mich, sanft. Es war drei Uhr nachts. »Wir können jetzt los. Wohin fahren wir?«

»Nach Bonn.«

Niemand folgte uns. Es hatte aufgeklart, die wenigen Wolken trieben schnell, und der bleiche, halbe Mond wirkte weit weg. Es war ziemlich kalt.

Als mein Taxi-Freund mich zweihundert Meter vor der Pension absetzte, sagte ich zu ihm: »Falls man Sie fragt, und man wird Sie vermutlich fragen, sagen Sie einfach, Sie hätten mich in Köln-Süd abgesetzt. Bonner Straße. Geht das?«

»Das geht«, sagte er schlicht.

Ich bezahlte ihn großzügig, er grinste und sagte noch: »War mir doch ein Vergnügen. Sagen Sie, brauchen Sie meine Nummer?« Er gab mir eine Karte, winkte mir noch einmal zu und fuhr ab.

Ich hatte das dumme Gefühl, einen Gegner genarrt zu haben, der über solche Spielchen nur lächelte.

Ich stand noch eine Weile auf der Straße herum, ehe ich losging. Schon von Weitem sah ich, dass die Baronin nicht schlief. Die beiden Fenster unseres Zimmers im ersten Stock waren hellgelbe tröstliche Vierecke. Ich freute mich auf eine Dusche. Mir war kalt, und ich fühlte mich schmutzig und zerschlagen.

Die beiden Männer traten aus der Schwärze eines Hauseingangs. Sie trugen dick wattierte dunkle Westen über Flanellhemden, Jeans und weißen Turnschuhen. Sie bauten sich vor mir auf und sprachen kein Wort. Sie sahen aus wie zwei Freizeitsportler auf dem Heimweg vom Fitnesscenter. Nur ihre Augen verrieten sie.

»Jetzt wird es wohl ernst«, sagte ich, nur um etwas zu sagen.

Der rechte war ziemlich groß und massig, hatte die Hände in den Taschen und hielt den Kopf geneigt. Der linke war schmal und drahtig und wirkte wie ein eifriger Terrier.

»Hören Sie«, sagte ich ...

Der linke trat zu. Es war eine schnelle, fast elegante Bewegung mit dem rechten Bein. Er musste unglaublich gelenkig sein, jedenfalls traf er mich an der linken Kopfseite. Der rechte hielt meinen Sturz auf, indem er mir das Knie in den Magen rammte und mir gleichzeitig mit voller Gewalt beidhändig in die ungeschützte Seite schlug. Es war wie eine einzige Explosion.

Ich weiß nicht genau, ob ich schon ohnmächtig war, ich weiß nur, dass ich vergeblich versuchte, die Hände vor meinen fallenden Körper zu bringen. Ich höre noch das klatschende Geräusch, mit dem ich auf die Steine schlug, Schmerzen spürte ich kaum. Ich wollte schreien, aber das ging nicht. Ich konnte mich nicht einmal zusammenkrümmen, um ein wenig Schutz zu bekommen, aber nichts gehorchte mehr.

Sie gingen ganz ruhig davon.

Ich lag auf dem Rücken, und über meine linke Wange lief Blut. Dann fing mein Körper an zu zittern, und ich spürte den Schmerz mit voller Wucht. Ich versuchte aufzustehen, aber ich hatte keine Chance. Paralysiert lag ich auf den kalten Steinen. Dann, links von mir, Stimmen. Eine Frau und ein Mann.

»Ein Kredit kommt nicht in Frage. Wir verschulden uns nicht«, sagte er eindringlich.

Sie schien ziemlich ärgerlich. »Schön und gut, Theo, aber es geht doch nun mal nicht anders.«

»Es geht anders«, sagte er verärgert, »es muss anders gehen.« Dann verblüfft: »Du lieber Himmel, was ist denn mit dem?«

Ein verschwommenes Männergesicht schob sich in mein Blickfeld und fragte gutmütig: »Zu viel getrunken, was?«

»Der blutet ja«, sagte die Frau schrill.

»Na sicher«, brummte der Mann. »Im Suff fallen die doch immer hin. Komm, Junge, ich helfe dir auf.« Er fasste mich unter den Schultern und hievte mich hoch. Es tat schrecklich weh, und ich dachte, ich müsste mich übergeben.

»Vielleicht setzen Sie sich erst einmal in den Hauseingang da?«, fragte der Mann. Ich lehnte mich schwankend an die Mauer, und schon ging er erleichtert auf Distanz. »Warum müssen die Leute auch immer so viel saufen? Kommen Sie, noch zwei Schritte, und Sie können sich setzen. Einen Arzt brauchen Sie ja nicht, oder?«

Er hatte längst entschieden, dass ich keinen Arzt brauchte, weil ihm das ermöglichte, sich schleunigst zurückzuziehen. Immerhin half er mir noch, mich auf die Stufe zu setzen. Dann sagte er hastig: »Wenn Sie eine Weile ruhig sitzen bleiben, werden Sie bald wieder in Ordnung sein. Und denken Sie daran: Diese Trinkerei ist nicht gut!« Dann nahm er die Frau am Arm und zog sie wie eine Puppe mit sich fort.

Ich weiß nicht, wie lange ich dort saß, ich weiß dass ich fortwährend versuchte aufzustehen, aber ich schaffte es einfach nicht.

Erst nach einer Ewigkeit hangelte ich mich an der Haustür soweit hoch, dass ich eine Weile wacklig stehen und den ersten Schritt riskieren konnte. Es ging leidlich, aber es schmerzte höllisch, und mir wurde immer wieder schwarz vor Augen.

Ich habe nur noch verschwommene Erinnerungen, wie es mir gelang, die Pensionstür aufzuschließen und in den ersten Stock zu kommen. Im Flur fand ich den Lichtschalter nicht und stieß mich immer wieder, weil mir alles im Weg war. Dann stand auf einmal die Baronin in dem schmerzhaft grellen Viereck unserer Zimmertür und zog mich zu sich herein.

Entsetzt fragte sie: »Was ist denn passiert?«

Und deutlich lallte ich: »Sie haben mich verprügelt. Lass bitte Wasser in die Badewanne. Nicht zu heiß.«

»Leg dich erst mal aufs Bett.«

»Nein, dann komme ich nicht mehr hoch. Ich bleibe lieber stehen, bis das Wasser in der Wanne ist.«

»Ich habe nicht mal ein Pflaster, nur ein bisschen Aspirin.«

»Dann gib mir soviel du hast.« Soweit ich das mitbekommen hatte, war ich von den Männern nur zweimal getroffen worden. Aber es gab buchstäblich keine Stelle meines Körpers, die nicht schmerzte.

Unendlich langsam zog ich mich aus. Es war eine mühselige Prozedur. Endlich stand ich nackt und erbärmlich in einem Haufen Kleider und keuchte so erschöpft, als hätte ich zehntausend Meter hinter mich gebracht.

Die Baronin musterte mich mit einem Blick, als litte sie dieselben Schmerzen wie ich. Darin sagte sie, meine linke Gesichtshälfte würde langsam rot und grün, und in der Taillengegend sähe ich aus, als sei ich von einem Elefanten getreten worden.

Sie lachte leicht hysterisch und murmelte dann etwas von »Baumeister gegen den Rest der Welt«. Schließlich führte sie mich Schritt für Schritt zur Badewanne. Als ich im Wasser lag, schloss ich die Augen. Die Schmerzen wurden kaum besser, aber ich kam wieder einigermaßen zu mir.

»Ich habe zwei Fotos gefunden, bei denen selbst dem Dümmsten klar sein muss, dass Lewandowski der Henker dieses Staates ist. Sie sind bei Claudia, aber ich habe sie abfotografiert. Du nimmst jetzt den Film aus der Nikon und gehst zu dpa zum Entwickeln.«

»Bist du verrückt? Es ist Nacht, und ich kann dich nicht alleine lassen.«

»Aber dpa hat einen Nachtdienst, und sie werden dich ins Labor lassen. Wir brauchen die Fotos jetzt. Los jetzt, mir geht es schon wieder gut.«

»Ja, ja, mein Held«, sagte sie wenig überzeugt. »Wenn sie dich verprügelt haben, werden sie doch bestimmt unten stehen und mich nicht durchlassen oder mir den Film wegnehmen.«

»Lass es darauf ankommen. Mach jeweils drei Abzüge. Einen mit einem erklärenden Text an den Anwalt, einen bei dpa deponieren, einen mitbringen. Auf dem Film ist auch die Aufnahme eines Zettels, den Erich Guttmann an seine Frau geschrieben hat.«

»Ich hasse Helden!«, sagte sie und gab mir einen Kuss auf die intakte Gesichtshälfte. Es fühlte sich gut an, und zum ersten Mal wurde ich mir meiner Nacktheit bewusst. Es störte mich nicht. Aber die anderen würden uns keine Zeit lassen. »Unten im Flur ist ein langer Gang. Versuch mal, ob es einen Hinterausgang gibt. Und versteck den Film.«

Wenig später sagte sie. »Mensch, ist so eine Filmrolle aber kalt.« Dann ging sie.

Ich kletterte mühsam aus der Wanne, weil ich fürchtete, mein Kreislauf werde mich im Stich lassen. Ich muss dann auf dem Bett eingeschlafen sein, denn ich schreckte hoch, als sie hereinkam. Es war sechs Uhr morgens, und durch meinen Körper jagten Wellen von Schmerz.

Sie sah mich mit müden, aber mitleidig milden Augen an und tupfte mich vorsichtig mit einer streng riechenden Salbe ein. Sie hatte auch Heftpflaster und Binden – aus dem Auto – wie sie sagte.

»Übrigens«, erklärte sie währenddessen beiläufig, »du hast wirklich exquisite Aufnahmen gemacht. Als Metzger sie entdeckte, muss er gewusst haben: Das ist es.«

»Beschreib sie bitte.« Solange ich die Augen aufmachte, war es richtig schlimm. Mit geschlossenen Augen ließ es sich gerade eben aushalten. Außerdem wollte ich nicht irgendwo aus Versehen mein Spiegelbild entdecken.

»Ich erzähl's dir lieber alles der Reihe nach. Also, es gibt tatsächlich einen Hinterausgang hier im Haus. Man kommt durch den Hof in einen Garagenhof, dann in eine Einfahrt zur Parallelstraße. Unsere Beschatter scheinen keine guten Nerven zu haben, denn als ich eben ganz gemütlich von vorne in unser Haus marschierte, zuckten sie auf ihren Autositzen so zusammen, dass ich Schwierigkeiten hatte, nicht laut zu lachen.« Dafür kicherte sie jetzt wie ein Schulmädchen. »Die Leute bei dpa waren nett, sie haben mich ohne Probleme entwickeln lassen. Also, erst zu Professor Mente. Ich habe sämtliches Material durchgelesen, zunächst zu dem Attentat. Das geschah am 10. Mai 1989 in Frankfurt. Es war ein Sonntag, Muttertag, um ganz genau zu sein. Der Attentäter muss die Arbeitsweise des Professors perfekt gekannt haben. Der arbeitete nämlich an jedem Sonntagmorgen von zehn Uhr bis mittags um eins. Gefahren wurde er von einem Mann, der ebenfalls getötet wurde. Der fuhr ihn seit zehn Jahren. Mente war Aufsichtsratsvorsitzender einer Gruppe, die Panzer, Elektronik für Militärflugzeuge und so was baut. Aber sie machen auch in Chemie und Plastik, und sie machen ganz offizielle Geschäfte mit den Russen, den Ungarn, der DDR. Nun, Mente vertraute seinem Fahrer völlig, und der variierte den Weg zum Büro nach eigenem Gutdünken. Er fuhr niemals den gleichen Weg. Es gab nur einen kritischen Punkt: Das Haus des Professors lag an einer kurzen Stichstraße, und die Einfahrt bedeutete jedes Mal Schritttempo. Nach den Münchener Vorfällen war die Einmündung zunächst überwacht worden. Diese Überwachung wurde 1988 aufgehoben. An exakt dieser Ecke erwischte es den Professor und seinen Fahrer. Als sie um die Ecke bogen, detonierte die Bombe direkt neben dem Wagen und zerriss ihn vollkommen. Beide waren sofort tot. Das war mittags ein Uhr zwölf. Um ein Uhr dreizehn wurde bereits bei dpa Frankfurt angerufen. Ein Mann sagte in gebrochenem Deutsch: »Wir haben soeben Professor Mente liquidiert!« Er klang wie ein Franzose. Die schnelle Information hatte zur Folge, dass eine Menge Kollegen eher am Tatort waren als Polizei und Kripo. Dann erst wurde eine weiträumige Absperrung eingerichtet, in die später auch kein Pressemensch mehr eingelassen wurde. Aber ein dpa-Fotograf war sehr listig. Der versteckte sich nämlich gleich zu Beginn auf einem unbebauten Grundstück hinter Brennesseln und Mauerresten und fotografierte stundenlang mit einem Tele. Von diesem Mann stammen alle wirklich guten Bilder, darunter auch das, was Metzger als Volltreffer erkannte. Übrigens war Mente ein Mann, der Terroristen nicht sehr ernst nahm. Er hatte in einem SPIEGEL-Interview erklärt: ›Falls es mich erwischen sollte, gibt es in meiner Umgebung zehn Leute, die sofort meinen Platz einnehmen können.‹ Na ja, der Bekennerbrief der Action Directe wurde schon eine Stunde später der *Frankfurter Rundschau* zugestellt. Die Franzosen schrieben, sie hätten den Genossen von der RAF ein Geschenk gemacht. Der Bote verschwand und konnte nie identifiziert werden.«

»Menschenskind, nun sag schon, was genau auf dem Foto ist. Du weißt doch, dass ich es mir bei Claudia nur betont flüchtig anschauen konnte.«

»Also, stell dir Folgendes vor: Die Straße, von der die Stichstraße abzweigt, ist noch eben rechts oben im Foto zu sehen. Die Stichstraße zieht sich ziemlich genau waagerecht durch die Bildmitte. In der Bildmitte selbst liegt das Wrack des BMW, vollkommen zerfetzt. Rechts davor stehen die Überreste des Baumes, an dem die Bombe befestigt worden war. Der Baum ist gut dreißig Zentimeter dick und in einem Meter Höhe glatt abgerissen. Im Vordergrund links sieht man die Reste einer alten Gartenmauer, davor eine Gruppe uniformierter und ziviler Beamter in heftiger Diskussion. Vor dem Wrack, also rechts von dieser Polizistengruppe, liegt der Fahrer auf dem Bauch. Links von ihm liegt die Leiche von Professor Mente unter einer Wolldecke. Die Aufnahme muss relativ kurz nach dem Attentat geschossen worden sein, denn rechts von dem Baum sind zwei Polizisten dabei, diese rotweißen Plastikstreifen, mit denen man einen Unfallort absperrt, von einer Rolle abzuwickeln. Hinter dem Wrack hocken drei Fotografen auf einer Gartenmauer und fotografieren die Szene ...«

»Lieber Himmel, wo ist Lewandowski? Das ist der einzig wichtige Punkt.«

»Langsam, langsam. Du bist doch derjenige, der immer auf höchste Präzision achtet.«

»Wo ist Lewandowski?«

»Hast du das Bild noch im Kopf?«

»Ja. Mach weiter!«

»Also: Im Vordergrund, etwa zehn Meter von der Kamera entfernt, stehen zwei Männer. Sie stehen beide seitlich zur Kamera, der Mann links mit abgewandten Kopf. Er blickt auf das Fahrzeugwrack. Dieser Mann ist jung, ich würde sagen: Um die dreißig. Er trägt Jeans über weißen Turnschuhen. Eine weiße Windbluse. Hellblonde Haare, gestuft geschnitten. Er spricht mit Lewandowski. Der steht nämlich rechts von ihm, hat beide Hände in den Taschen seines Trenchcoats, den Kragen hochgeschlagen. Er trägt eine schwarze Baskenmütze.«

»Wie sieht sein Gesicht aus? Gespannt? Erregt?«

»Nicht die Spur von Aufregung. Ein leichtes Lächeln, als würde er all den Polizisten sagen wollen: Regt euch nicht auf, ihr löst das Rätsel doch nicht! Er wirkt vollkommen entspannt.«

»Muss das ein eiskalter Hund gewesen sein. Und was hat es ihm schließlich genützt? Na ja, was hast du weiter?«

»Also, zum Ableben des fünfundfünfzigjährigen Abgeordneten der CDU Rolf Schmitz-Feller, zehn Tage später, am 20. Mai. Kennst du Kalifornien?«

»Was hat das damit zu tun?«

Sie lachte. »Das ist ein Teil des Ostseestrandes an der östlichen Kante der Kieler Bucht. Das ganze Gebiet heißt Schönberger Strand, die zugehörige Gemeinde Schönberg. Dort hatte die CDU ein Treffen mit sehr viel Prominenz, sogar der Bundeskanzler war da. Schmitz-Feller auch. Was er dort zu suchen hatte, ist nicht ganz klar. Erinnerst du dich, wie eine Kieler Werft den Südafrikanern ein paar Kisten Blaupausen schickte, damit die echte deutsche U-Boote bauen konnten? Schmitz-Feller saß im sogenannten U-Boot-Ausschuss. Auf dem Rüstungssektor war er ein Ass, aber er passte der eigenen Partei nicht in den Kram. Er war nämlich für einseitige Abrüstung. Als ihm seine Leute vorwarfen, er übernehme Positionen der Sozialdemokraten und der Grünen, antwortete er: ›Das ist mir scheißegal. Solange sie vernünftig sind.‹ So fing alles an. Hörst du mir noch zu?«

»Aber ja. Wie weit liegt Schönberg von der Grenze zur DDR entfernt?«

»So etwa siebzig bis hundert Kilometer bis zur Ostsee nach Lübeck oder bis zur Landesgrenze jenseits der Lübecker Bucht. Na ja, das nützt ihm jetzt alles nichts mehr. Also, zehn Tage nach Mentes Tod, ein Mittwoch. Das Treffen der CDU hatte am Freitag begonnen. Die Prominenz war am Sonntag schon verschwunden; Schmitz-Feller war dageblieben, um ein paar Tage Urlaub zu machen. Sein Wahlkreis ist Mannheim. Für seine Kurzferien hatte er sich in einem kleinen Gasthof in Stakendorf eingemietet. Seine Wirtsleute sagten aus, er habe sich vierzehn Tage ausschlafen wollen.«

»Was geschah an diesem Mittwoch, ist das rekonstruiert worden?«

»Die Lokalzeitungen haben es groß aufgemacht. Er stand um sieben Uhr auf, kam um acht Uhr zum Frühstück in die Gaststube. Dann fuhr er mit dem eigenen Wagen zu einem Treffen mit dem Landrat. Von dort etwa gegen zwölf Uhr mittags auf ein Bier an den Schönberger Strand. Er war ein geselliger, humorvoller Mann, schreiben die Kollegen. Dann fuhr er mit dem Auto nach Schönberg rein und ging in eine Gaststätte essen, die letzte Kneipe seines Lebens. Er traf sich dort mit einem Redakteur der *Kieler Nachrichten* zu einem Interview. Gegen ein Uhr bezahlte er und ging hinaus auf die Straße. Das Interview war beendet, nur ein Fotograf war noch da, der ein paar Bilder machte. Schmitz-Feller musste um sechzehn Uhr wieder in seinem Hotel in Stakendorf sein, denn zu diesem Zeitpunkt sollte seine Frau nachkommen. Sie reiste per Bundesbahn an. Jetzt muss ich ins Detail gehen: Schmitz-Feller verabschiedet sich von dem Fotografen und geht durch eine schmale Gasse neben dem Restaurant, sodass er auf die Rückfront des Gebäudes kommt. Der Fotograf nimmt wenig später zufällig denselben Weg. Auf der Straße hinter dem Restaurant herrscht dichtes Gedränge, weil da Andenkenstände sind. Der Fotograf achtet nicht auf Schmitz-Feller und fotografiert in die Marktszene rein. Plötzlich rutscht ihm der Bundestagsabgeordnete buchstäblich in die Optik und bricht zusammen. Das alles wird von einer Kamera mit Motor fotografiert, also in einer schnellen Bildfolge. Im Nu ein Menschenauflauf. Der Fotograf wechselt den Film und hält weiter drauf. Jetzt komme ich zu dem entscheidenden Foto: Du musst dir vorstellen, dass Schmitz-Feller, wenn er überhaupt schon tot ist, bestenfalls seit ein paar Sekunden nicht mehr lebt. Den Hintergrund bilden drei Fachwerkhäuser, daneben eine wuchtige Kirche. Links ein handgemaltes Schild *Geräucherte Aale*, darunter der Verkaufstisch dieser Bude. In der Mitte ein Menschenknäuel um Schmitz-Feller herum. Er liegt in dieser Budengasse wie ein zusammengekrümmtes Kind. Den ganzen rechten Bildrand nehmen zwei Männer ein. Es ist wieder der junge Mann mit der weißen Windbluse und den Jeans und den blonden Haaren, wieder halb von hinten fotografiert. Rechts neben ihm Lewandowski im Trenchcoat, aber ohne Baskenmütze. Und diesmal lächelt er nicht, er lacht. Man sieht seine Zähne, sehr gepflegte, strahlend weiße Zähne.«

»Willi Metzger muss gedacht haben, jetzt hätte er das große Los.«

»Das ist wohl sicher«, murmelte sie nachdenklich.

»Weißt du, was mich erschreckt? Wenn es stimmt, dass Lewandowski der Henker ist, dann bedeuten diese Fotos, dass er Menschen nicht nur umbringt, sondern auch zusieht, wie sie krepieren. Und wieso lässt er sich so unbekümmert fotografieren?«

»Warum nicht? Niemand bringt ihn mit den Vorfällen in Verbindung. Und außerdem können diese Fotos für ihn der Beweis einer guten Arbeit sein, verstehst du?«

»Lewandowskis Gehabe auf diesem Foto ist ziemlich offen pervers.«

»Ist der junge Mann auf dem Bild eindeutig derselbe wie in Frankfurt?«

»Kein Zweifel. Dieselben Schuhe. Der linke Schuh hat unter dem Puma-Schriftzug einen tiefen Kratzer. Derselbe Schuh, derselbe Mann.«

Auch wenn ich bei dem stechenden Licht dachte, mir würde jeden Augenblick der Schädel platzen, musste ich mir das Foto selbst ansehen. Es war schon verblüffend, mit welcher Dreistigkeit die beiden da fast stolz am Tatort standen.

»Und trotzdem hat jemand die Zusammenhänge begriffen und ihn erschlagen«, meinte ich nachdenklich und schloss wieder die Augen. Die Baronin hatte mich besorgt angesehen; jetzt stand sie am Fenster und sah hinaus.

»Nichts am Fall Schmitz-Feller war damals auffällig, außer der Tatsache, dass ein scheinbar kerngesunder Mann am hellichten Tag tot zusammenbricht. Die Berichte darüber geben nicht viel her. Nur eine Sache hat mich stutzig gemacht. Im Lokalteil der *Kieler Nachrichten* beschreibt eine Kollegin unter dem Titel *Die Unfasslichkeit des Todes*, was sie über den Tag des Bundestagsabgeordneten rekonstruieren konnte. Sie hat auch die Witwe erlebt. Das habe ich wörtlich abgeschrieben:

Da hockt die Witwe verzweifelt in dem kleinen Hotel und starrt in die Sonne am Ostseestrand und kann es nicht fassen: Rolf Schmitz-Feller ist tot. Sie bekommt alle zehn Minuten einen frischen Kaffee serviert, obwohl sie keinen Schluck davon trinkt. Zuweilen sagt sie etwas, Dinge wie ›Er war doch so zuversichtlich!‹ oder ›Er war doch nie krank!‹. Dann wieder versucht sie Halt bei den praktischen Fragen zu finden, will wissen: ›Ist eigentlich der Safekoffer meines Mannes wieder aufgetaucht? Ein schwarzer Safekoffer?‹ Eine Frau, die noch lange nicht wird begreifen können, wie ihre Welt so zusammenbrechen konnte; eine Frau, deren Verlust von vielen mitempfunden wird. Der aber niemand wirklichen Trost wird spenden können. Und so weiter und so weiter.«

»Du hast recht, die Sache mit diesem Koffer könnte etwas bringen«, sagte ich.

»Und wie gehen wir jetzt vor?«

»Ruf diese Kollegin an, hol sie aus dem Bett.«

»Und was ist, wenn Beck dieses Telefon abhört?«

»Mir ist das mittlerweile völlig egal. Er weiß ja sowieso, dass wir recherchieren.«

Sie hockte sich auf die andere Seite des Bettes und begann zu telefonieren. Es dauerte eine Weile, ehe sie die Nummer der Frau hatte. Dann war sie erstaunlich schnell am Apparat, und die Baronin erklärte ihr, wir machten eine Reportage über politische Attentate. Dann fuhr sie fort: »Sie schreiben sehr gut über den Tod von Schmitz-Feller. Sie erwähnen da diesen Safekoffer. Ist der eigentlich jemals wieder aufgetaucht? – Nicht? Aber er existierte wirklich? – Ja, gut. Ich danke Ihnen sehr.« Sie legte auf. »Den Koffer hat man nie gefunden. Ein großer Metallkoffer, mit schwarzem Leder überzogen.«

»Den werden wir auch nicht finden. Aber sein Verschwinden passt ins Bild.«

»Glaubst du denn, dass wir überhaupt jemals stichhaltig beweisen können, dass Lewandowski der Henker gewesen ist? Die Tatsache, dass er auf den Fotos ist, beweist doch an sich gar nichts.«

Ich hatte enorme Schwierigkeiten, mich zu konzentrieren. Mein ganzer Körper fühlte sich an wie nach einem schweren Verkehrsunfall. Dabei hatten die beiden mich gar nicht richtig in die Mangel genommen. Ich musste mich mehr zusammenreißen. »Sieh mal, es ist doch verblüffend, dass Lewandowski und der Junge auf beiden Fotos sind. Das beweist, dass sie praktisch zur Tatzeit am Tatort waren, oder? Wir sollten lieber gleich zum Kern der Sache vordringen: Wieso hat Lewandowski Professor Mente und den Abgeordneten Schmitz-Feller umgebracht?«

»Weil sie etwas verraten haben? Nein, das hätte wenig Sinn gehabt. Wohl eher, weil sie etwas verraten wollten.«

»Und wenn wir wissen, was das war, dann können wir schreiben.«

»Nicht ganz, mein Lieber«, widersprach sie. »Wir sollten vorher eben noch klären, wer Lewandowski getötet hat, wer dieser Mann neben ihm ist, wer Metzger tötete und wer Guttmann, wer diese Ellen Strahl ist und noch so ein paar Kleinigkeiten. Im Grunde wissen wir nämlich noch gar nichts.«

Ich wollte ihr gerade sagen, dass wir vielleicht nur deshalb noch am Leben waren, als jemand an unsere Zimmertür klopfte.

»Das wird der Bundesanwalt Beck sein, um uns zu kassieren«, sagte ich. »Diese Leute kommen immer am frühen Morgen.«

Die Baronin öffnete zögernd die Tür. Draußen stand der Sohn von Anna Guttmann, den wir nur betrunken erlebt hatten. Er lächelte scheu und murmelte: »Entschuldigen Sie die Störung, ich soll das hier von meiner Mutter abgeben.« Er hielt der Baronin ein Kuvert hin. Dann sah er mich auf dem Bett und fragte erschreckt: »Hatten Sie einen Unfall?«

»So etwas Ähnliches«, sagte ich. »Vielen Dank. Wann ist die Beerdigung?«

»Übermorgen«, sagte er tonlos, drehte sich herum und verschwand den Flur hinunter.

Die Baronin riss das Kuvert auf.

»Es ist ein Schlüssel«, sagte sie erstaunt. »Nur ein normaler Sicherheitsschlüssel. Kein Zettel, keine Erklärung.«

»Steht DOM drauf?«

»Ja«, meinte die Baronin verblüfft.

»Den Schlüssel hatte ich vollkommen vergessen. Du lieber Himmel, der Guttmann war schon ein raffinierter Hund.«

»Wovon redest du überhaupt?«

»Der tote Lewandowski hatte diesen Schlüssel in der Tasche. Guttmann muss ihn absichtlich unterschlagen haben.«

»In welches Schloss passt er?«

»Das weiß ich nicht.«

»Na, das hilft uns vielleicht weiter! Was machen wir jetzt?«

»Wir ruhen uns ein paar Stunden aus, dann gehen wir ernsthaft an die Arbeit. Ich weiß auch schon genau, wo wir ansetzen werden.«

In Wirklichkeit war ich nicht halb so zuversichtlich, wie ich tat. Ich hatte Angst: Angst um die Baronin, Angst um mich. Und ich begann diese Stadt zu hassen, diese Noch-Hauptstadt, die so provinziell wirkte und unter der Oberfläche doch mit jeder intriganten Metropole konkurrieren konnte. Und es war nicht nur die tödliche Gefahr, die von diesen Intrigen ausging, was mich so erschreckte: Ich war automatisch ein Teil in diesem Räderwerk geworden, und ich musste weiter, ob ich wollte oder nicht. Ich war sehr weit weg von meinem Dorf, erschreckend weit weg. Und ich hatte seit gestern nicht einmal an Krümel gedacht.

7. Kapitel

Als wir aus unserem unruhigen Tagschlaf erwachten, war es fünf Uhr nachmittags. »Womit fangen wir an?«, fragte die Baronin unternehmungslustig.

»Wir wissen von zwei Menschen, die offensichtlich mit Lewandowski zu tun hatten: Reimer und Strahl. Also müssen wir noch mal zu Anna Guttmann, denn die wusste davon.«

»Und wenn sie mich wieder rausschmeißt?«

»Das wird sie nicht. Hilfst du mir bitte aus dem Bett?«

Es ging besser, als ich erwartet hatte. Die ersten Bewegungen gaben mir das Gefühl, in allen Gelenken Sand zu haben und unwillige, mehlige Muskeln. Das legte sich nach den ersten Schritten ein wenig.

Die Schmerzen blieben, besonders in der Magengrube, aber man konnte es aushalten.

Die Baronin dachte laut nach: »Die Leute, die mit Lewandowski zusammenarbeiteten, werden eher in München stationiert sein als in Bonn.«

»Das glaube ich nicht. Ich kann mir einfach nicht vorstellen, dass jemand wie Lewandowski offiziell einer Nachrichtendienst-Zentrale zugeteilt ist. Nein, das wird von hier gedeichselt, aus irgendeiner ganz hohen Etage.«

»Und wenn wir sie identifiziert haben, was dann?«

»Immer einen Schritt nach dem anderen. Außerdem wird unser Freund Beck bald versuchen, uns ein Bein zu stellen.«

»Und wie?«

»Weiß ich nicht, aber auf jeden Fall werden wir es als Erste erfahren.«

Wie sie da so gegen den Schrank gelehnt stand und lächelnd zu mir herübersah, da sah sie richtig schön aus. Sie war überhaupt der einzige Lichtblick in dieser ganzen verfahrenen Angelegenheit. Ich kannte sie schon ziemlich lange, und doch hatte ich sie jetzt erst richtig kennen gelernt. Und ich mochte sie, ich mochte sie täglich mehr. Sie schaute ganz versonnen und sagte leise: »Wenn du schläfst, siehst du wie ein kleiner Junge aus, richtig nett.«

»Du hättest mich wachküssen sollen.«

»Wollte ich auch, ich habe mich aber nicht getraut.«

»Wir sind viel zu gut gelaunt«, knurrte ich. »Wir müssen uns erst mit der bösen Welt auseinandersetzen, ehe wir vielleicht Zeit für uns haben. Also: Wir waren bei dem Grund, weshalb Reimer und die Strahl hier in Bonn stationiert sein müssen. Wer immer die Befehle zum Töten gibt, muss in der Hierarchie der Macht weit oben angesiedelt sein. Und der sitzt in jedem Fall in Bonn.«

»Mir wird schlecht, wenn ich daran denke«, sagte sie.

»Carré hat einmal geschrieben, wir seien eine Demokratie mit verdammt wenig Demokraten.«

Sie murmelte nachdenklich: »Ich würde so gern einmal einen Alltag mit dir erleben, irgendetwas ganz Normales. Kannst du mir Bescheid geben, wenn dein Leben normal ist?«

»Was ist normal?«

»Normal ist, wenn man morgens an eine Arbeit geht, die Spaß macht, abends am Kaminfeuer hockt und überlegt, ob man Sonnenblumen pflanzt oder Dahlien. Das ist normal, und nicht, dass man verprügelt wird, von einem Bundesanwalt schikaniert und gejagt wird und ständig überlegen muss, wer in wessen Auftrag gemordet hat und wann man selbst an der Reihe ist. Ich finde das allmählich zum Kotzen!«

»Du solltest sowieso allmählich aussteigen.«

»Klar doch, ich bin ja auch nur eine Frau. Sag mir lieber, ob dein Machohirn schon darüber nachgedacht hat, wer den Henker steuern könnte.«

»Ein wenig. Ich glaube, wenn ich den Chef des Verfassungsschutzes nach dem Henker fragen würde, käme der aus dem Staunen nicht mehr raus. Der Chef des BND in Pullach genauso, der des BKA in Wiesbaden auch. Der Generalbundesanwalt? Solche Behörden sind alle zu groß und nicht verschwiegen genug. Ich glaube, dass all diese politischen Beamten mit dieser Geschichte überhaupt nichts zu tun haben. Nach Ansicht von reinen Verwaltungsleuten sind solche Politiker höchst unzuverlässige Leute. Bleiben also die Verwaltungskönige selber, der Bereich der höchsten Beamtenschaft ...«

»Gib mir doch mal ein Beispiel, Baumeister, wie du dir den Einsatz eines Henkers vorstellst.«

»Das ist der Punkt. Stellen wir uns einen hochkarätigen Wissenschaftler in der Funktion eines Managers vor. Der Mann will die perfekten Waffen nicht mehr, die er selbst erfand. Er kommt nun, international wie er lebt, mit den ja längst geläuterten Brüdern aus dem Osten zusammen. Ich glaube nicht, dass er in Gefahr gerät, ganz plump eine geheime Waffe zu verraten oder irgendeine heilbringende chemische Formel. Aber er kann ganze Management-Leitlinien verraten – und die sind Milliarden wert. Er wird sie vielleicht sogar verraten, ohne zu wissen, was er preisgibt, zumal er die ehemals roten Brüder eigentlich sehr sympathisch findet. Die Beamten in unseren Sicherheitsdiensten brauchen aber noch Jahre zum Umdenken. Man wird diesem mutmaßlichen Verräter also größte Aufmerksamkeit widmen und in seiner Vergangenheit keinen Makel finden. Absägen kann man ihn nicht. Man kann ihn aber töten, wenn man sicher ist, dass er irgendwelche lebenswichtigen Dinge verraten wird ...«

»Also zieht derjenige, der in Bonn verantwortlich ist, die Notbremse und schickt Lewandowski?«

»So ist es, so stelle ich es mir jedenfalls vor. Das bedeutet aber, dass wir eine Gesellschaft sind, die im Extremfall mit dem Tod bestraft – was immer abgestritten wird.«

»Aber das ist doch auch Wahnsinn.«

»Ja, schon. Aber ich erinnere dich an die CIA oder den alten KGB. Kein Mensch bezweifelt, dass die getötet haben und womöglich auch weiter töten werden. Da gibt es Beweise.«

»Also herrscht jetzt irgendwo höchste Aufregung, weil Lewandowski tot ist.«

»Ja. Zumindest bei dem Mann, der Lewandowski steuerte. Und wenn dieser Reimer und die Strahl mit ihm gearbeitet haben, dürften auch sie weniger ruhig schlafen. Denn jetzt müssen sie zwangsläufig damit rechnen, auch auf der Abschussliste zu stehen.«

Die Baronin sah mich nachdenklich an. »Was ich bei all dem nicht verstehe wieso spielen die noch Kalter Krieg, wo sich doch alles vollkommen geändert hat?«

»Das ist eben die Beamtenmentalität. Bis sich da in den Hirnen und im Apparat etwas tut, ist die politische Entwicklung meilenweit voraus. Sieh doch nur, wie immer noch massiv der Briefverkehr mit dem Osten kontrolliert wird. Das ist auf anderen Ebenen nicht anders.«

»Und was machen die östlichen Geheimdienste?«

»Das weiß keiner so genau. Zum Teil ist da wohl jetzt ein Vakuum, aber das wird auf keinen Fall lange andauern. Gerade in Zeiten wie jetzt ist sicheres Wissen über die andere Seite elementar wichtig. Von der technologischen Aufholjagd einmal ganz abgesehen.«

»Glaubst du, dass wir eines Tages unter Palmen liegen werden und über den gelösten Fall Lewandowski plaudern werden?«

»Das glaube ich nicht. Nur in Krimis wird alles hübsch logisch erklärt. In diesem Fall wird eine Menge an Fragen offen bleiben, weil es zu viele Tote gegeben hat. Wie kommst du auf die Idee, dass wir unter einer Palme liegen werden?«

Sie grinste. »Ich dachte, wenn wir mit dem Fall fertig sind, schickt uns der Verleger in einen Urlaub nach Hawaii. Und da sind Palmen.«

»Ich mag die Dinger nicht. Sie sind so langweilig. Und wenn ich welche sehe, dann fahre ich dran vorbei und suche mir richtige Bäume.«

»Du hast keine Phantasie. Palmen und eine einsame Hütte am weiten Meer ...«

»Und nebenan McDonald's und schräg gegenüber der Eingang zu Disney's Wonderland. Nee, nichts für mich.«

»Und wenn ich mich in dich verknalle?«

»Bitte keine Drohung am helllichten Tag. Los jetzt, Anna Guttmann wartet.«

Wenn ich jemals eine Liebesgeschichte nicht gebrauchen konnte, dann jetzt. Es regnete nicht, eine milchige Restsonne verabschiedete sich in den diesigen Wolken von Bonn. Wir schlenderten durch die Innenstadt, kümmerten uns nicht um eventuelle Verfolger und nahmen am Bahnhof ein Taxi. Die ganze Fahrt über drehte ich mich nicht einmal um. Anna Guttmann hockte mutterseelenallein im Blockhaus im Innenhof und strickte. Sie hatte eine schmale Lesebrille vorn auf der Nase und sah ein bisschen wie eine gutmütige Hexe aus. »Die vereinigte Streitmacht«, meinte sie mit einem angedeuteten Lächeln. Dann sah sie mein Gesicht und erschrak, fragte aber gar nicht erst.

»Danke für den Schlüssel. Wo war er?«

»Erich hatte ihn in seinem Schreibtisch. Ich habe ihn beim Aufräumen gefunden und mich erinnert, dass er ihn bei dem toten Lewandowski gefunden hat. Er wollte herausfinden, in welches Schloss er passt.«

»Haben Sie eine Ahnung, ob er irgendwie weitergekommen war?«

»Ich weiß nicht. Aber vielleicht passt er zu diesem Haus im Müllenkamp, in Godesberg. Sind Sie denn weitergekommen?«

»Nein, bis auf kleinere Probleme mit Becks Leuten eigentlich nicht. Ich will Sie noch einmal nach Reimer und Ellen Strahl fragen. Die beiden bildeten ja wohl den so genannten Henkerstab. Hat Ihr Mann sie Ihnen jemals beschrieben?«

»Das brauchte er gar nicht, denn es gab ja Fotos. Metzger hat heimlich Fotos von ihnen gemacht. Haben Sie die denn nicht gefunden?«

»Nein. Aber ich habe hier zwei Aufnahmen, die möglicherweise etwas hergeben. Neben Lewandowski, der junge Mann. Sehen Sie, da!«

»Ja, das ist Reimer. Das sind die Fotos, die Metzger meinem Mann als Beweis brachte.«

»Gut. Sagen Sie, wann ist die Beerdigung?«

»Übermorgen, fünfzehn Uhr, Bonn-Süd. Wenn Sie auch kämen, wäre mir das ein großer Trost. Ich brauche Freunde.«

»Wir werden natürlich da sein«, sagte die Baronin. Dann fiel ihr noch etwas ein. »Frau Guttmann, können Sie uns diese Ellen Strahl beschreiben?«

Anna Guttmann nahm die Lesebrille von der Nase und reinigte sie übertrieben gründlich mit einem Papiertaschentuch. Dann sagte sie. »Ich weiß nicht recht. Das Markanteste an ihr ist wohl, dass nichts an ihr markant ist. Ich meine, wenn sie wirklich eine professionelle Killerin ist, würde man sie sich doch irgendwie extrem vorstellen, irgendwie exotisch. In Wirklichkeit sieht sie eher aus wie die Friseuse von nebenan. Eine Blondine um die Dreißig, nicht hübsch, nicht hässlich, vielleicht ein bisschen bieder. Das Extremste, was man sich bei ihr vorstellen könnte, ist, dass sie Robert Redford anbetet und nicht entscheiden kann, ob der Kinderwagen bonbonrosa oder weiß sein soll.«

»Das ist aber bissig«, meinte die Baronin anerkennend.

»Mag sein«, sagte Anna Guttmann, »aber so sieht die Dame nun mal aus. Allerdings sagte Erich: ›Wenn man sie ansieht und beobachtet, wie sie sich bewegt, wird man vorsichtiger in seinem Urteil.‹ Sie gleitet nämlich wie eine Schlange. Und er hat auch gesagt, dass diese Frau jemanden mit einem einzigen Schlag töten kann und dass sie das auch schon getan hat.«

»Hat Erich diese Ellen Strahl denn je gesehen?«

»Ja, mehrfach. Einmal ist sie ihm sogar per Zufall über den Weg gelaufen.«

»Wo?«

»In Godesberg, aber Genaueres weiß ich nicht.«

»Okay. Die nächste Frage: Metzger brachte als Beweis für seine Henker-Theorie diese beiden Fotos mit Lewandowski und Reimer. Er muss aber vorher schon die Wahrheit geahnt haben. Wissen Sie denn, was ihn überhaupt auf die Idee brachte, es könnte einen Henker geben?«

»Nein, das weiß ich nicht. Warten Sie mal ... ich muss überlegen. Kennen Sie eigentlich Rasputin?«

»Die historische Gestalt?«, fragte die Baronin schnell.

»O nein, ich meine unseren Rasputin. Wir nennen ihn Rasputin, weil sein russischer Name so kompliziert ist. Mit Vornamen heißt er Pjotr. Wir nennen ihn Rasputin, und Erich nannte ihn immer Peter. Das ist aber komisch, dass die Freundin von Metzger Ihnen von Rasputin nichts gesagt hat.«

Die Baronin meinte: »Die Freundin von Metzger weiß nichts, absolut nichts. Sie ahnt nicht einmal, dass es so etwas wie einen Henker gibt.«

»Nun, vielleicht war das sogar klug«, meinte Anna Guttmann. »Also: Wenn Sie Rasputin nicht kennen, wissen Sie ja eigentlich gar nichts.« Sie wandte sich an die Baronin: »Dieser Baumeister ist ja ein strohtrockener Kerl, aber Sie – trinken Sie wenigstens einen Schnaps mit mir?«

»Na sicher«, sagte die Baronin. »Erzählen Sie von Rasputin.«

»Kramen Sie mal da hinter den Büchern. Da muss eine Flasche stehen. Und Gläser sind auch irgendwo.« Anna

Guttmann sah jetzt erschöpft aus. Unter ihren Augen lagen wie traurige Kränze eine Unmenge Falten und dunkle Schatten. Ihre Schultern waren nach vorne gesunken, als sei das alles zu schwer für sie gewesen.

»Warum haben Sie Rasputin bisher nicht erwähnt?«, fragte ich, bemüht, nicht zu ungeduldig zu klingen.

»Ich weiß nicht. Vielleicht, weil meine Welt im Moment erstarrt ist, wie aus Glas. Ich stehe manchmal vor dem Spiegel und frage mich, wer ich bin. Und meistens denke ich an etwas ganz anderes als das, was ich sage. Aber ich will von Rasputin erzählen.« Sie trank von dem Schnaps, biss in ein sichtbar altes Brötchen und strich sich die Haare aus dem Gesicht. »Ich sagte ja schon, dass Erich anfangs dachte, Metzger sei ein Spinner. Dann kam Metzger aber mit diesen Fotos, die alles umstießen. Und dann wussten sie nicht mehr weiter, bis Erich auf die Idee kam, besonders die Russen müssten doch eigentlich an einem Henker in Bonn interessiert sein. So kam der Kontakt mit Rasputin zustande. Die Russen hier in Bonn bewegen sich trotz Glasnost meist in Gruppen und wohnen auch weiter in einer Art Ghetto. Einer der wenigen, die auch vor dem ›Neuen Denken‹ schon anders gewesen sein müssen, ist dieser Rasputin, ein kleiner, dürrer Mann, so um die fünfzig, mit Händen, die nicht dazu passen. Rasputin ist immer allein, auf Partys, auf Botschaftsempfängen, in Kneipen. Dabei ist er offiziell nur der zweite Sekretär des Kulturattachés oder so ähnlich. Metzger nahm Kontakt mit Rasputin auf und traf sich mit ihm. Er kam sehr aufgeregt zurück und sagte, die Russen wüssten konkret von einem Henker. Sie hätten ihn sogar schon sicher identifiziert ...«

»Und dann haben sie ihn umgebracht«, sagte ich.

»Nein, die waren das nicht. An dem Morgen, an dem Lewandowski tot aufgefunden wurde, hat Erich sich kurz mit Rasputin getroffen. Der hat nicht nur Stein und Bein geschworen, dass sie es nicht waren, er hat sogar schallend gelacht, als er hörte, jemand hätte Lewandowski erledigt. Er hat gesagt: ›Da war doch tatsächlich jemand schneller als wir!‹ Und Erich war überzeugt, dass er die Wahrheit sagte. Und da ist noch etwas, das Ihnen vielleicht weiterhilft: Rasputin hat Metzger bei ihrem zweiten Treffen eine Liste gegeben – lauter Leute, die unter mysteriösen Umständen umgekommen sind.«

»Mögliche Opfer des Henkers?«, fragte die Baronin. Anna Guttmann nickte. Die Baronin fragte weiter: »Haben Sie die Liste gesehen? Wie viele Namen standen drauf?«

»Sechzehn Namen«, antwortete Anna Guttmann. »Ich selbst habe die Liste nicht gesehen, aber Erich war fassungslos, als Metzger sie ihm gezeigt hatte.«

Die Baronin starrte mich mit großen Augen an. »Baumeister, es kann doch nicht sein, dass Lewandowski sechzehn Menschen getötet hat!«

Ich antwortete ihr nicht. Nach einer Weile fragte Anna Guttmann erneut nach den Fotos von Ellen Strahl und Reimer.

»Sind Sie sicher, dass es auch Aufnahmen von der Frau gab?«

»Ganz sicher. Die muss Willi Metzger noch irgendwo versteckt haben. Die müssen Sie unbedingt finden!«

»Sagen Sie, werden Sie eigentlich immer noch überwacht?«, fragte ich.

»Selbstverständlich. Die machen das ganz offen. Meistens lungern sie vor dem Haus in betont unauffälligen Autos herum. Als ich meinen Sohn mit dem Schlüssel zu Ihnen geschickt habe, da ist er über die Garage entwischt. Die Kinder ahnen längst, dass mit dem Tod ihres Vaters etwas nicht stimmt, ich muss ihnen bald die Wahrheit sagen.«

»Machen Sie das so vage wie möglich, es ist besser für sie. Aber ich habe noch eine Frage. Hat Ihr Mann einmal erwähnt, ob der Verfassungsschutz oder die Bundesanwaltschaft wissen, wer Lewandowski war?«

»Er ging davon aus, dass die nichts wissen.«

Plötzlich sah Anna Guttmann erschrocken auf die Uhr. »Du lieber Himmel, ich muss zum Pastor. Ich muss mit ihm die Beerdigung vorbereiten. Dabei ist mir gar nicht nach Bibel, und schon lange nicht nach göttlichem Ratschlag. Hören Sie, auch wenn Sie wissen, auf was Sie sich da einlassen: Seien Sie vorsichtig, ja?«

»Wir bemühen uns«, sagte die Baronin, aber es klang ziemlich bedrückt.

Auf der Straße fragte sie: »Wir müssen noch mal zu Claudia, oder?«

»Ja, ich will wissen, wie diese Ellen Strahl aussieht, ehe wir uns um sie kümmern. Es ist allerdings sicher, dass Beck Claudias Haus überwachen lässt. Die Frage ist bloß, ob er es noch einmal durchgehen lässt, wenn wir dort auftauchen. Ich habe einfach noch keine Idee, wie wir ihn uns vom Hals halten können.«

»Aber ich!«, meinte die Baronin und war wieder ganz obenauf. »Wir lassen uns nicht mehr rumschubsen, sondern gehen direkt in die Höhle des Löwen. Wir bitten ihn einfach um ein Interview, und dann suggerieren wir ihm eine Lösung, die so weit von der Wirklichkeit entfernt ist, dass wir für ihn aus der Schusslinie sind.«

Ich schaute sie mit offenem Mund an. Das war dreist, aber gerade deshalb konnte es funktionieren.

»Wir versuchen es, du raffiniertes Luder!«

An der Ecke zur Kaiserstraße gab es eine Telefonzelle. Beck war da, die Freundlichkeit selbst, und er war sogar leutselig genug zu sagen: »Das ist aber nett, dass Sie mich anrufen.«

»Haben Sie morgen Zeit für uns? Wir möchten ein paar Fragen stellen.«

»Was für Fragen?«

»Nun ja, was da eigentlich vor sich gegangen ist. Fragen über den mysteriösen Tod von Erich Guttmann.«

»Keine Fragen nach dem mysteriösen Tod von Willi Metzger?«

Er blieb bei seinem höflichen Tonfall, aber es klang falsch, und mir wurde eiskalt. Wie sagte die Baronin? ›Wir lassen uns nicht mehr herumschubsen.‹ In die Offensive also. »Doch, doch, auch nach Metzgers Tod. Wir sind übrigens gleich mit seiner Frau verabredet ...«

»Sie meinen, mit seiner Freundin.«

»Nun ja, das macht doch keinen Unterschied. Aber die weiß scheinbar von nichts. Die weint und will vor allem getröstet werden.«

»Sagen wir morgen Mittag um zwölf, hier in meinem Büro. Und bitte: ohne Bandgerät.«

»Ich bringe Blumen mit«, sagte ich. Besseres fiel mir nicht ein.

Mit dem Taxi fuhren wir direkt zu Claudia Groß.

Sie öffnete verschlafen, blinzelte uns überrascht an und sagte: »Ach, Sie sind's bloß. Ich dachte, es wären schon wieder die vom Verfassungsschutz. Die waren heute bei mir. Sie fragten, was Baumeister vergangene Nacht bei mir wollte.« Sie lächelte und sah sehr nett aus. »Ich habe ihnen gesagt, mir ginge es ziemlich schlecht, wegen Willi, und er kümmere sich um mich. Nach Guttmann haben sie auch gefragt, was ich über den weiß. Nichts, habe ich gesagt, überhaupt nichts.«

»Das war genau richtig«, meinte die Baronin lobend, als wir hineingingen. »Was wir suchen, sind ein paar Fotos.«

»Schon wieder?«

»Schon wieder«, sagte ich. »Aber wir sollten erst einmal die Vorhänge vorziehen. Dann kann die Baronin erzählen, worum es geht, während ich suche. Wo könnten weitere Fotos versteckt sein?«

»Weiß ich nicht«, sagte sie. »O je. Ich bin ja fast nackt.«

»Baumeister ist frühreif. Er kennt frauliche Einzelheiten schon seit einigen Jahren«, meinte die Baronin trocken. »Also, erst die Vorhänge zu, dann Kaffee kochen, dann überlegen, wo Fotos sein könnten. Die von Lewandowski waren in dem

Hitchcock-Buch von Truffaut. In welchem Buch könnten die von Reimer und Strahl sein?«

»Hier stehen an die tausend Bücher. Ich fange eben einfach von vorne an.«

Ich fand nach und nach Unmengen von Fotos, die nicht zur Sache gehörten oder deren Bedeutung mir verborgen blieb. Damit verging über eine Stunde. So kam ich nicht weiter.

»Wenn Willi fotografierte, wo entwickelte er?«

»Bei dpa in Bonn, wie jeder.«

»Hatte er da ein Fach?«

»Nein, aber einen Schreibtisch.«

»Würde er in dem Schreibtisch wichtige Bilder aufbewahren?«

»Bestimmt nicht.«

»Aber wo denn sonst, um Himmels willen?«

»Ich weiß auch nicht. In einem Buch, in einer Schachtel, ach überall. Soll ich uns was zu essen machen? Ich kann ja sowieso nichts Vernünftiges beitragen. Ich begreife die ganze Geschichte nicht. Aber ich halte hundertprozentig zu euch.« Dann ging sie in die Küche, um sich nicht ganz unnütz vorzukommen.

Die Baronin trödelte an den Buchregalen entlang. »Hier ist das Buch zum Film *Der Mann, der zu viel wusste*.« Hoffnungsfroh nahm sie es heraus, blätterte darin und murmelte enttäuscht: »Niete!« Widerstrebend stellte sie es wieder an seinen Platz.

Claudia servierte belegte Brote, niemand aß, nicht einmal sie selbst.

»Sie haben doch mal gesagt, er habe Unmengen von Büchern und Dokumenten angeschleppt, ausgewertet, kopiert.«

»Richtig. Das ging monatelang so.«

»Gut, aber wo ist das alles?«

»Ich dachte, irgendwo in seinem Arbeitszimmer.«

»Eben nicht. Da ist nicht eine Zeile, die diesen Fall betrifft.«

»Ich habe keine Ahnung«, sagte sie mutlos.

Ich setzte mich auf die Treppe und starrte vor mich hin. Wo würde er sein Material verstecken? Selbstverständlich konnte er auf die Idee gekommen sein, die Unterlagen auf dem chaotischen Dachboden zu verstauen. Aber war das nicht zu nahe liegend? Aber vielleicht war es deshalb schon wieder raffiniert?

»Claudia, wer hat Willis Zimmer saubergemacht?«

»Er selbst.«

»Hat er auch staubgesaugt?«

»Ja, mit dem kleinen Handstaubsauger.«

Ich ging auf den Dachboden, schaltete die matte Funzel ein und kroch zu jener Stelle hinter der alten Kredenz, an der eine dunkle Staubschicht endete und eine hellere begann. Ich klopfte den Fußboden ab. Unter den Bodenbrettern war kein Hohlraum, auch kein Versteck in dem finsteren Winkel, wo das Dach auf die Außenmauer gelegt war. Nichts als die glatte saubere Hinterwand der Kredenz. Als ich mir die Schrauben genau ansah, wusste ich, wie Willi Metzger es angestellt hatte.

Er hatte nichts anderes getan, als die Rückwand des alten Möbels abzuschrauben, sein Material hineinzulegen, den Beutel vom Staubsauger abzunehmen und das Ganze mit Staub zuzublasen. Ein wenig erinnerte mich das Ganze an sanfte Formen von Paranoia – aber immerhin war es gut ausgedacht.

Der Innenraum der Kredenz war auf allen drei Etagen um dreißig Zentimeter nach innen versetzt und durch sauber gefügte Brettchen abgedichtet worden. Jemand, der die Kredenz von vorn öffnete, konnte das Versteck nicht einmal erahnen.

Die Zahl der mit handgeschriebenen Notizen übersäten Seiten schätzte ich auf über dreitausend.

Aber nicht ein Foto.

»Wirst du mit dem Material etwas anfangen können?«, fragte die Baronin.

»Ich habe gar keine Zeit, das alles durchzusehen. Wenn Willi so gearbeitet hat, wie Claudia es beschreibt, dann sind dies Abschriften von Texten, die nur dann einen Zusammenhang ergeben, wenn ein Text dabei ist, der diesen Zusammenhang aufzeigt. Und genau den hat Willi ja nicht geschrieben. Aber vielleicht ist die Liste dabei. Sechzehn Namen auf einer Liste. Bitte, such sie.«

Ich blieb auf dem Dachboden und suchte weiter. Ich robbte in jeden Winkel, schaute jeden Schrank durch. Nichts.

»Ich will in mein Bett«, murmelte die Baronin.

Später im Taxi schwiegen wir, bis es unerträglich wurde. Dann meinte sie mit müder Stimme. »Ich frage mich, warum Willi Metzger, bevor er umgebracht wurde, sein Auto in dieser Seitenstraße abgestellt hat. Das ist doch komisch, was wollte ...«

»He, Mann, drehen Sie um«, rief ich und tippte dem Taxifahrer auf die Schulter. »Wir Trottel. Natürlich!«

Claudia Groß öffnete verwundert und fragte: »Was ist los?«

»Wo steht Willis Auto? Wir brauchen die Schlüssel.«

»Es ist der rote Golf gegenüber. Aber was ist denn ...«

Im Handschuhfach des Wagens war nichts, aber an der Rückseite des Fahrersitzes war ein Einkaufsnetz angebracht. Darin steckte ein alter Umschlag mit vier Fotos. Sie zeigten Reimer und die Frau namens Ellen Strahl zusammen vor einem Reihenhaus; im Hintergrund war deutlich eine Hausnummer zu erkennen: 24. Dann eine Straßenszene mit den beiden und zwei Aufnahmen, etwas undeutlicher, wo sie in einem Auto auf einem Parkplatz saßen.

»Willi, du bist wirklich gut gewesen!«, rief ich und lief mit den Fotos ins Haus. »Ich nehme sie auf, und Sie verstecken sie dann. Okay?«

»Die waren ganz einfach in dem Wagen? Ich bin nicht mehr drin gewesen, seit ich ihn geholt habe. Da riecht noch alles so nach ihm. Das kann ich nicht.« Sie legte beide Hände auf das Gesicht und weinte haltlos und ohne Hoffnung, je wieder Trost zu finden.

8. Kapitel

Es war dunkel geworden, und im Westen färbten die Lichter der Rheinischen Olefin-Werke den Himmel schwefelgelb und rosa. Die Wolken segelten dunkel und scharfzackig nach Osten, der Wind war schneidend kalt.

Der Taxifahrer hatte geduldig gewartet und fuhr uns in unsere Bonner Pension zurück. Die Baronin legte zufrieden und schläfrig den Kopf an meine Schulter und nickte sofort ein. Ich hatte ihr nicht gesagt, dass uns die ganze Zeit getreulich ein dunkler Opel Kombi folgte. Der Bundesanwalt Beck sorgte für die Seinen.

In einem schweren BMW mit Münchener Kennzeichen, der genau vor dem Eingang der Pension parkte, saßen zwei Männer und unterhielten sich angeregt. Sie taten angestrengt so, als seien sie an uns nicht interessiert.

»Hallo!«, sagte die Baronin, die wieder hellwach war, und winkte ihnen fröhlich zu.

Der Mann hinter dem Steuer beherrschte sich gut und zog nur fragend die Augenbrauen hoch. Als die Baronin direkt neben der Fahrertür stehen blieb, drehte er die Scheibe hinunter und frage: »Ja bitte?«

»Ich wollte nur sagen, dass wir da sind.«

»Ja, und?«, fragte der Mann viel zu laut und übertrieben ungehalten. Er hatte sorgfältig gefönte graue Haare und einen martialischen Schnäuzer. »Ich verstehe nicht.«

»Das müssen Sie auch nicht«, meinte die Baronin freundlich. »Grüßen Sie mal Ihren Herrn Beck schön!«

»Wen bitte?«

»Ihren Boss, den Herrn Beck«, sagte ich, um mich mit der Baronin solidarisch zu erklären.

»So ein Quatsch!«, sagte der graue Mann heftig. Im selben Augenblick krachte das Funkgerät im Wagen, und eine Stimme wie aus einem Zeichentrickfilm quäkte: »Ihr werdet um Mitternacht abgelöst, Jungens.«

»Das ist aber nett!«, strahlte die Baronin. Dann lachte sie schallend, und ich schloss mich an.

Der Mann kurbelte beleidigt das Fenster hoch, während sein Kollege in ein Mikrofon sprach.

Im Treppenhaus sagte die Baronin zufrieden: »Die sind sehr dumm, finde ich.«

»Leider können sie sich das erlauben.« Ich war bei Weitem nicht so in Hochstimmung wie sie. »Ich möchte wissen, ob Krümel inzwischen ihre Jungen hat.«

»Hast du schon über eine Reise unter eine Palme nachgedacht?«

»Ich sollte Maria anrufen und sie fragen, ob Krümel schon ihre Jungen hat. Maria hat einen Schlüssel. Wahrscheinlich hat Krümel ihren Nachwuchs auf meinem Schreibtisch gekriegt. Ich wette, dass sie auf meinem Schreibtisch geworfen hat.« Ich machte das Radio an, und wie eine warme Woge kam Judy Collins mit *Amazing Grace*.

»He, ich habe dich was gefragt. Was ist mit der Reise unter die Palme?«

»Noch haben wir nichts erledigt. Lass uns später darüber sprechen. Außerdem musst du in der Eifel Accessoires fotografieren. Hast du das vergessen?«

»Das Wetter ist aber nicht so«, sagte sie. »Und außerdem habe ich Zeit.« Dann verzog sie ihren Mund und verschwand ein wenig eingeschnappt im Bad. Sie kam in einem Jogginganzug wieder heraus und ließ sich neben mich auf das Bett fallen.

»Du bist nie privat, nicht wahr?«

»Selten.«

»Du hast Angst davor, stimmt's?«

»Vielleicht. Manchmal.«

»Ich will dich nicht einfangen, und wenn ich mit dir schlafen will, dann sage ich es schon.«

»Dann ist es ja gut.«

»Und du? Wirst du mir sagen, wenn du mit mir schlafen willst?«

»Jetzt möchte ich jedenfalls nicht. Ich kann einfach die Frage nicht aus dem Kopf kriegen, warum Lewandowski sich als Penner verkleidet hatte.«

»Willst du nicht doch diese Maria anrufen und sie nach der Katze fragen? Junge, aufgeregte Väter gehen mir auf die Nerven.«

Ich rief an, aber Maria meldete sich nicht. Mir fiel ein, dass an diesem Abend die Volkstanzgruppe im Gemeindehaus übte. Maria konnte also gar nicht da sein.

»Vielleicht fährst du einfach in die Eifel und siehst nach«, meinte die Baronin spöttisch.

Ich explodierte. »Verdammt noch mal, ich lebe mit dieser Katze, und sie verlässt sich auf mich!«

»Verzeihung«, sagte sie so kleinlaut, dass es mir schon wieder Leid tat. Ich setzte mich zu ihr auf das Bett und strich ihr über das Haar. Sie schaute mich nicht an, und mit ganz veränderter Stimme sagte sie: »Komm, lass uns etwas lesen.«

Es war schon fast zehn, als nach kurzem Klopfen die Wirtin ihren Kopf hereinsteckte. »Entschuldigung, da ist ein junger Mann für Sie.«

Es war Anna Guttmanns Sohn, derselbe, der uns den Schlüssel gebracht hatte. Er war in einem erbärmlich dünnen, kurzärmeligen Hemd, fror und trug einen Schutzhelm unter dem Arm. Er hatte weit aufgerissene Augen und schien in einem Traum zu treiben.

Er kam an das Bett. »Ich soll nur diesen Zettel abgeben. Mutter hat uns eben erzählt, was wirklich geschehen ist.« Aber er gab uns den Zettel nicht, sondern hielt die Arme um seinen Bauch geschlungen und sah durch uns hindurch.

Die Wirtin hinter ihm verschwand im Flur.

Ich stand auf, er zuckte zusammen und sagte hastig: »Ach ja, der Zettel.«

Anna Guttmann hatte geschrieben: »Reimer und Strahl trainieren heute Abend in einer Turnhalle. Rasputin rief eben an und lässt Ihnen das ausrichten. Die Turnhalle liegt in Bonn-Ippendorf hinter der Diplomatenschule des Auswärtigen Amtes. Gruß. A. G.«

»Ich danke Ihnen«, sagte ich.

Er blieb einfach da stehen und starrte auf die Baronin, die sich die Bettdecke bis zum Hals hochgezogen hatte und aussah, als würde sie dennoch frieren.

»Wollen Sie etwas trinken?«, fragte sie voller Mitleid.

»Wie bitte?«

»Vielleicht einen Schnaps?«, fragte ich.

»O nein«, sagte er und war plötzlich wieder in der Wirklichkeit zurück. »Es ist nur so, dass Mutter gesagt hat, dass ... mein Vater wurde ermordet.«

»Das ist richtig«, murmelte die Baronin. »Ich gebe Ihnen einen Pullover von mir.«

»Ich friere gar nicht«, sagte er tonlos.

Die Baronin stand auf, fummelte einen riesigen Pullover aus dem Schrank und reichte ihn dem Jungen. Ich goss ihm einen Magenbitter ein, etwas anderes gab es nicht in dem kleinen Hotel-Eisschrank.

Der Junge nippte daran. »Werden Sie rausfinden, wer es war?«

»Ja. Und wir werden es Ihnen sagen«, sagte die Baronin sanft.

»Es ist so furchtbar«, sagte der Junge ohne jede Betonung. Er nippte erneut an dem Magenbitter und verzog den Mund. »Ich muss jetzt gehen.« Dann sah er den Pullover in seiner Hand, zog ihn über und ging hinaus wie jemand, der nie da gewesen war.

Ich reichte der Baronin den Zettel. Sie las ihn und meinte. »Ich nehme besser das starke Teleobjektiv mit. Sag mal, Baumeister, hast du auch Angst?«

»Habe ich.«

Wir ließen das Licht brennen und schlichen uns so leise wie möglich auf den Hinterhof. Zwischen den Häusern war diesmal das Tor geschlossen. Wir mussten es überklettern, um die Parallelstraße zu erreichen, und brauchten lange, ehe wir ein Taxi erwischten. Wir ließen uns im Gudenauer Weg absetzen, weit vor der Diplomatenschule, vor dem Städtischen Altenheim Elisabeth, auch noch vor dem Kinderheim Maria im Walde – alles so ordentliche Institutionen, dass man sich das Ungeheure weniger denn je vorstellen konnte.

»Hier riechen sogar die Bäume nach Nächstenliebe«, sagte ich. »Aber vielleicht lässt sich das Henken deshalb hier so sicher trainieren.«

»Du bist zynisch«, sagte sie. »Wo ist diese Turnhalle?«

»In dieser biblischen Finsternis müsste man sie an irgendeinem Licht erkennen. Also wahrscheinlich bei den beiden Lampen dahinten.«

»Und wenn wir nicht rankommen?«

»Dann bleibt uns nur das Gebet.«

Wir nahmen den schmalen Weg zwischen dem Altenheim und dem Kinderheim hindurch, dann gingen wir tapfer, aber orientierungslos durch ein Waldstück und machten wahrscheinlich mehr Lärm als eine Herde Wildpferde in voller Flucht. Doch wir hatten Glück: Die Bäume lichteten sich bald wieder, und wir standen direkt vor dem kastenförmigen Gebäude mit den beiden halbblinden Lampen oben unter dem Flachdach.

»Das ist sechs, acht Meter hoch. Da kommen wir nie rauf«, meinte die Baronin mutlos.

»Rasputin hat gesagt, wir könnten uns das ansehen. Also können wir uns das ansehen.«

Es war ganz einfach. An der uns abgewandten Stirnseite der Halle stand ein verhängtes Baugerüst – als habe Rasputin uns eine Loge gebaut. Wir kletterten hoch. Auf einem großen weißen Schild stand *Verputz-Schulten-Bonn*. Oben fanden wir zwei schmale Fenster, die ausgehängt waren. Abgesehen vom Rauschen des Windes in den Bäumen war es völlig still. Nur dumpf drangen ein paar schwer definierbare Laute aus dem Inneren der Halle. Es klang, als ob sie liefen oder sprangen.

Die Baronin kniete sich vorsichtig hin und sah in die Halle hinunter. »Sie sind allein«, hauchte sie.

»Pass auf die Reflexe der Objektive auf«, flüsterte ich zurück und blickte selbst hinunter. Die Halle lag übersichtlich vor unseren Augen. Reimer und Strahl standen an der gegenüberliegenden Stirnseite und wirkten vollkommen konzentriert. Sie sprachen nicht, sondern standen nur da in ihren dunkelblauen oder schwarzen Trainingsanzügen, wie zwei Karatekämpfer bei einer Konzentrationsübung – vibrierend vor Kraft, aber völlig regungslos. An den Füßen hatten sie weiße Basketballschuhe, an den Händen merkwürdigerweise dunkelglänzende enge Handschuhe.

Die Frau war einen Kopf kleiner als Reimer. Sie hatte das blonde Haar hochgesteckt und hielt es mit einem Stirnband zusammen. Gemeinsam bildeten sie ein nichtssagendes, blondes Paar, wie es sich ein Versandhaus in seinem Werbespot wünscht.

Sie stellten sich mit dem Rücken gegeneinander auf, stützten einander ein paar Sekunden, gingen dann zugleich in die Hocke und lösten sich plötzlich in einem Salto voneinander, um dann vollkommen synchron auf dem Boden aufzukommen. Als sie landeten, hatten beide plötzlich eine schwere Faustfeuerwaffe in der Hand. Sie wirbelten herum, zielten beidhändig aufeinander, und genauso plötzlich waren die Waffen wieder verschwunden. Das wiederholte sich zehnmal. Noch immer sprachen sie kein Wort.

Die Baronin war sprachlos, aber sie fotografierte wie wild.

Schließlich stellte sich Ellen Strahl an der Stirnseite der Halle auf, während Reimer völlig unbeteiligt in der Mitte der Halle wartete. Sie hielt die Waffe im Anschlag, während sie in wenigen, scheinbar mühelosen Sätzen auf ihren Partner zujagte. Plötzlich stoppte sie, warf ihm aus vielleicht sechs Metern Entfernung die Waffe entgegen, schlug einen abrupten Haken und flog in einer Hechtrolle zur Seite. Reimer lag auf einmal flach auf dem Bauch und zielte mit ihrer Waffe in die Richtung, aus der sie eben noch gekommen war.

Das wiederholten sie achtmal, und es war nicht erkennbar, dass einer von beiden schneller atmete.

Dann variierten sie diese Übung, veränderten Rollen und Positionen, wirkten aber bei jeder Variante gleich sicher: unbeteiligt, mühelos, tödlich.

Es schien mir unvorstellbar, dass irgendjemand gegen diese beiden auch nur den Hauch einer Chance haben könnte.

Reimer beendete diese Übungen, indem er an einem von der Decke herabhängenden Seil eine Holzscheibe befestigte, die etwa dreißig Zentimeter Durchmesser haben mochte. Er versetzte ihr einen Stoß, rannte zu Ellen Strahl zurück, sagte leise etwas, und sie sprinteten los. Im Laufen warfen sie etwas auf die Holzscheibe; es knallte dumpf, und die Scheibe wurde hin- und hergeschleudert. Als sie auspendelte, zählte ich dicht beieinander sechs Messer. Jetzt schien die Kondition an der Reihe zu sein. Gute zehn Minuten liefen sie nebeneinander her ohne Pause um die Halle und sprachen immer noch kein Wort.

»Die schwitzen überhaupt nicht«, flüsterte die Baronin und wechselte den Film.

Sie hörten auf zu laufen, gingen ein paar Schritte, ließen scheinbar kraftlos die Arme hängen.

Dann brüllte Reimer plötzlich irgendeine Zahl, und sie sprangen im perfekten Salto auseinander, und jeder hatte die Waffe in der Hand, als sie federnd landeten und sofort in die Hocke gingen. Auch hiervon folgten verschiedene Varianten, wobei entweder Reimer das Kommando gab oder Ellen Strahl. Das Ganze hätte wahrscheinlich zirzensisch gewirkt, wäre da nicht diese unwirkliche Atmosphäre gewesen und die kalte, klirrende Kommandostimme von Ellen Strahl.

»Die sind doch krank«, flüsterte die Baronin.

Aber die erschreckendste Übung kam erst noch. Reimer baute sich ungefähr zwei Meter vor der Sprossenwand an der gegenüberliegenden Seite auf. Ellen Strahl spurtete von der Hallenmitte auf ihn zu, sprang vor ihm hoch, bekam durch eine fast unmerkliche Hilfestellung Reimers noch mehr Schwung und landete sicher weit oben auf der Leiter. Das machten sie zehnmal, ehe sie die Rollen tauschten. Er kam noch höher, hakte sich mit einem Fuß hinter einer Sprosse fest, stand entgegen den Gesetzen der Schwerkraft waagerecht in drei Metern Höhe an der Wand und zielte auf seine Partnerin. Das erste Mal zeigte er so etwas wie eine Gemütsregung. Er lachte lautlos.

Erst nach unendlich langer Zeit frottierten sie sich trocken; sie mussten also wenigstens etwas geschwitzt haben. Sie sprachen noch immer kein Wort und wirkten kein bisschen angestrengt.

»Komm, wir verschwinden, ehe die auf die Idee kommen, hier oben nachzusehen. Die brauchen bestimmt nicht mal ein Gerüst, um hier hochzukommen«, flüsterte ich. Die Baronin nickte erleichtert, tat die Kamera in ihre riesige Handtasche und kletterte so schnell das Gerüst hinab, dass ich Mühe hatte, ihr zu folgen. Aus einer Zelle an der Diplomatenschule bestellten wir ein Taxi und ließen uns in die Pension fahren. Wir gingen wieder durch die Hinterhöfe. Wir sahen niemand und hofften, dass niemand uns sah.

Nach ein paar Stunden Schlaf standen wir wieder auf, tranken Kaffee und schauten auf die Straße hinaus. Schnee fiel sanft auf den Asphalt und schmolz sofort.

Die Baronin zog sich an und schminkte sich. »Du solltest eine Krawatte anziehen«, sagte sie.

»So etwas habe ich nicht nötig«, entgegnete ich betont unfreundlich.

»Also ich finde dieses Flanellhemd und die Jeans einfach unpassend. Schau her, wie elegant ich bin. Wenn Beck mich sieht, kriegt er rote Ohren.« Wir gingen zu Fuß unter dem Schirm. Unterwegs rief ich aus einer Zelle den Taxifahrer mit dem Vollbart an. Ich sagte zu einer Frau: »Ich hätte gern den Vollbart«, und sie lachte. Dann kam er an den Apparat und fragte burschikos: »In wessen Hosen brennt es?«

»Ich bin der Mensch, den Sie gestern Nacht an einem Baggersee versteckt haben.«

»Ach ja. Und wen wollen Sie jetzt übers Ohr hauen?«

»Dieselben Leute. Machen Sie sich bitte auf die Socken und kaufen Sie folgende Sachen: ein Zwei-Mann-Zelt, zwei gute Schlafsäcke und eine Laterne. Dann bitte zu folgender Adresse.« Ich sagte ihm, wo die Pension im Rosental lag. »Sagen Sie, wir hätten schnell verreisen müssen. Dann fahren Sie zur Bundesanwaltschaft.« Ich gab ihm die Adresse von Becks Büro. »Dort warten Sie bitte, bis ich mit einer Frau hinauskomme. Mit der Frau fahren Sie dann auf der B 9 bis kurz vor Bad Breisig. An einer Raststätte setzen Sie die Dame samt Gepäck ab. Dann fahren Sie zurück und nehmen mich auf. Ich werde auf dem rechten Bürgersteig der Adenauerallee in Richtung Godesberg marschieren. Alles klar?«

»Wer bezahlt?«

»Ich bezahle, Sie müssen mir vertrauen.«

»Und wenn etwas schief geht?«

»Sind Sie abgesichert durch Familie Guttmann, Weberstraße 67? Alles klar?«

»Ungefähre Zeit?«

»Von jetzt an in drei Stunden.«

»Gut. Ich hatte übrigens Besuch vom Verfassungsschutz. Ein Mann fragte mich, wohin ich so plötzlich mit Ihnen verschwunden bin. Ich habe erstaunt getan und gesagt, ich hätte Sie nach Köln-Süd gefahren.«

Als ich aufgelegt hatte, fragte die Baronin misstrauisch: »Warum tust du so geheimnisvoll?« Ich antwortete, das gehe sie nichts an und ohne Geheimnisse könne ich nicht leben.

Ich hatte erwartet, dass Beck in einem modernen Betonblock residierte. Aber das Haus, vor dem wir schließlich ankamen, war ein gepflegter Altbau. Vielleicht hatte er es eigens für dieses Interview angemietet. Die Wege der Bundesanwaltschaft sind mitunter dunkel und wunderbar.

An der Tür war kein Schild, nur eine Klingel. Ehe ich schellen konnte, ging die Tür auf, und ein älterer Mann in einem blauen Arbeitskittel fragte uns: »Sind Sie bestellt?«

»Zu Herrn Beck«, sagte die Baronin.

»Aha«, murmelte der Mann. »Erster Stock, erste Tür links.«

Es war ein merkwürdiger Raum für einen Bundesanwalt, sehr hoch, sehr weiß, mit Parkett ausgelegt. Das Mobiliar bestand aus einem Stahlschrank und einem Schreibtisch auf verchromten Schienen. Der Raum mochte seine siebzig Quadratmeter haben. Ich hätte einen Billardtisch in ihm aufgestellt, zwei alte Ledersessel vielleicht, eine echte Jugendstillampe und mit Sicherheit eine Stereoanlage.

Hinter dem Schreibtisch saß Beck. Er schien auf uns gewartet zu haben, aber er war nicht allein. Eine Frau und ein Mann saßen wie Schildwachen bei ihm. Sie waren ungefähr dreißig Jahre alt und sahen aus, wie man sich blasierte Karrieretypen vorstellte. In seinem grauen Anzug mit Weste und blaurot gestreifter Krawatte wirkte Beck förmlich, ganz wie der penible Staatsanwalt. Er sprang auf und sagte jugendlich locker: »Wie schön! So pünktlich!« Er ging um den Stuhl der Frau herum, reichte der Baronin die Hand, dann mir. Er sagte: »Nehmen Sie Platz!« Die Stühle standen in einem Abstand von etwa drei Metern vor dem Schreibtisch. Sie waren wie Inseln aufgebaut, zwei Meter voneinander entfernt. So schien Beck die Menschen um sich zu mögen: isoliert und bewegungsunfähig.

Um dieses Arrangement zu zerstören, fasste ich beide Stühle an der Lehne, murmelte: »Vielen Dank, dass Sie uns zur Verfügung stehen«, und schob sie an den Schreibtisch heran.

Die Frau neben Beck war sehr irritiert und sah ihren Chef schnell an, wobei ihre Zunge über die Unterlippe glitt. Aus der Nähe betrachtet, sah sie erheblich älter aus. Ihr Make-up hätte selbst Joan Collins zur Ehre gereicht.

Wir setzten uns und lächelten.

»Würden Sie uns sagen, was Sie bisher in Erfahrung gebracht haben?«, fragte Beck sanft.

»Haben Sie einen Aschenbecher für mich?« Die Baronin fummelte in ihrer Handtasche herum und holte eine Schachtel Zigaretten und ein Feuerzeug heraus.

»Selbstverständlich«, erklärte Beck, und die Frau neben ihm stand sehr hastig auf, verschwand aus dem Zimmer und kam mit einem Aschenbecher zurück.

»Darf ich Ihnen zwei Mitarbeiter vorstellen«, sagte Beck, als handele es sich um eine lästige Auskunft. »Herr Bäumler und Frau Neumann. Ich habe sie dazugebeten, weil sie Protokoll führen müssen. Denn wir sind selbstverständlich bei unseren Ermittlungen auch auf Ihre Hilfe angewiesen.«

»Das glaube ich«, strahlte die Baronin.

Becks Augen schlossen sich einen Moment, als habe er plötzlich Schmerzen. Dann atmete er langsam aus. »Würden

Sie mich zunächst darüber in Kenntnis setzen, wie weit Ihre Recherchen gediehen sind.«

»Ehe wir darüber sprechen«, sagte die Baronin und blies den Qualm ihrer Zigarette quer über den Schreibtisch. »Könnten Sie Ihre Überwacher zurückziehen? Ihre Leute machen sich lächerlich. Vor allem, wenn sie prügeln. Baumeister ist durch Prügel nicht kleinzukriegen.«

Wunderbare Baronin, phantastische Baronin!

»Aber wir müssen Sie doch schützen«, erwiderte Beck matt.

»Schützen? Sie wollen uns schützen? Baumeister wurde verprügelt, weil es ihm gelang, Ihre Männer loszuwerden. Vielleicht hatte ja gerade Ihre dritte Garde Ausgang.«

»Es waren nicht meine Männer«, sagte er. »Vielleicht waren es Leute der Gegenseite.«

Schweigen.

»Lewandowski ist tot«, erklärte die Baronin. »Es besteht also weder ein Grund, uns zu schützen, noch ein Grund, uns zu verprügeln.«.

»Das sehen wir anders«, sagte Beck. »Wir glauben, gnädige Frau, dass die Gegenseite in einer für uns höchst bedrohlichen Aggression steckt.«

Da fragte die phantastische Baronin: »Wer, bitte, ist denn die Gegenseite?«

»Die Russen selbstverständlich«, antwortete Beck gleichmütig. Er räusperte sich, legte den Kopf ein wenig schief und versuchte es auf die direkte, freundliche Art, die Bundestagsabgeordnete zuweilen an den Tag legen. »Wir sollten hier nicht wie die Katze um den heißen Brei herumschleichen. Wir wissen doch, dass Lewandowski getötet wurde, weil er russischen Spionen auf die Spur gekommen ist. So stehen die Dinge nun einmal.«

»Aha«, sagte ich nur, um etwas zu sagen. »Ich bin also verprügelt worden, weil die Leiche Lewandowski russischen Spionen auf die Spur gekommen ist. Man lernt nie aus.«

Beck sah mich an, sagte aber nichts.

»Können Sie mir erklären, zu welcher Organisation Lewandowski gehörte?« Die Baronin rauchte ganz ruhig weiter und blies den Qualm quer über den Schreibtisch.

Beck spielte nervös mit einem Bleistift. »Formulieren wir es einmal so: Herr Lewandowski war im weitesten Sinne Verfassungsschützer. Fachlich ein hochqualifizierter Spionage-Abwehrmann.«

»Also Verfassungsschutz«, schnappte die Baronin.

»Nun ja, wenn Sie darauf bestehen«, erwiderte Beck. »Haben Sie denn etwas anderes herausgefunden?«

Die Miene der Baronin hellte sich plötzlich auf. »Nein, nein, wir haben so etwas vorausgesetzt. Sind Sie denn auf eine heiße Spur gestoßen, was den Mörder Lewandowskis angeht?«

»Noch nicht eindeutig, unsere Ermittlungen laufen noch. Sind Sie weitergekommen?« Beck sah mich an, er wollte, dass ich mich an dem Gespräch beteiligte. Aber ich tat ihm den Gefallen nicht. In aller Gemütsruhe stopfte ich mir die Capitol von Jeantet.

»Wir denken, dass Metzger irgendwie herumgewerkelt hat«, formulierte die Baronin. »Können Sie uns das bestätigen?«

»Die Sache Metzger muss aber streng vertraulich bleiben«, sagte Beck lächelnd. »Kann ich mich darauf verlassen?« Er sah mich wieder an.

»Das sichern wir Ihnen zu«, sagte die Baronin ruhig.

»Wie ist es, Herr Baumeister«, fragte er freundlich, »würden Sie zu Willi Metzger Stellung nehmen?«

»Jaahh«, sagte ich lahm

»Wir können es ja ruhig sagen«, strahlte die Baronin, »Herr Beck ist in dieser Sache ja nicht unser Gegenspieler, nicht wahr? Nun ja, wir sind uns über Willi nicht klar, vorsichtig ausgedrückt.«

Beck blieb hartnäckig. »Herr Baumeister, was ist Ihrer Ansicht nach mit Metzger los gewesen?«

»Nun ja.« Ich hatte eigentlich nichts sagen wollen, aber nun war ich am Zug. Ich hatte mir die Sache lange überlegt. Es konnte schief gehen, wenn ich es falsch anfing. »Metzger muss irgendwie auf die Spur des Lewandowski gekommen sein. Wir können uns auch nicht erklären, wie das geschah. Tatsache ist wohl, dass Metzger beruflich mit der Sache gar nichts anfangen konnte. Ich meine, er hatte vermutlich gar nicht vor, darüber zu schreiben. Es sieht jetzt so aus, als ... Herr Beck, darf ich eine Frage stellen. War Willi Metzger ein Spion?«

Ich hörte, wie die Baronin neben mir die Luft anhielt und dann stoßweise wieder ausatmete.

Beck lehnte sich bequem in seinen Sessel zurück. Er verzog keine Miene, aber seine Stimme klang eine Nuance tiefer und gelassener. »Kompliment! Sie müssen lange und intensiv nachgedacht haben. Wir haben in letzter Zeit ähnliche Überlegungen angestellt.«

»Aber wie ist denn Metzger zu Tode gekommen?«, fragte die Baronin gleichmütig.

»Das, gnädige Frau, ist noch nicht restlos geklärt. Wir denken, dass Metzger für die eigenen Genossen nicht mehr tragbar war, so dass sie ihn ... nun, sagen wir, dass sie ihn wegen allzu großer Naivität zum Tode verurteilt und das Urteil vollstreckt haben. Auf einer Bundesstraße unseres Landes.«

»Und wie haben sie das gemacht?«, fragte die Baronin.

»Wir nehmen als bewiesen an, dass sie einen Treff mit Metzger ausmachten. So etwas läuft nach strengen Regeln ab. Man trifft sich zu Fuß, meist nachts und an Orten, an denen man Zeugen ausschließen kann. Metzgers Leiche wies keine zusätzlichen Spuren von Gewaltanwendung auf. Wir fanden einen Einstich in der linken Armvene. Man injizierte ihm reinen Alkohol zu einem Zeitpunkt, als er noch lebte. Sonst nur die stumpfen Verletzungen, die entstanden, als man ihn über den Haufen fuhr.«

Ich versuchte den Fuß der Baronin zu erwischen, und als ich ihre Zehen traf, zuckte sie zusammen. Dann fragte sie: »Wie haben Sie das denn festgestellt? Metzgers Leiche ist doch nicht obduziert worden.«

Beck lächelte schmal. »Was jetzt folgt, dürfen Sie ebenfalls nicht verwenden. Solange wir verdeckt recherchieren – und wir recherchieren oft verdeckt –, bitten wir in der Regel die den Leichnam aufbewahrende Behörde um Zugang. Metzger ist natürlich obduziert worden. Wir wissen jetzt, was wir wissen mussten. Ich kann Ihnen natürlich nicht alles sagen, nur soviel: Metzger ist nach allen Regeln unserer Freunde im Osten hingerichtet worden. Hat Ihnen seine kleine Freundin nichts gesagt?«

»Natürlich nicht«, murmelte die Baronin vorwurfsvoll. »Was sollte sie schon über die Regeln unserer KGB-Freunde wissen.«

Beck strahlte. »Eine andere Sache, Herr Baumeister. Der Fall Guttmann. Was haben Sie dazu herausgefunden?«

Er wollte wohl seinen Untergebenen vorführen, wie geschickt er Leute zum Sprechen brachte. Die Baronin sah mich lächelnd an und fragte: »Darf ich es ihm erklären, Baumeister?«

Ich nickte und murmelte: »Na, wenn du darauf bestehst.«

Beck lächelte flüchtig, die beiden, die neben ihm beflissen schrieben, offenbarten soviel Teilnahme wie eine Telefonzelle. »Guttmann macht uns weit mehr Kummer als Metzger, Herr Beck. Seine Frau weiß ebenfalls so gut wie nichts. Es irritiert uns, dass er sein Leben lang Beamter war, in den letzten Jahren sogar Leiter der Bonner Mordkommission. Wieso wurde er erschossen? Er wurde doch erschossen, oder?«

Beck machte ein sorgenvolles Gesicht. »Können wir uns darauf einigen, dass Guttmann mit einer UZI erschossen wurde?«, warf ich ein.

»Woher wissen Sie das?«, fragte Beck scharf .

»Ich werde Ihnen meinen Informanten nicht verraten. Doch noch etwas: Die UZI ist eine einfach konstruierte, höchst robuste Waffe, die auch dann noch funktioniert, wenn sie sechs Monate im Wasser gelegen hat. Aber der Schütze kann nicht frei aus der Hand gefeuert haben, denn der Rückschlag dieser Waffe ist erheblich. Außerdem ist der Lauf für Präzisionsschüsse zu kurz. Die Einschüsse lagen jedoch dicht beieinander, und der Schütze feuerte Einzelschüsse, keine Salven. Er muss ein Stativ benutzt haben, das auf das Dach seines Autos montiert war. Wie viele Schüsse haben Guttmann getroffen?«

»Vier«, erwiderte Beck verkniffen.

»Wenn Ihnen der Gedanke mit dem Stativ nicht gekommen ist, haben Sie denn wenigstens den Mitsubishi Pajero gefunden?«

Jetzt war er vollkommen irritiert. »Was sollen wir gefunden haben?«

»Das Auto, von dem geschossen wurde. Es war ein Pajero.«

»Diese ... diese Erkenntnis liegt mir nicht vor.«

Ich grinste fröhlich und dachte an den Eifelpolizisten Schmitz. »Sie erinnern sich: Es fiel Schnee an jenem Tag. Ich habe die Spurbreite des Wagens gemessen, so kam ich auf den Wagentyp. Es war ein Kinderspiel.«

»Haben Sie eine Vermutung, wer diesen Wagen gefahren hat?« Beck konnte seine Verärgerung nur schlecht verbergen. Keiner seiner hochbezahlten Experten hatte ihm von einer UZI auf einem abgefederten Stativ berichtet.

»Ich habe keine Ahnung, wer es war. Ich muss Ihnen allerdings sagen, dass es auch ein Mercedes-Geländewagen gewesen sein kann, denn die fahren zuweilen Reifen vom Pajero.«

»Aha«, sagte er schwach, und ich bemerkte aus den Augenwinkeln, wie die Baronin ein Lachen unterdrückte.

»Ja, und noch etwas«, murmelte ich. »Wenn Sie vermuten dass Metzger von russischen Agenten getötet wurde, müssen Sie Guttmanns Mörder in der gleichen Gruppe suchen.«

»Wie ist Guttmann eigentlich erschossen worden?«, schloss die Baronin mit ihrer schönsten Unschuldsmiene eine Frage an. »Wir wissen es nicht genau«, sagte Beck mit geschlossenen Augen. »Aber wir haben einen bestimmten Verdacht, dem wir zur Zeit nachgehen. Warum recherchieren Sie eigentlich trotz meines Verbotes und trotz Ihrer Zusage?«

»Weil wir uns das nicht verbieten lassen«, sagte die Baronin einfach. »Das ist nun einmal unser Beruf.«

»Aber wenn es um die Sicherheit des Staates geht«, erwiderte Beck und betonte das Wort ›Sicherheit‹.

In der Stimme der Baronin klang eine Spur Ärger durch. »Sehen Sie, in Celle hat der Verfassungsschutz ein Loch in eine Gefängnismauer gesprengt und behauptet, es seien Terroristen gewesen. Angeblich ging es auch da um die Sicherheit dieses Staates. Wer soll euch denn auf die Finger sehen, wenn nicht wir? Aber Sie können beruhigt sein, wir kommen in der Sache nicht weiter, zumal es keine Zeugen gibt. Aber bitte beantworten Sie doch meine Frage, Herr Beck. Weshalb wurde Guttmann erschossen?«

»Der Mann mit der UZI war ein absoluter Profi und hat nichts dem Zufall überlassen. Er hat auf Erich Guttmann gewartet, er wollte ihn töten, er hat es geschafft. Natürlich haben wir uns gefragt: Was hat der Leiter der Bonner Mordkommission mit einem Profikiller zu tun?« Wie ein schlechter Schauspieler breitete er die Arme aus. »Nun ja, wie Sie wissen, gibt es deutliche Verbindungen. Metzger war eindeutig hinter Lewandowski her, außerdem unterhielt er freundschaftliche Beziehungen zu Guttmann. Er wurde von der eigenen für unseren Staat feindlichen Gruppe liquidiert.«

»Wieso liquidiert?«, fragte die Baronin. »Warum muss er Mitglied der Gruppe gewesen sein?«

»Nun gut, das kann ich schnell erklären: Anfangs war Metzger nur Journalist und jagte Lewandowski. Um mehr zu erfahren, wandte er sich an die Russen in Bonn. Die waren begeistert, sie wollten schließlich auch etwas über Lewandowski erfahren. Da kam ihnen Metzger gerade recht, der sich als Journalist überall umhorchen konnte.«

Er sah uns an, er lächelte und schaute dann auf seine sorgsam manikürten Hände. »Zurück zu Guttmann. Mit der Familie Guttmann ist in den letzten vier, fünf Jahren eine ... Veränderung vor sich gegangen. Sie haben ja die Ehefrau kennen gelernt, eine recht biedere Person. Aber diese Frau spielt seit Jahren verrückt. Um es einfach und unmissverständlich auszudrücken: Sie sucht sich wahllos irgendwelche Männer, um mit ihnen ins Bett zu steigen.« Plötzlich blickte er die Frau neben sich an. »Ich glaube, wir brauchen kein Protokoll mehr.« Der Mann und die Frau standen auf, sie nickten fast wie Messdiener und verschwanden.

Beck strich sich über das Kinn. »Ich kann Ihr Bemühen verstehen, diesen Dingen auf den Grund zu gehen. Aber ich kann es nicht mehr hinnehmen, dass Sie in diesem Fall tätig sind. Sehen Sie, Metzger war ein Alkoholiker, das weiß jeder in der Branche, doch er hat es irgendwie geschafft, mit dem Saufen aufzuhören. Suff muss kompensiert werden. Er versuchte also, krampfhaft Bedeutung zu erlangen, und konzentrierte sich auf Spionage. Seine Berichte über Bonner Spionagefälle offenbaren, dass er recht naiv vorging. Als er die erste ernsthafte Chance bekam, in Spionagekreise hineinzukommen, nutzte er sie. Von da an beschäftigte er sich nicht mehr beruflich mit diesen Dingen, sondern er betrieb sie selbst. Fragen

Sie mich nicht, woher ich das weiß – ich weiß es. Irgendwann traf Metzger Guttmann. Er hatte sich den Grünen und der Friedensbewegung angeschlossen und kam dabei in Verbindung mit der Familie Guttmann. Wir sind sicher, dass Metzger Guttmanns Situation ausnützte.«

Er nahm eine Streichholzschachtel aus der Tasche, stand auf, ging um den Tisch herum und gab der Baronin Feuer. Ich stopfte mir die Punto oro. Beck ging zurück zu seinem Stuhl, blieb einen Augenblick am Fenster stehen, sah hinaus und setzte sich dann wieder. »Guttmann war wie seine Frau ursprünglich Mitglied der SPD. Als seine Kinder kurz vor dem Abitur den Grünen beitraten, vollzog auch Anna Guttmann diesen Schritt. Und wenig später folgte ihr Guttmann, vielleicht, weil er seine Frau, die ihn nur betrog, nicht endgültig verlieren wollte. Seine Frau benutzte die von den Grünen propagierte feministische Parole vor allem dazu, ihren eigenen frivolen Neigungen nachzugehen.«

Die Baronin seufzte sehr tief auf, sah mich aber nicht an und sagte auch nichts.

»Frau Guttmann zwang ihren Mann sogar, an den Ostermärschen teilzunehmen. In dieser Situation traf Metzger nun auf einen ziemlich verzweifelten Guttmann, der in seiner Verwirrung die Parolen der Grünen nachplapperte und der unter der Untreue seiner Frau litt. Eine ziemlich günstige Situation, finden Sie nicht?«

Die Baronin lächelte süßlich, weil sie wusste, dass Beck nun ein Kompliment erwartete. »Mein Gott, Sie recherchieren wirklich außerordentlich gut. Aber wie passt Lewandowski ins Bild?«

»Ganz einfach«, erwiderte Beck freudig. »Ich sage Ihnen etwas, das Ihnen den Atem nehmen wird. Die Nachricht vom Auffinden der Leiche des Lewandowski kam nicht über eine normale Polizeileitung. Niemand rief an und sagte: Da liegt ein Toter am Parkplatz des Langen Eugen. Guttmann trommelte in jener Nacht seine ganze Kommission höchstpersönlich zusammen und war längst am Tatort, als seine Leute eintrafen. Niemand im Polizeipräsidium wusste von dem Mord.« Er lehnte sich zurück und genoss seinen Auftritt. »Rückschlüsse sind erlaubt.«

Die Baronin rutschte unruhig hin und her und tat, als überlegte sie angestrengt. Sie spielte meisterhaft die halbgebildete Frau, die in einem Männerspiel Klarheiten zu entdecken versucht und natürlich scheitert. »Also: Metzger ist hinter Lewandowski her. Metzger wird getötet. Dann wird Lewandowski ebenfalls getötet und ausgerechnet Guttmann findet ihn und ...«

»Herr Beck will etwas anderes sagen«, unterbrach ich sie. »Herr Beck meint, dass Guttmann Lewandowski tötete.«

Beck strahlte. »Es ist doch ganz einfach, nicht wahr? Guttmann hat nicht begriffen, dass Metzger für einen Spion viel zu naiv war. Für ihn war Lewandowski der Mörder von Metzger. Guttmann war vor Eifersucht krank und vollkommen durcheinander. Also tötete er Lewandowski, weil er dachte, der habe Metzger getötet.«

Beck ging mir mit seiner wirren Geschichte auf die Nerven.

Ich sagte: »Aber so einfach sollte man sich das doch nicht machen ...«

»Aber genauso verhielt sich die Sache. Metzger wurde getötet, weil er naiv war und viel zu viel redete. Und Guttmann machte einen Privatkrieg draus und rächte seinen Freund am falschen Mann. Guttmann war also der Letzte, der bei uns gegen die Gruppe hätte aussagen können. Also musste er getötet werden.«

»Können Sie denn die russische Gruppe identifizieren?«, fragte die Baronin.

»Wir werden noch ein paar Wochen brauchen, um alle Mitglieder festzustellen. Dann lassen wir den ganzen Laden hochgehen.«

»Kriegen wir eine Vorabinformation?«, fragte die Baronin eilfertig.

»Das ließe sich einrichten«, murmelte Beck. »Was werden Sie jetzt tun?«

»Wir verlassen Bonn und machen ein paar Tage Urlaub«, erklärte ich. »Wir wollen einfach in den Süden fahren, oder brauchen Sie uns noch?«

»Im Moment nicht.« Beck stand auf. »Ich danke Ihnen, dass Sie so geduldig zugehört haben. Sie werden jetzt begreifen, dass der Stoff für die Presse ein wenig zu sensibel ist.«

»Selbstverständlich«, hauchte die Baronin. Zuweilen übertrieb sie schamlos.

Wir trennten uns freundlich und marschierten die wunderschön geschwungene Treppe hinunter. Bevor ich die Haustür öffnete, sagte sie: »Es ist schon erstaunlich, wie er die Vorgänge erklären kann, ohne auch nur einen Funken Wahrheit zu verbreiten.«

»Er weiß ja nichts«, murmelte ich.

»Ja, ja«, sagte sie mutlos, »er ist ein blasierter Hohlkopf. Und jetzt?«

»Jetzt wird draußen ein Taxi stehen. Und du wirst einsteigen und in eine Kneipe fahren und dort auf mich warten.«

Sie blickte mich irritiert an: »Keine Alleingänge, Baumeister!«

»Es muss sein.«

»Aber warum?«

»Ich weiß es nicht genau, ich weiß nur ... Komm raus in das Taxi. Wir können jetzt nicht diskutieren.«

»Ich bin kein Püppchen, das beschützt werden muss.«

»Ich bin nur kurz weg, ich will etwas ... Verdammt noch mal, ich bin hier der Boss.«

Sie erbleichte ein wenig, aber sie sagte nichts mehr. Sie ging hinaus, und als ich ihren Arm berührte, zuckte sie zusammen.

Auf der Straße war starker Fahrzeugverkehr. Ich sah das Taxi langsam heranfahren. Ich sagte hastig: »Da kommt der Wagen.« Dann hielt ich sie am Arm fest, bis der Vollbart neben uns stand. Ich öffnete die hintere Tür und ließ sie einsteigen. Dann machte ich zwei Schritte, sodass jedermann annehmen musste, ich wolle mich neben den Fahrer setzen. Dann hob ich den Daumen, und der Fahrer mit dem Vollbart gab grinsend Gas.

Neben mir schrie ein Mann plötzlich »Jupp! Jupp!« und deutete auf das Taxi. Offensichtlich meinte er einen Mann, der hinter dem Steuer eines parkenden roten Audi saß.

Irgendetwas schien nicht zu klappen. Der Mann im Audi fummelte nervös an der Zündung herum, plötzlich schoss das Auto vorwärts und krachte direkt in einen schwarzen Mercedes.

»Schönen Gruß von Herr Beck!«, brüllte ich frohgemut und ging davon. Niemand folgte mir. Becks Leute hatten nun andere Sorgen.

Ich winkte das nächste Taxi heran: »Müllenkamp in Godesberg«, sagte ich.

Kurz vor dem Zentrum verengte sich die Straße, zwängte sich unter der Bahnlinie durch und führte dann den Berg hinauf, auf dem die Godesburg thront.

»Welche Hausnummer?«, frage der Fahrer.

»Zehn«, sagte ich. Die Häuser sahen alle gleichermaßen langweilig und teuer aus.

»Wer wohnt denn hier so?«

»Meistens die Botschaftsangehörigen mit den etwas dickeren Brieftaschen«, sagte der Fahrer. »Da ist die Nummer zehn.«

»Warten Sie bitte.« Ich legte einen Zwanzigmarkschein auf den Sitz neben ihn.

Die Straße verlief in einer sanft ansteigenden Linkskurve. Mich schauderte bei dem Gedanken, hier wohnen zu müssen. Vielleicht musste ich eine Stunde laufen, um die erste Orchidee zu finden. Und wie würde Krümel sich hier zurechtfinden? Hatte sie ihre Jungen schon? Es standen ein paar Autos da, aber ich entdeckte keine einzige Garage. Langsam ging ich durch den ersten Durchgang zwischen zwei Häusern durch.

Es war alles so steril, dass ich die Preisschilder an den jungen Linden und Jasminbüschen vermisste. Im Innern der Siedlung lag ein Park. Bald sah ich die erste Rampe, die nach unten führte. Der ganze Park war unterkellert. Ich ging hinunter. Anheimelnder Stahlbeton umgab mich.

Jedes Haus hatte zwei Abstellplätze unmittelbar neben grünen Stahltüren, die direkt in die Keller führten. Auf den Parkplätzen des Hauses Nummer 24 standen ein Golf GTI und ein schwarzer Mitsubishi Pajero. Der Geländewagen hatte brandneue Reifen, sein Tachometer zeigte achttausendsechshundert Kilometer. Auf dem Dach hatte der Wagen einen eingeschweißten Eisenstab von vielleicht zwölf Zentimeter Höhe; eine ideale Basis für ein Stativ.

Das Schloss der grünen Stahltür in den Keller war ein DOM-Schloss. Ich riskierte, was ich riskieren musste, und sah mich nicht einmal um, ob jemand mich beobachtete. Lewandowskis Schlüssel passte. Ich entdeckte nichts als weiße Kellerwände, von denen es kühl zu mir herüberwehte. Dann schloss ich die Tür wieder.

Ich schlenderte langsam in den kleinen Park hinauf und gelangte wieder auf die Straße. Es hatte leicht zu regnen begonnen. Die Vorgärten waren von lächerlich niedrigen Zierzäunen umgeben. Auch sie waren uniformiert. Von den Zäunen bis zur Haustür waren es jeweils zehn bis zwölf Schritte. Ich ging in den ersten Vorgarten hinein und untersuchte den Stamm eines Zwergahorns, dann den Stamm einer künstlich mit Drahtschlingen verkrüppelten Kiefer. Ich zog ein Notizbuch heraus und machte eine Eintragung. Das wiederholte ich in allen Vorgärten.

Einmal kam ein alter Mann aus einem Haus und fragte: »Werden die denn nun auch wachsen?«

»Mit Sicherheit«, sagte ich. »Wir haben nur allererste Qualität gesetzt.«

»Meine Frau sagt, richtiger Ahorn wäre schöner. Aber den dürfen wir nicht pflanzen, weil im Kaufvertrag steht, dass Ihre Firma das bestimmt.«

»So isses«, strahlte ich. »Wir wollen ein einheitliches Siedlungsbild schaffen.«

»Na ja«, sagte er skeptisch und schloss die Tür.

Bei der Nummer 24 ging ich ähnlich vor. Eine Gruppe Zwergkiefern stand direkt an der Tür. Die Gardinen waren gutbürgerlich weiß, irgendwelche Lichter im Hausinnern waren nicht zu sehen. Auf dem Schild unter der Klingel stand kein Name.

Ich notierte wieder den Zustand der Bäumchen und ging dann zum Haus und schellte.

Er stand sehr plötzlich in der Tür und lächelte mich an. »Was kann ich für Sie tun?«

»Bergmann ist mein Name. Ich komme von der Firma, die die Bepflanzung durchführt. Sind Sie der Eigentümer?«

»Das bin ich!«

»Wir müssen das Ahornstämmchen auswechseln«, lächelte ich. »Haben Sie etwas dagegen? Es geht sowieso ein, und es kostet Sie nichts.«

»Machen Sie, was Sie wollen.« Er war nicht sonderlich freundlich.

»Ich trage also bei Nummer 24 ein Ahornbäumchen ein. Und Ihr Name? Oder ist das Haus nicht auf Ihren Namen eingetragen?«

»Doch, doch«, sagte er. »Reimer ist mein Name. Gig Reimer.«

»Der Vorname? Entschuldigen Sie bitte, ich habe Ihren Vornamen nicht verstanden.«

»Ach ja, Georg Reimer. Meine Freunde nennen mich Gig.«
»Ich kenne kein Gig. Was ist das?«
»Na ja«, lächelte er, »Gig wie Gag, verstehen Sie?«
»Ach so«, sagte ich. »Dankeschön.« Ich wandte mich ab, und er folgte mir.
»Was ist denn mit dem Bäumchen?«, fragte Reimer. Er war wirklich interessiert.
»Wenn wir sie setzen, wissen wir nie, ob sie angehen. Kann sein, dass der Wurzelballen beschädigt oder zu schwach ausgebildet ist. Es ist auch möglich, dass die Erdchemie nicht stimmt. Ist das zu kompliziert?«
»Nein, überhaupt nicht.« Er strich sanft mit der Hand über ein Bäumchen. »Und das wollen Sie wechseln, weil es stirbt.«
»Ja, aber ich weiß nicht, ob es wirklich stirbt. Kann sein, dass die Erdchemie drei Meter weiter ideal ist. Wir wissen es nicht.«
»Es ist wie bei Menschen, nicht wahr?«
»Ja, es ist wie bei Menschen. Doch jetzt entschuldigen Sie mich bitte, ich muss weiter.«
»Sie sind Baumeister, habe ich Recht?« Er war vollkommen gelassen und nicht im Geringsten wütend. Er zeigte nur freundliches, nicht allzu intensives Interesse. »Woher wissen Sie so viel über Bäume?«
»Ich lebe in der Eifel. Kann ich mit Ihnen sprechen? Woher kennen Sie mich?«
Er antwortete nicht darauf, sondern stand tief gebückt neben dem Zwergahorn.
Links von mir, ungefähr einhundert Meter entfernt, parkte mein Taxi. Von dort kam ein grauer Opel-Omega-Kombi angefahren, stoppte kurz, weil eine Frau mit drei kleinen Kindern die Straße überquerte, und beschleunigte dann wieder.
Gig Reimer erhob sich. »Wir sollten vielleicht reden«, sagte er langsam und gedehnt. »Wie viel wissen Sie denn?«

»Eigentlich nicht viel.«

»Das ist gut.« Er lächelte flüchtig. »Sind Sie in der Eifel erreichbar? Sie sollten sich aus der Geschichte heraushalten.«

»Warum?«

»Zu gefährlich.«

Der Opel war noch rund zwanzig Meter entfernt. Zwei Männer mit nichtssagenden Gesichtern sahen zu uns herüber.

Gig Reimer wandte sich von mir ab und starrte die Männer in dem Opel an. »Ich werde auf Sie zukommen«, sagte er leise.

Der Opel hielt, und die Männer stiegen hastig aus. Sie trugen Trenchcoats. Ihre Hände steckten tief in den Taschen. Sie waren vielleicht dreißig Jahre alt und sahen absolut harmlos aus.

Der linke von ihnen fragte mit sonderbar heller Stimme: »Sind Sie Herr Georg Reimer?«

»Ja«, sagte Reimer knapp.

Der andere musterte mich misstrauisch.

»Und wer sind Sie?«

»Baumeister.«

»Aha. Dann verschwinden Sie bitte.«

»Wieso denn?«

»Gehen Sie schon«, sagte der linke. »Sie mischen sich sowieso zu viel ein.«

»Hauen Sie ab«, sagte Reimer leise. Zu den Männern: »Was kann ich für Sie tun?«

»Wir dürfen Sie bitten mitzukommen«, sagte der rechte übertrieben energisch, als sei über diese Forderung nicht zu verhandeln.

»Ich habe jetzt keine Zeit«, sagte Gig Reimer.

»Bedauere«, sagte der linke. »Unser Chef hat eine kleine Fragestunde angesetzt.«

»Das lässt sich jetzt nicht machen«, stellte Reimer fest.

Der linke bewegte die Hand in seiner Manteltasche und winkelte den Arm sehr schnell an. Doch Reimer war ohne jede Vorwarnung losgesprungen. Er schlug einen Salto, und hockte im nächsten Moment am Boden. »Bleiben Sie ruhig!«, sagte er scharf. In beiden Händen hielt er eine Waffe. »Nehmen Sie die Hände aus den Taschen.« Die beiden Männer gehorchten, und der linke sagte beruhigend: »Machen Sie keinen Quatsch.«

Sie hatten etwas vor, ich sah es an ihren Gesichtern. Plötzlich wandte sich der rechte halb herum, und sie stürzten vor und griffen nach ihren Waffen. Doch Reimer zeigte keine Überraschung, er schoss sofort. Die Männer wurden nach hinten gerissen und fielen auf den Gehsteig. Ihre Beine kreuzten sich, als wären sie leblose Marionetten.

»Holen Sie bitte einen Notarzt«, sagte Reimer zu mir. Er lächelte beinahe verlegen.

»Großer Gott«, sagte ich und kam mir dumm vor.

»Die sind nicht tot«, sagte er beruhigend. »Schulterschuss.« Er strich an mir vorbei, ging auf die Haustür zu, schloss auf und war verschwunden.

Ich nahm die Nikon aus der Tasche und fotografierte. Die beiden Männer stöhnten und sahen mich mit verschleierten Augen an. Dann rannte ich zu meinem Taxi und keuchte: »Rufen Sie einen Notarzt!«

»Wahnsinn«, murmelte der Fahrer mit abwesendem Gesichtsausdruck und begann, in sein Mikrofon zu sprechen.

Ich rannte in den Innenhof der Siedlung und sah, wie Reimer mit dem Pajero die Rampe hinauffuhr. Er schien es nicht einmal sonderlich eilig zu haben. Hinter ihm kam der Golf, am Steuer saß Ellen Strahl. Als Reimer mich sah, hob er freundschaftlich die Hand zum Gruß.

9. Kapitel

Ich hastete durch den Innenhof der Siedlung. Irgendwo erwischte ich ein Taxi und ließ mich in Richtung Bonn fahren. Ich stieg am CDU-Haus aus, wechselte die Straßenseite zur SPD und ging langsam in Richtung Godesberg zurück. Als der Vollbart quietschend neben mir bremste, stieg ich ein und war zunächst nicht fähig, irgendetwas zu sagen. Er bemerkte es nicht.

»Die Dame ist stinksauer«, berichtete er gemütlich. »Wenn ich Sie wäre, würde ich nicht in diese Raststätte gehen, nicht für einen Wald voller Affen.«

»Ich kann es nicht ändern, ich muss zuerst zum Flughafen.«

Er sah mich von der Seite an. »Fliegen Sie weg, machen Sie eine Fliege?« Er lachte.

»Nein, ich muss etwas besorgen. Haben Sie das Zelt bekommen?«

»Ja«, sagte er. »Wollen Sie am Flughafen etwa zelten? Die Wahner Heide soll sehr romantisch sein, wenn man von dem Lärm und dem Kerosingestank absieht.«

Am Flughafen bezahlte ich ihn, und er versicherte mir, dass er Kunden wie mich wirklich liebe.

Ich kaufte ein billiges, japanisches Fernglas und mietete bei AVIS einen kleinen Ford Escort. Auf dem direkten Weg über die B 9 fuhr ich zu der Raststätte vor Bad Breisig. Der Schankraum war voller Fernfahrer. Sie tranken Kaffee, aßen Kartoffelsalat. Einer sagte: »Frag sie doch mal, was sie für eine Nummer haben will.« Sie grölten – das war wohl ihre Art Humor.

Die Baronin saß in einem Nebenraum an einem winzigen Tischchen. Sie sah mich mit ganz schmalen Augen an. Wenn sie wütend ist, wird sie schön.

»Das ist ihr Macker!«, stellte jemand fest und dann wandten sie sich einem anderen Thema zu.

»Ist es wahr, dass der Taxifahrer ein Zelt für dich gekauft hat?«, fragte sie leise.

»Ja«, sagte ich.

»Und ist es wahr, dass er auch eine Laterne für das Zelt gekauft hat?«

»Ja.«

»Und stimmt es auch, dass du vorher mit ihm abgesprochen hast, mich mit dem ganzen Krempel in dieser Kaschemme abzuladen?«

»Ja.«

»Ich hocke hier seit fast zwei Stunden.«

»Ja.«

Eine Kellnerin mit einem schier unglaublich ausladenden Dekolleté fragte: »Was darf's sein?«

»Kaffee«, sagte ich müde, und die Kellnerin zog wieder ab.

Die Baronin war wirklich aufgebracht. »Kannst du mir erklären, wieso du mich hier abgeschoben hast?«

»Ich musste mich um Reimer und Strahl kümmern. Es hat sich herausgestellt, dass Reimer mich kennt. Ich war Zeuge, wie Reimer Leute von Beck niedergeschossen hat. Übrigens weiß ich jetzt, was Kickeck bedeutet.«

»Ich bin unheimlich sauer«, stellte sie fest. Sie stöhnte, und es klang wirklich fast wie Fauchen. Als ich nichts weiter sagte, wurde sie unruhig. »Was bedeutet denn nun Kickeck?«, fragte sie sachlich.

»Kickeck bedeutet ein Gig vom Gag, ein Gag vom Gig, ein Wortspiel. Reimer heißt Georg, Spitzname Gig! Als Metzger am Telefon fragte, ob das ein Kickeck sei, meinte er einen Gig-Gag, einen Gag vom Gig.«

»Dann hat er also vor seinem Tod mit Reimer gesprochen?«

»Das ist durchaus nicht sicher. Es kann sein, dass er über Reimer sprach, nicht mit ihm.«

»Und wieso kennt er dich?«

»Er kann mit dem Tod von Guttmann zu tun haben. Wenn das so ist, war er in der Eifel und hat in mein Fenster geschaut – aber ein Beweis ist das beileibe nicht. Er kann ebensogut Claudia überwacht haben oder die Guttmanns.«

»Und was machen wir jetzt?«

»Wir gehen zelten.«

»Das ist nicht dein Ernst.«

»Doch. Komm jetzt, zahlen und zelten.«

Unterwegs sprachen wir kaum miteinander. Von Bad Breisig ging es auf die Koblenzer Autobahn, dann in Richtung Eifel. Ich fuhr ziemlich schnell.

Sie seufzte übertrieben. »Warum, um Gottes willen, fährst du nach Hause?«

»Ich fahre nicht nach Hause, ich fahre zelten.«

»Ich bin einem Verrückten in die Hände gefallen.«

»Richtig.«

Ich fuhr an Kempenich vorbei zum Sportplatz hoch. Von dort über einen weiteren Feldweg zur alten Landstraße, dann in den Tannenwald auf dem Hausberg. Es war sehr kalt. In einer Kehre, in der ich den Wagen verlassen und zwischen die Stämme fahren wollte, hatte der Wind eine Schneewehe getrieben. Der Wagen kam ins Rutschen und schlitterte zwischen die Bäume.

»Was willst du hier im Dschungel?«

»Zelten.«

»Baumeister, du bist absolut verrückt.«

Ich schaltete das Licht aus. »Wir sind da.«

»Du hast nicht alle Tassen im Schrank.«

»Siehst du die große Linde im Dorf? Das Haus rechts daneben ist mein Haus. Im Handschuhfach liegt ein Fernglas.«

»Und woher hast du das?«

»Hat mir ein Japaner geschenkt.«

»Es ist schön hier, aber einsam und saukalt.«

»Nimm das Glas und achte auf das Haus. Wenn du rauchst, deck das Feuerzeug ab, es ist nicht nötig, dass jemand uns sieht.«

»Du erwartest also, dass dort unten etwas passiert?«

»Sicher. Beck wird seine Leute schicken, um uns zu verhaften.«

»Aber doch nicht um diese Uhrzeit.«

»Sie werden kommen, weil ich Zeuge war, wie Reimer schoss. Achte also auf den Hauseingang.«

»Und was machst du?«

»Ich baue das Zelt auf.«

»Im Auto ist es wärmer.«

»Ja, noch zehn Minuten, dann geht dir der Hintern auf Grundeis.«

»Hast du das Zelt etwa gekauft, weil du dich darauf verlässt, dass Beck uns verhaften lässt?«

»Na sicher. Er rechnet damit, dass wir in mein Haus zurückkehren.«

»Aber wir können von hier aus nichts fotografieren.«

»Macht nichts.« Ich nahm die Tasche mit dem Zelt und ging los. Ich fand fünfzig Meter entfernt eine windgeschützte Mulde. Es war erstaunlich einfach, das Zelt aufzustellen. Unsere neue Wohnung war klein und anheimelnd und sah ein bisschen so aus, als wären die grünen Marsmännchen gelandet. Ich legte mich hinein, stopfte mir die Extra Dry von Savinelli, starrte gegen die Decke und fühlte mich großartig. Dann ging ich zurück und holte die kleine Heizbatterie. Ich probierte sie aus und verließ nach zehn Minuten fluchtartig die Behausung, weil es so heiß wurde, dass sogar der Schnee in der Umgebung schmolz. Die Baronin passte noch immer auf.

»Wie spät ist es?«

»Elf. Wir haben über unseren Zoff vergessen, uns mit Lebensmitteln einzudecken.«

»Ich besitze eine Tafel Schokolade und Müslistangen. Wann glaubst du, werden sie kommen?«

»Ich denke, kurz nach Mitternacht.«

»Was werden sie machen, wenn niemand öffnet?«

»Die Tür eintreten, was sonst? Kennst du den Flurnamen dieses kleinen Berges? Weinberg heißt er.«

Sie setzte das Glas ab, und sah mich an. »Weinberg! Eine gute Flasche Wein wäre mir jetzt recht.«

»Jetzt geh und zieh dir den Trainingsanzug an, es wird langsam kalt.«

»Wir können doch den Motor eine Weile laufen lassen.«

»Weißt du, wie still es hier ist? Wie weit man einen Motor hört?«

»Schon gut.« Sie verließ den Wagen, und ich nahm das Glas. In einigen Fenstern brannte noch Licht. Die Leute saßen noch vor dem Fernseher und hatten keine Ahnung, welche Geschichte um sie ablief. Und wenn ich sie ihnen erzählte, würden sie zuhören, sogar staunen, aber sie würden denken, der Baumeister spinnt.

Die Baronin kehrte zurück.

»Es ist so warm in dem Zelt, dass man nackt drin liegen könnte.«

»Ich schick dir ein paar Eichhörnchen.«

»Ist schon was passiert?«

»Nichts. Nimm die Decken mit und schlaf ein bisschen.«

»O nein, ich schlafe nicht, ich will nichts versäumen.« Sie legte den Kopf an meine Schulter. »Versprichst du mir, mich nicht mehr zu leimen?«

»Ich verspreche es. Stopf mir bitte eine Pfeife, Zubehör ist im Jackett.«

Sie stopfte sehr sorgfältig die nummerierte Bari und steckte sie mir in den Mund. »Wie kannst du eigentlich so sicher sein, dass sie kommen?«

»Weil ich ein Schnüffler bin und einen sechsten Sinn habe.«

»Wollen wir um irgendetwas wetten?«

»Meinetwegen, aber du verlierst.«

»Wenn sie kommen, zahle ich unsern Urlaub unter Palmen.«

»Einverstanden. Und wenn sie nicht kommen, zahle ich.«

Sie kamen um ein Uhr, und sie kamen mit sechs Autos. Drei Wagen rasten von der Ortsmitte heran, zwei vom Ortsrand. Ein Geländewagen brach vom Nachbargrundstück durch meine Hecke und stand wie eine Planierraupe im Garten.

»Schreib bitte mit, was ich sage. Es sind zwei BMW, drei Opel, ein Mercedes-Geländewagen. In jedem Wagen sind drei Zivilisten, also insgesamt achtzehn Männer. Sie verteilen sich vor dem Haus. Ein Mann in einer Lederjacke klingelt. Jetzt geht links bei Melzers im Schlafzimmer das Licht an. Der Mercedes war wohl zu laut, als er durch die Hecke brach. Jetzt regt sich auch bei Grüners etwas. Ja, Leute, geht raus und seht dem Staat bei der Arbeit zu. Der Mann in der Lederjacke klingelt noch immer. Mutter Melzer hat das Licht vor dem Haus angemacht, sie kommt mit ihrem Sohn Alfred heraus. Sie gehen die wenigen Meter die Straße lang. Prima, Grüners sind auch vor dem Haus. Jetzt löst sich ein Mann aus dem Trupp, geht zu Grüners und redet mit ihnen. Dann geht er zurück. Der mit der Lederjacke stemmt sich gegen die Tür. Jetzt gehen sie rein. Hoffentlich springt Krümel einem an die Eier!«

Becks Leute blieben nur fünfzehn Minuten im Haus. Offensichtlich hatten sie genau gewusst, was sie suchten. Ich sah, dass sie die hellen Kartons meines Bildarchivs, die großen Ordner meiner Manuskripte und alle vier Schreibmaschinen herausschleppten.

»Wozu denn die Schreibmaschinen?«, fragte ich ungläubig.

»Beck ist ein Spießer, er will sich rächen«, erwiderte die Baronin ruhig.

Die Männer verluden das Zeug, setzten sich in die Wagen und verschwanden.

Der Geländewagen fuhr der Einfachheit halber durch den schönen Bohlenzaun, den ich gebaut hatte.

»Wenn ich das Schwein erwische, verpasse ich ihm eine.«

»Sie sind Vollidioten. Können sie irgendetwas gefunden haben, was gegen dich spricht?«

»Nichts, da ist nichts.«

»Dann reg dich nicht auf.«

»Denk daran, dass du alles fotografierst. Wir gehen jetzt runter.«

Sie trottete hinter mir her. Ich fühlte mich elend und hätte sie am liebsten an die Hand genommen und wäre mit ihr in das warme Zelt gegangen.

Oberhalb der Schule begann der Hund der Witwe Klein zu kläffen. Wir verschwanden über den Kinderspielplatz und erreichten die Hinterseite von Jakobs Haus. Da blieben wir stehen. Mein Haus lag in völlige Dunkelheit getaucht. Nichts rührte sich.

Ich deutete auf das Loch im Bohlenzaun und schritt auf meinen Garten zu. »Noch nicht fotografieren«, sage ich leise. »Erst hinein in die gute Stube.« Wir nahmen den Weg durch den alten Schweinestall und stiegen auf den Dachboden. Von dort gab es einen Zugang zum Haus. Höflich half ich der Baronin durch die Luke. Wir standen im Stockdunkeln. Es war still im Haus. Plötzlich hörte ich ein sanftes Maunzen. »Das ist Krümel«, flüsterte ich, »sie wittert mich.«

Krümel kam durch die Tür, strich einmal klagend um meine Beine und sprang dann leichtfüßig und unbesorgt die Treppen hinunter.

»Hier ist niemand mehr, sonst würde sie knurren. Sie hat ihre Babys, sieh mal, wie schlank sie ist.«

Die Baronin grinste wie ein Faun. »Baumeister als rührseliger Katzenvater, nicht schlecht. Kommen jetzt die Nachbarn, wenn sie Licht sehen?«

»Nein. Sie sind zurückhaltend.«

Krümel hatte ihre Jungen auf meinem Schreibtisch gekriegt. Sie hatte sich zwei alte Hemden und einen alten Kissenbezug hinaufgezerrt. Es waren vier Junge, drei getigert, eines pechschwarz. Ihre Augen waren noch geschlossen, aber sie wirkten sehr munter.

»Mein Gott, sind die süß«, sagte die Baronin, was aus ihrem Munde irgendwie merkwürdig klang.

»Maria wird für sie sorgen. Krümel, du bist wirklich eine tolle Mutter. Aber was passiert, wenn die Kleinen runterfallen?«

»Wir legen einen Karton dick aus und stellen ihn unter den Schreibtisch.«

Also sorgten wir erst für die Katzen, ehe wir uns ansahen, was Becks Leute angerichtet hatten. Sie hatten nicht viel herumgestöbert, nur meine Archive und die Schreibmaschinen kassiert.

»Ich fotografiere jetzt das Türschloss, die Hecke und den kaputten Zaun«, sagte sie und verschwand.

Ich legte mich auf das Sofa und ließ die kleinen Katzen unter Krümels Aufsicht auf meinem Bauch herumkriechen. Aus den Augenwinkeln bemerkte ich das Blitzlicht im Garten. Dann kam sie zurück. »Was machen wir jetzt?«

»Jetzt verschwinden wir wieder. Krümel, entschuldige, aber ich muss dein Fressen verdienen.«

Als ich aus der alten Stalltür in den Garten trat, sah ich ihn. Er stand zehn Schritte entfernt und rührte sich nicht.

»Hallo«, sagte er wie beiläufig.

»Hallo«, entgegnete ich und zog die Baronin zu mir herum. »Das ist Gig Reimer«, erklärte ich ihr.

»Das dachte ich mir«, sagte sie tonlos.

»Wir trafen uns heute schon einmal«, sagte ich.

»Ein unverhofft schnelles Wiedersehen.« Er lächelte und trat auf uns zu.

»Das war wirklich raffiniert«, sagte ich. »Um Becks Leuten zu entgehen, sind Sie einfach hinter ihnen hergefahren, nicht wahr?«

»Wenn man weiß, wie die Leute arbeiten, wird man leicht mit ihnen fertig. Was will Beck denn von Ihnen?«

»Er glaubt, ich suche den Mörder von Lewandowski. Und das mag er nicht. Warum haben Sie heute Mittag geschossen?«

»Weil ich etwas klarstellen wollte. Beck verhält sich sehr dumm. Er begreift nicht, dass wir auf der gleichen Seite stehen.«

»Jetzt werden Sie keine Ruhe mehr vor ihm haben. Woher kennen Sie mich?«

»Ich habe mich hier schon einmal flüchtig umgesehen. Die Frage ist, was Sie wirklich wissen.«

»Nichts«, sagte die Baronin schnell.

Er lächelte fröhlich. Er sah ganz harmlos aus, wie ein Friseur oder ein Gebrauchtwagenhändler.

»Nicht viel jedenfalls«, sagte ich.

»Sie sollten aufhören, die Sache zu untersuchen«, erwiderte Reimer, und es klang fast wie eine Drohung.

Ich mag keine Drohungen.

»Ich habe nur eine Frage«, sagte ich und versuchte ruhig zu bleiben.

»Nur eine?« Er lachte höhnisch.

»Haben Sie mit Willi Metzger für den Osten gearbeitet?«

Im Haus keckerte Krümel sehr laut, wahrscheinlich rief sie ihre Kinder zur Ordnung. Irgendwo in der Ferne bellte ein Hund, ein Laster zog oben über die Bundesstraße.

Als er begriff, dass ich meine Frage ernst meinte, neigte er den Kopf, gluckste verhalten und antwortete dann: »Man könnte durchaus zu dieser Auffassung gelangen, Herr Baumeister. Sie sollten aber ...«

Links von mir am Bohlenzaun stand plötzlich ein kleiner dunkler Schatten. Über Reimers Schulter hinweg sah ich einen Mann in der Hecke stehen.

Die Frau am Bohlenzaun sagte laut und vollkommen ruhig: »Eins, sechs!« Dann riss sie die Hände nach vorn und schoss. Es blitzte.

Reimer wirbelte herum und schoss ebenfalls. Für den Bruchteil einer Sekunde zitterte ein kleiner roter Ball in der Hecke.

Irgendetwas schlug unglaublich heiß gegen mein linkes Bein und warf mich auf die Erde. Als ich fiel, sah ich, dass der Mann in der Hecke feuerte. Aber es wirkte vollkommen unsinnig, weil er langsam nach vorne kippte und in die Erde schoss.

Dann war es totenstill.

»O Gott!«, sagte die Baronin tonlos, beugte sich zu mir herunter und strich über mein Gesicht.

»Holen Sie einen Arzt, und halten Sie sich aus der Sache raus«, sagte Reimer vollkommen ruhig und ging auf Ellen Strahl zu. Dann waren sie verschwunden, kein Laut war zu hören.

»Baumeister, Liebling, was ist denn?«

Ich sah, wie Blut aus der Wunde in den Schnee lief. Mein Bein schmerzte überhaupt nicht. »Sieh nach dem Mann.«

»Und wenn er noch lebt?«

»Dann müssen wir ihm helfen.«

Sie lief zu dem Mann, der vor der Hecke lag. Sie bückte sich, wandte dann schnell das Gesicht ab und kam zurück. »Er ist tot.«

»Es ist alles meine Schuld. Ich habe nicht daran gedacht, dass Beck das Haus observieren lassen könnte.«

»Wie heißt dein Arzt?«

»Wir müssen weg hier.«

»Baumeister, dein Arzt ...«

»Du musst den Mann da fotografieren! Los!«

»Du kannst nicht laufen, Baumeister, wir müssen einen Arzt verständigen.«

»Fotografier den Mann!«

Sie lief und fotografierte den Mann und kam zurück. »Wo hat er dich eigentlich getroffen?«

»An meinem linken Bein. Hilf mir mal, wir müssen weg.«

Anfangs ging es. Wir gelangten rasch über die Straße in den tiefen Schatten hinter Jakobs Haus. Dann schrie Mutter Melzer plötzlich etwas und überall in den Häusern sprang das Licht an.

Die Baronin zerrte mich weiter. In meinem linken Bein begann es wild zu pochen. Das alles ist nicht wahr, dachte ich, während der Schmerz mein Bein hinaufkroch. Ich bin nicht in einem kleinen verschlafenen Eifeldörfchen, sondern liege im Bett und träume. Ich träume einen schlechten Kriminalroman.

10. Kapitel

Ich weiß nicht, wie die Baronin es schaffte. Plötzlich hatten wir unseren Wagen erreicht. Sie sagte: »Halt den Mund, leg dich auf die Rückbank. Ich fahre dich zu einem Arzt.«

Während ich mühsam in den Wagen kletterte, raffte sie das Zelt zusammen und stopfte es einfach vor den Nebensitz.

Sie fuhr den Wagen rückwärts zwischen den Stämmen durch auf den Fahrweg, und als sie mit dem Heck an einem Stamm entlangschrammte, fluchte sie nur »Scheiße« und gab einfach Gas. Dann kündete sie lapidar an: »Ich schaffe das schon, Baumeister, keine Angst!« Sie machte den Eindruck, als sitze sie in einem Bagger und als gebe es auf dieser Welt nichts, was sie aufhalten könnte.

»Wie heißt der Arzt?«

»Naumann. Aber er muss bei einer Schussverletzung Meldung machen.«

»Quatsch. Sag mal, kannst du nicht irgendwie ohnmächtig werden, damit du mir nicht mehr dazwischenquatschen kannst?«

»Ich schweige doch schon lange.«

»Ach ja?«

»Du solltest die Scheinwerfer einschalten.«

»Ich schalte das Licht ein, wann ich will.«

Es fing an zu schneien.

Unterhalb des Sportplatzes hielt sie an und sah auf mein Haus hinunter. »Zwei, nein drei Streifenwagen kommen die Straße herauf. Das wird Wirbel geben.«

Auf der Höhe über Hillesheim kam sie ins Schleudern und brachte es irgendwie fertig, nicht im Graben zu landen. »Kannst du mir sagen, wieso Reimer und Strahl uns nicht erschossen haben?«

»Die glauben, dass wir nichts wissen. Es wird nicht lange so bleiben.«

Doktor Naumann hatte keinen Dienst und reagierte ziemlich schroff. Er bellte durch die Sprechanlage: »Dienst hat der Schmittke. Wenden Sie sich an den.«

Die Baronin wurde höchst unfreundlich. »Der Baumeister verreckt hier beinahe.«

Naumann antwortete nicht, sondern seufzte nur. Dann ging das Licht an, und er stand in der Tür.

»Im Wagen«, sagte die Baronin schnell.

Mit unwirschem Gesichtsausdruck beugte er sich über mich. »Was gibt es?«

»Ich habe mit einem Revolver gespielt.«

»Hm. Können Sie gehen?«

»Nicht besonders, glaube ich.«

Sie schafften einen Rollstuhl aus dem Haus, und irgendwie hoben sie mich hinein, wobei ich allerdings ohnmächtig wurde. Als ich wieder zu mir kam, fingerte der Arzt an mir herum, und die Baronin sagte: »... es war ja schon irgendwie komisch. Er hatte dieses Ding in der Hand und regte sich darüber auf, dass in Wildwestfilmen Männer rummachen, die mit so einer Waffe auf zwanzig Meter ein Geldstück treffen. Er sagte, das wäre alles Mogelei, denn mit diesen Dingern würde man aus einem Meter Entfernung nicht einmal einen Elefanten treffen. Und während er so redet, macht es peng. Dann lag er da und blutete.«

»Ja, ja«, murmelte der Arzt geduldig. »Ist ja alles ganz schön und gut, aber warum war seine Trainingshose naß. Er muss im Schnee gelegen haben, wenn Sie verstehen, was ich ....«

»Ja, er ist auf dem Weg zum Auto in den Schnee gefallen. Er wollte sich nicht stützen lassen, er will ja immer den Helden spielen ...«

»Das ist alles sehr einleuchtend«, sagte er so milde, als spreche er mit einer Schwerkranken, »aber wir müssten dann nur noch erklären, wie ein 6,35-Millimeter-Geschoss in seinen Oberschenkel kommt, das nicht wirklich aus einem alten Revolver stammen kann. Bleimantelgeschoss, meine Liebe, Bleimantelgeschoss, höchst modern, nicht wahr?«

Die Baronin schwieg verschämt. Dann rannte sie plötzlich zum Waschbecken und übergab sich. Sie hatte ein schneeweißes Gesicht. »Das ist ja ekelhaft«, keuchte sie, »wirklich ekelhaft.«

»Es war wohl alles ein bisschen viel«, sagte er diplomatisch. Dann schellte das Telefon, Naumann hob ab, meldete sich und lauschte dann interessiert. Er legte den Hörer nach einer Weile nachdenklich auf. »Ich muss gehen. Da liegt nämlich eine männliche Leiche in Baumeisters Garten. Hat die auch mit einem alten Revolver gespielt?«

Die Baronin antwortete nicht.

Ich krächzte: »Ich habe den nicht erschossen, falls Sie das meinen.«

»Sieh da, der Baumeister ist wieder unter den Lebenden. Wer hat Sie angeschossen?«

»Die Leiche.«

»Ist das sicher?«

»Ganz sicher. Und wir müssen weg.«

»Und wer hat den Toten getötet? Was soll ich sagen, wenn man mich nach Ihnen fragt? Ich kenne Sie, ich weiß ... Na ja.« Naumann wandte sich an die Baronin. »Er braucht Ruhe. Die Wunde ist versorgt, aber das Bein darf nicht bewegt werden.«

»Wir passen schon auf«, sagte die Baronin. »Und vielen Dank!«

»Machen Sie hier das Licht aus und vergessen Sie die Schmerztabletten nicht.« Er nahm seine Bereitschaftstasche und ging hinaus.

»Los, wir müssen abhauen.«

»Aber wohin jetzt?«

»Zu Guttmanns.«

»Dann entdeckt man uns sofort.«

»Vielleicht nicht, weil niemand uns dort erwartet.« Ich humpelte vor ihr her zum Wagen, sie murmelte etwas von den Freunden in der Not, als sie einstieg.

»Ich muss mich bedanken, Baronin, du warst einfach klasse.«

Sie schniefte nur und reichte mir eine Pillenschachtel. »Du musst zwei davon nehmen, dann lassen die Schmerzen nach.«

Die Pillen schmeckten ekelhaft. Irgendwann döste ich ein, und als ich aufwachte, rüttelte sie mich an der Schulter und sagte: »Wir sind da, Baumeister.«

»Irgendwelche Überwachungsautos?«

»Nein, bis jetzt nicht.«

»Dann geh rein und sag den Guttmanns Bescheid. Und du musst weiter zum Flugplatz und den Wagen gegen einen anderen tauschen.« Ich erinnerte mich daran, dass Guttmann an diesem Tag beerdigt werden würde.

Die Baronin kam zurück. »Du kannst reingehen.« Ich kletterte steifbeinig aus dem Auto und humpelte zum Haus. Hinter mir startete die Baronin und fuhr ab.

Anna Guttmann stand in einem uralten Bademantel im Hausflur. »Sie müssen sich sofort hinlegen. Haben Sie viel Blut verloren?«

Ich weiß nicht, was in diesem Augenblick mit mir geschah. Ich kann mich erinnern, dass ich irgendetwas antworten wollte, dass mir aber das nicht gelang. Als ich zu mir kam, lag ich in einem Bett. Links neben mir brannte matt eine kleine Lampe. Sie waren alle am Fußende versammelt und starrten mich an, als liege ich im Sterben: Anna Guttmann, ihr Sohn und ihre Tochter und die Baronin.

»Was ist eigentlich passiert?«, fragte ich.

»Nichts«, sagte Anna Guttmann. »Sie sind ohnmächtig geworden.«

»Der Arzt kommt gleich«, sagte die Baronin.

»Noch ein Arzt?«

»Wir müssen doch wissen, wie es um deinen Kreislauf bestellt ist.« Sie spielte die Mitleidsvolle und spielte sie absichtlich schlecht.

»Kann ich eine Weile allein sein?«

»O sicher«, hauchten Anna Guttmann und die Baronin unisono.

Sie marschierten hinaus wie eine Gruppe von Ärzten, die sich völlig einig sind, dass der Fall Baumeister hoffnungslos ist. Ich schlief wieder ein.

Jemand fasste mich an der Schulter und brummte: »Junger Mann, ich muss Sie untersuchen.« Der Jemand hatte ein schmales rosiges Gesicht und sah aus, als freute er sich auf seinen achtzigsten Geburtstag im nächsten Jahr. Er rauchte eine Pfeife.

»Sie rauchen Erinmore!«

Er nickte und grinste. »Das ist der Vorteil bei den Hausbesuchen. Ich kann rauchen und die Patienten können sich nicht wehren. Was haben wir denn da?« Er schlug die Bettdecke zurück. »Ihre Frau hat mir erzählt, Sie hätten mit einem Revolver gespielt. Dann glauben wir das mal und machen den Verband ab. Wer hat das Ding rausgeholt?«

»Mein Arzt in der Eifel.«

»Haben Sie Schmerzen?«

»Ja.«

Er nickte und wickelte den Verband ab. Die letzte Lage Mull ließ er liegen, sie war schwarzverklebt. Er tastete das Bein ab und nickte zufrieden. »Keine Entzündung. Wollen Sie eine Pfeife rauchen?« Er war ein raffinierter Hund. Er ließ die

Hand an dem verklebten Verbandmull, drehte den Kopf weg, und ich fiel darauf herein. Es gab einen scharfen, stechenden Schmerz. Dann hielt er den Mull wie eine Trophäe hoch und grinste. »Jetzt kriegen Sie eine Pfeife.«

Er verband mich erneut, und als er ging, kam die Baronin und brachte Brot und Käse und Tee. »Du solltest den Tag im Bett bleiben.«

»Hast du einen Wagen?«

»Ja, einen Golf. Bist du einverstanden, dass ich alles aufschreibe und dem Anwalt schicke? Die Filme müssen entwickelt werden.«

»O ja. Aber wann willst du schlafen?«

»Ich kann nicht schlafen, Baumeister. Wir sollten aus der Geschichte aussteigen.«

»Hat der Golf eine Bonner Nummer?«

»Nein, eine Frankfurter. Du willst doch nicht etwa aufstehen?«

»Ich muss.«

Sie verzog den Mund. »Du solltest mir wenigstens sagen, was du vorhast.«

»Wir haben eine spannende Geschichte zu erzählen, aber die Beweislage ist zu mager. Wir müssen jetzt an zwei Menschen heran: an den Russen Rasputin und an die Ehefrau des Abgeordneten Schmitz-Feller.«

»Du willst also zu dieser Frau?«

»Ja. Und du musst zu Guttmanns Beerdigung.«

»Wann fährst du?«

»Jetzt.«

»Baumeister, versprich mir, dass du mich ständig anrufst. Sonst werde ich verrückt hier.«

Ich fuhr zwanzig Minuten später. Es war neun Uhr, der Himmel war wolkenverhangen. Der Wind trieb nasses Laub über die Straßen. Ich erwischte mich, dass ich viel zu schnell fuhr und viel zu häufig in den Rückspiegel sah. Ich dachte verärgert, dass mir der Bundesanwalt Beck samt seiner Truppe den Buckel herunterrutschen könne. Aber dann fuhr ich nach dem Meckenheimer Kreuz doch den ersten Parkplatz an und wartete auf irgendein Zeichen, während ich mir die Royal Rouge von Stanwell stopfte und anzündete.

Auf dem Parkplatz gibt es weder Bäume noch Sträucher, weil dieser Teil der Autobahn im Kriegsfalle ein Flugplatz der Militärs sein wird; da ist jeder Busch im Weg. Außer mir stand dort nur noch ein schwerer Volvo-Intercooler, dessen Fahrer das bei diesem Wetter einzig Richtige tat: Er vergnügte sich mit einem splitternackten braunhaarigen Mädchen, das ganz offenkundig zu mir hinblinzelte. Der Fahrer bedeutete dem Mädchen, in die Koje zu klettern, dann waren sie verschwunden, aber es war tröstlich zu wissen, was sie gegen die Kälte dieser Welt unternahmen.

In Koblenz wechselte ich wenig später auf die Autobahn 3 nach Frankfurt, hängte mich hinter einen schnellen Laster und ließ mich treiben. Am Frankfurter Kreuz ging ich auf die A 67 und zuckelte über Hahn, Einhausen und Viernheim nach Mannheim.

Frau Schmitz-Feller wohnte im Industriegebiet in der Neckarau. Es war ein ziemlich großes, luxuriöses Einfamilienhaus mit einem sehr schmalen Vorgarten. Da standen, verteilt wie Soldaten, vier kleine Blautannen. In der Garageneinfahrt parkte ein schwarzer Mercedes TD. Die Fenster des Hauses waren mit schnörkeligen, dünnen Vierkanteisen vergittert, bei dem nicht klar war, ob es als Schmuck oder zur Sicherheit diente. Ich schellte. Das Mädchen, das öffnete, war etwa zwölf.

»Baumeister. Ich komme aus Bonn. Ich möchte Frau Schmitz-Feller sprechen.«

»Meine Mutter ist nicht da.« Sie hatte die Tür nur einen Spalt geöffnet.

»Kommt sie denn wieder?«

»Ja. Sie rechnet die Schicht ab. Ich weiß nicht, wann sie kommt.«

»Dann warte ich im Auto.«

Unschlüssig sah sie mich an. »Ich darf eigentlich keinen reinlassen. Wieso aus Bonn? Hat das was mit meinem Vater zu tun?«

»Ja, das hat es.«

»Aber ... Sie können vielleicht doch hereinkommen.« Sie öffnete die Tür und winkte mich nervös herein. Sie hatte ein feingeschnittenes Gesicht und war recht hübsch. Aber irgendwie wirkte sie wie das elegant angezogene Püppchen eines Erwachsenen. Sie trug ein weißblau gestreiftes Kleidchen zu weißen Kniestrümpfen und schwarzen Lackschuhen.

»Findet hier eine Feier statt?«

»Nein. Warum?«

»Weil du so feierlich angezogen bist.«

»Mama besteht darauf, wenn ich zu Hause bin. Ich mag Jeans viel lieber. Möchten Sie ins Wohnzimmer kommen?«

»Bist du denn selten hier?«

»Ja, ziemlich selten. Ich bin auf einem Internat. Sie können sich da auf einen Stuhl setzen.«

Der Raum kam einem wie ein Plüschkabinett vor. An der Wand hingen zwei Ölgemälde: ein Hirsch in einem Erlenbruch und ein balzender Auerhahn vor Wacholder. Die antiken Stühle und die beiden Sofas waren mit weinrotem Brokat bespannt. Es roch nach nichts.

»Darf ich denn rauchen?«

»Ja, von mir aus. Wieso rauchen Sie, wenn Sie wissen, dass das Krebs gibt?«

»Das hat etwas mit der verrückten Überzeugung des Einzelnen zu tun, dass es ihn selbst ausgerechnet nicht erwischt. Außerdem schmeckt es mir gut.« Ich stopfte mir die Prato von Lorenzo.

»Papa rauchte nie. Mama raucht nur, wenn sie nervös ist. Haben Sie in Bonn mit meinem Vater zusammengearbeitet?«

»Nein. Ich kannte ihn gar nicht.«

»Anfangs kamen manchmal Leute aus Bonn, jetzt nicht mehr.« Sie hockte sich auf ein Sofa, wobei sie über die Falten ihres Kleidchens strich. Dann faltete sie die Hände im Schoß und blickte mich aufmerksam an. Sie war eine sehr ruhige kleine Person, und ich fragte mich, wie viel Anstrengung sie das kosten mochte.

»Was für eine Schicht rechnet deine Mutter denn ab?«

»Wir haben Restaurationsbetriebe. Die Frühschicht wird immer mittags abgerechnet.« Dann hatte sie eine Idee. »Ich könnte Ihnen ja einen Kaffee machen.«

»Das wäre toll.«

Wir gingen in die Küche, die genauso mit antikem Schnickschnack vollgestellt war. Sie hantierte an der Kaffeemaschine. »Haben Sie auch Kinder?«

»Nein.«

»Wollen Sie welche?«

»Durchaus. Ich habe in der letzten Zeit viel über Kinder nachgedacht.«

»Kinder haben es gut, wenn sie zu Hause sind«, sagte sie. »Mein Vater war immer unterwegs. Deshalb musste ich auch ins Internat.«

»Bist du gern dort?«

»Na ja. Können Sie den Kaffee umgießen? Was haben Sie denn für einen Beruf?«

»Ich bin Journalist.«

Ich goss den Kaffee in die Kanne, und dann bemerkte ich, dass das Mädchen mich plötzlich misstrauisch ansah.

»Stimmt etwas nicht?«

»Mama hat gesagt, ich darf nicht mit Journalisten sprechen.« Sie öffnete den Eisschrank und goss sich eine Cola ein.

Das Glas stellte sie auf das Tablett zu meinem Kaffee und trug es hinüber ins Wohnzimmer. Sie setzte sich sittsam auf das Sofa und sah aus dem Fenster.

»Kann es lange dauern, bis deine Mutter zurückkommt?«

»Eigentlich müsste sie schon da sein. Sind Sie verheiratet?«

»Noch nicht.«

»Aber Sie sind schon alt.«

»Ja.«

»Wollen Sie Ihre Kinder auf ein Internat schicken?«

»Nein. Auf keinen Fall.«

»Oh, da kommt Mama.« Sie sprang auf und lief in den Flur hinaus. Zuerst kam ein Kerl herein und sah mich misstrauisch an. Hinter ihm sprachen Tochter und Mutter leise miteinander. Dann sagte die Mutter tonlos: »Tut mir Leid, aber ich dachte, meine Aussage sei eindeutig. Keine Interviews.«

»Wie bitte?«, fragte der große Mann aggressiv. Er hatte eine Fresse wie ein altgewordener Boxer, den man ein paarmal zu oft verprügelt hatte. Wie ein mieser Dandy trug er schneeweiße Lederhandschuhe und einen mattgrauen Leinenanzug. »Ein Pressefritze?« Er machte einen Schritt auf mich zu und packte mich an der Jeansjacke. »Die Chefin hat nichts übrig für euch Schmierfinken!«

»Aber ...«

»Nix aber, mein Junge. Wenn die Chefin sagt nein, dann ist nein.«

»Gotthilf!«, murmelte die Schmitz-Feller in sanftem Tadel.

Mit einem kurzen kraftvollen Stoß warf er mich zurück in den Sessel. »Hau ab, mein Junge, bevor die Chefin wirklich wütend wird.«

»Mama, der Herr ist aber aus Bonn«, sagte die Kleine.

»Aus Bonn?« Die Frau des Bundestagsabgeordneten Schmitz-Feller war eine zierliche, dunkelhaarige Frau, sehr adrett, nur ihre Augen waren schmutzigbraun.

»Ich will auch kein Interview. Ich will nur mit Ihnen sprechen.«

»Simsalabim!«, dröhnte der Boxer Gotthilf. »Nur ein wenig plaudern, und schon steht es alles exklusiv in der Nachtausgabe.«

»Nein!«, brüllte ich. Ich wurde wütend. Mein Bein schmerzte höllisch, und diese Boxerfresse ging mir wirklich auf die Nerven. »Ich will nur mit Ihnen sprechen, Frau Schmitz-Feller, gewissermaßen ganz privat.«

»Sie wollen wirklich kein Interview?«

»Nein, ich will mit Ihnen über Ihren Mann reden.«

»Was gibt es da zu sprechen?«

»Eine ganze Menge«, sagte ich. Mir trat der Schweiß auf die Stirn. In meinem Bein trommelte es, als ginge ein Musikkorps dort auf und ab. »Ich brauche ein Glas Wasser.«

»Na sicher«, sagte Frau Schmitz-Feller. »Hol ihm eins, Tanja. Und Gotthilf, du kannst zur Bank fahren.«

Gotthilf furchte die Stirn: »Und wenn er frech wird?«

»Ich werde nicht frech«, sagte ich.

»Na ja«, murmelte er und marschierte hinaus.

Ich kippte das Wasser mit drei Schmerztabletten hinunter. »Ich habe eine Wunde am Bein, die noch nicht verheilt ist.«

»Es geht also um meinen Mann. Um was speziell?«

Ich sah auf das kleine Mädchen, das wieder artig auf dem Sofa saß.

»Tanja«, sagte sie scharf, »geh bitte auf dein Zimmer!«

»Es geht um seinen Tod«, sagte ich leichthin, als die Kleine verschwunden war.

»Ich war nicht dabei«, sagte sie und suchte nach Zigaretten und steckte sich nervös eine an. Dann streifte sie die hochhackigen Schuhe ab und hockte sich, die Beine hochgezogen, auf das Sofa. »Wollen Sie über ihn schreiben? Kommen Sie von der Parteizeitschrift? Für wen arbeiten Sie?«

»Für mich«, sagte ich. »Wie war er?«

»Freier Journalist, wie?« Sie rauchte sehr hastig. »Er war ein guter rechtschaffener Mann. Wie Sie sicher wissen, hat er die ganze Ochsentour gemacht. Parteiarbeit, Stadtverordneter, Landtagsabgeordneter, Bundestagsabgeordneter. All die schlimme Arbeit, die nie ein Ende nahm. Er hat sich massiv für die Probleme der Jugendlichen interessiert. Zu den Bürgern hier, zu seinen Wählern hatte er starke Beziehungen. Er kannte sie alle, und sie kannten ihn. Er sagte immer, er sei einer der vielen kleinen Arbeiter im Weinberg des Herrn. Er liebte diese biblische Sprache, wissen Sie. Wir gingen jeden Sonntagmorgen zur Kirche. Das war ihm eine heilige Pflicht.«

»Wieso hat sein Denken sich so plötzlich verändert? Wieso plädierte er für einseitige Abrüstung? Wieso überwarf er sich mit der Fraktion?«

»Oh, Sie sind auf die politischen Grundsätze seines Lebens aus. Nun ja, er hatte zuweilen eine andere Meinung als seine Kollegen. Er war aufrecht, stark und störrisch. Aber wirklichen Krach hat es doch nie gegeben.«

»Mag sein, dass Ihr Mann für seine Wähler und seine Partei ein Heiliger war, aber das interessiert mich nicht. Ich bin hierher gekommen, um eine Antwort auf drei Fragen zu bekommen. Erstens: Wollte Ihr Mann mit Ihnen nach Moskau reisen? Zweitens: Seit wann wissen Sie von den Hintergründen seines Todes? Drittens: Wo ist der schwarze Safekoffer, der plötzlich verschwand?«

Sie wurde leichenblass. »Ich wusste, dass eines Tages alles auffliegt«, murmelte sie tonlos. »Hat der KGB Sie geschickt?«

11. Kapitel

Es war sehr still. Sie schloss die Augen wieder und zündete sich die nächste Zigarette an.

»Kann ich irgendwie mit Geld aus der Sache rauskommen? Wie viel würde das kosten? Unterlagen habe ich aber keine, die gibt es nicht mehr.«

Ich sagte noch immer nichts.

»Wie können Sie solche Fragen stellen? Sie sind doch nie im Leben ein Journalist. Ein Journalist könnte doch so etwas nicht fragen.«

»Ich heiße Siggi Baumeister und bin Journalist. Ich bin durch Zufall in die Geschichte hineingeschlittert, wenn es überhaupt Zufälle gibt. Und ich weiß ziemlich sicher, dass Ihr Mann ermordet wurde.«

Ihre rechte Hand drückte die Zigarette im Aschenbecher platt. Dann verbrannte sie sich und zuckte zusammen. »Ich sage nichts mehr.«

Ich hatte keine Zeit, um mich auf einen langen, nutzlosen Streit einzulassen. Sie war eine energische, hübsche Person. Es machte keinen Sinn, wütend zu sein und sie anzublaffen.

»Sie sagen, Sie werden schweigen, und ich sage, Sie werden mir die Geschichte erzählen. Es bleibt Ihnen auch nichts anderes übrig. Und jetzt sehen Sie sich bitte dieses Foto an.«

Ich legte ihr ein Bild von Willi Metzger vor. Er lachte darauf so herzhaft, als sei das ganze Leben eine wunderbare aufregende Sache.

»Dieser Mann war hier bei Ihnen. Er ist ein Kollege, der ermordet wurde. Er starb auf dieselbe bestialische Art wie Ihr Mann. Umgebracht von denselben Leuten. Sie haben ihm aber nichts gesagt, nicht wahr?«

»Ich hatte zu viel Angst«, sagte sie schnell.

»Außer ihm war noch jemand bei Ihnen. Rasputin, ein Russe. Sie müssen es nicht abstreiten, weil ich es beweisen kann. Erzählen Sie mir also die Geschichte, Sie können mich nicht daran hindern, darüber zu schreiben. Sie können aber etwas dagegen tun, dass auch ich ermordet werde.«

»Und Sie wollen wirklich kein Geld?«

Ich schüttelte den Kopf und stopfte mir die Derby Luxe von Oldenkott.

»Komisch, ich habe immer geträumt, jemand kommt nachts und verlangt, ich solle zweihunderttausend Mark zahlen, damit er den Mund hält.« Eine Weile schwieg sie und dachte nach. »Also gut, ich glaube auch, dass Rolf getötet wurde. Vor zwei Jahren wollte ich mich von ihm scheiden lassen. Er hatte eine kleine Freundin in Bonn, mit der er schlief. Und weil ich nicht mal allzu sehr eifersüchtig war, schlief ich hier in Mannheim mit dem Lehrling meines Friseurs. Das war alles ziemlich widerlich. Mein Mann kam kaum nach Hause. Doch als ich die Scheidung eingereicht hatte, kam er zu mir und fragte mich, ob wir nicht noch einmal von vorn anfangen wollten. Ich glaubte an seine gute Absicht und sagte ja. Er gab seiner Freundin den Laufpass und kam wenigstens am Wochenende nach Hause. Durch den Betrieb habe ich auch am Wochenende viel zu tun, doch mein Mann stellte einen Geschäftsführer ein.«

Sie zündete sich erneut eine Zigarette an. »Man muss eine Ehe ja wohl auch daran messen, wie oft man zusammen ins Bett geht. Jahrelang hatte sich zwischen uns nichts mehr abgespielt. Jetzt wurde er ein wunderbarer Liebhaber. Er war überhaupt völlig verändert. Er sagte, er hätte die Nase voll von der Partei. Seine Fraktionskollegen wurden immer unzufriedener mit seiner Arbeit. Sogar der Kanzler zitierte ihn einmal zu sich. Es half alles nichts mehr.«

»Moment, nicht so schnell. Hatte er den Wunsch geäußert, das Land zu verlassen?«

»Wir haben alles durchgespielt. Er war ja Spezialist im Devisenrecht, und wir haben überlegt, nach Luxemburg zu gehen oder nach Südamerika. Es gab eigentlich nichts was wir nicht überlegt haben.«

»Auch nach Moskau?«

»Nein, das noch nicht.«

»Ist er denn je auf die Idee gekommen, Material an Leute im Osten zu verkaufen?«

»Nein, das kam erst mit Rasputin.«

Wie hatte die Baronin gesagt? Die Geschichte sei ein paar Nummern zu groß für uns. Sie hatte wohl Recht.

»Rasputin ist ja ein unheimlich netter Kerl, finden Sie nicht auch? Na ja, mein Mann kriegte dann die Einladung nach Schönberg an der Ostsee. Die Partei war zwar dagegen, aber die Junge Union bedrängte ihn. Er kam jedenfalls auf die Idee, ich solle nachkommen. Wir könnten ein paar Tage Ferien machen und uns über einiges klar werden. Ich wusste ganz sicher, dass Rolf darüber nachdachte, das Land endgültig zu verlassen. Doch dann, vierzehn Tage vor Schönberg, kam Rasputin hier vorgefahren. Es war so lustig, weil er einen alten Käfer fährt, der so rattert. Aber den kennen Sie natürlich.«

»Natürlich«, antwortete ich gequält.

»Rasputin sagte, er hätte gehört, Rolf habe Zoff mit seiner Partei, und ob er denn nicht Lust habe, mit seinen Chefs in Moskau über Abrüstung zu diskutieren. Privat und ohne Aufsehen. Rolf lehnte natürlich nicht ab.« Sie verstummte, strich sich fahrig über den Mund und sprang plötzlich auf. »Ich brauche jetzt ein Bier.« Dann lief sie in die Küche.

»Rasputin sprach nie von Geheimnisverrat, obwohl er wusste, dass Rolf im Verteidigungsausschuss praktisch alle geheimen Dinge hörte, die die Russen interessieren. Rolf sagte offen, er hätte Lust, irgendwo ganz neu anzufangen, und Rasputin erwiderte, dafür sei Moskau genau der richtige Ort.

Eine Woche später erklärte Rolf mir, Rasputin habe vorgeschlagen, direkt von Lübeck aus mit einem Fischerboot nach Polen auszulaufen. Ich weiß noch, wie das Boot hieß: Heimat.« Sie lächelte matt.

»Wie kam denn der schwarze Safekoffer ins Spiel?«

»Ich kam in Kiel an und nahm ein Taxi. Ich hatte ziemlich viel Geld bei mir, keine D-Mark, alles Dollars. Unser Besitz hier sollte von einem befreundeten Ehepaar verkauft werden. Das Ehepaar wusste nicht, was wir genau vorhatten. Nur unser Anwalt sollte einen ausführlichen Brief bekommen. Ich kam also in dem kleinen Hotel an und entdeckte im Zimmer den schwarzen Safekoffer. Ich wunderte mich. Rolf hatte sich nämlich entschieden, den Russen keinerlei Unterlagen mitzubringen. Später ist mir die Idee gekommen, dass er vielleicht den Russen ein Gastgeschenk übergeben wollte. Es war die Kopie eines Zusatzvertrages zwischen der BRD und den USA über den Rückzug der Mittelstreckenraketen und die anschließende Planung einer so genannten Lückenrüstung, also ...«

»Woher wissen Sie denn das?«

»Ich kannte den Code der Tasche, ich habe sie geöffnet. Außerdem legte ich einige persönliche Papiere hinein.«

»Und daran besteht kein Zweifel?«

»Kein Zweifel. Ich war nicht aufgeregt, ich war nur müde und legte mich aufs Bett. Plötzlich wurde die Tür aufgerissen, und eine junge Frau stand im Zimmer. Sie war schlank und blond und trug Jeans. Sie sagte, sie müsse meinem Mann sofort den Safekoffer bringen. Ich wusste sofort, dass das nicht stimmt, und sagte, der Koffer sei in Bonn. Aber sie hörte mir gar nicht zu, sondern stöberte im Zimmer herum und fand die Tasche. Sie nahm sie und rannte damit hinaus. Ich war ganz verwirrt. Zwei oder drei Minuten später kam die Nachricht vom Tode Rolfs.«

»Haben Sie jemals öffentlich Zweifel an einem natürlichen Tod Ihres Mannes geäußert?«

»Nie. Ich wusste, dass das keinen Zweck hat. Meine Freunde hatten ja keine Ahnung, dass wir das Land endgültig verlassen wollten. Was glauben Sie denn, wie man ihn umgebracht hat?«

»Das weiß ich nicht genau. Ich vermute, durch einen einzigen gezielten Schlag. Es gibt Leute, die das können. Haben Sie denn irgendetwas unternommen, um herauszufinden, was wirklich geschehen ist?«

»Ich habe den Generalbundesanwalt angerufen. Ich habe ihm mein Leid geklagt und so ganz nebenbei gefragt, ob denn die vielen wichtigen Unterlagen, die er bei sich hatte, auch alle sichergestellt worden seien. Ich hätte es nicht für möglich gehalten, dass ein Generalbundesanwalt ein solcher Schwachkopf ist. Er hat mich getröstet, als wäre ich ein schwachsinniges Kind. Dann sagte er wörtlich: ›Wir haben alle Unterlagen wiederbekommen ...‹ Das muss man sich einmal vorstellen.«

»Und seitdem glauben Sie, dass Ihr Mann getötet wurde?«

»Natürlich. Ich rief auch Rasputin an. Er war nicht auf Rolfs Beerdigung gekommen. Er war unheimlich bedrückt und sagte, das alles tue ihm schrecklich Leid. Er wusste nicht, dass Rolf ihm den Raketenvertrag mitbringen wollte, er sagte nur: ›Den hat sich die Regierung zurückgeholt!‹ Da war ich sicher, dass Rolf ermordet worden war.«

Als ich sie verließ, lächelte die gute Frau Schmitz-Feller sogar. Vielleicht hatte sie sich wirklich was von der Seele geredet. »Grüßen Sie mir Ihren teuren Gotthilf«, sagte ich noch zum Abschied. Von einem Rastplatz aus rief ich einen Kollegen bei der Nachtausgabe an und erkundigte mich beiläufig, ob er wisse, warum die Witwe des Bundestagsabgeordneten Schmitz-Feller so eine Heidenangst vor Journalisten habe.

»Das weißt du nicht?« Er lachte. »Die Familie betreibt gewisse Etablissements, die man gemeinhin Puff nennt.«

Im Haus der Guttmanns waren noch eine Menge Beerdigungsgäste. Eine Weile suchte ich die Baronin, bis ich sie in der Küche entdeckte. Sie hockte mit dem jüngsten Sohn der Guttmanns auf der Holzbank und hielt seinen Kopf an ihre Brust gepresst. Der Junge weinte, und ich schloss die Tür wieder.

Ich stieg zu unserem Zimmer hinauf. Ich musste zwei Schmerztabletten nehmen, weil es in meinem Bein wieder wie wild zu pochen begann. Dann diktierte ich, was die Frau Schmitz-Feller mir erzählt hatte. Das Band verstaute ich in einem Umschlag und adressierte ihn an den Anwalt in Köln. Als ich endlich fertig war, legte ich mich auf das Bett und döste. Wüste Bilder trieben durch meinen Kopf: Reimer jagte mich mit einem langen Buschmesser durch endlose graue Korridore.

Die Baronin befreite mich von diesem kafkaesken Wachtraum. Sie legte sich neben mich und starrte gegen die Decke. »Hat die Frau etwas gewusst?«

Ich erzählte ihr alles und begann mich wohler zu fühlen. »Und wie war die Beerdigung?«

»Schrecklich, wie alle Beerdigungen.«

»Sind Reimer und Strahl aufgetaucht?«

»Nein. Aber der Bundesanwalt Beck beglückte uns mit seiner Anwesenheit. Als ich ihn sah, dachte ich: Er ist gekommen, um uns zu verhaften. Aber er war freundlich. Er will uns beide morgen früh um zehn Uhr bei sich sehen.«

»War es schwer für Anna Guttmann?«

»Als der Pfarrer sagte, Erich Guttmann habe gern gelebt und gern gelacht, schluchzte sie kurz. Ansonsten war sie sehr gefasst.« Plötzlich griff die Baronin meine Hand. »Du, Baumeister«, sagte sie mit veränderter Stimme, »manchmal macht die ganze Sache mir Angst.«

Jetzt hätte ich etwas Beruhigendes sagen müssen, doch ich lächelte nur stumm. Zum Glück klopfte es im selben Augenblick. Anna Guttmann kam herein. Sie lächelte erschöpft und murmelte: »Sie haben Besuch, Rasputin ist gekommen. Er tut recht geheimnisvoll.«

»Schicken Sie ihn rauf«, sagte die Baronin.

Nach einer Weile klopfte es zaghaft. Als er hereintrat, lächelte er unsicher. Rasputin war ein kleiner, schmaler Mann von vielleicht fünfzig Jahren. Er trug einen dunkelblauen Anzug mit einem schwarzen Rollkragenpullover, hatte schütteres, graues Haar und sah ein wenig aus wie eine Zweitausgabe von Charles Aznavour.

»Das ist die Baronin, mein Name ist Baumeister. Können Sie uns einen Namen geben, der nicht ausgerechnet Rasputin ist?«

Er beugte sich vor, sah uns strahlend an und schloss die Augen für einen Moment, als sei er ein Priester, dem ein glückliches Brautpaar gegenüberstand. Ich lächelte zurück, die Baronin begann neben mir hin und her zu rutschen.

»Zugegeben«, sagte er feierlich mit einem Hauch Verlegenheit, »mein Name ist für Europäer fürchterlich, aber man nennt mich auch noch Pjotr. Darf ich mich setzen?« Er hatte eine tiefe Stimme wie der deutsche John Wayne. »Ich wollte Sie sprechen«, fuhr er fort. »Ich habe Metzger und Guttmann gekannt. Auch Lewandowski war mir kein Unbekannter.« Er strahlte wieder. »Leider hat Lewandowski mich nicht gekannt.«

»Hat er nicht?«, fragte ich schnell.

»Er war ein geheimnisvoller Mann«, erklärte er. »Man konnte ihn nicht treffen. Dabei hätte ihm das das Leben retten können.«

Die Baronin murmelte: »Ich mag Männer in Geheimdiensten nicht. Gehören Sie einem Geheimdienst an, Pjotr?«

»O nein, gnädige Frau, ich bin ein bedeutungsloser Beigeordneter unseres verehrten Kulturattachés, ich bin sozusagen ein beamteter Tolstoi-Exporteur. Lewandowski hat mich nur am Rande interessiert, sozusagen rein menschlich.«

»Es wird erzählt, Sie seien in Bonn ein Russe mit Macht.«

Er lachte. »Nein, Herr Baumeister, ich besitze keine Macht.«

»Aber Sie kennen sich aus.«

»Mag sein, aber erwarten Sie nicht zu viel von mir.« Er zog eine Schachtel Gauloises aus der Tasche und zündete sich eine an. Charles Aznavour stand wieder vor mir.

»Ich besorge uns Whisky«, sagte die Baronin.

Rasputin war ein verwirrender Mann. Er wirkte freundlich und gutmütig und zugleich eiskalt. Selbst wenn er lachte, sahen seine Augen wie zwei dunkle, unergründliche Höhlen aus.

»Lieben Sie Bonn?«, fragte er mich unvermittelt.

»Mehr als das protzige, neuerdings wieder machtstrotzende Berlin. Und Sie?«

»Ich hasse es und liebe es. Und wenn ich gehen muss, wird es mir fehlen.«

»Zumindest wird man Sie nicht abziehen, ehe die Akte Lewandowski nicht geschlossen ist«, sagte ich. Ich stopfte mir die Chacom.

»Das ist richtig«, bestätigte er. »Und es wird noch eine Weile dauern, ehe wir sie schließen können.«

»Wie lange, glauben Sie?«

»Nun, nehmen wir an, alle Beteiligten sind identifiziert, von dem Zeitpunkt an wird es noch ein Jahr dauern. Aber es kann auch später werden, wenn etwas dazwischenkommt.«

»Was könnte dazwischenkommen?«

»Zum Beispiel Journalisten, die das Tun und Treiben des Herrn Lewandowski beschreiben und so einen Skandal auslösen. Dann dauert es zwei Jahre.«

»Mit anderen Worten: Sie verlangen von mir einen Skandal, damit Sie länger in Bonn bleiben können?«

Er grinste. »Durchaus, mein Freund, durchaus. Ich hörte, Sie haben mit Ihrem Bein einen Fremdkörper aufgefangen?«

»Ja. Irgendwer hat mir ins Bein geschossen. Woher wissen Sie das?«

»Wir haben unsere Quellen«, murmelte er bescheiden.

»Wissen Sie auch, wer der Tote in meinem Garten in der Eifel war?«

»Ich hörte andeutungsweise, dass er ein Fahnder des rheinland-pfälzischen Landeskriminalamtes war.«

»Arbeiten Sie gern an solch ekelhaften Geschichten?«

Er hielt sich die rechte Hand vor den Mund und bewegte die Finger sehr schnell, wie ein Pianist, der Übungen macht. »Wissen Sie, Herr Baumeister, ich hasse jede Form von Brutalität. Aber ich gebe zu, dass es mich fasziniert, die Brutalität des Herrn Lewandowski zu beobachten. Ich gebe auch zu, dass es mich unendlich gefreut hat, zu erleben, dass jemand hinging und ihn wie eine Ratte totschlug. Ich hätte es gern selbst getan. Aber ich bin nur Beobachter.«

»Nehmen wir an, jemand bietet Ihnen so viel Macht, wie Lewandowski besaß. Was tun Sie?«

»Diese Macht würde mich zerstören, sie hat ja auch Lewandowski zerstört.« Er zündete sich eine nächste Zigarette an.

Die Baronin kam und setzte den Whisky ab. »Da unten geht es zu wie auf einer Hochzeit. Es wird viel gelacht. Worüber sprecht ihr?«

»Darüber, dass Piotr behauptet, er habe keine Macht.«

»Habe ich auch nicht. Wie weit sind Sie mit Ihren Recherchen?«

»Wir warten auf Ihre Hilfe«, sagte die Baronin und schaute mich von der Seite an.

»Ich weiß einiges, aber nicht viel. Vielleicht sollten wir unser Wissen zusammentun?« Er grinste wieder.

»Fangen wir doch sofort damit an«, rief die Baronin. »Wer hat Lewandowski getötet?«

Einen Moment nestelte er nervös an seiner Jacke. Er hatte ungewöhnlich große Hände. Dann flüchtete er sich in ein Lächeln. »Eine sehr schwierige Frage, gnädige Frau. Ich weiß es nicht sicher genug, um irgendetwas behaupten zu können.«

»Nächste Frage«, sagte die Baronin tonlos. »Es war mit Sicherheit keiner Ihrer Männer?«

»Von den Russen war es mit Sicherheit keiner.«

»Dann ein anderer östlicher Geheimdienst?«, schob ich schnell nach.

Er wiegte bedachtsam den Kopf. »Wir sind vernünftige Leute, einverstanden? Wir brauchen uns nichts vorzumachen. Ich weiß, dass es kein Russe war. Für die anderen lege ich meine Hand nicht ins Feuer. Aber Sie wissen selbst, welche Verwirrung in diesen Ländern zur Zeit herrscht.«

»Wer käme außerdem noch in Frage?« Ich glaubte ihm.

»Nun ja, die kleinen Jungens vom NSA oder vom CIA. Aber da sehe ich kein Motiv. Die Beziehungen des Lewandowski zu den Brüdern vom CIA waren in der letzten Zeit gleich Null. Nur einmal ist Lewandowski an sie ausgeliehen worden. Vor sechs Jahren hat er in Irland einen jugoslawischen Fotografen erschossen, dem es gelungen war, in einer Höhle zu fotografieren, in der amerikanische Atom-U-Boote lagen.«

»Ist der Vorgang beweisbar?«

»Aber ja, obwohl in Kreisen der Geheimdienste Beweise zuweilen nicht sehr gefragt sind. Ich erinnere an Ihren General Kießling. Doch weiter: Wir haben Lewandowski seit Jahren aufmerksam verfolgt. Wie Sie sicher wissen, war er einmal Lehrer an der Schule des Verfassungsschutzes in Köln, und da ....«

»Wir wissen noch gar nichts über ihn«, sagte ich. »Wir sind erst ein paar Tage auf dem Karussell.«

»Wir haben sogar dran gedacht, dass Lewandowski aus rein privaten Motiven getötet worden sein könnte. Aber da er kein Privatleben führte, bleibt nur ein möglicher Mörder.«

»Und wer ist das?«, fragte die Baronin rasch.

»Moment, lassen Sie mich einmal raten«, griff ich hastig ein. »Wenn nur einer als Mörder bleibt, kann das nur die Bundesrepublik Deutschland sein.«

Er hob theatralisch die Hände und klatschte. »Bravo! Sie haben es begriffen.«

»Und warum?«, fragte die Baronin verstört.

»Wir vermuten, dass irgendjemand in Ihrer Regierung begriffen hat, dass die kommunistischen Bruderländer dabei waren, Herrn Lewandowski zu enttarnen. In diesem Moment blieb dem Staat keine Wahl. Wir ahnten seit Jahren, wer Lewandowski ist ...«

»Und Sie hätten ihn also in jedem Fall getötet«, murmelte die Baronin verstört.

»O nein«, korrigierte ich. »Die Russen hätten Lewandowski niemals getötet. Sie hätten ihn verhört. Richtig so?«

»Ja«, sagte er ruhig. »Er wäre nur lebend von Wert gewesen.«

»Seit wann sind Sie auf Lewandowskis Spur?«, fragte ich.

»Seit 1976. Es kam immer wieder zu rätselhaften Zwischenfällen, die nahelegten, dass es einen Mann wie Lewandowski geben müsse. «

»Stimmt es, dass er sechzehn Menschen getötet hat?«, fragte die Baronin.

»Ach, das wissen Sie schon? Nun, wir nehmen es an, können es aber nicht in allen Fällen beweisen.«

»Wer hat ihn gesteuert?«, fragte sie.

»Auch das wissen wir nicht genau. Wir sind nur sicher, dass Politiker nicht involviert sind! Wir glauben, ein hoher Beamter im Kanzleramt oder im Innenministerium.«

»Können wir die Liste der sechzehn haben?«, fragte sie.

»Die dränge ich Ihnen geradezu auf. Sind Sie jetzt bereit, meine Fragen zu beantworten?«

»Aber ja.« Ich kratzte die Chacom aus und stopfte die Dunhill.

»Wie viel weiß eigentlich Ihr Generalbundesanwalt?«

»Nach unserer Meinung weiß er nichts, denn sonst würde die Fahndung nach Lewandowskis Mördern nicht so ziellos und vage verlaufen. Beck wollte uns einreden, Metzger und Guttmann hätten für Sie spioniert und seien dann als Spionage-Flops auch von Ihnen umgelegt worden.«

Er starrte mich an und lachte spöttisch. »Das glaube ich Ihnen aufs Wort. Metzger und Guttmann haben nicht eine Sekunde vorgehabt, für uns zu arbeiten, dazu waren sie viel zu anständige Leute. Was wissen Sie von dem Attentat auf Professor Mente?«

»Metzger und Guttmann sind der Meinung gewesen, es war Lewandowski und nicht die Action Directe. Wir fragen uns bloß, weshalb die deutsche RAF nicht aufgeheult hat, als man den französischen Revolutionsbrüdern einen falschen Bekennerbrief aufhalste.«

»Es gab nichts aufzuheulen, weil es teuflisch gut abgestimmt war. Zunächst waren die RAF-Leute vollkommen verwirrt und fragten die Franzosen, ob sie es wirklich gewesen seien. Die sagten nein, aber es könne irgendeine neue Splittergruppe gewesen sein. Als man auch das ausschließen konnte, war es für jede Reaktion zu spät. Lewandowskis Meisterwerk. Sie waren also in Ihrem Garten Zeugen, wie Reimer und Strahl einen Menschen erschossen?«

»Ja.«

»Dann kennen Sie ja ihre recht brutale Arbeitsweise.«

»Wir wissen nicht, wie es weitergehen kann«, murmelte die Baronin. »Ich habe Angst, dass jemand den Baumeister erschießt.«

Rasputin wurde fröhlich. »Machen Sie sich keine Sorgen. Heute morgen gegen vier Uhr betrat ein hoher Beamter sein Dienstzimmer im Innenministerium. Er telefonierte. Kurz darauf verließen Strahl und Reimer ihre Zweitwohnungen in Bad Godesberg. Sie wurden in Köln-Wahn in einen zivilen Mietjet geladen und landeten heute Morgen, acht Uhr sechzehn, auf der schönen Insel Ibiza. Dort besitzt der Verfassungsschutz ein Haus, die Casa San Matteo im Inselinnern. Dort ruhen sich Leute aus, denen das Klima nicht bekam. Mit anderen Worten: Reimer und Strahl wurden aus dem Verkehr gezogen.«

»Ende der Geschichte?«, fragte die Baronin hoffnungsvoll.

»Man wird sie sechs oder zwölf Monate schlafen lassen. Freuen Sie sich nicht darüber?« Seine dunklen Augen wurden ganz schmal.

»Doch«, murmelte ich. »Aber Sie teilen uns das nur mit, weil Sie etwas vorhaben, nicht wahr?«

»Sie sind ein kluger Mann. Haben Sie Lust auf ein Interview?«

»Die kommen mit Maschinengewehren und Handgranaten«, sagte die Baronin entrüstet.

»Ja, ja«, erwiderte er bekümmert. »Das ist durchaus möglich.«

»Lassen Sie die Katze aus dem Sack«, sagte ich.

Er zündete sich wieder eine Zigarette an. »Wenn Sie Reimer und der Frau sagen, dass Lawruschka Ljubomudrow in Bonn ist, werden sie wohl mit Ihnen sprechen. Ohne Maschinengewehre. Können Sie sich den Namen merken? Lawruschka Ljubomudrow.«

»Ich schreibe es auf«, sagte die Baronin. »Und wieso werden sie dann mit uns reden?«

»Weil sie annehmen müssen, dass Sie mit diesem Menschen zusammengetroffen sind. Lawruschka Ljubomudrow ist der einzige Mensch auf der Welt, der die ganze Geschichte der Lewandowski-Truppe erzählen kann. Reimer und Strahl wissen das.«

»Und wo ist dieser ... dieser Mensch jetzt?«

»Irgendwo in Ostsibirien«, sagte er. »Aber wahrscheinlich kommt er her.«

»Reimer wird sichergehen wollen. Er wird uns fragen, wie dieser Mensch aussieht.«

»Glauben Sie mir, es reicht, wenn Sie den Namen wissen. Morgen früh bekommen Sie Post von mir. Es war mir eine Ehre!« Er stand auf. In der Tür blieb er noch einmal stehen. Sein Gesicht war sehr ernst. »Können wir uns aufeinander verlassen? Bis jetzt haben Sie mich nie gesehen und nie von mir gehört.« Dann war er verschwunden.

12. Kapitel

Die Baronin stand in der Mitte des Zimmers und stemmte theatralisch die Hände in die Hüften. »Baumeister, der Kerl benutzt uns!«

»Das mag sein. Jetzt lass uns schlafen.«

»Aber er benutzt uns zu irgendetwas, und ich weiß nicht, zu was.« Sie war erregt.

»Außerdem hättest du ihm als Warnung sagen können, dass du bei Frau Schmitz-Feller warst.«

»Das ist keine Warnung für ihn. Wir werden mehr wissen, wenn wir Reimer und Strahl getroffen haben.«

»Willst du wirklich nach Ibiza?«

»Gibt es irgendeinen Grund, nicht hinzufahren?«

»Leider nein. Und wann?«

»So schnell wie möglich, doch zuerst müssen wir morgen früh Beck aufsuchen.«

»Was wird der wollen?«

»Ich weiß es nicht. Sei nicht so nervös. Gib mir bitte eine Schmerztablette.«

»Du lieber Himmel, ich muss den Verband wechseln. Das habe ich vollkommen vergessen, Baumeister. Hast du schlimme Schmerzen?«

»Nicht sehr. Wechsel den Verband, aber gib mir vorher zwei Pillen. Wir müssen auch noch das Gespräch mit Rasputin diktieren.«

»Jetzt in der Nacht?«

»Nein. Morgen früh, ehe wir zu Beck gehen.«

Die Wunde hatte sich nicht entzündet. Die Baronin tupfte mit einem nassen Handtuch auf ihr herum und stöhnte mehr als ich. Mit einiger Mühe brachte sie einen Verband zustande, der halbwegs hielt.

»Jetzt bist du ein perfekter Held.«

»Ich war immer schon perfekt, du hast es nur nicht bemerkt.«

Sie zog sich aus, hing sich einen Morgenrock um und verließ das Zimmer. Als sie zurückkam, sah sie wie ein sehr junges Mädchen aus, summte vor sich hin, kämmte ihr Haar und beachtete mich nicht. Sie erregte mich, und ich spielte mit der Idee, meine Verletzung zu vergessen. Aber dann bekam ich Angst vor meiner eigenen Courage und entschied mich für den erholsamen Schlaf.

Als ich erwachte, hatte ich starke Schmerzen und wusste nicht sofort, wo ich war. Es war acht Uhr, und die Baronin war nicht da. Ich nahm zwei Schmerztabletten und diktierte den Bericht über Rasputin. Als ich fertig war, kam die Baronin mit einem Frühstückstablett. »Anna Guttmann geht es schlecht. Sie hat sich heute Nacht mutterseelenallein betrunken.«

»Das sollte nicht zur Gewohnheit werden.«

»Glaubst du, dass wir auf Ibiza ein paar Stunden zum Ausruhen haben werden? Palmen und so.«

»Ich dachte, es sei besser, allein zu fahren.«

»Warum?«

»Weil es gefährlich werden kann.«

»Und wenn es gefährlich wird, bleiben Frauen draußen, nicht wahr?«

»So ähnlich.«

»Nein, Baumeister, ich werde mitfahren.«

Ich blickte sie vielsagend an. Sie würde mich herumkriegen, daher lächelte sie triumphierend. »Warst du schon auf Ibiza?«, fragte sie.

»Ich habe mal auf einer Luxusyacht ein Interview mit einem reichen jungen Mann gemacht. Er nannte seinen Masseur, der ihn unentwegt streichelte, Schätzchen, und später redete er mich auch so an. Er fraß Valium und fuhrwerkte zuweilen mit einem goldenen Löffelchen in einer Zuckerdose herum, in der Kokain war. Es war zum Kotzen.«

»Also kennst du die Insel.«

»Nein. Ich bin vom Flughafen sofort zur Yacht gefahren. Das Übliche eben.«

»Wann fahren wir?«

»Nach der Besprechung mit Beck.«

Später kam Anna Guttmann. Ihr Gesicht war aschfahl. Sie gab mir einen Umschlag und sagte: »Das brachte ein Bote. Habt ihr Aspirin?«

Der Umschlag war ein handelsüblicher brauner DIN-A4-Umschlag. Er enthielt das Material von Rasputin sowie einen verschlossenen weißen Briefumschlag, in dem zweitausend amerikanische Dollar und eine kurze Notiz steckten. »Mütterchen Rußland wünscht Ihnen einen erholsamen Bildungsurlaub. Herzlichst Pjetr.«

»Das nehmen wir aber nicht an«, sagte die Baronin resolut.

»Du kannst dir diese kleinliche Anständigkeit vielleicht leisten. Das Geld stinkt nicht, sieht echt aus, und also nehme ich es.«

Nach einem ausgedehnten Frühstück suchten wir Beck auf. Zum Glück war er allein und hatte nicht wieder irgendwelche Schießbudenfiguren um sich herum aufgebaut. Er lächelte aufgeräumt und sah uns an, als könne er sich im ersten Moment nicht mehr an uns erinnern.

»Nehmen Sie bitte Platz!«, sagte er förmlich. »Es wird nicht lange dauern.«

Wir rutschten also mit den Stühlen an seinen Schreibtisch heran und sahen ihn aufmerksam an.

Er verschränkte die Arme und sah uns eindringlich an, fast wie ein Politiker, der geradewegs mit Staatsmannmiene in die Kamera blickt. »Der Fall Guttmann/Metzger ist abgeschlossen.«

»Und wer hat Lewandowski umgebracht?«, fragte die Baronin.

»Sagen wir so: Wir wissen, wer es war, und wir werden zugreifen, wenn sich eine Gelegenheit bietet.«

Ich lachte etwas dümmlich. »Also hat Moskau einen Killer geschickt?«

»Ja, so etwas gibt es tatsächlich.«

»Wird der Fall eine stille Beerdigung bekommen?«, fragte die Baronin.

Er runzelte die Stirn, begriff dann und antwortete: »Ja, die eigentlich Schuldigen sind tot. Der Fall wird in der Bundesrepublik niemals vor ein Gericht kommen.«

Ich sagte gemütlich: »Es war also ein Spionagering, der sich zuerst selbst liquidierte und der dann von Moskau stillgelegt wurde?«

»Ja. Ich mache Sie noch einmal darauf aufmerksam, dass Sie keine Erlaubnis haben, darüber zu schreiben.«

»Wir werden schweigen«, versicherte die Baronin.

»Und wie komme ich an meine Bildarchive und meine Schreibmaschinen? Ihre Männer haben das alles kassiert.«

»Das musste ich im Zuge der Ermittlungen anordnen. Es wird Ihnen zugestellt.«

»Haben Sie auch die Leiche aus meinem Garten weggeräumt?«

»Selbstverständlich. Wie haben Sie von der Sache erfahren?«

»Was ist denn da eigentlich passiert?«, fragte die Baronin wie beiläufig.

Beck starrte auf die Tischplatte. »Es war ein Unfall. Ein Schuss löste sich, der Mann war sofort tot.«

Die Baronin begann mädchenhaft zu kichern, aber ich warf ihr einen strengen Blick zu. »Ich habe nur noch eine Frage: Wer hat Sie von dem Fall abgezogen?« Jetzt hatte ich ihn in der Falle.

Seine Augen verengten sich. »Die Frage verstehe ich nicht. Unsere Ermittlungen sind abgeschlossen.«

»Ja, ja, ich verstehe schon. Aber wer hat Ihnen denn befohlen, die Akte zu schließen?«

»Wer soll mir denn das befehlen?« Aufgeregt nestelte er an seiner Krawatte.

»Das genau frage ich Sie.«

Er musterte uns, und auf seinen Wangen bildeten sich hellrote Flecken.

»Herr Beck«, sagte die Baronin sachlich. »Zwei Ihrer Leute wurden angeschossen, ein Dritter erschossen. Das alles ist erst ein paar Stunden her, und Sie wollen uns den Bären aufbinden, der Fall sei erledigt. Es ist ganz offensichtlich, Herr Beck, dass Sie nicht einmal wissen, wer in diesem Fall auf welcher Seite stand.«

»Er weiß wirklich nichts«, sagte ich und stand auf. Nach einem freundlichen Gruß verließen wir das Zimmer. Beck sah uns entgeistert nach. Er war wirklich so dumm, wie er aussah.

Wir ließen uns zu Anna Guttmann fahren, luden unser Gepäck in den Wagen und machten uns auf den Weg in die Eifel. Danach gaben wir am Flughafen den Leihwagen ab. Wir beschlossen, mit unserem Wagen nach Ibiza zu fahren, weil wir damit für etwaige Beobachter oder Verfolger schwerer auszurechnen waren. Bis Straßburg saß die Baronin am Steuer. Ich nahm Rasputins Dossier vor.

»Fangen wir mit Rasputins Bemerkungen zu Lewandowski an. Die erscheinen mir besonders wichtig.

Zu Lewandowski:

Liebe Freunde, eine Bemerkung vorweg: Es ist Nacht, und ich habe nicht genügend Material bei mir, um alles auf seine Richtigkeit zu prüfen. Ich schreibe Ihnen auf, was ich im Kopf habe, und wenn es Ihnen zuweilen nicht wohlgeordnet erscheint, so denke ich doch, dass Sie sich ein genaues Bild machen können. Viel Spaß, Pjotr.

Nun also zu Lewandowski: Hermann Josef Schmitz, alias Dr. Joachim Steiner, alias Breuer, alias Alfred Lewandowski etc. Wir haben seit 1976 festgestellt, dass er über mindestens acht weitere falsche Identitäten verfügt, alle ausgestattet mit Reisepass und Personalausweis sowie einer kompletten Legende. Geboren wahrscheinlich 1942 in Leverkusen. Die Stadt verfügt über keinerlei Unterlagen mehr, da sie, seit Lewandowski als Henker arbeitete, aus allen Archivierungen entfernt worden sind. (Das gilt im Übrigen auch für Reimer und Strahl!). Diente im Alter von achtzehn Jahren nach Realschulabschluss als Funker bei der Bundeswehr. Dann zur Kriminalpolizei nach Düsseldorf. Dort die Ressorts Betrug, Fahndung, Mord. Wird nach unseren Erkenntnissen 1965 nach Dortmund versetzt. Dort im 14. K. (politische Polizei). Fällt unangenehm auf durch brutales Verhalten gegenüber Festgenommenen. Merkwürdiger Selbstmord seiner Verlobten, Angelika Würzner, damals sechsundzwanzig Jahre. Die Frau legte sich in eine mit Wasser gefüllte Badewanne und legte offene Strompole ein. Ein Gerichtsmediziner kommt zu dem Schluss, dass die Frau bereits tot war, ehe sie ins Wasser geriet. Keine Verhandlung. Lewandowski wird in das Schulungszentrum des Verfassungsschutzes nach Köln versetzt. Zunächst Fahndungsabteilung, dann ›scharfer Mann‹ bei der Schulung des Nachwuchses. Vertritt privat die These, dass bei ›Staatsfeinden‹ grundsätzlich Eliminierung überlegt werden sollte. Ab 1970 in Köln nicht mehr feststellbar. 1977 wird ein Mann getötet, der über seine Arbeit in einem Atomkraftwerk Aussagen machen wollte. Zeugen weisen auf Lewandowski als Täter hin. Von diesem Zeitpunkt an ist der Genannte in Bonn feststellbar, allerdings ohne erkennbare Anbindung an irgendein Amt. Seine Funktion als Henker bestätigt sich gegen Ende 1978. Schriftliche Unterlagen existieren nicht, Auftraggeber sind nicht feststellbar. Verdeckter Einbruch in seine private Wohnung in der Joachimstraße in Bad Godesberg fördert nichts zutage. Das ist der Text zu Lewandowski. Ist irgendetwas unklar?«

»Nein«, sagte sie. »Ich möchte bloß wissen, wer Lewandowski zum Henker gemacht hat.«

»Jetzt zu Georg Reimer: Alias Gig Reimer, alias Wolf von Krakau, alias Kühn von Kühningen etc. Vorhanden und nachgewiesen sechs weitere Identitäten samt Pässen und kompletten Legenden. Tatsächlicher Name dokumentarisch nicht belegbar, aber wahrscheinlich als Kurt Meier im Jahr 1960 in Donaueschingen als Sohn einer nichtverheirateten Lehrerin namens Ruth Meier geboren. Besonderes über Ruth Meier nicht bekannt. 1977 ist feststellbar, dass der Genannte wegen Folterung einer Sechzehnjährigen zu einer Jugendstrafe von fünf Jahren verurteilt wird. Er sitzt einen Teil dieser Strafe in einem Gutshof für straffällig gewordene Jugendliche in der Nähe von Werl ab und verschwindet dann im August 1978 spurlos. Im Februar 1980 taucht er an der Seite Lewandowskis auf (Fotos und Unterlagen Zentralarchiv KGB). Das ist alles in Bezug auf Reimer. Noch Fragen?«

»Keine. Mach weiter. Ich bin neugierig auf die Frau.«

»Also zu Ellen Strahl, alias Ellen Werkmann, alias Ellen Vogt, alias Berte Glashammer, insgesamt neun weitere Decknamen bekannt. Geboren als Babette Nagler am 22. März 1961 in Frankfurt/Main (Unterlagen Zentralarchiv KGB). Vater unbekannt, Mutter die Prostituierte Gabriele Heim. Der Name Nagler wurde laut Unterlagen dem Kinderheim zugestanden, in dem das Kind untergebracht worden war. Die Mutter besuchte das Kind nur etwa zwei Jahre lang, dann riss die Verbindung. Mit vierzehn wurde die Genannte in die Lehre zu einem Landwirt in der Nähe von Königstein im Taunus gegeben. Laut Jugendamt wurde sie schwanger (von dem Landwirt!). Abtreibung mit Genehmigung. Kommt in ein katholisches Schwesternheim in der Nähe von Bad Soden. Erneute Schwangerschaft. Nach Lage der Akten ist der Vater ein katholischer Seelsorger. Schwangerschaftsabbruch mit Genehmigung. Als die Genannte achtzehn wird, ist sie bereits sechsmal aus dem Heim geflohen, aber immer wieder aufgegriffen worden. Dann

arbeitet sie als Kellnerin in Wiesbaden, lässt sich in einem Sportverein in Karate ausbilden. Zweimal Haftstrafen wegen Schlägereien mit Männern. Nach Wiesbaden wird sie in Amsterdam festgestellt, dann Angestellte in einem Massagesalon in Düsseldorf, dann Callgirl in Köln. Sechs Wochen Gefängnis vom Amtsgericht Köln. Sie hat einen Lokalpolitiker dazu gezwungen, nackt auf allen vieren einen langen Korridor entlangzukriechen. Ab Jahresbeginn 1983 nicht mehr feststellbar. Taucht zusammen mit Reimer und Lewandowski im Fall Neumann in München wieder auf. (Siehe Zentralarchiv KGB.) Soweit der Text zu der Frau.«

»Sie hat wirklich Grund, die Menschheit zu hassen«, murmelte die Baronin.

»Und was kommt jetzt?«

»Jetzt kommt die Arbeitsweise der Gruppe: *Wichtig ist zunächst: Die Gruppe kennt keine Arbeitsteilung. Es wäre also falsch, anzunehmen, die Strahl sei zur Auskundschaftung der Umgebung eines Opfers unterwegs, während Reimer sich um die Eigenarten des Opfers und Lewandowski um die Tat selbst kümmert. Im Gegenteil können alle drei sämtliche Arbeiten allein erledigen. Deshalb ist die Dokumentation der einzelnen Fälle, für die sie verantwortlich zeichnen, immer noch lückenhaft. Erschwerend kam für uns hinzu, dass die Gruppe mit einem transportablen Computer in sämtliche geheime Programme Bonns einsteigen kann, was letztlich bedeutet, dass sie keine schriftlichen Unterlagen brauchten.*

Wir haben nicht mit letzter Sicherheit feststellen können, wer die Gruppe steuert. Noch schwieriger war es, festzustellen, auf welche Weise die Gruppe ihre Zielpersonen genannt bekommt. Unsere Experten vermuten inzwischen zwei Wege: Zum einen kann man der Gruppe über Computer eine Zielperson nennen – ein Verfahren, das besonders sicher ist, wenn die Mitteilung codiert wird. Zum zweiten kann die Mitteilung, eine Person zu töten, sich aus einer ganzen Serie scheinbar belangloser Telefonate zusammensetzen, in deren Wortlaut bestimmte Nachrichten eincodiert werden können ...«

»Das verstehe ich nicht«, bemerkte die Baronin und sah mich an. »Was bedeutet Codierung?«

»Also, eine Codierung kann so erfolgen: Lewandowski, Reimer und Strahl hatten das gemeinsame Haus am Müllenkamp, sie hatten aber auch offensichtlich eigene Wohnungen. Der Anruf kommt. Der Mann, der anruft, sagt nun nicht: Bringt mal diesen Abgeordneten um, sondern er sagt zum Beispiel: Stell dir vor, ich habe heute sechsundfünfzig rote Rosen bekommen! Rote Rosen heißt SPD. Sechsundfünfzig heißt, dass es um den Abgeordneten Nummer sechsundfünfzig einer speziellen Liste geht. Beim zweiten Anruf sagt der Auftraggeber: In vierzehn Tagen habe ich Urlaub. Das bedeutet, dass die Nummer sechsundfünfzig auf der Liste der SPD in vierzehn Tagen getötet werden soll. Der dritte Anruf besagt dann, auf welche Weise er zu töten ist, also scheinbarer Herztod oder Unfall oder so etwas. Klar?«

»Ziemlich perfekte Methode.«

»Also weiter in Rasputins Bericht. *Der Geldfluss vermittelt erhebliche Einsichten in das private Gebaren einer Person. Wir wollten also wissen, wer die Gruppe bezahlt und wie die Mitglieder der Gruppe ihr Geld ausgeben. Dazu ist die Feststellung wichtig, dass die Gruppe im Jahre 1980 eine Firma gründete. Sie nannten sich Lions Detektei. Unsere Bemühungen, als vermeintliche Kunden zu ihnen zu kommen, schlugen fehl. Sie sagten, sie seien ausgebucht. Offiziell ist die Firma im Godesberger Müllenkamp gemeldet. Das Haus wurde mit einer Barüberweisung in Höhe von vierhundertdreizehntausend Mark von der Städtischen Sparkasse Bonn auf die Godesberger Sparkasse bezahlt.*

Es existiert ein Firmenkonto, von dem die obligaten Rechnungen für Strom, Wasser, Müllabfuhr etc. abgebucht werden. Dieses Konto liegt ständig im Haben von rund zweihunderttausend Mark. Jeder abgehobene Betrag wird innerhalb von vierundzwanzig Stunden irgendwo in der Bundesrepublik wieder eingezahlt. Keiner der

Gruppe benutzt Schecks oder Scheckkarten, sie bezahlen grundsätzlich alles bar. Lange war nicht auszumachen, wer sie bezahlt. Private Konten waren nicht feststellbar. Inzwischen sind wir sicher, dass derartige Konten in der Schweiz existieren, denn die Lebensversicherung der Strahl wird von einem Schweizer Konto bedient, ebenso die Unfall- und Autoversicherung des Reimer. Letztlich gelang uns der Beweis der finanziellen Anbindung an die Bundesrepublik Deutschland: Die privaten Schweizer Konten werden alle zwei Monate regelmäßig von einer in Liechtenstein registrierten Firma namens ›All Computer GmbH und Co KG‹ versorgt. Die Firma ist zu hundert Prozent im Besitz des Freistaates Bayern und wird ihrerseits zu sechsundvierzig Prozent aus einem Etat des Finanzministeriums bedient, und zwar aus einem der VEBA zuzuordnenden Konto. Demnach verdient Lewandowski achttausendsechshundert DM, Reimer und Strahl sechstausendsiebenhundertachtzig DM netto. Abbuchungen von diesen Konten zur Begleichung privater Rechnungen waren nicht feststellbar.

Zu den Freizeitaktivitäten der drei: Wir haben nicht feststellen können, dass sie getrennt oder gemeinsam Urlaub machen. Sexuell sind alle drei abnorm veranlagt. Lewandowski verkehrt nur mit Prostituierten. Er ist der klassische Typ des Masochisten, der es liebt, Frauen auszupeitschen. Reimer ist das genaue Gegenteil von Lewandowski. Er liebt es, bestraft zu werden. Die Huren, zu denen er geht, sind stets etliche Jahre älter als er. Die Strahl ist lesbisch. Sie liebt es romantisch, zieht Zärtlichkeiten bei Kerzenschein anderen, eindeutigeren sexuellen Praktiken vor.

Alle drei haben keine ständigen Freunde.

Alle drei spielen (meisterschaftsreif) Tischtennis, wahrscheinlich, um schnelle Reflexe zu trainieren. Sie treffen sich zweimal in der Woche zum Selbstverteidigungstraining. Alle drei beherrschen perfekt sämtliche Arten, einen Menschen blitzschnell und mit bloßer Hand zu töten. Das ist alles, was Rasputin zur Gruppe schrieb.«

»Warum hat Pjotr nicht an einem Beispiel geschildert, wie die Gruppe genau vorgeht?«

»Das kommt jetzt unter der Überschrift: *Tötungsbeispiel: Unsere Untersuchungsgruppe leuchtete den finanziellen Hintergrund der Gruppe aus, als wir die Möglichkeit bekamen, einem Tötungsvorgang beizuwohnen, ihn sogar zu filmen. (Siehe Zentralarchiv des KGB.)*

Am 28. Februar verließ zunächst Lewandowski das Haus am Godesberger Müllenkamp und reiste per Bundesbahn über Frankfurt, Memmingen, Kaufbeuren nach Ravensburg. Zwei Tage später folgte Reimer, der ein Auto benutzte und sehr langsam in vier Tagen über Landstraßen nach Ravensburg fuhr. Weitere drei Tage später folgte Ellen Strahl mit der Bundesbahn über Frankfurt, Tübingen, Freiburg. Sie lebten im gleichen Hotel in Ravensburg, verkehrten aber nur nachts über Sprechfunk miteinander. Lewandowski gab sich als Kaufmann aus, Reimer als Computertechniker, die Strahl als Schmuckverkäuferin. Über Tage hinweg konnten wir nicht erkennen, auf wen sich ihr Interesse richtete. Dann wurde klar, dass ihre Zielperson ein bei einem Rüstungsbetrieb arbeitender Ingenieur namens A. war. (Siehe Zentralarchiv KGB.) A. war bereit, eine bestimmte elektronische Waffentechnik an eine Gruppe Japaner zu verkaufen. Mit Sicherheit ein drohender Verlust von vielen hundert Millionen Dollar – und ein unschätzbarer Schaden für die NATO!

Das Treffen mit den Japanern sollte in Zürich am 6. März stattfinden. In einem Café an der Bahnhofsstraße hatten die Japaner einen Konferenzraum angemietet. Die Straße ist eine internationale Einkaufsstraße. Auf dem Weg dorthin kam die Gruppe dem Ingenieur entgegen: Reimer rempelte A. gezielt an, sodass der Ingenieur in Lewandowski hineinstolperte. Lewandowski packte A. scheinbar hilfsbereit am Arm, doch nur, um A. in die Strahl hineinzuschleudern. Strahl brach A. mit einem verdeckten Schlag das Genick und ließ ihn dann auf den Gehsteig fallen. Der ganze

Vorgang dauerte nicht einmal anderthalb Sekunden. Entscheidend sind zwei Dinge: Die Gruppe flüchtete nicht vom Tatort, sie schaute zu. Und sie hatte plötzlich die Aktentasche in Besitz, die der Ingenieur mitgebracht hatte. Diese Aktentasche konnten wir in einem sehr komplizierten Vorgang mit einer unsichtbaren Flüssigkeit versetzen, die auf einem bestimmten, imprägnierten Schwarzweißfilm Helligkeitsreflexe hinterlässt. So konnten wir beweisen, dass vier Tage nach diesem Vorfall in Zürich ein Aufsichtsratsmitglied der Rüstungsfirma mit dieser Aktentasche das Verteidigungsministerium in Bonn verließ.«

»Das ist ja mörderisch. Willst du die beiden immer noch treffen?«

»Pjotr weiß genau, was er sagt, er wird uns nicht in den Tod schicken.«

»Lass uns eine Pause machen. Wir fotografieren die Unterlagen und schicken den Film ab. Der Anwalt wird sich wundern.«

Wir steuerten also einen Rastplatz an, ehe ich weiterfuhr und sie immer und immer wieder die Dokumente zitierte, bis wir sie auswendig kannten.

»Lieber Himmel«, sagte sie beim dritten Tanken, »diese Namen klingen alle nach Urlaub, und ausgerechnet wir müssen Henker treffen. Lyon, Valencia, Montélimar, Orange, Nîmes, Perpignan. Wenn du jetzt links abbiegst, fahren wir geradewegs auf Monaco zu.«

»Wir fahren nach Valencia. Da ruhen wir uns ein wenig aus, bevor wir uns auf die Suche nach Reimer und Strahl machen.«

Die Baronin lächelte. Sie kurbelte das Fenster herunter und sang »*Kann denn Liebe Sünde sein?*«, wobei sie mir Handküsse zuwarf.

Am Fährhafen von Valencia gibt es ein kleines Hotel, das einfach *Hotel* heißt. Dem Schild nach zu urteilen heißt der Besitzer Gaetano, in Wahrheit ist es eine Frau und heißt

Maybelle. Sie ist unglaublich dick und stammt aus Hamburgs Herbertstraße.

Als sie mich sah, kam sie herangerollt, um mich mit ihren Massen zu erdrücken. Sie machte uns ein fürstliches Essen und quartierte uns in ihrer Kardinalssuite ein. Sie hatte den Raum so genannt, weil die Sage ging, dort habe ein hoher katholischer Kirchenfürst die Nutten des Ortes zu fröhlichem Spiel empfangen, um ihnen anschließend die Beichte abzunehmen.

Wir waren todmüde, die Baronin ging nicht einmal mehr unter die Dusche, ich putzte mir die Zähne nicht. Am nächsten Morgen nahmen wir die erste Fähre nach San Antonio auf Ibiza.

13. Kapitel

Die Sonne stand wie ein greller glühender Feuerball am Himmel. Es war ungeheuer heiß. Wir hockten auf dem Vordeck in Stühlen, hatten die Augen geschlossen und gaben uns der Täuschung hin, einen Ferientag zu haben.

»Erinnerst du dich an den Mann, von dem wir grüßen sollen?«, fragte sie.

»Ich habe es auswendig gelernt. Lawruschka Ljubomudrow.«

Wenig später murmelte sie schläfrig. »Spendierst du mir eine Sonnenbrille, eine Sonnencreme, diesen und jenen Tanga, neuen Nagellack und solche Dinge?«

»Ich werde mit meiner Bank verhandeln.«

Dann rutschte sie mit ihrem Stuhl zu mir heran, legte ihren Kopf an meine Schulter und flüsterte: »Warum schlafen wir nicht miteinander?«

»Ich habe keine Zeit.«

»Du denkst ständig an unseren Fall, nicht wahr?«

»Ja, ich muss dauernd an Metzger denken, der wahrscheinlich den furchtbaren Fehler beging, Reimer für bestechlich zu halten.«

»Wie kommst du darauf?«

»Metzger pumpt sich zehntausend Mark für seine Recherchen. Das letzte Telefonat seines Lebens führt er wahrscheinlich mit Reimer, weil er ihn treffen will, um ihm für zehntausend Mark Informationen über die Henker abzukaufen. Und zur Warnung sagt er, er hoffe nicht, dass alles nur ein Gag vom Gig sei. Er geht und übergibt das Geld und wird umgebracht. Anders passt es nicht zusammen.«

Wir mieteten einen Fiat 127 von unansehnlicher brauner Farbe und fragten den Mann bei AVIS, ob er zufällig wisse, wo die Casa San Matteo liege.

»Wir suchen auch ein kleines hübsches Hotel«, sagte die Baronin freudig und hakte sich bei mir ein.

Der AVIS-Mann telefonierte einmal und erklärte dann, wir sollten uns nach einem gewissen Geoffrey durchfragen. »Ein verrückter Engländer. Wenn er Leute trifft, die Blumen ausreißen, verprügelt er sie. Er hat zwei Doppelzimmer in seinem Haus, vermietet sie aber nur, wenn er Lust hat. Er will Sie ansehen und dann entscheiden.«

»Toll!«, sagte die Baronin. Dann ging sie eine Sonnenbrille und diverse Badeanzüge kaufen, während ich mich auf die Suche nach Murrays Erinmore und Mac Barens Plumcake machte. Als wir uns wiedertrafen, hatten wir eine Menge Geld ausgegeben. Die Baronin gab zu, dass die zweitausend Dollar der Russen ein feines Taschengeld seien und dass sie nie wieder Geld aus dem Kreml ablehnen würde.

Geoffreys Haus erwies sich als ein uralter Bauernhof im Westen Santa Eulalias; drei schneeweiße kleine Gebäude in einem Eichenhain. Geoffrey war ein kleiner, sehr dicker Mann Anfang sechzig. Er trug einen rostroten Wollkittel über einer grünen Cordhose. Eine schlohweiße Mähne umstand ein stilles, aufmerksames Gesicht mit hellblauen Augen. Er stand in der Tür seines Hauses und beobachtete uns schweigend.

Dann bemerkte ich die Tiere in einer Umzäunung und sagte begeistert: »Javaziegen, mein Gott, Javaziegen!«

Geoffrey freute sich. Er nickte und sagte in fehlerfreiem Deutsch: »Ihr Zimmer liegt im Hauptgebäude. Woher kennen Sie Javaziegen?«

»Von einer Reise. Ich weiß nur, dass ihr Fell sehr schön und weich ist. Woher haben Sie die Tiere?«

»Aus Java mitgebracht. Das ist die Brut vom dritten Pärchen.«

»Und die Felle?«

»Werden zu Mänteln. In *Spiel mir das Lied vom Tod* hätte

einer der Killer beinahe so einen Mantel getragen. Dann wäre ich heute Pelzdesigner.« Er grinste.

»Wieso sprechen Sie so gut Deutsch?«, fragte die Baronin.

»Ich habe euch fünfundvierzig erobert«, sagte er und nahm unser Gepäck. Er führte uns in ein Zimmer im ersten Stock, das nichts enthielt außer einem breiten Bett, einem Tisch, zwei Stühlen und einem Kleiderschrank – das alles in uralter Eiche.

Geoffrey bemerkte schnaufend: »Fragen Sie mich nicht, ob Sie die Möbel kaufen können. Können Sie nicht.«

Ich ging mit ihm hinunter, bezahlte eine Woche mit dem Geld der Russen und fragte: »Wo liegt die Casa San Matteo?«

Er grunzte, als habe ich eine unanständige Frage gestellt. »Gehören Sie auch zu diesen Leuten?«

»Nein, aber ich muss mit ihnen sprechen. Was ist San Matteo?«

Er sah aus dem Fenster. »Die Casa San Matteo ist ein Erholungsheim westdeutscher Behörden. Geheimdienst. Wir haben diese Leute nicht gern. Sie sind arrogant und großkotzig. Eigene Bars, eigene Ärzte, sogar eigene Mädchen. Die Leute kommen auf dem Flughafen an und werden in einem schwarzen Mercedes nach San Matteo gebracht.«

»Wir sind nicht vom Geheimdienst.«

»Kommen Sie, ich zeige es Ihnen auf der Karte. Südwestlich von hier im recht unzugänglichen Gebiet liegen vier neue Häuser, die mit Signaldraht eingezäunt sind. Sind Sie von der Presse?«

»Ja.«

»Nehmen Sie sich in Acht.« Er nickte mir zu und verschwand in einen Nebenraum. Ich hörte, wie er mit Gläsern hantierte.

Die Baronin kam herunter. »Baumeister, stell dir das vor. In den Betten liegen echte Daunendecken!«

Geoffrey brachte uns Anisschnaps. »Den mache ich selber.«

»Mir einen Doppelten, weil Baumeister nichts trinkt.«

Während die Baronin und der verschrobene Engländer dem Schnaps zusprachen und sich offenbar näherkamen, hockte ich mich in sein winziges Büro und gab der Vermittlung die Nummer der Bonner Sowjetbotschaft durch. Als eine Frau sich meldete, sagte ich forsch: »Ich hätte gern Rasputin gesprochen.« Im gleichen Atemzug verbesserte ich mich: »Piotr, meine ich.«

»Schon gut«, sagte sie lachend. Es klickte, und dann rief der Russe erfreut: »Es ist wirklich eine gute Idee, dass Sie sich melden. Wo stecken Sie?«

»Auf Ibiza. Notieren Sie die Nummer? Ist irgendetwas passiert?«

»Ich weiß es nicht. Aber das ist nichts Besonderes, denn ich weiß nie etwas.« Er lachte schallend.

»Was wird denn geschehen, wenn wir Reimer und die Strahl von Lawruschka Ljubomudrow grüßen?«

»Es wird mit Sicherheit ihre Bereitschaft erhöhen, mit Ihnen zu sprechen.«

»Kann ich Sie auch nachts anrufen, wenn die Situation hier brenzlig wird?«

»Natürlich, ich habe ein Telefon am Bett. Erwarten Sie Ärger?«

»Nein, eher eine Nominierung für den Friedensnobelpreis.«

Er lachte und hängte ein.

Wir aßen mit Geoffrey in der ehemaligen Tenne des Hauses. Er war ein stiller, unaufdringlicher Typ mit einem Hang zur Melancholie. Doch wenn er sich aufregte, etwa über die Arroganz der Touristen oder darüber, dass die Menschen die Erde zerstörten, bekam sein Gesicht rote Flecken. Mit stiller Heiterkeit stellten wir fest, dass er seinen Zorn mit seinem selbstgemachten Schnaps bekämpfte, wovon er unglaubliche Mengen trank. Aber er wurde nicht betrunken.

Es war zwei Uhr nachts, als das Telefon schellte, und Geoffrey mit finsterem Blick meinte: »Ein Besoffener. Das Beste ist, gar nicht reagieren.«

»Vielleicht ist es für mich«, sagte ich und ging in das kleine Büro. »Casa Geoffrey.«

Eine Frau sagte irgendetwas auf Spanisch, dann knackte es, und Pjotr meldete sich: »Señior Baumeister, por favor. Schnell!«

»Ich bin am Apparat.«

»Hören Sie zu, ich habe nicht viel Zeit. In der Liste der sechzehn ist ein Pole verzeichnet. Unwichtig, was und warum er starb. Dieser Mann aus Polen hatte einen Freund. Dieser Freund ist hier an der polnischen Botschaft stationiert und hat gestern morgen Bonn mit einem Flugzeug verlassen.« Er räusperte sich. »Er ist jetzt auf Ibiza.«

»Was hat das zu bedeuten?«

»Der Pole spielt verrückt, er will Reimer und Strahl töten. Er weiß nur nicht, dass er keine Chance hat. Irgendwie wird er versuchen, auf das Gelände zu kommen.«

»Schafft er nicht. Das Gelände wird hermetisch abgeriegelt.«

»Sie müssen den Mann aufhalten.«

»Ich? Sind Sie verrückt?«

»Ich brauche jetzt Ihre Hilfe. Versuchen Sie es bitte.«

»Soll ich durch die Nacht rennen und brüllen: Lieber Pole, lass es sein! Ich kenne den Mann nicht, habe ihn nie gesehen.«

»Er ist lang und dürr wie eine Bohnenstange. Wir nennen ihn Jerzy.«

Schweigen. Einen Moment hörte ich nur das Knistern in der Leitung. Dann seufzte Pjotr. »Rufen Sie Reimer an«, sagte er dann matt. »Sagen Sie ihm, der Pole sei auf der Insel, um ihn und die Strahl zu töten.«

»Wissen Sie, in welchem Hotel der Pole abgestiegen ist?«

»Keine Ahnung. Er wird vor der Casa San Matteo auf der Lauer liegen.«

»Und was wird Reimer tun, wenn ich ihn warne?«

»Die Hausverwaltung wird die Polizei rufen. Rufen Sie Reimer an.«

»Soll ich ihm von Ihnen erzählien?«

»Das wäre eine Möglichkeit, schnell zu sterben«, sagte er unwillig und hängte ein.

Ich hielt noch nachdenklich den Hörer in der Hand, als die Baronin hereinkam und fragte, was los sei. Auch Geoffrey stand plötzlich in der Tür und sah mich an. Mit wenigen Worten erzählte ich ihnen von meinem ungewöhnlichen Auftrag.

»Wieso müssen Sie die Leute denn warnen? Warum halten Sie sich nicht raus?«

»Weil es Leute sind, mit denen wir sprechen müssen. Kann man das Gelände von irgendwo einsehen?«

»Nein, ich glaube nicht.«

»Dann rufe ich an und warne sie. Basta.«

Geoffrey lächelte säuerlich. »Sind Sie sicher, dass Ihr Anrufer Sie nicht irgendwie reinlegt?«

»Nein, ich glaube dem Anrufer. Der Pole wird irgendwo vor der Casa San Matteo sitzen und auf die Leute warten.«

»Dann lassen Sie ihn doch dort liegen.«

»Aber er ist verrückt, nimmt vielleicht eine Geisel oder läuft Amok.«

Er stierte vor sich auf den Tisch. »Vielleicht sollten wir uns ein Abenteuer gönnen. Ich schlage vor, Sie rufen diese Leute an, und wir sehen uns dieses Erholungsheim einmal aus der Nähe an.«

In der Casa San Matteo meldete sich eine mürrische Männerstimme, und ich sagte zackig: »Innenministerium. Ich brauche Reimer. Schnell bitte.«

»Reimer, jawohl. Wer ist dort, bitte?«

»Es eilt. Bitte beeilen Sie sich.«

»Jawohl!«

Es knackte, dann erklang eine fröhliche Stimme. »Reimer hier.«

»Baumeister am Apparat. Erinnern Sie sich?«

»Ja«, erwiderte er unfreundlich.

»Gehen Sie nicht aus dem Haus. Jerzy, der dürre Pole wartet draußen, um Sie zu erschießen. Ist das klar?« Ich hängte ein.

Geoffreys Wagen war ein mindestens fünfundzwanzig Jahre alter rostiger Rover. »Ich werde die Lichter nicht einschalten«, sagte er. »Abgesehen davon funktionieren sie sowieso nicht immer. Haben Sie eigentlich Erfahrungen mit diesen Leuten vom Geheimdienst?«

»Ein wenig, aber durchweg schlechte«, bemerkte die Baronin.

Die meiste Zeit aber schwiegen wir wieder. Geoffrey kaute an einer Zigarette. Irgendwie bedauerte ich es, ihn mit in diese Sache hineingezogen zu haben. »Wenn Sie wollen«, sagte ich, »dann steigen Sie aus und sagen mir nur, wie wir fahren müssen.«

»Sie würden es nicht finden«, sagte er lakonisch und spuckte seine Zigarette aus. »Dorthin liegen die Häuser.«

Er schaltete den Motor aus, und der schwere Rover rutschte lautlos über den Sandweg in eine Mulde hinein. Geoffrey zog die Handbremse an und grinste. »Kleiner Fußmarsch, bitte alles aussteigen.« Dann sprang er aus dem Wagen. Wir kletterten einen Hang hinauf und versteckten uns hinter Ginsterbüschen. Geoffrey reichte mir ein Fernglas. »Die Gebäude liegen rund zweihundert Meter voraus. Vom Tor führt eine schmale, asphaltierte Straße ins Gelände, ein paar Meter weiter links stehen ein paar Bäume. Wenn also Ihr polnischer Freund irgendwo wartet, dann dort.«

Angestrengt blickten wir zu dem Anwesen hinüber. Ich glaubte, eine Bewegung zwischen den Bäumen wahrzunehmen, aber vielleicht täuschte ich mich. Plötzlich packte Geoffrey mich am Arm. Das Tor ging auf, und zwei Schatten kamen heraus. Selbst auf diese Entfernung sahen sie bedrohlich aus. Die Baronin drängte sich neben mich. Mondlicht fiel auf ihr Gesicht. Sie sah ungeheuer schön aus. Die beiden Schatten gingen zu den Bäumen hinüber.

»Sollen wir den Polen warnen?«, flüsterte die Baronin.

»Nein, der Pole ist ein Profi, er wird sich zu wehren wissen.« Das stimmte natürlich nicht. Der Pole war durchgedreht, er war nur noch ein Verrückter.

»Die zwei kommen zurück«, flüsterte Geoffrey.

»Scheiße!«, sagte ich. Wenn sie den Polen erledigt hatten, war es unheimlich schnell gegangen.

»Was machen wir jetzt?«, fragte die Baronin aufgeregt.

»Wir sehen uns die Sache an«, sagte ich.

Wir folgten Geoffrey. Dafür, dass er ein dicker, kleiner Mann war, bewegte er sich recht geschickt. Wir fanden den Polen abseits der Straße zwischen den Bäumen. Er war tot. Eine Schusswunde war nicht zu sehen.

»Warum haben sie ihn liegen lassen?«, flüsterte die Baronin entsetzt.

»Weil niemand beweisen kann, dass sie es waren«, sagte Geoffrey und spuckte auf die Erde.

Mir war plötzlich übel. »Es ist meine Schuld«, sagte ich heiser. »Ich hätte sie nicht warnen sollen.«

»Das konntest du nicht wissen«, sagte die Baronin matt.

»Fotografier ihn, und dann hauen wir ab.«

»Kannst du dich neben ihn stellen?«, fragte die Baronin.

Ich kniete mich neben den dürren Polen, und sie fotografierte uns. Der Pole hatte die Augen offen. Er stierte in die Bäume über uns.

Geoffrey fuhr uns nach Hause. Er nahm seine Schnapsflasche, und zusammen mit der Baronin betrank er sich. Wir sprachen kein Wort. Die Baronin hatte rote Flecken im Gesicht. Manchmal kicherte sie, als habe sie sich bei einem unanständigen Gedanken ertappt. Geoffrey starrte nur grimmig vor sich hin. Irgendwann rannte die Baronin hinaus, um sich zu übergeben. Wir hörten sie oben in ihrem Zimmer heulen und mit ihren Fäusten gegen die Wand schlagen.

»Um was geht es eigentlich bei Ihrer Geschichte?«, fragte Geoffrey.

»Ich würde es Ihnen gerne erzählen, aber ...«

»Wem soll ich erzählen? Meinen Ziegen?«

Also erzählte ich ihm unsere ganze Story. Als ich geendet hatte, war es Tag geworden. Die Baronin hatte sich nicht wieder blicken lassen. Wir hockten am Tisch und schwiegen, und ich hatte eine beinahe schmerzhafte Sehnsucht nach meinem stillen Haus in der Eifel.

»Das ist eine schlimme Geschichte«, sagte er. Er schlurfte in sein Büro und gab mir mein Geld zurück. »Sie waren meine Gäste. Und wenn Sie es je schreiben, schicken Sie es her. Ich war in drei Kriegen, ich habe gehofft, die Scheißzeiten sind vorbei.«

Ich nickte und steckte das Geld ein. Dann ging ich nach draußen und legte mich neben dem Ziegengatter unter einen alten Maulbeerbaum. Irgendwann weckte mich die Baronin. Sie war so bleich, wie ich sie noch nie gesehen hatte. Sie hatte unsere Sachen gepackt und drängte zum Aufbruch. Ohne uns von Geoffrey zu verabschieden, der plötzlich verschwunden war, fuhren wir. Nachdem wir den Wagen bei AVIS abgegeben hatten, nahmen wir die nächste Fähre nach Valencia.

Die dicke Maybelle empfing uns mit offenen Armen. Als sie unsere ernsten Gesichter sah, führte sie uns in ihr bestes Zimmer und ließ uns von ihren schönsten Mädchen etwas zu essen bringen. Unsere Laune besserte das kaum. Wir waren deprimiert und schweigsam. Ich hatte das Leben eines Menschen auf dem Gewissen. Dieser Gedanke wollte mir nicht aus dem Kopf gehen. Manchmal bereute ich es, mich überhaupt auf diesen Fall eingelassen zu haben. Ich hätte in der Eifel sein können, bei Krümel, hätte ein gutes Buch lesen und ein Glas Tee trinken können. Stattdessen hockte ich mit der Baronin im stickigen Valencia und wusste nicht mehr weiter.

Wir verließen unser Zimmer den ganzen Tag nicht. Die Baronin rauchte ununterbrochen, und ich döste. Ich wollte an nichts denken.

»Das Leben, Baumeister, holt uns doch immer wieder ein«, sagte die Baronin plötzlich und berührte mein Gesicht.

Ich wollte etwas erwidern. Wirst du jetzt philosophisch? wollte ich sagen, doch ich brachte keinen Ton heraus. Mir war übel. Ich steckte in einem dunklen Loch und würde nie wieder den Ausgang finden. Der tote Pole drängte sich immer wieder in meine Gedanken.

Die Baronin legte mir den Kopf auf die Brust. Ich roch den Duft ihres Haares und schloss die Augen. »Dein Herz schlägt zu schnell, Baumeister«, sagte sie.

Ich schwieg noch immer. Die Baronin roch wunderbar. Einen Moment dachte ich wirklich auf einer blühenden Wiese zu stehen und sie im Arm zu halten. Als ich die Augen wieder öffnete, küsste sie mich. Nur leicht berührten ihre Lippen meinen Mund, und doch durchlief mich ein warmer Schauer. »Baronin«, sagte ich heiser. Zärtlich legte sie mir ihren Zeigefinger auf die Lippen. »Für ein paar Stunden werden wir alles vergessen, den Russen, Reimer und Strahl, die ganze Welt.«

Ich nickte und umarmte sie. Sie war eine großartige Frau. Ohne Hast, wie zwei Liebende, die einander nichts mehr beweisen müssen, streiften wir uns unsere Kleider ab. Die Baronin lachte wie ein junges Mädchen, als ich mich über sie beugte. Ihre Hände zogen auf meinen Körper kleine, wirbelnde Kreise. Ich stöhnte, und sie lachte wieder und drückte sich an mich. Und für einen langen, wunderschönen Moment waren wir wirklich ganz allein auf der Welt.

Irgendwann in der Nacht wurde ich wach, weil die Baronin sich an mich schmiegte. Plötzlich schoss mir ein Gedanke durch den Kopf. »Baronin«, sagte ich laut, »wach auf. Wir haben zu arbeiten.«

»Lass mich in Ruhe«, murmelte sie verschlafen.

»Schließ das Tonband an das Telefon an.«

»Du bist verrückt. Es ist mitten in der Nacht.«

»Ich habe doch vergessen, Reimer die Grüße von diesem sonderbaren Russen zu bestellen. Wie hieß er noch?«

»Lawruschka Ljubomudrow«, seufzte sie. Ich saß schon am Telefon und wählte die Nummer des Innenministeriums in Bonn. Kurz darauf hatte man mich wieder mit Reimer verbunden.

»Baumeister aus der Eifel«, sagte ich nüchtern. »Hat der Pole sich gemeldet?«

»Nein«, antwortete Reimer gelangweilt. »Soweit ich weiß, ist er hier nicht aufgetaucht.«

»Warum haben Sie ihn erschlagen?«

Er sagte eine Weile nichts. »Von wo rufen Sie an?«

»Aus der Eifel natürlich.« Die Baronin hatte in Versalien den Namen LAWRUSCHKA LJUBOMUDROW auf ein Blatt Papier gemalt und hielt es hin. »Ich soll Sie übrigens von Lawruschka Ljubomudrow grüßen.«

Seine Stimme klang verärgert. »Ich wusste ja, dass Moskau eines Tages schöne Grüße schickt, aber dass sie sich ausgerechnet einen schmierigen Journalisten aussuchen, hätte ich nicht gedacht. Wer sind Sie wirklich?« Dann lachte er. »Und wo sind Sie wirklich?«

»Ich sitze gewissermaßen neben der Leiche des Polen.«

»Und wie geht es Lawruschka?«

»Prima«, sagte ich. »Also: Warum haben Sie den Polen erschlagen?«

»Warum nicht?«, sagte er gedehnt und hängte ein.

»Jetzt rufe ich noch Pjotr an«, sagte ich. Es dauerte eine Weile, ehe die sowjetische Botschaft bereit war, mich durchzustellen. Endlich meldete er sich verschlafen. Ich erzählte ihm, was geschehen sei.

»Schön«, sagte er kurzangebunden. »Dann rate ich Ihnen, sich auf das große Finale vorzubereiten.« Es klickte, und die Leitung war tot.

»Jetzt weiß ich, warum wir dem verrückten Polen die Tour vermasseln sollten«, sagte ich und sah die Baronin an, die im Bett eine Zigarette rauchte. »Pjotr will Reimer und Strahl selbst erledigen.«

14. Kapitel

Art Farmer spielte *How High The Moon,* und der achtzigjährige Lionel Hampton streichelte dazu das Vibraphon. Ich war sofort wieder wach. Wir waren die siebte Stunde unterwegs. Die Tonbänder und Fotos der Ereignisse auf Ibiza hatten wir längst in einen Briefkasten geworfen. Die Baronin lag mit dem Kopf auf meinem rechten Oberschenkel und schlief. Sie hatte sich zusammengerollt wie eine Katze. Jetzt wurde sie langsam wach.

»Was ist, wenn ich schwanger bin, Baumeister?«

»Zuerst müssen wir die Lewandowski-Sache zu Ende bringen. Dann sehen wir weiter.«

»Du bist grauenhaft profan. Na gut, und wo würdest du jetzt ansetzen?«

»In den Beschreibungen von Pjotr gibt es nicht den geringsten Hinweis darauf, dass die Henkergruppe sich jemals verkleidet hätte. Was ist also geschehen, dass Lewandowski versucht hat, als Penner durchzukommen?«

»Solltest du nicht mal versuchen, mit Pennern in Bonn zu sprechen?«

»Das ist eine gute Idee. Es würde mich nicht schrecken, wenn du schwanger wärst.«

»Kannst du anhalten, damit ich mich ordentlich bedanken kann?«

»Ich halte nicht an. Es ist kalt draußen, und ich will nach Hause.«

»Warum müssen wir eigentlich so rasen? Hast du das Gefühl, etwas zu versäumen?«

»Ja.«

»Aber wir versäumen doch nichts.«

»Pjotr hat etwas von einem Finale gesagt, wir haben Eintrittskarten, also fahren wir hin.«

Sie schwieg eine Weile und murmelte dann: »Wenn ich unsere Rolle bedenke, wird ein Finale ohne uns gar nicht möglich sein. Warum denn diese Hektik?« Dann rollte sie sich zusammen und machte es sich wieder auf meinem Bein bequem. Fast glaubte ich, sie schnurren zu hören.

Je weiter wir nach Norden kamen, desto kälter wurde es. Die Wolken hingen tief und waren fast schwarz. Zuweilen wischten vereinzelte Schneeflocken gegen die Frontscheibe. Das Licht wurde langsam hellgrau, die Ahnung des kommenden Tages. Eigentlich hatte die Baronin Recht.

»Also auf ein Frühstück im *Offenburger Hof*.«

Unser Frühstück dauerte rund anderthalb Stunden, und anschließend waren wir beide zu wohlig müde, um das Auto zu steuern. Wir mieteten ein Doppelzimmer, beschlossen durchaus ernsthaft, ein paar Stunden zu schlafen, liebten uns ein paar Stunden und wurden erst abends gegen zweiundzwanzig Uhr wach. Nicht im Geringsten schuldbewusst aßen wir erneut, bezahlten und machten uns auf die Weiterreise.

»Dunkle Charaktere«, flüsterte die Baronin, »reisen nachts.« Es war empfindlich kalt geworden, streckenweise war die Autobahn auch glatt, aber kein Unfall und kein Stau hinderten uns. Bei Koblenz bog ich auf die A 48 Richtung Trier. In der endlosen Steige die Eifel hinauf fiel Schnee, Laster wurden langsamer, kamen ins Rutschen, hingen fest, aber da der Verkehr auf dieser Strecke nie dicht ist, kamen wir immer noch voran. Als ich die Ausfahrt Daun/Mehren erreichte, sagte ich: »Es ist schön, heimzukommen.«

»Dein Bauernhof ist deine Burg, nicht wahr?«

»Ja.«

»Warum hast du nur soviel Angst vor Menschen?«

»Habe ich doch gar nicht.«

»Doch, doch. Manchmal hast du sogar Angst vor mir. Dabei will ich doch eigentlich nichts.«

»Natürlich! Du willst zumindest den Teil von mir, den du dir zurechtträumst.«

»Ich muss nichts träumen, ich sehe dich doch. Ich nehme dir auch nichts weg, weder deine Welt noch dich selbst.«

»Ich glaube dir ja, ich vertraue auch deinen guten Absichten.«

»Wer hat dir soviel Angst eingeflößt?«

»Ich weiß es nicht genau. Ich nehme an, es ist die Summe meiner Erfahrungen. Die Menschen, die mit mir leben wollten, haben mich vielleicht zu oft enttäuscht. Am schlimmsten waren die Mittelmäßigen, denn Mittelmäßigkeit gibt sich gerne so furchtbar liberal – man erkennt sie nicht gleich.«

»Magst du mich eigentlich?«

»Ja. Ich mag dich wirklich.«

»Dann kann ich mit deiner Angst leben.«

Sie lehnte sich an meine Schulter, und es fühlte sich gut an.

Ich trödelte auf der Bundesstraße 421 dahin, sah rechts und links in die endlosen Wälder und kam mir ein wenig vor wie der Gutsherr, der aus der Hauptstadt heimkommt und sein eigenes Land mit Blicken streichelt. Daun, Waldkönigen, Dockweiler, Brück-Dreis, der Schnee wurde dichter, ich musste die Nebelscheinwerfer zuschalten. Dann die Nürburgquelle, der Anstieg in der Serpentine vor Walsdorf. Würde es wirklich ein Finale geben? Und wie würde das aussehen?

In der langen, sanften Linkskurve schaltete ich in den zweiten Gang und ging vorsichtig die erste Spitzkehre an.

Zuerst dachte ich, ich wäre über einen großen Stein gefahren, den ich im Schnee nicht gesehen hätte. Der Wagen brach plötzlich zur Seite aus, es schepperte laut, und er stellte sich quer. Die Heckscheibe zersprang mit einem lauten Knall, das Glas prasselte gegen Blechteile, auf die Sitze und unsere Köpfe. Dann platzte die Frontscheibe oberhalb des Kopfes der

Baronin mit einem mörderisch hohen Ton. Erst danach hörten wir die peitschenden Schüsse. Im ersten Reflex trat ich voll auf die Bremse und schleuderte sofort nach rechts gegen die Leitplanke. Es gab einen heftigen Schlag, wir wurden nach vorn in die Gurte geworfen und die Baronin schrie laut: »Was ist das? Was ...«

Dann kam die nächste Salve. Es knallte lauter als vorher, dann kam hoch und schrill ein Querschläger. Ich schrie »Scheiße!« und versuchte, den Kopf der Baronin nach unten zu drücken. Dann stand der Wagen.

»Lieber Gott!«, flüsterte die Baronin in eine endlose Stille.

Ich zerrte wieder an ihr, keuchte. »Runter! Bloß runter!« Ich selbst hing halb unter dem Steuerrad, den Kopf neben dem Schaltknüppel, und wusste nicht, wie ich in diese Lage gekommen war.

Dann kam von hinten hellgelbes, grelles Licht, ein Motor heulte hoch auf, und schließlich fiel ein tiefschwarzer Schatten über uns.

»Nein!«, wimmerte die Baronin erstickt.

Der Schatten zog vorbei, und ich hob trotz fast panischer Angst den Kopf und sah, wie sich hundert Meter voraus ein Laster in der Spitzkehre querstellte und noch ein Stück weiterrutschte. Ein zweiter, der soeben an uns vorbeigezogen war, vollzog abrupt das gleiche Manöver. Ich wusste, dass rechts von mir, hinter dem buschbestandenen Hang, ein altes Wasserwerk lag. Oberhalb der Büsche bewegten sich Leute; sie rannten nach rechts aus meinem Blickfeld.

»Was ist denn los?«, fragte die Baronin. Sie zitterte so sehr, dass sie kaum zu verstehen war.

»Weiß nicht, bleib unten«, sagte ich und tauchte auch wieder ab.

Jemand brüllte: »Die haben einen zweiten Wagen!« Ein anderer schrie: »Die kriegen wir nicht mehr.« Dann eine vollkommen ruhige Stimme: »Nicht schießen, wir können uns nicht mehr Krach erlauben.«

Schritte näherten sich. Jemand fragte ziemlich nah: »Leben die noch?«

»Ja«, krächzte ich, kam aber nicht hoch. Die Stimme sagte: »Na, dann immer mit der Ruhe!« und öffnete die demolierte Fahrertür.

Die Baronin stieg aus eigenen Kräften aus, ich hockte nur da und spürte, wie meine Knie nachgaben. Dann ließ ich mich einfach nach hinten sacken, jemand griff mir fest unter die Arme und zog mich hinaus.

»Ruhe, Leute, Ruhe!«

Ich wollte nicht stehen, konnte es auch gar nicht.

»Schon gut«, murmelte ich, »schon gut.«

Da ließ er mich los, und ich kniete neben meinem Auto und übergab mich. Ich fror und hatte keine Kontrolle über meinen Körper.

»Du siehst schlimm aus«, sagte die tonlose Stimme der Baronin. Sie war hinter mir und legte mir eine Hand auf den Kopf. »Lebst du noch, Baumeister, bist du verletzt?«

»Geht schon«, keuchte ich. Dann musste ich mich erneut übergeben, und ich war froh, dass sie dablieb, weil sie meinen Kopf dabei hielt, wie meine Mutter es gemacht hatte, als ich das erste Mal betrunken war.

»Du bist ja wirklich verletzt, Baumeister«, sagte sie schrill. »Dein ganzes Hemd ist voll Blut, überall!«

Eine irgendwie vertraute Stimme sagte: »Das ist nicht Baumeister, der blutet, das sind Sie. Sie haben was an der rechten Schulter abbekommen, Sie bluten auf Baumeister.« Er sagte es ungefähr so aufgeregt, als verrate er die Abfahrtszeit des nächsten Busses.

»Ach ja?«, fragte sie erstaunt.

»Wir haben einen Arzt da«, sagte ein anderer Mann schnell.

»Kommen Sie mit.« Er ging mit der Baronin davon.

»Können Sie aufstehen?«, fragte der Mann hinter mir.

»Ja«, sagte ich. Ich kam hoch und stand unsicher. »Was war denn?«

»Das war verdammt knapp«, sagte der Mann milde.

»Was ist mit ihr?«

»Glassplitter, keine Kugel. Nur eine Schramme«, sagte er und endlich begriff ich, dass es Pjotr war.

»Was ist passiert?«

»Nicht jetzt«, sagte er kühl. »Wir müssen hier erst mal abrücken. Rein in die Wagen und abgefahren. Und lasst bloß nichts liegen. Ein Eifelbauer, der eine Maschinenpistole zum Fundamt bringt, wäre ausgesprochen peinlich.«

»Sind das Ihre Lastwagen?«

»Ja, sozusagen. Einer war hinter Ihnen, einer vor Ihnen. Wir wussten, dass die etwas vorhatten, aber wir wussten nicht wo. Wir kamen nur zwanzig Sekunden zu spät. Verdammt noch mal.« Jetzt klang er überhaupt nicht mehr milde. »Warum haben Sie mich von unterwegs nicht angerufen?« Er brüllte fast. »Wegen jedem Mist holen Sie mich nachts aus dem Bett, und wenn es wirklich nötig ist, machen Sie eine fröhliche Urlaubsreise und stellen sich tot. Das wären Sie jetzt beinahe wirklich!«

Langsam wurde ich wieder lebendig. Und ziemlich wütend. Aber das war er auch: »Auf Ibiza haben Sie überdeutlich zu erkennen gegeben, dass Sie und Ihre schöne Freundin alles wissen. Und dann halten Sie sich die Augen zu und meinen, keiner sieht Sie. Sie mussten nicht nur wissen, dass Sie auf der Abschussliste stehen, ich bin sicher, Sie haben es auch gewusst. Und beinahe hätten Sie sich so einfach umlegen lassen. Haben Sie Ihr Gehirn an der Garderobe abgegeben, Mann?«

Ich sagte: »Pjotr, Sie sind ein Arschloch«, aber er ließ mich einfach stehen.

Ich hatte ein paar Minuten, um zur Besinnung zu kommen. Pjotr hatte Recht, weil wir diese Welt nicht wahrhaben wollten, in der wir uns bewegten. Seit wir an der Lewandowski-Sache dran waren, hatten wir einfach die Augen geschlossen und so getan, als könnten wir uns unsere kleine, private Idylle leisten. Und jetzt war die Baronin verletzt!

Pjotr kam zurück und sagte ziemlich barsch: »Probieren Sie aus, ob Ihr Wagen noch fährt!«

Ich ging zu meinem Auto, fummelte die verbeulte Tür auf und manövrierte den Wagen auf die Straße. Auf den Sitzen lagen überall Scherben, aber die Frontscheibe auf meiner Seite war heilgeblieben, und technisch schien alles soweit in Ordnung.

Vor mir führte ein Mann die Baronin zu einem der Laster. Sie war leichenblass, hielt sich aber tapfer und winkte mir noch einen Abschiedsgruß zu. Pjotr beugte sich zu meinem Fenster herunter und sagte etwas freundlicher.»Wir haben sie verarztet und setzen sie in Bonn bei Anna Guttmann ab. Sehen Sie zu, dass Sie das Wrack loswerden, und kommen Sie nach.«

»In Ordnung. Trotzdem wüsste ich noch gerne, was genau eigentlich passiert ist.«

Er sah mich an, als habe er noch nie einen derartigen Trottel gesehen. Dann sagte er ungeduldig: »Reimer und Strahl haben endlich begriffen, dass Sie beide alles wissen. Sie haben das nächste Flugzeug genommen, sind hergekommen und haben das Logischste getan, was Jäger tun können: Sie haben sich an einem Punkt auf die Lauer gelegt, an dem Sie vorbeikommen mussten. Das war abzusehen. Leider sind sie mit zwei Autos gekommen, und als wir dachten, wir hätten sie, sind sie in den zweiten Wagen gesprungen und abgehauen. Sie sind eben Profis. Nur sind sie jetzt außer Kontrolle mit ihren Wildwest-Hirnen.« Er schnaufte, drehte sich um und ging davon. Sekunden später fuhren die Laster ab.

Der Schnee fiel sanft, ich hockte in dem eiskalten, zugigen Wagen und starrte in die Dunkelheit über den Hügeln. Ich weiß nicht, ob ich mich je in meinem Leben elender gefühlt habe.

Irgendwann fuhr ich heim. Im Dorf war es weiß und still, und ich registrierte desinteressiert, dass Pjotr zwei Wachen aufgestellt hatte. Gleich neben der Scheune stand ein Wagen, hinter dem Garten ein zweiter, beide besetzt mit jeweils zwei Männern.

Krümel kam mir maunzend entgegen, und ich sagte mit einem ganz schlechten Gewissen: »Ich sehe mir deine Kinder später an. Ich muss weg, ich habe ziemlichen Mist gemacht.« Aber dann sah ich mir die Jungen an, alle vier, nahm sie auf den Arm, streichelte die stolze Mutter und fühlte mich ein bisschen besser.

Dann rief ich Anna Guttmann an. »Gleich kommt Pjotr und bringt Ihnen die Baronin. Passen Sie auf, dass sie nicht das Haus verlässt, nicht einmal, um eine Zeitung zu kaufen ...«

»Und Sie, was machen Sie?«

»Ich habe noch etwas zu erledigen. Entschuldigen Sie den späten Anruf.« Schon hatte ich wieder aufgelegt.

Ich packte hastig ein paar frische Sachen ein, dann lief ich wieder hinaus. Krümel drückte sich schmal und traurig an der Haustür herum – wenigstens bildete ich mir das ein. Ich fuhr los, und Pjotrs Wächter folgten mir nicht.

Ich nahm die Bundesstraße zur Autobahn nach Köln und hoffte inständig, dass AVIS am Flughafen einen Nachtdienst hatte und dass mich nicht irgendein eifriger Polizist anhielt. Ich stellte meinen zerschossenen Wagen auf einen leeren Parkplatz in die hinterste Ecke. AVIS hatte tatsächlich offen, und ich mietete einen Corsa. Erst jetzt konnte ich ein wenig durchatmen. Ich hockte in dem Mietwagen. Es galt nur noch, das Leben der Baronin zu bewahren und mein eigenes natürlich. Es durfte nicht mehr geschehen, dass ich die Realitäten ignorierte. Ich musste mich dem Kampf stellen – aber auf meine Weise. Ich war ein guter Journalist, und ich musste jetzt besser funktionieren als je zuvor. Denn nur so hatten wir eine Chance.

Es gab zwei Ansatzpunkte, die ich durchdenken musste. Pjotr hatte berichtet, dass der Gruppe bei einem Auftrag in Zürich eine Aktentasche in die Hände gefallen war, die man wenig später im Verteidigungsministerium ihrem Besitzer zurückgegeben hatte. Konnte ich damit rechnen, im Ministerium jemanden zu finden, der Bescheid wusste? Wohl kaum; dort würde niemand etwas von einem Henker wissen. In diesem Ministerium war Geheimhaltung oberstes Gebot. Verdammt, ich hatte keine Zeit.

Die zweite Idee: In dem kurzen Lebensabriss des Alfred Lewandowski war mir ein Punkt besonders aufgefallen. Ich wusste noch fast wörtlich, was Pjotr geschrieben hatte: Lewandowski wird nach unseren Erkenntnissen 1965 nach Dortmund versetzt. Dort im 14. Kommissariat. Fällt auf durch brutales Verhalten gegenüber Festgenommenen. Merkwürdiger Selbstmord seiner Verlobten Angelika Würzner, damals sechsundzwanzig Jahre. Die Frau legt sich in die Badewanne und bringt sich mit Strom um. Ein Gerichtsmediziner kommt zu dem Schluss, dass die Frau bereits tot war, ehe sie in das Wasser gelegt wurde. Keine Verhandlung ...

Der Frühverkehr setzte ein, machte das Nachdenken schwierig. Ich fuhr in Richtung Königsforst und suchte mir einen stillen Parkplatz. Ja, das war vielleicht eine Chance weiterzukommen: Wenn die Verlobte eines Kriminalbeamten auf merkwürdige Weise ums Leben kommt und offiziell niemand diesen Fall untersucht, dann muss dieser Beamte sehr gute und einflussreiche Freunde haben. Ich musste herausfinden, wer Lewandowski gedeckt hatte, und zwar auf Anhieb. Dabei ist das Recherchieren in so ferner Vergangenheit immer ein fragwürdiges Unternehmen.

Ich nahm die Autobahn 1 und fuhr ausgesprochen rücksichtslos. Um neun Uhr war ich im Polizeipräsidium in Dortmund. Als ich den Pförtner bat, mich in die Presseabteilung weiterzureichen, meinte er unfreundlich: »Die haben gerade eine Konferenz der Bereichsleiter.«

»Ich bin Journalist, und ich brauche jemanden in der Presseabteilung. Und zwar jetzt.«

»Tja, wenn Ihnen eine Sekretärin reicht«, sagte er mürrisch.

Dann telefonierte er und brummte etwas wie »Zimmer 151. Als hätten wir nichts anderes zu tun.«

»Na, dann gehen Sie mal wieder Ihre Murmeln zählen«, sagte ich und lief die Treppe hinauf.

Die Frau hinter dem Schreibtisch war vielleicht fünfzig Jahre alt und hatte die wachsamen Augen der Erfahrung. »Steffen«, meinte sie reserviert, »was kann ich für Sie tun?«

Sie war klein und zierlich, wirkte aber in ihrer ruhigen Gelassenheit beinahe imposant. Ihre Pagenfrisur war nicht gefärbt. Das Haar hing ihr dunkelblond mit silbernen Streifen in das kluge Gesicht. Sie hatte den Blick all der wichtigen Frauen im Hintergrund, die mehr Selbstvertrauen haben, als ihr Chef je haben wird. In ihrem Blick lagen mindestens zwanzig Dienstjahre bei der Polizei und immer noch mehr Menschlichkeit als bei den meisten. Vielleicht hatte ich das große Los gezogen.

Ich kramte zittrig sämtliche Ausweise zusammen, reichte sie ihr über den Tisch und sagte: »Mein Name ist Baumeister, Siggi Baumeister, und ich muss Ihnen kurz eine Geschichte erzählen, weil Sie sonst ...«

»Haben Sie die Reportage über Altenheime gemacht?« Sie blätterte kurz in den Ausweisen, sah aber kaum hinein und reichte sie mir zurück.

»Das stimmt, das war ich. Ich bin eigentlich eher privat hier, es geht um eine ganz vertrackte Geschichte. Ich kann Ihnen schriftlich geben, dass Sie es nirgendwo lesen werden ...«

»Das mit den Altenheimen war gut«, sagte sie. Dann schob sie mir eine Zigarettenschachtel über den Tisch. Es waren Gauloises.

»Darf ich Pfeife rauchen?«

»Nur zu, wenn es nicht gerade Brombeerblätter sind. Ihnen geht es schlecht, nicht wahr?«

»Ja.« Ich holte die Prato von Lorenzo aus der Tasche und begann sie zu stopfen. Sie sagte nichts, sie wartete. »Es ist so, dass man versucht hat, mich zu töten. Meine Kollegin auch. Es geht um einen Mann, der früher hier in diesem Haus gearbeitet hat. Er hieß damals Hermann Josef Schmitz, es ist auch möglich, dass er sich schon Joachim Steiner nannte, Dr. Steiner. Vielleicht haben Sie ihn später noch unter dem Namen Alfred Lewandowski erlebt oder Breuer, oder ...«

»Und der wollte Sie und Ihre Kollegin töten?« Sie sah mich ruhig an, und ich hatte keine Ahnung, ob sie gleich Verstärkung rufen und mich medizinisch zwangsversorgen lassen würde.

»Ja, und das will er noch. Das heißt, ich sollte anders anfangen. Ist Ihnen aus der Zeit um 1965 ein Kriminalbeamter Hermann Josef Schmitz bekannt? Hier im Haus tätig? Beim 14. K.?«

»Das könnte sein«, sagte sie unverbindlich und zog an ihrer Zigarette. »Weiter.«

»Ich muss in alter, schmutziger Wäsche wühlen. Dieser Hermann Josef Schmitz war bekannt für rüde Vernehmungsmethoden. Aber das Schlimmste war der Tod seiner Verlobten ...«

»Angelika Würzner«, sagte sie leise. Ihr Blick war sehr weit weg, sie suchte etwas in ihrer eigenen Geschichte.

»Ja. Sie starb. Freitod angeblich, Badewanne, irgendein Elektrogerät. Es gab offiziell keine Untersuchung, obwohl ein Mediziner der Meinung gewesen ist, dass die Frau bereits tot war, ehe sie in die Wanne geriet.«

»Und Schmitz wollte Sie jetzt wirklich töten?« Sie fragte das merkwürdigerweise ganz sachlich, obwohl ich begriff, dass diese Geschichte vollkommen grotesk wirken musste. »Schmitz ist als Alfred Lewandowski vor ein paar Tagen im Bonner Regierungsviertel erschlagen worden. Er war zum Schluss eine Art Geheimpolizist.«

»Und wer will Sie nun töten?«

»Seine ehemaligen Mitarbeiter, ein Mann und eine Frau.«

»Warum?«

»Das klingt platt: Weil wir zu viel wissen.«

»Das Ganze hat also etwas mit Staatssicherheit zu tun, wenn ich es richtig begreife. Was genau wollen Sie von mir wissen?« Sie wirkte überhaupt nicht mehr reserviert. Sie saß ganz angespannt da und sah mich mit großen, traurigen Augen an.

»Ein Politiker würde es als höchst sicherheitsempfindlich bezeichnen. Ich will wissen, wer damals hier im Hause verhindert hat, dass gegen Schmitz, alias Lewandowski, ermittelt wurde.«

»Sie meinen, ich wüsste das?«

»Ich glaube es.«

»Und wenn ich es nicht sagen kann?«

»Dann bleibe ich hier so lange sitzen, bis Sie es sich anders überlegen. Ich habe nämlich keine Zeit mehr.«

»Sie werden das nicht schreiben?«

»Wenn ich doch darüber schreibe, komme ich vorher zu Ihnen. Das gebe ich Ihnen auch schriftlich.«

»Angelika Würzner war meine Freundin«, sagte sie unvermittelt und stützte den Kopf schwer in die Hände.

Ich ließ ihr einen Moment Zeit, stand auf und starrte auf die Straße.

»Kommen Sie her, ich brauche einen Kognak!«, sagte sie schließlich und atmete noch einmal tief durch. »Ich hoffe seit mehr als zwanzig Jahren, dass irgendeiner kommt und der

Sache nachgeht. Der Kognak steht da in dem Schrank.« Ich goss ihr ein anständiges Glas voll und nahm mir einen Himbeersirup, weil nichts anderes da war. »Wie war diese Angelika?«

Sie trank das Glas in einem Zug leer, zündete sich die nächste Zigarette an und sah zum Fenster hinaus. »Wir hatten zusammen eine Wohnung. Sie war eine schlanke Blonde. Für die damalige Zeit war sie ziemlich wild. Sie wissen ja, wie es in den Sechzigern war: evangelisch und prüde, katholisch und prüde und so weiter. Dann kam Schmitz, und Angelika zog sehr schnell in seine Wohnung um. Sie haben mich eingeladen, ziemlich oft sogar. Aber ich mochte Schmitz nicht und wollte das Angelika nicht so direkt sagen. Als sie mir dann dauernd etwas von freier Sexualität erzählte, habe ich gesagt: Mädchen, das geht nicht gut! Ja, und dann ...«

»Wie war das mit der freien Sexualität?«

»Sie erzählte mir, der Schmitz hätte alles drauf, sogar was mit Peitschen. Ich habe das anfangs gar nicht kapiert. Man wurde ja schon rot, wenn man aus Versehen mal den zweiten Knopf an der Bluse offen hatte.«

»Sind Sie jemals hier im Haus intern zu Angelikas Tod vernommen worden?«

Sie schüttelte den Kopf. »Nein, das wurde sofort unter den Tisch gekehrt. Da gab es einen Freund, den Schmitz öfter zu Angelika mitgenommen hatte. Dieser Freund war schüchtern, völlig verklemmt, irgendwie total kaputt. Bei Schmitz und Angelika war der richtig, die ließen ihn nämlich zuschauen, wenn sie im Bett waren.«

»Das hat Angelika Ihnen erzählt?«

»Ja. Und sie war sogar ein bisschen stolz darauf. Das war auch das letzte Mal, dass ich mit ihr sprach. Einen Monat später war sie tot. Das ganze Haus hier hat gewusst, dass da irgendetwas faul war, aber an Schmitz kam man nicht ran. Ist er wirklich tot?«

»Mausetot. Wenn er das hier ist.« Ich legte ihr ein Lewandowski-Foto vom Parkplatz am Langen Eugen vor. Sie sah nur kurz darauf, zuckte zurück und nickte.

»Ich habe nicht einmal mehr Zeit, die Geschichte zu erzählen. Wer hat hier im Haus verhindert, dass der Selbstmord Angelikas untersucht wurde?«

»Sie waren ein Gespann, der Schmitz und sein Freund. Als Angelika noch lebte, sickerte schon durch, dass dieser Freund etwas ganz Hohes beim Verfassungsschutz werden sollte. Wenig später hieß es dann, Schmitz würde mit ihm dorthin gehen. Als dann die Sache mit Angelika passierte, war es eben dieser Freund, der die Untersuchung unterdrückte. Ich weiß nicht, an was für Fäden er gezogen hat, auf jeden Fall war die ganze Sache plötzlich tabu. Staatsinteresse, hieß es. Ich war fassungslos, als ich das hörte. Ganz kurz darauf waren Schmitz und sein Freund weg.«

»Wer war dieser Freund?«

»Der Freund war der jüngste Polizeirat, den wir damals hier hatten. Harald Forst hieß er. Anfangs hatten hier einige Kollegen vor, Angelikas Fall privat zu untersuchen und dann zur Staatsanwaltschaft zu geben. Aber erstens wurden sie offiziell aufgefordert, die Finger davon zu lassen, und zweitens war die Leiche Angelikas plötzlich aus der Anatomie verschwunden und im Krematorium. Ich habe Schmitz und Forst gehasst damals. Ich glaube, ich hasse sie immer noch.«

»Was passierte dann?«

»Ich weiß nicht mehr viel. Forst war beim Verfassungsschutz und Schmitz auch. Soweit ich gehört habe, blieben sie da aber nicht lange. Irgendwann war Schmitz weg, spurlos verschwunden sozusagen, und Forst trat praktisch gleichzeitig aus dem Staatsdienst aus ... Ich habe später, als ... na ja, Forst kriegt eine Rente, wie ein richtiger Rentner. Ich meine, irgendetwas riecht da ziemlich faul.« Sie war unsicher geworden, wahrscheinlich hatte sie so viel nicht sagen wollen und war jetzt erschreckt über sich selbst.

Ich überlegte einige Sekunden. »Frau Steffen, Sie müssen mir nicht erklären, dass Sie unter dem Tod Angelikas gelitten haben. Es ist doch verständlich, dass Sie weiter hinter Schmitz und Forst hergewesen sind. Sie haben also den Weg der beiden noch ein wenig im Auge behalten?«

Sie hielt den Kopf gesenkt. »Ja. Aber ich habe mich lange nicht mehr darum gekümmert. Und deshalb gehe ich jetzt den Computer fragen. Verdammt, jetzt ist es egal, jetzt will ich es wissen.«

Mir war klar, dass es sie mindestens den Job kosten würde, wenn irgend jemand mitbekam, wie sie sich unbefugt Zugang zu geheimen Daten verschaffte. Aber sie wusste genau, was sie tat, und ich brauchte sie. Ich konnte ihr nur viel Glück wünschen.

Plötzlich fiel mir etwas ein. Ich rannte hinter ihr her und erwischte sie noch gerade vor der Treppe. »Hören Sie, Lewandowski, also Schmitz meine ich, war ein C-16-Mann, einer, der für diesen Staat insgeheim arbeitete. Können Sie den Computer fragen, ob dieser Harald Forst auch ...?«

»Mach' ich«, sagte sie und ging weiter.

Ich lief den endlosen Flur auf und ab; ich versuchte, mir eine Pfeife zu stopfen, und sie zog nicht; ich sah jede Minute dreimal auf die Uhr. Ich kam mir ziemlich hilflos vor. Schließlich wartete ich wieder in ihrem Zimmer.

Endlich kam sie zurück. »Ich habe es nicht ausdrucken lassen können. Mein Computerfreund sagt, dass wir dann beide gefeuert würden. Aber ich habe auswendig gelernt, was auf dem Bildschirm stand. Schmitz hat den Verfassungsschutz 1970 verlassen. Und es stimmt, dass er ein C-16-Mann war. Harald Forst hat den Verfassungsschutz tatsächlich zum gleichen Termin verlassen, ist gleichzeitig aus dem Staatsdienst ausgeschert und – jetzt kommt es! – kriegt seither das volle Ruhegehalt eines Polizeirates, der bei normaler Laufbahn erst mit sechzig Jahren ausscheidet. Ganz schön komisch, wie?« Sie kniff die Lippen zusammen. »Da stand weiter, dass Harald Forst jetzt in der Thomasstraße in Bonn wohnt, Nummer 38 b. Schreiben Sie sich das auf? Und dann steht da noch, dass er jetzt einen Direktorenposten im Verband der Deutschen Molkereien e. V. in Bonn hat, in der Meckenheimer Landstraße 87.« Sie grinste. »Eigentlich wollte der Computer nichts sagen, aber wir haben ihn getrickst.«

»Danke.«

»Schon gut. Noch etwas: Harald Forst ist auch ein C-16-Mann. Ich meine damit nicht, dass er einer war, sondern dass er einer ist!« Sie lächelte verschwörerisch. »So ein bisschen habe ich ja gedacht, Sie spinnen, aber jetzt glaube ich Ihnen. Der Computer sagt die Wahrheit. Das muss man sich mal vorstellen: Ein Direktor im Verband der Deutschen Molkereien in Bonn bezieht gleichzeitig das volle Ruhegehalt eines Polizeirates und ist daneben ein C-16-Mann. Das ist nichts für uns kleine Leute. Hauen Sie ab und bringen Sie Ihr Fell in Sicherheit. Und melden Sie sich mal, wenn Sie noch können.« Dann kramte sie in ihrer Schreibtischschublade herum. Endlich hielt sie mir ein vergilbtes Foto hin. »Damit Sie wissen, wie Forst aussieht. Das war beim Betriebsausflug 1965.«

»Sie sind ein Ass«, sagte ich und rannte hinaus. Es war jetzt elf Uhr; ich musste schnell sein, ich musste viel schneller sein, als es eigentlich möglich war. Aus irgendeinem Grund, aus irgendeinem blödsinnigen Grund, hatte ich auf Anhieb den Mann gefunden, nach dem Pjotr und seine Leute seit Jahren suchten.

Ich hielt an der ersten Telefonzelle. Wie immer dauerte es quälend lange, bis ich die Auskunft erreichte. Ich ließ mir die Nummer des Deutschen Molkereiverbandes in Bonn geben und rief dort an.

»Das Vorzimmer von Direktor Forst«, sagte ich. Es klickte, und eine Frau sagte: »Vorzimmer Direktor Forst hier. Bitte?«

»Ist Harald da?«, schnauzte ich. »Grimm vom schleswig-holsteinischen Verband.«

»Nein, der ist schon zum Essen.«

»Ach, das ist Pech. Wo isst er denn? *Laternchen* sicher, was?«
»Die Herren sind nach Maria Laach gefahren«, sagte sie. Offensichtlich wusste sie nicht, wie sie mich einschätzen sollte.

»Macht ja nix«, sagte ich etwas leutseliger. »Ich bin nur gerade hier im Bundesdorf und dachte mir, ruf den alten Harald mal an. Bestellen Sie schöne Grüße, ja, Kindchen? Sicher 'ne große Gesellschaft, was?«

»Nein, nur drei Herren«, sagte sie sehr förmlich.

»Schön«, sagte ich und hängte ein.

Dann wählte ich Anna Guttmanns Nummer, und als sie sich meldete, sagte ich hastig: »Baumeister hier. Ich brauche die Baronin, und das ganz schnell.«

»Wenigstens leben Sie noch«, sagte sie und legte den Hörer mit einem Klacken ab. Es dauerte nicht lange, dann war die Stimme der Baronin da, und es war gut, sie zu hören.

Sie sprudelte los. »Sag mal, bist du verrückt? Pjotr ist schon vollkommen aus dem Häuschen und ruft alle zehn Minuten hier an. Du bist seit Stunden überfällig! Reimer und Strahl werden sicher versuchen, uns zu ... Baumeister, Liebling, wo bist du eigentlich?«

»In einer Telefonzelle.«

»Wo, verdammt noch mal?« Sie schrie jetzt fast. »Dass du am Flughafen warst und ein Auto gemietet hast, das wissen wir schon. Aber warum bist du nicht hergekommen? Bist du sicher, dass sie nicht schon irgendwo in deiner Nähe sind, irgendwo um die Ecke?«

»Jetzt hör mir doch mal zu. Du nimmst jetzt ohne ein Wort deine Kamera und setzt ein Superweitwinkel auf. Dann verschwindest du nach hinten raus über die Garagen und nimmst ein Taxi. Kannst du überhaupt klettern mit der Wunde?«

»Ja«, sagte sie knapp, und es klang so, als sei sie ein wenig böse auf mich.

»Außer der Kamera nimmst du noch das kleine Bandgerät mit. Du lässt dich zum Kloster Maria Laach fahren. Hast du das?«

»Ja.«

»Dort gehst du in das *Seehotel Maria Laach*, ein Riesending, kannst du gar nicht verfehlen. Du musst nach einem Mann Ausschau halten, den ich dir jetzt so genau wie möglich beschreibe. Ich habe nur ein Foto, das älter ist als zwanzig Jahre, aber das muss reichen. Der Mann ist so groß wie ich, also um 176 Zentimeter. Er ist vermutlich sehr füllig, besonders um Bauch und Hinterteil. Soweit ich sehen kann, hat er ziemliche X-Beine. Das Gesicht war damals schon voll und rund. Zwei Dinge sind wichtig: Er hat kleine, eng zusammenstehende Augen, Farbe kann ich nicht erkennen. Und dann sein Mund: Auffallend klein, und wenn er lacht, sieht man seine Schneidezähne, wie bei Bugs Bunny. Hast du das?«

»Ja, ein Scheißtyp.«

»Bitte, sag Anna nicht, was du vorhast. Der Mann hat die typische Herrenrunde um sich, drei Leute. Geh aber um Gottes willen kein Risiko ein, lass ihn nicht auf dich aufmerksam werden. Du erinnerst dich, dass Lewandowski in Guttmanns Computer als C-16-Mann erschien. Dieser Mann ist vom gleichen Kaliber. Ich werde so schnell wie möglich auch dasein. Wenn ich auftauche, kennen wir uns nicht. Du wirst zur Herrentoilette runtergehen und das eingeschaltete Bandgerät auf den Siphon des zweiten Handwaschbeckens im Vorraum legen. Noch Fragen?«

»Nein«, sagte sie ruhig. Und dann überlaut. »Du kommst jetzt also hierher? Und ich brauche mir keine Sorgen mehr zu machen?«, und ich hörte, wie Anna Guttmann erfreut sagte: »Das ist aber schön.«

Die Fahrt nach Maria Laach war ein einziger Albtraum. Ich fuhr, was der kleine Wagen hergab, aber bei dem Schneeregen gab es immer wieder Verzögerungen. Ich muss so manchen braven Mann böse erschreckt haben, wenn ich rechts an ihm vorbeischoss, weil er mir zu lange brauchte, um die Überholspur freizugeben. Als ich endlich auf den Parkplatz zwischen den alten Mauern vor der Abtei schleuderte, war ich schweißgebadet. Aber ich wusste nicht, ob es trotz meiner Raserei nicht schon zu spät war. Als ich zum Eingang spurtete, hätte ich beinahe ein älteres Paar umgerannt; die Frau blickte mir kopfschüttelnd nach, und ich hörte den Mann gerade noch sagen: »Der rennt ja, als ob es um Leben und Tod ginge!«

Hinter dem Eingang kam links die ewig gleiche Dauerausstellung alter Ikonen, auf die irgendein Kunsthändler ein Abonnement haben musste, dann die lange Kuchentheke, rechts der Eingang zu dem Raum für die besseren Gäste, schließlich geradeaus der Durchgang in den ersten Saal. Der war wie immer voll mit Tagestouristen, die zwischen Heizdeckenverkauf und Senioren-Modeschau ihr Einheitsmenü in sich hineinschaufeln durften. Ich steuerte gleich nach rechts in den kleineren Gastraum. Und richtig, da saß er, an einem Tisch beim Fenster, unübersehbar und strahlend. Er war dick und längst grauhaarig und sah wirklich aus wie Bugs Bunny. Er gab sich sichtbar jovial, aber die Augen verrieten ihn: Dieser Mann war eiskalt und lebensgefährlich.

Einen Tisch weiter, rechts vom Gang und mit dem Rücken zu mir, saß die Baronin. Sie hatte sich so postiert, dass sie Harald Forst seitlich im Blickfeld hatte. Ihre linke Hand ruhte achtlos auf dem Fotoapparat, der neben ihren Zigaretten achtlos auf dem Tisch stand, und ich wusste, dass sie Film um Film verschoss.

Ihr gegenüber saß ein jüngerer Mann, Typ besserer Handelsvertreter, der offensichtlich ganz auf Charmeur machte und gerade in einem Ton sagte, den er wohl für komische Verzweiflung hielt: »Warum sind Sie nur so spröde, schöne Frau?«

Die Baronin erwiderte: »Sie haben den falschen Vornamen«, und der Frauenheld machte kein sonderlich intelligentes Gesicht. Ich hörte, wie sie leise lachte.

An ihrem Tisch waren zwei Stühle frei. Ich ging geradewegs darauf zu, verbeugte mich formvollendet und sagte: »Sie gestatten doch?« Dann setzte ich mich.

Die Baronin meinte: »Aber ja!«, tat normal interessiert und lächelte.

Ihr Verehrer machte einen neuen Versuch. »Trinken Sie einen Wein mit mir?«

»Meinen Sie mich?«, fragte ich.

»Mich meint er«, sagte die Baronin. »Aber Sie haben zuerst zugeschlagen, also trinken Sie ihn.«

Der Mann, der sicher als Verführer ganz groß war, murmelte verunsichert: »Ich verstehe nicht ganz ...«

»Macht ja nix, mein Junge«, sagte die Baronin. Sie nahm den Fotoapparat und die Handtasche mit dem kleinen Recorder und stand auf.

Ihr galanter Freund verstand wirklich nicht ganz. Erfreut erhob er sich auch, und sie zischte: »Lieber Himmel, Jungchen, bleib auf deinem Arsch hocken!« Dann ging sie davon, Richtung Toiletten.

»Machen Sie sich nichts draus«, meinte ich. »Weiber sind eben so.«

Ich hatte jetzt keine Zeit mehr. Vor Harald Forst und seiner Gesellschaft standen leere Eisbecher. Sie mussten jeden Moment aufstehen.

Ich stand auf, ging zu ihrem Tisch, sagte »Entschuldigung, meine Herren« und beugte mich zu Forst hinunter, der mich hellwach, aber nach außen kein bisschen alarmiert musterte. So leise, dass nur er selbst es verstehen konnte, sagte ich: »Ich muss Sie in einer C-16-Sache sprechen. Sofort. Es geht um Reimer und Strahl.«

Dann drehte ich mich um und ging zielstrebig auf den Durchgang zu den Toiletten zu. Ich war sicher, dass er mir folgen würde, und ziemlich sicher, dass er mich nicht umbringen würde, bis er sich angehört hatte, was ich ihm sagen wollte. Auf der Treppe nach unten kam mir die Baronin entgegen. Sie sah mich an, aber ihre Augen verrieten nichts. Sie drückte sich an mir vorbei und summte dabei vor sich hin. Vor der Tür mit der Aufschrift »Herren« hörte ich Schritte, die hinter mir die Treppe herunterkamen. Ich ging in den Vorraum; er war leer. Im Siphonknick des zweiten Beckens klemmte der Mini-Recorder und wenn man nicht danach suchte, war er praktisch unsichtbar.

Ich stellte mich genau davor und wartete.

Er kam ganz ruhig herein, sah mich an, und sein Gesichtsausdruck verriet nichts außer ein wenig freundliche Neugier.

»Ich habe nicht viel Zeit«, sagte ich. »Ich bin Siggi Baumeister, und Sie können sich jede gespielte Überraschung sparen. Sie kennen mich, und ich weiß, wer Sie sind. Ich kann es sogar beweisen, anhand einer Liste von sechzehn Toten. Ich gedenke dafür zu sorgen, dass diese Liste nicht länger wird. Und wenn doch noch ein Name draufkommt, wird es nicht meiner sein, sondern Ihrer.« Ich hoffte nur, dass meine Stimme nicht zitterte.

»Ich habe zwar keine Ahnung, wovon Sie da sprechen, aber falls das alles ein Witz sein soll, finde ich es gar nicht komisch. Guten Tag.« Er drehte sich um und wäre wirklich gegangen – ein kalter Hund, ein echter Profi und mir mit Sicherheit haushoch überlegen. Aber ich durfte ihn nicht gehen lassen.

»Das würde ich lieber nicht tun«, sagte ich absichtlich leise; ich hoffte, dass es drohender klang. Er drehte sich halb zu mir um und sah mich dastehen: lässig gegen das Waschbecken gelehnt und die Hand in der Jackentasche – mit einer Waffe, die eindeutig auf ihn zielte. Es war meine schwerste Pfeife, die

Orly von St. Claude, aber etwas Besseres hatte ich nicht. »Selbst wenn Sie wider Erwarten schneller sein sollten als ich – draußen wartet Lawruschka«, sagte ich und betete, dass ich mich in meiner Einschätzung nicht getäuscht hatte. Für mich war Forst der typische Schreibtischtäter, der Leute wie Lewandowski brauchte, um das auszuführen, was er bürokratisch perfekt organisiert hatte. Aber ich hatte mich in letzter Zeit schon zu oft verschätzt.

»Was wollen Sie von mir?«, zischte er und zeigte zum ersten Mal Wirkung. Er zuckte merklich zusammen, als hinter ihm die Tür aufging und ein Japaner mit seinem kleinen Sohn hereinkam. Ich war nicht weniger erschrocken als er. Irgendetwas an uns musste seltsam gewirkt haben; jedenfalls meinte der Japaner mit einem freundlichen Grinsen »Sorry« und zog seinen protestierenden Sohn sofort wieder nach draußen.

Jetzt kam es darauf an.

»Ich will, dass Sie sofort Reimer und Strahl zurückpfeifen. Sie werden ihnen sagen, dass sie sich zu Ihrer Verfügung zu halten haben. Dann bekommen Sie weitere Anweisungen.«

»Und wenn ich das nicht tue?«

»Dann lege ich Sie gleich hier um. Das ist mir egal, ich kann Sie sowieso nicht leiden. Außerdem werde ich mir aber die Mühe machen, mich um Ihre Familie zu kümmern. Sie sollten jetzt lieber schleunigst versuchen, Ihren Arsch zu retten. Ihre Zeit läuft nämlich gerade ab.«

»Wer sind Sie wirklich? KGB? Wer hat Sie geschickt? Oder sind Sie von unseren? Ich habe nie etwas Ungesetzliches getan. Ich bin voll gedeckt durch die Gesetze für den Staatsnotstand in Friedenszeiten. Das ist ganz eindeutig.«

»So, das war es dann für Sie.« Ich umschloss die Pfeife in meiner Tasche fester.

»Ich tue es. Ich mache, was Sie da von mir verlangen, aber unter Protest.«

»Wie wollen Sie Ihre beiden losgelassenen Killer erreichen?«

»Ich gehe über Telefon in ein Computersystem, das Reimer und Strahl einmal am Tag anlaufen müssen.«

»Dann machen Sie das gleich von hier. Sie können den Apparat vorne am Empfang benutzen. Aber denken Sie daran: ein einziges falsches Wort, und Sie sind tot. Sie sind keine Sekunde allein, und das Gespräch wird von uns mitgeschnitten.«

Ich hoffte nur, dass ich nicht zu sehr übertrieben hatte; ich wusste, dass die ganze Unterhaltung nach miesem Agententhriller klang, aber war denn nicht diese Geschichte von Anfang an wie ein schlechter, beklemmender Schauerroman gewesen? Und Forst kaufte mir alles ab, er war hilflos in einer Situation, die in seinen Vorschriften und Planspielen nicht vorgesehen war. Aber ich durfte ihm keine Zeit zum Nachdenken lassen. »Los, Mann, machen Sie schon!«

Ergeben marschierte er vor mir her. Oben gesellte sich die Baronin zu uns, und während er eine sehr lange Nummer wählte, hielt sie ihm schon den Recorder hin. Sobald er seine Verbindung bekam, gab er einen komplizierten Code aus Buchstaben und Zahlen durch. Ich tat so, als verfolgte ich seine Meldung auf einer Tabelle mit; in Wahrheit waren es die Ferientermine von Nordrhein-Westfalen, die in meinem Notizbuch abgedruckt waren. Er legte auf und starrte mich blass und verstört an – eine erbärmliche Kreatur. Die Baronin machte mehrere Aufnahmen, dann sagte ich:

»Jetzt gehen Sie zu Ihren Herrschaften zurück und tun so, als sei nichts gewesen. Sie hören von uns.«

Zögernd wandte er sich zum Gehen, und wir verließen das Hotel, ohne uns umzusehen. Draußen im Wagen musste ich erst einmal tief durchatmen. Meine Knie zitterten leicht, und ich fühlte eine dünne, kalte Schweißschicht auf meinem Gesicht. Die Baronin küsste mich und sagte:

»Baumeister, du warst großartig.«

Ich sah sie an, wollte sie bei den Schultern nehmen, bemerkte aber den Verband und streichelte ihr nur über das Haar.

»Ich war nicht großartig. Nicht jetzt, und schon gar nicht davor. Wäre dieser Forst nicht selbst noch nie mit der Realität dessen konfrontiert worden, was er immer nur als sauberen Aktenvorgang bearbeitet, dann wäre auch das eben schief gegangen. Und wer weiß, was er gerade wirklich durchgegeben hat. Aber schlimmer war das, was ich mir vorher geleistet habe. Heute nacht wärst du um ein Haar getötet worden, und das nur, weil ich die Lage völlig falsch eingeschätzt habe. Dafür schäme ich mich.«

Die Baronin nahm mich in die Arme und küsste mich lange und zärtlich. Es war einer dieser Momente, die traurig sind und schön und so flüchtig, dass sie schon vorüber sind, wenn man erkennt, wie wichtig sie waren.

Ich musste mich mit einer großen Willensanstrengung lösen. Wenn ich ganz konzentriert war und schnell, dann hatten wir immer noch eine Chance.

»Warte bitte noch einen Moment auf mich. Ich bin sofort zurück.«

Die Baronin sah mich fragend und etwas verletzt an, sagte aber nichts. Ich lief über den nassen Parkplatz zum Telefon zurück. Pjotr war sofort am Apparat.

»Ich berichte Ihnen später, was los war. Sagen Sie mir jetzt nur, ob ich mit der Baronin in die Eifel fahren kann.«

»Das müsste gehen. Ich schicke Ihnen für alle Fälle ein paar Babysitter. Aber melden Sie sich schleunigst bei mir!«

Ich legte auf, ohne noch etwas zu antworten. Ich wollte mich nicht mit ihm streiten; ich brauchte ihn. Draußen war es kalt und windig. Zuweilen trieben ein paar Schneeflocken durch die Luft, und vom See her kamen feine Nebelschwaden gegen den Wald gezogen. Diese Welt war ganz still, und die Weiden unten am Ufer wirkten wie ihre Wächter.

15. Kapitel

In der Eifel kümmerten wir uns zuerst um Krümels Junge. Wir packten sie in einen frischen Pappkarton, den die Baronin mit alten Handtüchern auslegte, und stellten das Ganze in eine warme Ecke. Zwei von den vier hatten schon ein Auge auf, und es sah rührend aus, wie sie augenzwinkernd diese Welt betrachteten. Krümel war längst nicht mehr beleidigt; sie legte sich für einen Moment schnurrend neben mich, ehe sie sich zu ihren Jungen begab und sie trinken ließ. Es ist fast so, als hätte alles wieder seine Ordnung, dachte ich, als ich mich hinlegte. Aber ich wusste, die Ruhe trog.

Als ich morgens um sechs Uhr aufwachte, saß die Baronin im Morgenrock am Schreibtisch und telefonierte mit ihrer Mutter. Ich hörte nur noch: »... ach, ich glaube, ich könnte hier schon eine Weile leben. Aber es ist ja gar nicht sicher, dass ich schwanger bin.« Ich ging so, wie ich war, in den Garten hinaus, stapfte im diesigen Licht durch den nassen Schnee und atmete den Duft der feuchten Erde ein. Fast roch es schon nach Frühling. Die alte Brombeerranke in einem Winkel hinter der Birke, im Windschatten zweier Blöcke aus Rotsandstein, hatte schon helles, frisches Grün getrieben. Es war schön, wieder zu Hause zu sein, auch wenn Pjotrs Männer auf ihren Posten waren und wirkten wie eine Palastwache.

Als ich wieder nach drinnen ging, erwartete mich die Baronin schon mit frischem, dampfendem Kaffee. »Was machen wir heute?«, fragte sie unternehmungslustig. »Du bleibst hier; wir müssen uns für Pjotr bereithalten. Ich fahre nach Bonn und kümmere mich um die Penner.«

Sie maulte ein wenig, aber ich fand einen Weg, sie zu versöhnen.

Ich fuhr mittags los. Im Stadthaus in Bonn musste ich eine Weile suchen, aber schließlich saß ich einer älteren Frau mit Stahlbrille gegenüber, die mir erklärte, sie kenne jeden Penner zwischen Koblenz und Köln.

»Ich bin Redakteur und möchte das Leben dieser Menschen beschreiben. Ich suche einen Bonner Penner, falls es so etwas gibt.«

»So etwas gibt es.« Sie lächelte verbindlich. »Sie wollen sicher einen intelligenten, auskunftsfreudigen Vertreter der Zunft. Ich habe eine Kasse für meine Leute. Sagen wir, einhundert Mark?« Sie sah mich so selbstverständlich an, als hätte ich keine andere Wahl. »Gut, einverstanden. Wie heißt der Mann?«

Sie lächelte nachsichtig. »Wichtiger ist, wo er steckt. Es geht um den Harmonika-Karl. Er wird jetzt bei den Barmherzigen Schwestern sein und eine Suppe fassen. Er heißt so, weil er immer eine alte, rostige Mundharmonika dabei hat. Bestellen Sie ihm, Sie kommen vom Boss, und er soll sich anstrengen.«

Die Barmherzigen Schwestern residierten in der Nähe des Klosters Mariahilf in Bonn-Lengsdorf, und die Schwester Oberin, zu der ich geführt wurde, erklärte resolut: »Junger Mann, die Leute essen gerade, und sie haben ein Recht auf ihr Essen. Wir wollen sie doch nicht stören. Sie müssen also ein bisschen warten.« Dann schenkte sie mir einen jener unnachahmlich katholischen Blicke, die einen bis auf die Knochen zu durchschauen scheinen, zugleich aber milde Absolution für das verheißen, was da an Verderbtem offenbar wurde.

Ich war zwar finanziell allmählich ziemlich am Ende, aber irgendwie hatte ich meinen karitativen Tag. Jedenfalls legte ich ihr einen Hunderter auf den Schreibtisch und murmelte: »Hier, ein kleiner Beitrag für die Suppenküche.«

Sie strahlte und sagte: »Wissen Sie, Bonn ist eine Ansammlung von Gruppen und von Einzelnen, die nichts anderes tun, als unentwegt die Hand aufzuhalten. Die Stahlkocher halten die Hand auf, die Bauern halten die Hand auf, die Sudetendeutschen halten die Hand auf. Jeder hat seinen Abgeordneten, nur meine Penner haben keinen. Da muss man sehen, wie man zurechtkommt.«

»Kommen Sie zurecht?«

»O ja, eigentlich schon. Ich bettele ja auch gut. Für die Suppe reicht es immer.«

Sie verschwand und kam nach fünf Minuten mit einem Mann zurück, der fatal an Jack Nicholson in *Shining* erinnerte – nur zwei Jahrzehnte älter. Er war schmal, hager, und hatte lange, wirre, graue Haare. Er mochte vielleicht einen Meter achtzig groß sein, trug keinen Bart, und seine Kleidung war reinlich und einigermaßen ordentlich. Sein Gesicht war ungesund rot, eine Landschaft, die deutliche Spuren nicht mehr gutzumachender Verwüstung zeigte.

»Ich soll schöne Grüße vom Boss bestellen«, sagte ich.

Er sah mich an; er wirkte ziemlich mürrisch. »Sie haben sicher schon gelöhnt. Wie viel?«

»Einen Blauen.«

»Und hier?« Er wusste Bescheid.

»Auch einen Blauen.«

Die Schwester Oberin war leicht verlegen.

»Dann koste ich den dritten«, sagte er ruhig. »Es ist nämlich so, dass alle ihren Schnitt machen, wenn ich Interviews gebe. Und ich will auch was vom Kuchen.« Er stand da und wippte leicht in den Knien.

»Einverstanden«, sagte ich. »Können wir irgendwo in Ruhe sprechen?«

»Erst löhnen«, sagte er. Er sprach aus Erfahrung, und er würde sich nicht vom Fleck rühren, ehe er sein Geld nicht hatte.

Ich gab es ihm, und er steckte es so lässig in die Brusttasche seines Jacketts, als ginge er tagtäglich mit solchen Summen um.

»Jetzt zum Thema«, sagte er. »Wenn es um bestimmte Abgeordnete geht, die man nachts irgendwo sieht, geht das in Ordnung. Wenn es um mein Leben geht, wo ich schlafe, meine Suppe kriege und so, wieso ich Penner bin: Das ist auch normal. Es gibt aber auch kitzlige Themen.«

»Ja, und?«

Er sah mich an. »Ich will nur klarstellen, dass ein kitzliges Thema noch einen Blauen kostet.«

Ich gab ihm widerstrebend einen zweiten Hundertmarkschein. »Jetzt aber los, und du musst wirklich etwas bringen für dein Geld.«

»In Ordnung«, sagte er und grinste. Er hatte vorne sogar noch ein paar eigene Zähne.

Wir gingen hinaus. Es hatte zu regnen begonnen. Er schlug den Kragen seines Jacketts hoch und schritt kräftig aus, ohne sich umzusehen. Ich hatte Schwierigkeiten, mit ihm Schritt zu halten, und kam mir ziemlich dumm vor. Was, wenn Karl nun nichts wusste? Das Geld war dabei meine geringste Sorge – mir blieb nicht mehr viel Zeit.

Mein Tippelbruder führte mich eine lange, trostlose Straße hinunter, dann in eine heruntergekommene Einkaufsstraße, in der alle Geschäftstüren zu gähnen schienen. Er steuerte auf einen Kiosk zu und sagte zu der dicken Frau am Verkaufsfenster: »Mariechen, einen Kasten Bitburger und zwei Flaschen Korn. Der Herr bezahlt.«

Nachdem ich bezahlt hatte, meinte er gönnerhaft: »Wir nehmen das Zeug zwischen uns.« Dann liefen wir mit der Bierkiste und dem Schnaps noch gute zwei Kilometer durch ein ödes Neubaugebiet, schließlich quer über eine wilde Müllkippe, um endlich vor einem dreigeschossigen Neubau zu stehen, dessen Besitzer offenkundig aufgegeben hatte.

Holunder war hochgeschossen, Pfeifenweiden standen malerisch wie expressionistische Gerippe vor unverputzten Klinkern, und oben auf einem Balkon ohne Geländer wuchs eine kleine, schräge Birke und wiegte sich sanft im kalten Wind.

»Hier bin ich Hausmeister«, stellte er fest.

Er ging vor mir her in den ersten Stock, und es roch so, wie Neubauten riechen, wenngleich ich immer an den Geruch zerbombter Häuser erinnert werde. Er blieb vor dem Eingang in eine Wohnung stehen, die mit einer schweren Tür aus Baubrettern gesichert war. Sie hatte ein gutes Sicherheitsschloss. Er fingerte an einem Schlüsselbund herum. »Ich muss immer abschließen. Die Kriminalität heutzutage wird immer schlimmer.«

Auch innen gab es nur rohen Beton und rauhe Klinker. Ein großes Zimmer zur Straße hin hatte sich Karl komplett eingerichtet, die Wände mit Wolldecken straff bezogen, alte, teilweise richtig schöne Teppiche auf dem Boden. Ein Bett, ein Schrank, ein Tisch, vier Sessel – alles vom Sperrmüll, aber alles gepflegt und matt glänzend poliert.

Er ging zu einem Gasherd, der mitten im Raum stand, öffnete die Backofentür und machte Feuer. Er meinte: »In zehn Minuten ist es warm.« Dann knipste er eine Stehlampe aus den fünfziger Jahren an, tütenförmig, hässlich und heute sehr gesucht.

»Wieso liegen hier Versorgungsleitungen?«

Er lachte und breitete die Arme aus. »Hier liegen doch gar keine Versorgungsleitungen, oder siehst du was? Weißt du, als der Bonze, der das hier gebaut hat, vor einem Jahr in den Knast musste, weil er irgendwen beschissen hat, hab' ich ihm gesagt, ich würde auf den Bau aufpassen, bis er rauskommt. Die Leitungen lagen da schon vorm Haus, ich hab' sie nur verlängert, verstehst du?«

»Das merken die Stadtwerke doch.«

»Merken die nicht, weil es nicht auf ihrem Plan ist. Fällt unter Leitungsverlust. Die Bullen, die hier durchkommen, sagen nichts, weil ich nicht kriminell bin.«

»Aha.«

»Willst du ein Bier, einen Korn oder beides?«

»Hast du Kaffee?«

»Habe ich. Aber das Schälchen kostet normalerweise eine Mark, sonst komme ich nicht auf meine Kosten.«

Ich wollte ihn zum Teufel schicken, dann musste ich grinsen.

»Ich bezahle fünf Schälchen. Darf ich rauchen?«

»Du bist witzig«, sagte er verwirrt.

»Ich bin für Höflichkeit«, sagte ich. »Du bist ein guter Typ, also bin ich höflich.«

»Wenn du mir so kommst, frage ich mich, was du wirklich willst. Du musst viel wollen. Was liegt an?«

»Ein Mord.«

Er stand da, sah mich mit ganz wachen Augen an und meinte schließlich: »Das kostet fünfhundert Mark«, sagte er langsam. »Das kostet dich die Kleinigkeit von fünfhundert Mark.«

Ich wurde allmählich wütend. »Hör zu: Ich habe vierhundert hingeblättert, um überhaupt mit dir reden zu können. Jetzt soll ich einen halben Riesen opfern für etwas, das ich nicht mal kenne? Wenn du dann nach der zweiten Frage passt, sehe ich schön alt aus.«

»So isses nicht«, meinte er zögernd. »Ich muss ja nicht passen.«

»Mit anderen Worten: Er war hier bei dir?«

Er nickte und goss kochendes Wasser auf den Pulverkaffee. »Ich wusste genau, dass das faul ist mit dem, ich habe es gerochen. Nein, ich mache es nicht für fünfhundert, ich mache es überhaupt nicht. Ich habe hier die warme Bude, und wenn die Zivilbullen auftauchen, geht das alles den Bach runter.«

»Verdammt noch mal, jetzt hör mir mal zu: Ich recherchiere seit Tagen an dieser Scheißgeschichte herum, ich kriege ein Ding ins Bein geballert, ich werde von irgendwelchen großkotzigen Bundesanwälten rumgestoßen. Und du stehst da und willst einfach die Schnauze halten, nachdem du kassiert hast. Nicht mit mir, mein Freund.«

Er musterte mich mit seinen wässrigen Augen, sagte aber nichts. Dann zuckte er die Achseln.

»Beruhige dich, komm erst mal wieder auf den Teppich. Trink deinen Kaffee.« Er stellte die Tasse vor mich hin. »Willste Kekse?« Das war das Letzte, was ich jetzt brauchte: ein netter Kaffeeklatsch in einer Hausruine. Aber ich nahm einen. Karl zog seine Mundharmonika aus der Tasche und spielte ein paar Melodiefetzen. Dann war er zu seiner Entscheidung gekommen.

»Vergiss das mit der Kohle erst mal. Du siehst aus, als wärst du echt fertig, fertiger als ich.« Er kicherte. »Frag mich. Aber wenn du 'ne Story davon machst, dann will ich was sehen, dann gibt's nicht mal 'n Foto gratis, ist das klar?«

Ich hätte ihm alles versprochen, und das hier war mehr als fair. Jetzt kam es darauf an.

»Wann tauchte Lewandowski auf?«

»Wie heißt der? Lewandowski? Na, vier Tage, bevor er umgelegt wurde. Ich weiß noch, es war ein Sonntagmorgen. Ich war mit Elsie hier, und wir hatten 'ne Menge Spaß. Elsie ist aus Köln, dauernd auf der Walze. Sie hat nicht viel in der Birne, aber sie ist gut, verstehst du? Sie sagt, alle Männer wollen mit ihr bumsen, aber in Wirklichkeit macht es ihr am meisten Spaß, und sie ist gut, richtig gut. Ich hatte Elsie in Rodenkirchen aufgegabelt. Da ist ein Pfarrhaus, da kriegen wir manchmal Stullen. Ich sagte Elsie, sie kriegt einen Kasten Bier, wenn sie mitkommt. Man braucht so was. Elsie war echt gut drauf an dem Abend. Und sie hat kein Aids, und so. Sagt sie.«

»Das war also Samstag.«

»Richtig, das war Samstag. Wir sind über Wesseling, Urfeld, Hersel und Graurheindorf gezogen. Manchmal haben wir eine Pause gemacht, meistens in den Wartehäuschen von der

Rheinuferbahn. Nachts waren wir ziemlich fertig, wir haben erst mal geschlafen. Sonntagmittag war Elsie dann in Superform. Und da sagt plötzlich wer im Treppenhaus: ›Ist hier einer?‹ Nanu, denke ich, das ist irgendein Kumpel, der sich den Arsch abfriert. Ich gehe also raus, und da steht dieser Heini, den sie dann später am Langen Eugen umgelegt haben.«

»Woher weißt du das überhaupt? Das stand doch in keiner Zeitung.«

Er sagte voller Verachtung: »Wenn so etwas läuft, wissen wir es am schnellsten. Immer.«

»Und wie kommt Lewandowski in diese Gegend, hier in den Neubau? Das passt doch irgendwie nicht.«

»Na, er sagte, er wäre da am Bahnhof gewesen und hätte Kumpel von mir getroffen. Und die hätten ihm von dem Haus hier erzählt und von meiner Bleibe. Wer war er eigentlich?«

»Ein Geheimdienstbulle.«

»Heilige Scheiße! Ich hab's geahnt, ich hab' gewusst, dass mit dem was faul ist. Ich dachte mir, wenn der 'n Penner ist, dann sitz' ich im Bundestag. Er war jedenfalls im Treppenhaus und fragte mich, ob er mal mit mir sprechen könnte. Immer rein, habe ich gesagt. Dann hat er Elsie gesehen und nichts mehr gesagt. Also habe ich ihr gesagt, sie soll eine Weile draußen bleiben. Dann ist sie raus, und dieser ... wie heißt er noch? Ich habe ihn einfach Ede genannt. Ede hat mir gesagt, er wäre in Schwulitäten. Gemacht hätte er nix Großes, aber zurückziehen müsste er sich mal für 'ne Weile. Klar, kennt man ja, kann vorkommen. In Ordnung, habe ich gesagt, du kannst hierbleiben, aber im Hotel musst du auch löhnen, hier kostet dich das genauso was. Er hat gelöhnt, und ich bin dann raus zu Elsie und hab' sie weggeschickt. Sie hat ziemlich geschimpft, aber ich hab' gesagt, er hat Knete, und Geschäft ist Geschäft.«

»Wie viel hat er bezahlt?«

»Erst mal einen Blauen. Er hat nicht gehandelt. Aber zuerst ist er rausgegangen und hat seinen Koffer geholt.«

»Einen Koffer?«

»Einen Koffer, einen ziemlich normalen Koffer. Dachte ich jedenfalls. Hinterher wusste ich, dass an dem nix normal war.«

»Hast du gesehen, was in dem Koffer war?«

»Ja. Ede war pissen und hatte vorher drin rumgekramt und ihn nicht wieder abgeschlossen, weil er meinte, ich würde schlafen. Da hab' ich natürlich reingeguckt. Da waren Waffen drin, zwei Revolver und ein Gewehr. Das Gewehr war auseinandergenommen. Dann noch andere Sachen. Ein Fernglas, eine Brieftasche voll Schotter. Im Deckel von dem Koffer war ein Anzug, feinste Sahne, ein Hemd mit Krawatte und so. Sah picobello aus, wie ein Musterkoffer, kein Staubkorn.«

»Hast du Geld aus der Brieftasche genommen?«

»Na hör mal, wie kommst ...«

»Hast du Geld genommen?«

»Na ja, eine Handvoll Blaue. War einfach zu viel für mich, zu viel Aufregung, verstehste? Aber er hat es nicht mal gemerkt.«

»Er hat es gemerkt, er hat nur nichts gesagt.«

»Wäre möglich«, gab er zu und zuckte mit den Achseln.

»Was passierte dann?«

»Kannst du mir in deinem Artikel nicht einen Decknamen geben? Ich meine, wenn die Bullen kommen und mich anmachen, weil ich nichts gemeldet habe, bin ich das Haus hier los und kann wieder in den Knast.«

»Einverstanden. Also, was passierte dann?«

»Moment! Das mit dem Decknamen brauch' ich schriftlich.«

Ich gab ihm also schriftlich, dass ich seinen Namen heraushalten würde, und er braute mir noch einen Kaffee.

»Na ja, wir haben uns unterhalten, und er hat mir eine Story erzählt. Ich habe nämlich gemeint, er soll mal sagen, was Sache ist. Er sagte, er hätte Krach mit seiner Alten, weil die einen anderen Kerl hätte, und dass er Kassierer wäre von einem Tennisverein, und dass er was Dummes gemacht hätte.«

»Mit der Vereinskasse durchgegangen?«

»Genau. Klang echt gut, die Geschichte, aber ich habe ihm kein Wort geglaubt. Nicht nach der Sache mit den Knarren.«

Ich wurde immer ungeduldiger, aber ich musste mich auf die Geschichte so einlassen, wie er sie mir erzählte. Also fragte ich so ruhig, wie ich konnte: »Und was lief weiter ab?«

»Nix, wir haben geschlafen. Ach so, ja, bis Elsie kam, da wurde mir ganz mulmig. Also: Ich hatte Elsie auch was Kohle gegeben, und sie muss sich dafür 'ne Dröhnung besorgt haben. Jedenfalls taucht sie nachts auf und lärmt unten im Haus rum. Ich hab' ja wirklich einen leichten Schlaf, Junge, aber dieser Ede hat mir vielleicht einen Schrecken eingejagt. Ehe ich auch nur die Augen aufmache, steht Ede schon hinter der Tür und hat in jeder Hand einen Ballermann. Der hätte jeden umgeblasen, ganz emsthaft! Mann, sage ich, das ist doch bloß die Elsie! Und er sagt ganz kalt: ›Schick sie weg!‹, steckt die Knarren ein und haut sich wieder hin. In der zweiten Nacht hätte er beinahe mich weggeblasen, bloß, weil ich mal pissen gegangen bin. Mann, der ging mir vielleicht auf den Keks.«

»Was war am Montag?«

»Nichts.«

»Wie, nichts? Da muss doch was passiert sein.«

»Ich sag' doch: nichts. Ich musste ihm nur Kleingeld besorgen, jede Menge Groschen. Damit zockelte er alle Stunde rüber zur Telefonzelle, um irgendwen anzurufen. Ansonsten lag er nur auf der Liege, trank ab und zu ein bisschen Saft oder Wasser. Nie Kaffee, nie Alkohol.«

»Wann ist denn wieder etwas passiert?«

»Am dritten Tag, also am Dienstag. Da war ich in der Innenstadt. Natürlich habe ich über die Sache mit Ede die Schnauze gehalten, Also, da kommt ein Kumpel und bringt zwei Neue mit, einen Mann, eine Frau. Das ist nichts Besonderes, weil andauernd Neue kommen, denn den Leuten geht's ja nicht so gut. Wir stehen da also so am Bahnhof rum und nehmen eine Dose Bier, und ich guck' mir die so an. Nanu, denk ich, ist das jetzt 'ne neue Mode? Die waren nämlich auch nicht von unserer Sorte, genauso wenig wie mein Freund Ede.«

»Moment mal«, sagte ich und legte die Bilder vor ihn hin. »Das war also dein Ede, mein Lewandowski, richtig?«

»Richtig. Mann, sieht der da mies aus.«

»Und das hier waren die beiden Neuen, auch richtig?«

»Ja, tatsächlich! Woher hast du das? Wer waren die überhaupt?«

»Auch Geheimdienstbullen. Weiter.«

»Na ja, wir kamen dann so ins Quatschen und sie sagten, sie kämen von Wesel runter. Sie wollten langsam durchtrampen bis Spanien, von wegen Sonne und so. Ich hab' kein Wort geglaubt. Die hatten zwar alte Klamotten an, aber sie hatten nicht mal dreckige Fingernägel, und an so was merkt man, ob einer echt ist oder nicht. Dann ließen sie die Katze aus dem Sack und fragten nach Ede. Sie sagten, er wäre ein Kumpel aus alten Zeiten. Ich hab' mich dann langsam verkrümelt, bin hierher und hab' das Ede erzählt. Da hat er nur gegrinst, sonst nichts.«

»Ist sonst noch was passiert am Dienstag?«

»Nichts, nur dass mir mein Kumpel Ede gewaltig auf den Zwirn ging. Er sagte nichts, verstehst du, die ganze Zeit kein Wort. Da wirste ja verrückt. Ich dachte dauernd, wie ich ihn loswerden und wieder mit Elsie bumsen kann.«

»Was war Mittwoch?«

»Mittwoch sollte ich für ihn eine Bahnfahrkarte kaufen. Erster Klasse nach Basel, und alle halbe Stunde ging er zu seiner Zelle, um zu telefonieren.«

»Hast du die Fahrkarte gekauft?«

»Na klar. Kaum hat er sie, da gibt er mir schon wieder einen Haufen Blaue und sagt, ich soll ein Flugticket nach Kopenhagen kaufen. Aber das habe ich dann nicht mehr gemacht, daraus wurde nichts mehr. Unten fuhr nämlich plötzlich so ein Geländewagen vorbei. Als er den sah, sagte er: ›Jetzt wird es aber Zeit!‹ Er wartete nur noch, bis die Karre um die Ecke war, dann haute er ab. Er hatte die Bündel Bares eingesteckt und ...«

»Er ist ohne den Koffer weg?«

»Ja, ist er. Es muss so gegen acht gewesen sein und schon dunkel. Er rannte ohne Koffer los.«

»Mann, wo ist der denn jetzt?«

Erstaunt sah er mich an. Wie konnte man sich nur wegen einem Koffer so aufregen?

»Na, unter meinem Bett hier. Aber Zaster ist keiner mehr drin, den hat er mitgenommen.«

»Hast du eine Ahnung, wie viel Geld das war?«

»Also ich schätze mal, abgesehen von den Blauen, mindestens dreißig Riesen. Reicht schon für 'ne Weile.«

»Zeig mir den Koffer.«

»Muss ich den abgeben? Der sieht echt gut aus.«

»Sicher. Besser, ich nehme ihn gleich mit.«

Es war ein teurer, schwarzer Lederkoffer mit Stahlverstärkung. Wäre er verschlossen gewesen, hätten wir Probleme gehabt. Darinnen lagen zwei schwere Smith and Wesson-Revolver und ein ultramodernes Gewehr mit vielen Plastikteilen. Dann der Anzug, ein beiges Hemd, eine weinrote Krawatte, sechs Pässe.

»Lieber Himmel!« Für eine Sekunde sah ich schon meine Sensationsreportage vor mir, Baumeister, der Starreporter. Dann war ich wieder in der Wirklichkeit. Hier und jetzt bedeutete dieser Fund vor allem eins: höchste Gefahr.

Das hatte sogar mein Freund mit der Mundharmonika begriffen, denn er sagte wehmütig: »Zuerst wollte ich das ja alles verscheuern. Was meinste, was du für die Sachen kriegen würdest! Jeden Winter in Südfrankreich ... Aber dann hab' ich gedacht, das ist mir doch zu heiß. Und du siehst mir auch nicht hart genug aus, um mit der Sorte Typen fertig zu werden. Vielleicht sollten wir das Ding einfach irgendwo verscharren und alles vergessen.« Ich ignorierte ihn und dachte nach.

»Ich frage mich, wohin er wollte.«

»Das musst du allein rauskriegen. Willste noch einen Kaffee?«

Draußen war es ganz dunkel geworden, der Wind heulte unangenehm, und irgendwo schepperte ein loses Stück Blech immer wieder gegen eine Mauer.

»War dieser Geländewagen ein schwarzer Mitsubishi-Pajero?«

»Da kenne ich mich nicht aus.«

»Aber schwarz war er?«

»Ja.«

Mir war auf einmal eiskalt.

»Ich glaube, ich muss jetzt gehen.«

»Ja, und der Koffer? Nimmst du den mit?«

»Ja, das ist mit Sicherheit das Beste.«

»Wenn die Bullen rauskriegen, woher du den hast, nehmen die mich hoch.«

»Von mir erfahren die nichts.«

»Ja, gut. Und du lässt dich mal wieder sehen?«

»Ich muss auf jeden Fall noch mal kommen. Ich fotografiere dich erst mal hier. Veröffentlicht wird nichts ohne Löhnung, versprochen.« Ich fotografierte ihn, und er strahlte in die Kamera, als wäre es sein Kommunionsfoto.

»Ist doch toll, oder? Du schreibst deine Geschichten, und wenn du die Schnauze voll hast, kommst du her und trinkst deinen Kaffee, und wir klönen.«

»Ja, nicht schlecht.« Er war ein guter Typ, und wir gaben uns zum Abschied feierlich die Hand.

Dann nahm ich den Koffer und marschierte los. Es war schneidend kalt. Ich war aufgeregt und hundemüde, aber mein Kopf arbeitete weiter. Natürlich wusste ich, wohin Lewandowski gewollt hatte: Zu seinem Führungsmann Harald Forst in die Thomasstraße 38 b. Und der? Natürlich, das war es: Der hatte ihn im Regen stehen lassen. Aber warum?

Ich war inzwischen in einer etwas zivilisierteren Gegend, und als ich eine Telefonzelle sah, beschloss ich, Pjotr anzurufen. »Ich habe bei einem Penner Lewandowskis Koffer für den Notfall ausgekramt. Es wäre gut, wenn Sie morgen zu mir in die Eifel kämen.«

Wenn er überrascht war, ließ er es sich nicht anmerken. Er sagte bloß: »Der Koffer ist es also! Baumeister, hauen Sie schnell da ab. Reimer und Strahl sind in der Stadt und suchen etwas. Das kann nur dieser Koffer sein. Hauen Sie also um Gottes willen ab!«

Ich hängte ein. Mir war ganz mulmig, und den gesamten Weg zurück zu meinem Wagen kam ich mir vor wie ein Kind, das in den dunklen Kohlenkeller muss. Als ich endlich bei dem kleinen Opel ankam, war ich erleichtert. Ich freute mich auf das Gesicht, das die Baronin machen würde, wenn ich ihr den Koffer zeigte. Ich wollte gerade erleichtert starten, da kam der schwarze Mitsubishi wie ein böser Käfer um die Ecke gekrochen. Sie saßen beiden vorne, Gig Reimer und Ellen Strahl.

Ich hätte mich ohrfeigen können. Natürlich, sie mussten aufräumen, sie mussten den letzten deutlichen Hinweis auf Alfred Lewandowski von dieser Erde tilgen.

Ich duckte mich und wartete, bis sie vorbei waren. Dann fuhr ich ganz langsam und ohne Licht hinter ihnen her. Sie hatten Zeit, und offenbar wussten sie genau, wohin sie wollten. Ich überlegte fieberhaft, was ich tun konnte, um vor ihnen dazusein. Ich musste etwas unternehmen, irgendetwas!

Ich gab Gas und versuchte, in einer Parallelstraße abzukürzen, aber ich fuhr eine Querstraße zu weit. Als ich gewendet hatte, waren sie weit vor mir, und es gab keine Möglichkeit mehr, ungesehen an ihnen vorbeizukommen. Ich fuhr noch immer ohne Licht.

Ihre Scheinwerfer tasteten sich an der Müllkippe vorbei, erfassten die Siedlungsstraße und erloschen – weit vor dem Neubau des harmlosen, wehrlosen Harmonika-Karl. Sie stiegen aus und gingen zu Fuß weiter, Reimer auf der rechten Straßenseite, die Strahl auf der linken. Sie hatten höchstens noch fünfzig Meter vor sich. Ihre Schatten glitten schnell durch die Lichthöfe der Straßenlaternen.

Verzweifelt klappte ich Lewandowskis Koffer auf und starrte auf das bizarre Gewehr. Ich würde es nie schnell genug zusammensetzen können, wenn überhaupt je, und dann könnte ich nichts damit anfangen. Panikartig griff ich mir eine Smith and Wesson und kurbelte das Fenster herunter. Dann gab ich Gas, der Wagen schoss nach vorne, machte einen Satz und blieb bis zur Achse in einem Schlammloch stecken.

Ich fluchte und sah, wie die beiden herumwirbelten. Dann mussten sie wohl entschieden haben, dass der Koffer dringender sei, denn wie auf ein unhörbares Kommando stürmten sie auf den Neubau zu. Sie verschwanden im Schatten des Hauses, und es wurde unheimlich still.

Ich war rasend in meiner Hilflosigkeit, und mir war alles egal. Wie ein Amokläufer sprintete ich hinter den beiden her, den Revolver in der Hand. Dabei wusste ich nicht einmal, ob ich auch nur eine Scheunenwand treffen würde.

Vor der gähnend schwarzen Türhöhle schlug ich lang hin, und noch ehe ich mich aufgerappelt hatte, schlugen klatschend zwei Kugeln in einen Balken direkt neben der Stelle ein, wo ich jetzt eigentlich gestanden hätte. Dann sirrte eine dritte Kugel als Querschläger irgendwo ins Dunkel. Ich hatte keine Schüsse gehört und wusste nicht, wo der Schütze lauerte. Meine eigene Waffe hatte ich bei dem Sturz verloren. Ich robbte zitternd vor Angst und Wut und Hilflosigkeit hinter einen Haufen Bauschutt und drückte mich in eine übelriechende kleine Mulde. Ich weiß nicht, wie lange ich da lag, erbärmlich und kurz vor der Panik und sicher, dass ich hier nicht lebend würde herauskommen können. Genauso wenig wie Karl. Um ein Haar hätte ich laut losgeheult.

Irgendwann hörte ich den Motor des Pajero; sie fuhren weg. Mir war inzwischen egal, ob das eine Finte war: Ich torkelte hoch und stolperte die roten Betonstufen hinauf.

Sie hatten Karl das Genick gebrochen. Er lag da mit absurd verdrehtem Kopf auf dem schäbigen Boden direkt vor seiner Wohnung, in der er so glücklich gewesen war.

Ich schrie laut meinen Schmerz und meine Wut hinaus. Dann nahm ich Karls Mundharmonika an mich, ging, ohne mich umzudrehen und ohne mich um eine mögliche Falle zu kümmern, zurück zu meinem Wagen und machte mich verbissen daran, ihn wieder flott zu bekommen. Dann fuhr ich wie betrunken in die Eifel.

Die Baronin sagte mir später, ich habe kein Wort gesprochen, als ich hereinkam, und ein ganz graues Gesicht gehabt. Ich sei wie ein Schlafwandler zum Telefon gegangen und habe Pjotr angerufen.

Er meldete sich verschlafen, und ich sagte ihm, dass Reimer und Strahl in Bonn soeben einen völlig unbedeutenden Penner umgebracht hätten, der nur zufällig mein Freund war. Sie glaubten, er sei im Besitz ihres Koffers.

»Ich habe die Schnauze gestrichen voll. Ich will raus aus diesem Scheißspiel!«

»Mann, beruhigen Sie sich doch erst mal.«

»Ein großartiger Rat. Das Einzige, was mich beruhigen könnte, wären Informationen. Die sind für uns jetzt nämlich lebenswichtig. Zum Beispiel: Vor wem war Lewandowski auf der Flucht?«

»Denken Sie nach, und Sie werden schnell darauf kommen«, sagte Pjotr kühl. »Wann soll ich bei Ihnen sein?«

»Schnell, so schnell es geht. Ich muss endlich alles wissen, und wir wollen raus aus der Sache.«

»Das sind jetzt die Aufräumarbeiten, mein Lieber.«

»Ja, ich weiß. Hier ein Toter, dort ein Toter. Und wann sind wir tot?«

»Nicht, wenn Sie sich auf mich verlassen. Ich komme morgen.«

»Sagen Sie mir, warum Lewandowski getötet. wurde. Nur das!«

»Weil er einen Fehler machte«, sagte er und hängte ein.

»Du siehst aus wie ein sehr alter Mann, und du solltest ein Bad nehmen und dich dann hinlegen«, sagte die Baronin sanft.

Ich ließ mich von ihr ins Bad bringen, und in dem heißen Wasser kam ich wieder so weit zu mir, dass ich ihr berichten konnte, was geschehen war.

Die Baronin war zu Tode erschrocken. Sie streichelte mir die ganze Zeit den Kopf, sagte »armer Siggi, armer Karl« und küsste mich, als wäre es das Letzte, was wir auf der Welt würden tun können.

Später zeigte ich ihr den Koffer, und sie sah mich lange an und meinte dann:

»Siggi, wir müssen raus aus der Geschichte. Wir müssen ganz schnell da raus.«

16. Kapitel

Als ich aufwachte, war es schon fast zehn. Eine grelle Sonne lag über dem weißverschneiten Land, Eifellicht. Die Baronin spielte mit den kleinen Katzen und sagte: »Du solltest dich rasieren, Pjotr kommt gleich. Dein Verband muss auch erneuert werden.«

Die Wunde sah gut aus und würde sicher eine beeindruckende Narbe geben. Nach dem Verbandswechsel diktierte ich der Baronin, was mit Karl geschehen war. Sofort hatte ich wieder einen Kloß im Hals und Wut im Bauch. Das Beste würde sein, ich ging einmal durch das Dorf, um mich wieder zu fangen.

Die Schneedecke war nicht höher als vier oder fünf Zentimeter. Ein alter Mann arbeitete verbissen daran, die verharschte Masse von einem Bürgersteig abzukratzen, den ohnehin niemand benutzte.

Unser Ortsbürgermeister kam aus seinem Haus gelaufen, als ich vorbeiging, und sagte: »Morgen. Wer war denn der Tote in deinem Garten?«

»Weiß ich nicht, weiß ich wirklich nicht. Ich hab' es gar nicht glauben wollen. Ich war in Bonn zu einem Interview, und plötzlich tauchen Bullen auf und fragen mich, warum denn in meinem Garten jemand erschossen wurde.« Ich lachte; es gelang nicht sonderlich überzeugend.

»Komische Sache«, sagte er mit hellen, misstrauischen Augen.

»Erst laufen die Ermittlungen normal an, dann sagt jemand: Schluss! Aus! Alles zur Bundesanwaltschaft! Und was weißt du noch darüber?«

»Wahrscheinlich weniger als du. Wirklich erschossen?«

»Ja. Und sogar mit zwei verschiedenen Waffen. Beide Schüsse ins Gesicht. Nicht zu fassen. Du musst doch irgendwas wissen, Mensch.«

Da redeten die Leute im Umkreis von zwanzig Kilometern von nichts anderem, und ich musste so tun, als wüsste ich absolut gar nichts. »Wenn ich mehr weiß, sage ich es dir.«

»Sag mal, warum humpelst du so?«

»Oberschenkelzerrung. Ausgerutscht. Mach's gut.«

Er stand da, sah mir nach und glaubte mir kein Wort. Ich fühlte mich ziemlich elend.

Als Pjotr in seinem alten Wagen auf den Hof bog, schleppte ich gerade Holz für den Kamin ins Haus. Pjotr blieb bei seinem Auto stehen und sah sich aufmerksam um. »Warum leben Sie eigentlich hier?«

»Weil ich die Leute und das Land mag, weil es ruhig ist, weil kein Idiot mir einredet, ich müsste unbedingt eine Karriere machen, von der ich nicht weiß, ob ich damit glücklich bin, wenn ich sie gemacht habe.«

»Hier kann man nachdenken.«

»Ja. Aber Denken ist aus der Mode gekommen. Gehirn ist der Ballast, der zuerst abgeworfen wird.«

»Sind Sie schlecht gelaunt?«

»Nein, durchaus nicht. Nur nachdenklich. Haben Sie Neuigkeiten?«

»Ja.« Er scharrte mit der rechten Schuhspitze im Schnee. »Lawruschka Ljubomudrow ist in Bonn.«

»Was bedeutet das?«

»Das weiß ich noch nicht. Es geht wohl dem Ende zu.«

»Kommt rein«, sagte die Baronin in der Tür. »Es ist draußen viel zu kalt, um nachdenken zu können.«

»Wissen Sie eigentlich, dass die Eifel das rheinische Sibirien genannt wird?«, fragte Pjotr und half mir, das Holz hereinzutragen.

»Dann liebe ich Sibirien. Wie geht es eurem Vorsitzenden?«

»Hervorragend«, sagte er vergnügt. »jedem Russen, der so oft zitiert wird, geht es gut. Kritisch wird es erst, wenn man ihn verschweigt.«

Die Baronin hatte Kaffee gemacht, es gab salzige Butter, Brot und Eifelschinken. Pjotr war begeistert und schien sich wie zu Hause zu fühlen.

»Wir wissen nichts von Ihrem Beruf«, sagte die Baronin. »Was sind Sie wirklich?«

Er grinste sie an. »Nun, bestimmt bin ich kein Typ Null-Null-Sieben, dazu bin ich entschieden zu unsportlich. Ich liebe meinen bleichen, verweichlichten Körper und lege Wert darauf, ihn keinen unnötigen Gefahren auszusetzen.«

»Hört auf mit dem Small talk«, sagte ich. »Pjotr ist Geheimdienstmann und hat offiziell irgendeine Funktion, von der alle Insider wissen, dass sie nur auf dem Papier besteht. Bevor wir uns gegenseitig in Artigkeiten ersticken, möchte ich feststellen, dass ich mich missbraucht fühle. Die Geschichte auf Ibiza war eine ziemliche Sauerei; wir waren nichts als Lockvögel. Reimer und Strahl würden alles tun, nur nie ein Interview geben. Sie fragen selbst nie, und ihre Antworten bestehen nur aus Töten. Ich möchte ausschließen, dass so etwas wie in Spanien noch einmal geschieht.«

Er sah mich an und nickte langsam. »Zugegeben, Sie waren das Futter für die Tiger. Neue Mitspieler bringen meistens Unsicherheit ins Spiel, und das wollte ich ausnutzen. Missbraucht? Na gut, wenn Sie meinen.«

»Warum haben Sie den Polen in den Tod geschickt?«, fragte die Baronin.

Er stand auf, legte ein Holzscheit ins Feuer und blieb im Feuerschein stehen. »Den Polen konnte niemand retten, ich schon gar nicht.« Er stocherte mit dem Schüreisen in den Flammen. »Buchenholz riecht phantastisch. Sie kennen doch den Film *Spiel mir das Lied vom Tod*. Im Wesentlichen ist das eine Ansammlung von Männern, unrasiert, in weiten, hellen Staubmänteln, die auf ihren Pferden sitzen und von Zeit zu Zeit Menschen erschießen. Dabei ist durchaus nicht immer einleuchtend, weshalb das geschieht: Die Motivierung ist schwach. Ein kritischer Zuschauer muss denken: Wenn die zwei Minuten miteinander reden würden, wäre der ganze Film hinfällig, weil keiner mehr zu schießen brauchte. Der Regisseur wusste das genau und ließ schweigen. So ähnlich ist das mit den Geheimdiensten: Wir haben es auch da meist mit Männern zu tun, deren geistiger Befund zumindest leicht pathologisch wäre, wenn man sich die Mühe machte, sie zu untersuchen. Sie sind zwar rasiert und hocken nicht auf Gäulen, tragen aber auch oft seltsame Mäntel und sind ständig bereit, völlig schweigsam gewalttätig zu werden. Sie könnten mit Sicherheit selbst nicht begründen, warum das so sein muss. Ohne sich und ihren Staat zu hinterfragen, tun sie Dinge, die jeden normalen Menschen ins Gefängnis führen würden. Der dünne Pole war so: ganz still, ganz hart und unbeeinflussbar. Die Henkergruppe hatte seinen Freund getötet. Wenn er sie nicht auf Ibiza gestellt hätte, dann hätte er es anderswo versucht.«

»Aber er hatte doch keine Chance!«

»Der Pole war ein sentimentaler Narr!«, sagte er scharf. »Er wollte sie nicht aus dem Hinterhalt erschießen, er wollte ihnen offen gegenübertreten. Ich weiß nicht, ob er dabei überhaupt noch logisch gedacht hat. Wie Sie selbst in diesem Garten erlebt haben, hatte er auf diese Art keine Chance.«

»Woher wissen Sie das mit dem Garten?«

Er zuckte die Achseln. »Ich muss vieles wissen.« Er überlegte einen Moment. Dann sagte er knapp: »Kommen Sie mit.« Er ging vor uns her, öffnete die Gartenpforte, als habe er das hundertmal getan, ging um das Haus herum, blieb stehen und erklärte: »Sehen Sie, der Mann, der erschossen wurde, stand dort unten in der Bresche in der Hecke. Diese Bresche stammt von einem Mercedes-Geländewagen, der in Becks Truppe mitfuhr. Sie selbst standen dort links vor der alten Stalltür, ein wenig versetzt vor Ihrer Freundin. Links von Ihnen im

Durchlass der Mauer stand die Strahl. Und genau vor Ihnen stand Reimer. Sie wurden getroffen und fielen. Anschließend haben Sie die schmale Straße dort überquert und verschwanden hinter dem Nachbarhaus. Es ist kalt, gehen wir wieder hinein.« Er drehte sich um und ging zurück ins Haus.

»Wir müssen aus der Geschichte raus, Baumeister, das ist ja unheimlich«, murmelte die Baronin verstört.

Wir gingen hinter Pjotr her, der sehr sorgfältig seine Schuhe abputzte, ehe er das Haus betrat.

»Wo haben Sie nun diesen Waffenkoffer?«

»Versteckt.«

»Kann ich ihn sehen?«

»Nein«, entschied ich einfach. »Ich habe ihn verschwinden lassen, und er bleibt, wo er ist.«

»Aber es sind Waffen, mit deren Hilfe man Morde beweisen kann.«

»Sie wissen doch genau, dass niemand in diesem Land ein Interesse daran haben wird, diese Fälle zu beweisen.« Ich war wütend. »Niemand wird anklagen, niemand!«

Er lächelte schmal. »Aber Sie glauben, dass jemand Ihre Geschichte drucken wird, nicht wahr? Ich dachte auch weniger an juristisch zu verwertende Beweise, sondern eher an Beweise für mich.«

»Und diese Beweise brauchen Sie für eine politische Erpressung«, sagte die Baronin scharf.

»Das ist nicht wahr«, widersprach er sanft. »Es gibt auf beiden Seiten Leute, die das längst nicht mehr wollen. Ich bin einer davon.«

»Vielleicht erreichen wir, dass sie einen Bundestagsausschuss einsetzen«, meinte ich ohne große Überzeugung.

»Das wäre interessant«, sagte er, »aber ich glaube nicht daran. Und was werden Sie bis dahin machen, etwa wenn Reimer und Strahl kommen und den Koffer fordern?«

»Glauben Sie, dass das geschieht?«

»Natürlich. Vielleicht sind sie schon unterwegs. Machen wir einen Spaziergang?«

Ich war irritiert. »Moment, Sie wollten erklären, welchen Fehler Lewandowski gemacht hat.«

»Ich werde Ihnen unterwegs davon berichten.«

»Wieso wollen Sie plötzlich spazieren gehen? Und wohin?«

»Richtung Kerpen, in den Steinbruch«, sagte er schlicht, als sei das ein selbstverständliches Ziel, zu dem wir schon oft gemeinsam gewandert wären.

Wir liehen ihm ein paar Gummistiefel und machten uns auf den Weg. Wir gingen die Weinbergstraße an der alten Schule hoch, dann den südlichen Weg am Weinberg entlang. Eine trübe Sonne wärmte uns ein wenig.

»Das erinnert mich an meine Heimat«, sagte er gutgelaunt. »Die habe ich mit Stalin gemein: Georgien. Viel Wald, viel Aberglaube, viele einfache Leute und weit weg von Moskau. Als Junge war ich im Sommer immer in Zeltlagern.« Dann riss er sich von seinen Erinnerungen los. »Sie wollten etwas über den schwersten Fehler von Lewandowski erfahren. Nun, die Sache liegt ein halbes Jahr zurück.«

Vor der Weggabelung hatte ich die Baronin am Arm gefasst und zurückgehalten, Pjotr war drei Schritte vor uns. Er fragte nicht, er nahm den einzigen richtigen Weg nach rechts, den einzigen Weg, der zum Steinbruch führte.

»Sie wissen aber gut Bescheid«, sagte ich.

Er wandte sich kurz zu uns um und lächelte, antwortete aber nicht darauf. »Merken Sie sich den Namen Müller. Sie wissen ja schon, dass Lewandowski seine Zielperson wahrscheinlich mittels eines komplizierten Codes genannt bekam, den wir niemals knacken konnten. Eines Tages traf es die Nummer dreiunddreißig auf einem speziellen Verzeichnis von Bundestagsabgeordneten. Diese Nummer dreiunddreißig war ein CDU-Mann namens Müller. Nun muss man wissen, dass die Nummer sechsundsechzig ein SPD-Mann mit dem gleichen Namen ist. Um es vorwegzunehmen: Durch einen unglaublich dummen, kleinen Fehler tötete Lewandowski den CDU-Müller. Gemeint war jedoch der SPD-Müller.«

»Woher wissen Sie das alles?«, fragte die Baronin ungläubig.

»Durch einfach überzeugende Rückschlüsse, Sie werden es gleich verstehen. Der CDU-Mann Müller war das, was man hierzulande einen braven, aufrechten Mann nennt, Hinterbänkler, kein Vorredner, kein Vordenker. Ein sehr hart arbeitender Mann mit einer Vorliebe für Randgruppen. Mit Sicherheitsdingen wie Rüstung und Wirtschaft hatte er nicht das Geringste zu tun. Er kämpfte für Alkoholiker und Drogenkranke und Aidskranke, da kannte er sich aus. Sein Leben verlief ohne Bruch. Keine Geliebte, keine Seitensprünge, keine Schulden. Glücklich verheiratet mit einer sehr energischen Frau. Als ihr kerngesunder Mann beim Spaziergang mit dem Hund plötzlich tot umfiel, fand sie sich mit dem angeblichen Herzversagen nicht ab und verlangte eine Obduktion. Man sagte ihr, dass er durch eine bedauerliche Verwechslung schon ins Krematorium gebracht worden sei. Sie setzte Himmel und Hölle in Bewegung. Man hat die nicht zu vermeidende Untersuchung zwar blockiert, aber es reichte, dass wir aufmerksam wurden. Wir haben nachgebohrt und sind jetzt vollkommen sicher, dass es ein Fehler in der Zielcodierung gewesen ist.«

Wir hatten uns inzwischen auf eine einigermaßen trockene Eiche gesetzt, die schon vor Jahren ein Sturm gefällt hatte, und mussten für einen zufälligen Beobachter wie Wanderer bei einer gemütlichen Rast wirken. Nur plauderten wir nicht über unsere Route, sondern über etwas Ungeheuerliches.

Pjotr fuhr fort: »Vierzehn Tage nach dem Tod des CDU-Müller fuhr der andere Müller nach Ost-Berlin und traf sich dort mit einem Vertreter des Moskauer Innenministeriums. Er kommentierte einen geheimen Sicherheitsbericht westdeutscher Atomkraftwerke. Da wussten wir: Lewandowski hat den falschen Mann getötet!« Er griff in seine Jackentasche. »Mögen Sie Sonnenblumenkerne? Bei uns zu Hause sagt man, das sei gut für die Zähne und für das Eheleben.« Er lächelte strahlend.

»Warum haben Sie Lewandowski eigentlich nicht erschossen?«, fragte ich.

»Weil er uns nur lebend nützlich war, lebend und in Moskau.«

»Und mit seinem Geständnis ein neuer Milliardenkredit?«, fragte die Baronin scharf.

»Das glaube ich nicht«, sagte er ernst. »Das haben wir gar nicht nötig. Auch wenn Ihre Wirtschaftsbosse das öffentlich nicht gerade breittreten, wir sind hervorragende Schuldner, ein Bombengeschäft für Ihre Banken. Als der CDU-Müller tot war, geriet Lewandowski in eine fast vollständige Isolierung. Er war kaum noch in dem Haus am Godesberger Müllenkamp. Und dann hatte er ja noch einen zweiten Fehler gemacht.«

»Die öffentliche Verleihung des Bundesverdienstkreuzes?«

»Ja. Das war kurz vorher gewesen, aber nun war der Minister natürlich kompromittiert, auch wenn er selbst von der ganzen Sache nichts wusste. Aber irgendein hoher Beamter wusste davon.«

»Nun sagen Sie schon, wer ihn umbrachte«, sagte die Baronin ungeduldig.

»Reimer und Strahl natürlich«, antwortete er.

»Aber warum auf dem Parkplatz des Langen Eugen, und mit einem Stein auf den Schädel?«, fragte ich.

»Das war sozusagen ein diplomatisches Signal an uns«, erklärte er. »Selbstverständlich haben die Auftraggeber geahnt, dass wir auf Lewandowskis Spuren waren. Aber sie wussten nicht, wie weit wir gekommen sind. Also opferten sie Lewandowski, ließen ihn erschlagen und sagten uns damit:

Hört auf nachzuforschen, es ist vorbei, er ist tot! Lewandowski war seit Tagen auf der Flucht vor seinen eigenen Genossen, und als er ...«

»Er versuchte als letzten Ausweg, zu seinem Freund Harald Forst in die Thomasstraße 38 b zu kommen«, sagte ich.

Pjotr blickte mich scharf an und bekam ganz schmale Augen. »Wie heißt der Mann? Forst? Wie haben Sie den aufgetrieben?«

»Es war relativ einfach«, sagte ich. »Ich habe ein Tonband für Sie.«

»Reimer und Strahl sollten also die Nachfolger werden?«, fragte die Baronin.

»So war es geplant, aber alles ging schief, weil Sie und wir schon zu viel wussten. Der Waffenkoffer ist ein letztes Überbleibsel, von dem sie überzeugt sind, dass es aus der Welt geschafft werden muss.«

»Dann geben wir ihnen einfach den Koffer, und die Sache ist vorbei. Ich will da raus«, sagte die Baronin entschlossen.

Er lachte völlig humorlos. »Sie sind vielleicht gut. Selbst wenn Sie ein buntes Schleifchen um den Koffer wickeln und ihn den beiden als Preis überreichen: Das wird nicht ausreichend sein. O nein – der Koffer, die Baronin und der Baumeister, das ist der Preis.«

Es war sehr still, und man hörte im Steinbruch die Krähen. Dann folgte der gellende Rufe eines Turmfalken. Links von uns brach Rotwild durch die Dickung.

»Ist das ganz sicher?«, fragte ich.

Er nickte. »Wenn Sie logisch überlegen, gibt es zwei Menschen, die einfach zu viel über die Henkergruppe wissen. Die Baronin und Siggi Baumeister.«

»Dann hauen wir ab«, sagte die Baronin heftig. »Ich bin doch nicht verrückt. Ich lasse mich doch nicht von diesen Fanatikern erschlagen! Oder willst du ein Held sein, Baumeister? Ich nicht.«

Wir bogen um das alte Mahlhaus, in dem sie früher den Basalt zu Schotter zerkleinert hatten, und kamen auf die unterste Sohle des Steinbruchs.

»Es ist sehr schön hier«, sagte Pjotr versonnen.

»Rote Sandsteinauffaltung, Vulkanasche, Granit, Basalt«, erklärte ich. »Hier steht Wasser, das wegen des felsigen Untergrundes nicht ablaufen kann. Nach und nach sind Schilfgräser gekommen und Binsen. Es gibt hier Königslibellen, Glockenunken, Hornissen, Kammmolche, Fadenmolche, Bergmolche. Vor Jahrmillionen ist hier ein warmes Meer mit Korallen gewesen. Ungeheuer viel Fossilien und Gott sei Dank nur wenig Menschen, die davon wissen. Da oben in der Steilwand leben Turmfalken. Ein Paradies. In schweren Zeiten gehe ich hierher und bedenke meine Unwichtigkeit. Das sind die Dinge, die zählen, nicht dieser hysterische Geheimdienstquatsch.«

»In diesem Beruf müssen Sie mit allem rechnen«, sagte er. »Als Geheimdienstmann leben Sie eben gefährlich.«

»Wie meinen Sie das?«, fragte ich verständnislos.

»Reimer und Strahl können sich das Ganze nur auf eine Weise erklären: Sie gehören zum Geheimdienst, zum russischen natürlich.«

»Ist das nicht ein bisschen übertrieben?«, fragte ich.

»Durchaus nicht. Wie sollten Sie sonst etwa Grüße von Lawruschka bestellen können?«

»Wer ist denn überhaupt dieser Lawruschka?«

»Ein Genosse, der die Henkergruppe jahrelang vom Schreibtisch aus verfolgt hat. Er hat sogar einmal verbreiten lassen, er werde sie persönlich zur Strecke bringen.«

»Was haben Sie nun vor?«, fragte die Baronin.

»Nun, wir werden ihnen den Waffenkoffer geben und sie bitten, ein wenig aus der Schule zu plaudern.«

»Machen Sie das ohne uns«, bat ich.

»Geht nicht«, sagte er. »Das wissen Sie.«
»Wir sind also das Dessert?«, murmelte die Baronin.
»Sie sind auf dem Tablett«, bestätigte er.
»Ich habe Angst«, sagte sie mit weißem Gesicht.
»Ich kenne das Gefühl«, antwortete er. Er beobachtete, wie ein Eichelhäher keckernd durch eine Kiefer brach und dann wie ein bunter Ball davonjagte. »Lassen Sie uns zurückkehren und alles vorbereiten«, sagte er.
»Und wo soll das Ganze stattfinden?«, fragte ich.
»Na, heute Nacht in diesem Steinbruch«, sagte er heiter. »Das ist doch ein wunderschöner Platz.«

17. Kapitel

Wir stapften schweigend durch den Schnee heimwärts. Von Westen zogen Wolken hoch, die Sonne wurde milchig; es würde bald wärmer und mehr Schnee geben. Pjotr ging ein paar Schritte vor uns und summte vor sich hin.

»Wir haben ja gar keine Wahl«, sagte die Baronin. »Treffen in einem Steinbruch«, meinte sie voller Verachtung. »Nachts! Das ist wirklich idiotisch, das ist lächerlicher Männerkram.«

»Wir können es nicht ändern. He, Pjotr! Ich habe es mir überlegt. Sie kriegen den Koffer. Aber Sie müssen uns die ganze Geschichte erzählen.«

Er blieb stehen. »Einverstanden. Es ist gut, dass Sie vernünftig geworden sind.«

Im Haus holte ich den Waffenkoffer vom Dachboden und gab ihn Pjotr. Dann hörte er sich die Aufnahme meines Gespräches mit Harald Forst an und machte sich dabei Notizen. Endlich sah er mich an und meinte ernst: »Alle Achtung, das haben Sie gut hingekriegt. Ich werde jetzt mit Forst telefonieren und ihn bitten, Reimer und Strahl heute Nacht in den Steinbruch zu schicken.«

»Das wird er nie tun«, meinte ich.

»O doch«, sagte er. »Das wird er sogar gern tun. Denn so wird er die Menschen los, die seinem Überleben am meisten im Wege stehen.« Er lächelte bösartig und griff nach dem Telefon. Wir ließen ihn beim Telefonieren allein. Als er aus dem Zimmer kam, sah er aus wie ein Kater, der gerade zwei Mäuse verspeist hat.

»Er ist am Ziel, er hat Reimer und Strahl«, sagte die Baronin. »Ich fahre nach Köln und besorge Nachtfilme und die Spezialoptik. Ich werde das alles fotografieren.«

»Frag Pjotr erst, ob das geht.«

Er nickte gönnerhaft, und sie machte sich auf den Weg.

Dann sah ich Pjotr zu, wie er geradezu ehrfürchtig die Waffen aus dem Koffer nahm. »Spezialanfertigung vom Büchsenmacher, nicht von der Stange, nirgendwo zu kaufen«, meinte er zu dem Gewehr, das er mit wenigen Handgriffen zusammengesetzt hatte.

»Hat die Gruppe eigentlich oft geschossen?«, fragte ich.

»In mindestens vier Fällen.« Dann ging er wieder telefonieren. Später faltete er eine Wanderkarte auseinander und vertiefte sich darin.

Ich tippte auf die Karte. »Es gibt nur einen Punkt, von dem aus die Baronin fotografieren kann. Hier in der Steilwand des Steinbruchs steht eine Basaltnadel, ganz am Rand. Wie wird die Szene sein? Hell? Dunkel?«

»Ziemlich hell«, sagte er. »Wir werden zwei Scheinwerfer haben. Akteure sind Sie, Lawruschka, der Koffer und ich. Es gibt zwei normale Wege, um in den Bruch zu kommen; beide werden Reimer und Strahl nicht benutzen. Sie dürften vom Osten her den Steilhang hinunterkommen, wahrscheinlich getrennt und in kurzem Abstand. Von hier aus gesehen Reimer links, die Strahl rechts.«

»Woher wollen Sie das so genau wissen?«

»Ich kenne sie seit Jahren, und ich weiß, wie sie sich bewegen. Und Reimer ist Rechtshänder, die Strahl Linkshänderin.«

»Was ist mit Waffen?«

»Wir beide gehen unbewaffnet, sie werden bis an die Zähne bewaffnet sein.«

»Und wenn Streit entsteht? Dann sind wir ihnen hoffnungslos ausgeliefert.«

Er sah mich amüsiert an. »Es ist wie Schach, Herr Baumeister. Man muss sich genau überlegen, was der Gegner wahrscheinlich tun wird, ehe man überlegt, was man selbst tut.«

Mir fiel etwas anderes ein. »Dieser Beck hat behauptet, die Nachricht über Lewandowskis Ermordung sei nicht über

Polizeileitung gekommen, sondern direkt von Guttmann. Daraus schloss Beck messerscharf, Guttmann müsse der Mörder sein.«

»Das ist idiotisch. Wir waren hinter Lewandowski her. Wir hatten ihn verloren und fanden ihn wieder, als er durch Bonn strich. Ich selbst habe Guttmann informiert.«

Ich ging hinauf und beobachtete Krümel, die ihre Jungen säuberte und abschleckte. Gegen neun kam die Baronin zurück, hatte alles besorgt und war ziemlich aufgeregt. Pjotr saß ganz ruhig vor dem Kamin und las in einer alten Faust-Ausgabe.

»Wann geht's denn los?«, wollte die Baronin wissen.

»Sehen Sie zu, dass Sie um Mitternacht bereit sind«, meinte Pjotr nur und widmete sich wieder ganz seiner Lektüre.

Später aßen wir ohne großen Appetit etwas. Die Baronin und ich waren schweigsam und nervös. Wir versuchten es mit Fernsehen, aber das Programm war so schlecht, dass wir wieder abschalteten. Dann spielte ich zusammen mit der Baronin gegen Pjotr Schach, und wir verloren jedes Mal so schnell, dass wir auch das bald aufgaben. Als wir schon beinahe nicht mehr daran glaubten, wurde es endlich Mitternacht. Pjotr sagte aus seinem Sessel: »So, jetzt können Sie die Baronin auf ihren Hochsitz bringen. Wir beide werden erst später gebraucht«, und schloss völlig entspannt die Augen.

»Und wenn Reimer und Strahl uns jetzt erwischen?«, fragte die Baronin entgeistert.

Pjotr schüttelte lächelnd den Kopf.

»Die haben das Gelände längst erkundet. Sie hocken jetzt irgendwo in ihrem Auto und machen autogenes Training. Das machen sie immer.«

Wir nahmen den direkten Weg. Zweihundert Meter hinter dem Dorf begann der Wald; der Weg war breit und zunächst gut sichtbar. Etwas weiter war er kaum noch auszumachen und vollkommen zugewuchert. Wir gingen stetig und schweigsam und sahen nicht einmal zur Seite. Es hätte auch keinen Sinn gemacht, wie Indianer auf dem Kriegspfad zu schleichen; die anderen Indianer waren besser. Nach zehn Minuten erreichten wir einen uralten, verrosteten Stahldraht, der sich in Kniehöhe über den Weg spannte.

»Die alte Absperrung vom Steinbruch. Pass auf, stolper nicht«, sagte ich zur Baronin. »Dreißig Meter weiter fällt der Bruch senkrecht ab, achtzig Meter tief. Da ist auch die Basaltnadel, auf der du hocken wirst wie auf einem Thron. Oder bist du schwindelig?«

»Nein, ich habe nur Schiss.«

»Ich auch, langsam jetzt. Die Nadel ist etwas mehr links, an der Krüppeleiche vorbei. Vorsicht, stehen bleiben. Siehst du? Da unten werden wir sein. Pjotr glaubt, dass Reimer und Strahl aus dem Steilhang gegenüber kommen werden.«

Der Steinbruch lag im silbrigen Mondlicht unter uns wie eine kitschige Filmkulisse.

»Und wo soll ich mich genau postieren?«

»Du musst über den Spalt zur Nadel rüber. Aufpassen! So ist es gut. Schieb den Schnee weg und leg dich hin. Wie gefällt dir das?« Ich war mit ihr hinübergestiegen. Mein Herz klopfte ganz schön.

»Für jemand mit Mut ist das ideal«, sagte sie ziemlich kleinlaut.

»Jetzt das Seil«, sagte ich. Ich legte ihr die starke Nylonschnur wie einen doppelt gekreuzten Hosenträger um und verknotete sie um ihre Taille. Die Gegenseite schlang ich um einen soliden Eichenstamm jenseits des Spaltes.

»Ich werde jetzt gehen. Bist du okay?«

»Und was mache ich, wenn ich vor Angst ohnmächtig werde?«

»Ohnmächtig bleiben. Du bist übrigens die tapferste Baronin, die ich je kannte.«

Sie warf mir eine Kusshand zu. Dann kauerte sie sich hin und begann die Kameratasche auszupacken.

Ich nahm den gleichen Weg zurück. Auf einmal konnte ich wieder gut verstehen, warum ein Kind pfeift, wenn es Angst in der Dunkelheit hat.

Pjotr saß am Schreibtisch und machte sich Notizen. »Ihre Freundin hat sehr viel Mut. Irgendetwas Auffallendes?«

»Nichts. Wann gehen wir?«

»Wir fahren. Um zwei.«

»Sie haben das alles schon sehr lange geplant, nicht wahr?«

»Selbstverständlich.« Er lächelte unverbindlich.

»Gibt es in Moskau auch einen Henker?«

»Wir haben die Todesstrafe nicht abgeschafft. Ob wir allerdings jemanden wie Lewandowski hatten, weiß ich nicht. Höchstwahrscheinlich. Jetzt vermutlich nicht mehr.«

»Wann kommt dieser Lawruschka?«

»Er wird zum Steinbruch kommen. Er ist ein scheuer Mann.«

»Wollen Sie sich noch etwas auf die Couch legen?«

»Ich bleibe bei dem Sessel.« Er schaffte es tatsächlich, in kürzester Frist einzuschlafen. Ich verstand nicht, wie er so entspannt sein konnte.

Gegen ein Uhr kam Wind auf; der Himmel war jetzt dicht bezogen. Sobald der Wind nachließ, würde es schneien. Ich spielte mit Krümel und den Jungen, horchte in die Nacht und dachte an die Baronin.

Ich weckte Pjotr kurz vor zwei, und er war auf der Stelle hellwach.

»Ich möchte, dass wir aus Richtung Kerpen anfahren.«

Wir machten uns nicht die geringste Mühe, unauffällig zu sein. Ich fuhr von der Bundesstraße in den Ackerweg, der hinauf zum Steinbruch führt, und parkte den Wagen am Einlass auf die unterste Sohle.

Pjotr hatte zwei kleine, viereckige Scheinwerfer mitgenommen. Wir stellten sie etwa sechs Meter voneinander entfernt auf. In der Mitte lag ein großer Basaltbrocken, auf den wir den Waffenkoffer legten. Dann schlossen wir die Strahler an und probierten sie aus. Sie gaben ein angenehmes Licht, nicht zu grell, aber sehr stark.

»Sehr gut. Wir hocken hier wie auf dem Präsentierteller. Lassen Sie die Scheinwerfer noch einen Moment brennen.«

»Warum denn? Die Batterien halten nicht ...«

»Damit die Frau Baronin das Licht messen kann«, sagte er.

»Machen Sie solche Treffs oft?«, fragte ich verblüfft.

»Um Gottes willen, nein. Ich komme mir bei derartigen Ritualen lächerlich vor, obwohl solch eine Art, sich zu treffen, Zeugen ausschließt. Eigentlich kann niemand mogeln.« Er lächelte. »Da schreit ein Käuzchen.« Dann schaltete er die Scheinwerfer aus.

»Kein Käuzchen, eine Schleiereule. Wir haben hier zwei Pärchen.«

Jetzt herrschte wieder Stille, bis auf die vielen natürlichen Geräusche ringsum, die immer lauter wurden. Die Wände des Steinbruchs schienen näher zu rücken.

»Wenn mich meine Nase nicht trügt, fängt es gleich an zu schneien.«

»Wird es viel Schnee geben?«

»Ich glaube nicht, der Wind steht nicht so. Können die Verstärkung mitbringen?«

»Niemals.«

Über uns war ein deutliches Scharren zu hören, Rotwild wahrscheinlich. Eine Wildtaube gurrte im Schlaf. Um drei Uhr schaltete Pjotr die Scheinwerfer ein.

»Wo bleibt Lawruschka?«

»Wahrscheinlich ist er längst da.« Jetzt war es eindeutig. »Links am Hang ist wer«, flüsterte ich.

Er zeigte keine Reaktion, wandte auch nicht den Kopf. Er sagte nur gelassen: »Na also.«

Irgendwie hatte Reimer es geschafft, durch die dicht stehenden Stangenbuchen zu kommen, die zwanzig Meter über uns am Steilhang endeten. Er stand da, kaum sichtbar vor dem Dunkel des Waldes.

»Das ist unglaublich«, flüsterte ich. »Da kommt nicht mal ein Fuchs durch, ohne Krach zu machen.«

Reimer sagte mit neutraler Stimme: »Guten Morgen!«

Erst jetzt wandte Pjotr den Kopf und erwiderte höflich: »Guten Morgen! Kommen Sie, kommen Sie!«

»Wie viele Leute haben Sie hinter den Steinbrocken?«

»Keinen«, sagte Pjotr amüsiert. »Aber das wissen Sie doch längst.«

»Richtig«, sagte Reimer. Dann sprang er breitbeinig den Rest des Hangs herunter, der so steil war, dass sich dort nicht einmal Schneeflecken gebildet hatten. Er trug einen schwarzen Trainingsanzug und schwarze Boxerschuhe. Ehe er ins Licht trat, fuhr er sich mit beiden Händen durch die hellblonde Tolle. Er war sehr wachsam, aber vollkommen ruhig.

»Sind das meine Waffen in dem Koffer?«

»Ja«, sagte Piotr. »Bis auf die eine Smith and Wesson. Die ist verloren.« Reimer runzelte die Stirn.

»Und wo ist Lawruschka?«

»Muss gleich kommen. Aber Sie dürfen die Waffen schon einmal untersuchen.«

»Nicht nötig«, sagte er lässig. Dann fragte er: »Und wo ist Baumeisters Freundin?«

»Zu Hause, erkältet«, sagte Pjotr.

Einen Augenblick lang hatte ich die wahnsinnige Angst, Reimer könnte längst wissen, wo die Baronin steckte.

»Oh«, sagte er bedauernd.

»Rauchen Sie?«, fragte Pjotr und hielt ihm die Schachtel Gauloises hin. Dann zog er sie wieder zurück. »Nein, Sie rauchen nicht. Das ist ungesund.«

»Richtig«, sagte Reimer.

Im Plauderton fragte Pjotr: »Wo ist Ihre Gefährtin?«

»Links von Ihnen«, meinte Reimer lakonisch.

Da stand sie, und niemand wusste, wie lange sie dort schon gestanden hatte. Sie hielt eine Waffe in der rechten Hand, zielte auf niemandem im Besonderen und wirkte dennoch bedrohlicher als eine Kobra. Wir hatten sie nicht gehört.

»Madame!«, sagte Pjotr lächelnd und verneigte sich leicht.

»Hier unten ist keiner, auf der zweiten Stufe auch nicht. Scheint sauber«, stellte sie fest. Sie hatte eine neutrale kühle Stimme. Als sie endlich die Waffe wegsteckte und herankam, konnte ich erkennen, dass sie nicht einmal schlecht aussah, aber irgendwie völlig farblos. Das Auffälligste an ihr waren ihre Bewegungen; lautlos, elegant und voll verhaltener Kraft.

»Kommen wir zum Geschäft«, sagte Pjotr. Er klang auf einmal viel weniger verbindlich.

»Lassen Sie hören«, sagte die Strahl misstrauisch. Sie lehnte sich gegen den Steinblock und sah kurz in den Waffenkoffer, war aber sofort wieder lässig gespannte Aufmerksamkeit – wie eine große Raubkatze.

»Sie können die Waffen haben«, stellte Pjotr fest. »Sie haben nur eine Gegenleistung zu erbringen: Sie werden uns umfassend informieren.«

»Umfassend informieren? Worüber?« Reimer fragte ohne jede Neugier.

»Über Ihre Gruppe«, sagte Pjotr.

»Aber es gibt gar keine Gruppe«, sagte die Strahl genauso emotionslos.

»Natürlich nicht«, sagte Pjotr. »Nach Lewandowskis Tod halten Sie sich erst einmal bedeckt. Aber Sie sind die Nachfolger.«

Reimer fragte so, als ginge ihn das alles wenig an. »Nachfolger von wem, für was?«

Pjotr wirkte irgendwie erheitert. »Ich dachte, Sie wissen, wie viel wir wissen. Ich dachte auch, Sie wissen, dass ich mich nicht hinters Licht führen lasse. Sie geben mir die Geschichte der Gruppe, ich gebe Ihnen Lewandowskis Vermächtnis. So einfach ist das.«

»So einfach ist das gar nicht«, ließ sich die Strahl vernehmen. »Die Waffen müssen wir nur zum Auto tragen. Zwei Minuten. Informationen bedeuten Tage, vielleicht Wochen. Und die haben wir nicht.«

»Die werden Sie sich nehmen müssen«, sagte Pjotr. Er zündete sich die nächste Zigarette an.

»Was wollen Sie eigentlich wissen?«, fragte Reimer. »Was für Hobbies wir haben?«

»Ach kommen Sie. Es geht um die ganze Geschichte, um jeden einzelnen Tag in dieser Geschichte.«

»Wir verkaufen aber keine Geschichte«, sagte die Strahl. »Wir sind keine Verräter.«

»Nein, das sind wir wirklich nicht«, stimmte Reimer zu. »Was ist, wenn wir den Koffer nehmen und gehen?«

»Das habe ich erwartet«, sagte Pjotr. »Lawruschka deutete so etwas an.«

»Lawruschka ist der Einzige, der bei euch etwas taugt«, sagte die Strahl. »Wo bleibt er denn?«

»Er kommt gleich. Also was ist? Sie werden sich doch längst dafür entschieden haben, uns Auskunft zu geben, oder?«

»Absolut nicht«, sagte Reimer kalt.

»Das hier ist unsere Schlussarbeit, und wir machen sie gut und schnell.«

Pjotr schwieg.

»Also: Wir nehmen jetzt den Koffer und gehen!«, sagte die Strahl, ohne eine Miene zu verziehen. Es bestand kein Zweifel, dass sie niemals an etwas anderes gedacht hatte.

Pjotr sagte leise, aber scharf: »Wissen Sie, mir war es schon lange klar, dass Ihr Chef Sie irgendwann zum Abschuss freigeben würde – so, wie er Lewandowski freigab. Ihnen scheinbar nicht. Warum wollen Sie die Realität nicht sehen?«

»Realität ist, dass wir die Waffen schon haben«, sagte Reimer drohend. »Sie sollten sich freuen, lebend hier wegzukommen.«

»Falls Sie lebend hier wegkommen. Über unsere Arbeit sprechen wir nicht.«

»Das sollten Sie sich aber schnell noch einmal überlegen. Was meinen Sie denn, warum Ihr Chef Sie hierhingeschickt hat? Sie sind am Ende, und jeder außer Ihnen weiß es. Sie werden sich nirgendwo auf der Welt verkriechen können, Ihre Arbeitgeber werden sich nicht mehr an Sie erinnern, und an jedem Kiosk der Welt wird man Ihre miese Geschichte kaufen können.«

»Das würde mich wundern«, meinte die Strahl überheblich. »Ihre Leute wären die Letzten, die so an die Öffentlichkeit gingen.«

»Baumeister und die kranke Dame sind leider nicht meine Leute. Daher müssen Sie schon mit einer erheblichen Öffentlichkeit rechnen. Aber Sie haben ja die Chance, mit mir zu sprechen. Sehr lange, vielleicht Monate. Die Waffen können Sie übrigens gleich haben, die sind nicht so wichtig. Ich schenke sie Ihnen.«

Er hockte nicht mehr auf seinem Stein, er war beiläufig aufgestanden und sah sie freundlich an.

Nichts in ihren Gesichtern verriet, was sie dachten, sie wirkten nur noch etwas aufmerksamer als vorher schon.

Jetzt wurde Pjotrs Stimme spöttisch: »Haben Sie sich eigentlich überlegt, was geschehen wäre, wenn Sie diesen Waffenkoffer einfach vergessen hätten? Nichts, rein gar nichts!«

Jetzt schien Reimer leicht irritiert, aber sie hatte immer noch dieses vollkommen ausdruckslose Gesicht. Ich konnte nur hoffen, dass mir meine Gedanken genauso wenig anzusehen waren. Ich hatte nämlich soeben staunend begriffen, worauf Pjotr hinarbeitete.

»Wie soll das technisch gehen?«, fragte Reimer, der sich wieder völlig in der Gewalt hatte. »Wir kriegen die Waffen und ziehen damit ab. Gut, und dann?«

»Einer von uns soll als Geisel hier blieben«, sagte die Strahl.

Pjotr meinte kalt: »Wenigstens die Dame beginnt zu denken.«

»Das ist unlogisch«, widersprach Reimer, und ich sah aus den Augenwinkeln, wie Pjotr zufrieden verfolgte, wie seine Saat aufging.

»Die wollen uns trennen«, sagte die Strahl und zeigte zum ersten Mal Wirkung. »Natürlich! Die wollen uns trennen!«

Pjotr sagte schneidend: »Wir machen kein Geschäft, ich will Sie nicht trennen, ich will keine Geisel, und was Sie mit dem Koffer machen, ist vollkommen unwichtig. Ich fordere Sie nur auf, mir in Moskau Rede und Antwort zu stehen.«

Reimer hatte auf einmal seine Waffe in der Hand. »Kein Geschäft, verstehst du? Und trennen will er uns auch nicht. Er hat uns bestellt, wir sind gekommen. Mehr wollte er nicht, mehr hat er von Anfang an nicht gewollt.«

Pjotr nickte langsam. »Sie haben es endlich begriffen, Reimer. Ich wollte Sie nur hier haben, sonst nichts. Lassen Sie uns also aufbrechen nach Moskau.«

Er glitt aus dem Lichtschein, als sei er schwerelos. Und plötzlich geschah alles auf einmal. Rechts von mir bewegte sich der Hang. Er bewegte sich an drei Stellen, auf einmal standen da drei dreckverschmierte Figuren, die man für Erdgeister hätte halten können, wenn sie nicht jeder eine Maschinenpistole im Anschlag gehalten hätten.

»Aus dem Licht, Baumeister!« rief Pjotr von irgendwoher.

»Scheiße!« Das war die Strahl.

Die drei Männer standen wie festgewachsen etwa dreißig Meter von mir entfernt und hielten ihre Waffen auf uns gerichtet. Ich war viel zu gebannt, um mich bewegen zu können, aber schon zog mich eine kräftige Hand aus dem Lichtschein.

Im gleichen Moment bewegten sich Reimer und Strahl ansatzlos und mit ungeheurer Schnelligkeit. Sie wirbelten in einer Rolle in entgegengesetzte Richtungen und hatten schon die Waffen in den Händen, bevor sie aus dem Lichtkreis verschwunden waren.

Die Männer am Hang schossen sofort. Es waren kurze, peitschende Feuerstöße, die sofort die Scheinwerfer trafen. Die Dunkelheit fiel wie eine Explosion über mich her.

Pjotr, er musste es sein, ergriff meine Schulter und stieß mich hinter einen Felsbrocken. Ich erinnere mich, dass ich erstaunt war über die mühelose Kraft, die er dabei entwickelte.

Reimer und Strahl waren jetzt irgendwo rechts von mir, und sie schossen unaufhörlich. Sie bewegten sich auseinander, nicht etwa von den Angreifern weg, sondern in einer Art Zangenbewegung auf sie zu.

Fast gleichzeitig erwischte es alle drei Männer. Pjotr neben mir atmete erschreckt ein, als sie taumelten, den Halt verloren und vornüber stürzten. Der rechts außen ließ seine Waffe fallen und schrie gellend auf, ehe er aufschlug und nicht einmal mehr die Arme schützend vor den Körper bringen konnte. Die beiden anderen glitten über den steinharten Hang, ehe sie wie verreckte Puppen liegen blieben.

Reimer und Strahl schossen immer noch – jetzt aber in unsere Richtung. Ich hörte die Strahl erschreckend nahe fluchen: »Jetzt seid ihr dran, ihr Wichser!«

Im gleichen Augenblick standen sie im gleißenden Lichtschein. Der unerbittlich grelle weiße Strahl schien von überallher zu kommen. Sie strebten sofort im Zickzack auseinander, aber das Licht teilte sich und blieb auf ihnen wie eine tödliche Glocke. Dann fielen die Schüsse. Salven peitschten, Steine splitterten, es war das Inferno. Ich weiß nicht, ob Reimer zuerst starb oder die Strahl, ich weiß nur, es dauerte wenige Sekunden. Für mich war es eine Ewigkeit. Die Lichter schwenkten von ihnen weg und blieben wie lange, weiße Finger in der Schwärze der Nacht auf der Steilwand hängen. An vier Stahlseilen ließen sich vier Männer langsam nach unten.

»Sie wollten es so«, sagte Pjotr heftig. »Sie hatten ihre Chance, aber sie wollten es so.«

»Baronin«, schrie ich. »Baronin!«

»Ja.« Das hörte sich jämmerlich an. Sie kniete da oben, und irgendjemand richtete einen Lichtfinger auf sie.

»Es ist alles in Ordnung, Baumeister. Ich habe alles mitbekommen, wirklich alles. Das werden Fotos!« Dann sank sie zusammen und schluchzte haltlos.

»Holt sie runter. Schnell!«, rief Pjotr. Dann wandte er sich zu mir: »Ist Ihnen etwas passiert?«

»Nichts«, sagte ich.

»Aber Sie bluten, Ihre ganze Hand ist voll Blut.«

»Ach ja? Ich spüre nichts. Wird ein Splitter gewesen sein. Pjotr, Sie sind ein Schwein. Warum haben Sie das zugelassen?«

Ich lief hinüber zu den drei Männern, die reglos am Fuß des Hangs im Schnee lagen. Pjotr holte mich ein und hielt mich zurück. »Wir kümmern uns um sie. Übrigens tragen sie kugelsichere Westen.«

»Sie wussten, worauf das Ganze hinauslief, Pjotr, nicht wahr? Es war nichts als eine Hinrichtung.«

»Ich habe ein wenig mit so etwas gerechnet. Holen Sie Ihre Freundin, sie muss hier noch fotografieren.«

Ich lief los, an der alten Schottermühle vorbei, und kletterte auf dem direkten Weg hoch. Zweige peitschten mir ins Gesicht, ein paar Mal verlor ich den Halt und rutschte ein paar Meter weit hinunter. Schließlich war ich oben und fand die Baronin auf den Knien neben einem Mann im Tarnanzug, der sie festhielt. Sie übergab sich.

»Es ist ja alles vorbei, alles vorbei.«

»Ach, Baumeister, das war so schrecklich, das war ja widerlicher Krieg. Aber ich habe alles fotografiert.« Sie würgte.

»Danke«, sagte ich zu dem Mann.

»Selbstverständlich«, murmelte er soldatisch und verschwand.

Unter uns waren nun viele Schatten, viele Männer. Einer sagte: »Wir müssen uns beeilen, wir brauchen mehr als eine Stunde bis Bonn.« Über allem lag das laute Klappern von Metallteilen.

»Ich habe sie kaum bemerkt«, flüsterte die Baronin. »Stell dir vor, ich habe sie erst vor einer halben Stunde bemerkt. Sie waren mit der ganzen Ausrüstung nur fünfzig Meter weg. Die müssen stundenlang gelauert haben, die waren alle schon hier, als du mich gebracht hast.«

»Da kann ich mich ja freuen, dass ich mich nicht zu Tode erschreckt habe. Komm, wir müssen jetzt hinunter. Pjotr sagt, du musst noch fotografieren.«

»Sind Reimer und Strahl tot?«

»Ja.« Ich lud mir ihre Taschen auf die Schulter, und wir rutschten Seite an Seite zu Tal.

Pjotr stand neben den Leichen von Reimer und Strahl, hatte eine Zigarette zwischen den Lippen und starrte die beiden unbeweglich an. »Welch eine Verschwendung«, sagte er verächtlich.

Die Baronin lief zur Seite, weil ihr erneut schlecht wurde.

»Bleib da, ich mache die Fotos.«

»Beeilen Sie sich«, drängte Pjotr. »Wir müssen schnell aufräumen und weg.«

»Und die Leichen? Was machen Sie mit denen?«

»Wir stellen sie zu«, sagte er knapp.

»Wie bitte?«, fragte die Baronin und versuchte, tief durchzuatmen.

»Wir stellen sie zu«, wiederholte er. »Sie gehören Ihrer Regierung, also stellen wir sie zu.«

Während ich schnell und konzentriert fotografierte, kam ein kleiner Laster ohne Aufschrift in den Kessel gepoltert, und plötzlich waren noch mehr Männer da, die lautlos aufräumten, die Leichen in Zinksärge packten und systematisch nach Hülsen suchten. Da waren auch Ärzte, die sich endlich um die drei Männer im Hang bemühten. Zwei von ihnen kamen nach einigen Minuten wieder zu sich und starrten blass und verbissen in die Scheinwerfer. Der dritte war tot, in den Kopf getroffen.

Jemand murmelte: »Wir haben die Plastiksäcke für die Leichen vergessen. Irgendwas vergisst man immer.«

Ein anderer antwortete: »Ist egal. Macht los, laut Plan müssen wir in vier Minuten auf der Strecke sein.«

Sie schafften es. Der Lastwagen verschwand in der Nacht. Es war wieder so, als sei das alles nie geschehen. Nur Pjotr war noch da. Er stand mitten im Steinbruch und wirkte wie eine Figur, die der Bühnenbildner vergessen hat.

»Ob er triumphiert?«, fragte mich die Baronin leise.

»Ich glaube nicht«, sagte ich. »Er ist nur kaputt.«

»Er hat uns ein paar Mal gelinkt.«

»Sicher. Aber hätte er uns die Grundzüge seines Berufes beibringen sollen?«

»Bist du für ihn?«

Ich überlegte. Dann sagte ich: »Ja, ich bin für ihn.«

Wir gingen alle drei zum Wagen, und schweigend fuhren wir heim. Auf dem Hof sagte die Baronin unvermittelt: »Verdammt noch mal, so eine Welt will ich nicht.«

»Ja, du hast ja Recht.«

»Ihr Scheiß-Machos geht mir auf den Wecker.« Mit kleinen, wütenden Schritten stapfte sie zum Gartentor und verschwand hinter der Hecke.

»Und wie Recht sie hat«, murmelte Pjotr. Er schlurfte in das Arbeitszimmer, ließ sich in einen Sessel fallen und schloss die Augen. Er schien um Jahre gealtert.

»Wo ist denn Lawruschka geblieben?«

Er grinste schwach, sagte aber nichts.

»Sie sind Lawruschka, nicht wahr?«

»Ja. Als wir Lewandowski identifiziert hatten, wurde ich auf die Sache angesetzt. Ich dachte, ich sollte etwas für mein Image tun und gab mir den Namen einer Romanfigur von Gorki. Unter diesem Namen ließ ich mehrfach für sie durchsickern, ich würde sie zur Strecke bringen.«

»Wie haben Sie diese Riesenmannschaft am Steinbruch eigentlich in Stellung gebracht?«

»Ich habe ein paar sehr talentierte Genossen mitgebracht.«

»Erzählen Sie mir keinen Quatsch, Pjotr. Es waren Deutsche, ich habe sie miteinander reden hören.«

»Ja, vielleicht, aber sie standen sozusagen unter russischem Befehl.«

»Und der Lastwagen hatte früher einmal eine Nummer vom Bundesgrenzschutz. Das konnte man noch auf dem Blech für das Nummernschild erkennen. Sie haben für die Bundesrepublik gearbeitet.«

»Warum fragen Sie, wenn Sie meinen, dass Sie schon alles wissen?«

Wenig später fuhr er grußlos vom Hof. Zum Abschied hatte er nur gesagt: »Ich werde mich besaufen.«

Irgendwann kam die Baronin aus dem Garten zurück, und wir saßen vor dem Kamin und starrten in die Flammen. Dann läutete das Telefon.

Sie ging hin und sagte müde: »Ja, bitte? Ach, Sie sind es, Chef. Ja, der ist da.« Sie hielt mir den Hörer hin.

»Ich habe gehört, dass Sie eine Wahnsinnsgeschichte haben«, sagte der Chef.

»Von wem?«

»Das tut doch nichts zur Sache. Ich biete Ihnen hunderttausend. Für die Exklusivrechte.«

»Wie bitte?«

Er lachte. »Einhunderttausend.«

Ich war vollkommen verwirrt. »Das reicht, also ich denke, das wird reichen. Aber ich muss die Recherchen noch ausbauen, mir fehlen noch einige Einzelheiten. Und dann muss ich schreiben. Das dauert noch etwas.«

»Ja, ja, das macht nichts. Das drängt überhaupt nicht. Lassen Sie sich viel Zeit.«. Er hängte ein.

»Das verstehe ich nicht«, sagte ich. »Sonst spart er an jeder Ecke, und jetzt bietet er mir hunderttausend. Und er sagt, ich soll mir Zeit lassen, viel Zeit.«

»Das ist doch schön«, murmelte sie. »Das ist endlich unser Urlaub unter der Palme.«

»Aber da stimmt doch was nicht. Ruf ihn noch einmal an und finde heraus, was los ist. Ich gehe baden.«

Ich lag im warmen Wasser und versuchte, mit meiner Aufregung fertig zu werden. Krümel lag auf dem Wannenrand und sah mir zu.

Die Baronin kam dazu und hockte sich auch auf den Rand, »Das mit dem Honorar geht schon in Ordnung. Der Chef zahlt zwanzig, die Konkurrenz zahlt jeweils zwanzig, die Bundesrepublik zahlt zwanzig, und Pjotrs Leute zahlen zwanzig. Macht zusammen einhunderttausend.«

»Aber das ist ... was sagst du da? Wer zahlt zwanzig?«

»Sie werden es natürlich nie drucken«, meinte sie. »Und eigentlich haben wir das auch schon lange gewusst, nicht wahr?«

»Mein Gott, sie engagieren einen Russen, um die eigene Henkergruppe hinrichten zu lassen. Sie kaufen ihre eigene Geschichte bei mir und sie drucken sie nicht und ...«

»Aber sie werden sie mit Genuss lesen«, sagte sie beschwichtigend. »Beruhige dich, Baumeister. Wie sagst du immer? Was ist schon der Mensch?« Sie zögerte ein wenig. »Übrigens bin ich nicht schwanger.« Dann ging sie langsam hinaus. Unten spielte das Radio. Louis Armstrong sang *What a wonderful world*.

Jacques Berndorf
Der letzte Agent
Ein Eifel-Krimi
Band 19343

»Die beste Serie im zeitgenössischen
deutschen Kriminalroman.«
FAZ

Der Journalist Siggi Baumeister stoßt im Eifelwald auf eine grässlich zugerichtete Leiche. Ungeahnte Unterstützung bei dem schwierigen Fall bekommt er ausgerechnet aus Berlin. Denn eine resolute alte Dame, die Baumeister zuvor am Telefon mitteilt, dass sie seine Tante Anni sei, kommt ihn besuchen. Und entpuppt sich als Frau vom Fach, als pensionierte Kommissarin der Kriminalpolizei. Baumeister ist froh um jede Hilfe, denn die Fährte, die er verfolgt, führt ihn direkt zu einem skrupellosen Stasi-Komplott, das auch vor Mord nicht zurückschreckt …

»In seinen Eifelkrimis liefert Berndorf stimmige Porträts
einer Landschaft und ihrer Bewohner – schlauer Bauern,
Dickschädel, Eigenbrötler mit gelegentlich
schweijkschen Zügen.«
Frankfurter Rundschau

Fischer Taschenbuch Verlag

fi 19343 / 1

Jacques Berndorf

Der Bär

Ein Eifel-Krimi

Band 19342

»Ein ›Must Read‹ für Berndorf-Fans und
Liebhaber guter Rätsel-Krimis«
krimi-couch.de

Genau 111 Jahre ist es her, dass in der Eifel ein fahrender Händler erschlagen wurde. Noch heute erzählt man sich Geschichten über die mysteriöse Leiche, die mit zertrümmertem Schädel gefunden worden war. Spuren, die auf die Identität des Mörders deuten könnten, gibt es jedoch längst nicht mehr. Aber gerade das weckt den Ehrgeiz des Journalisten Siggi Baumeister, und es gelingt ihm, sich Stück für Stück der Wahrheit um die grausame Tat zu nähern.

»Die beste Serie im zeitgenössischen
deutschen Kriminalroman.«
FAZ

Fischer Taschenbuch Verlag

fi 19342 / 1

Jacques Berndorf

Mond über der Eifel

Ein Eifel-Krimi

Band 19344

»Die beste Serie im zeitgenössischen
deutschen Kriminalroman.«
FAZ

Die Leiche von Jakob Stern – Heiler und Schamane – wurde auf den Ast eines Baumes gesetzt und mit einem Strick am Stamm festgebunden. Niemand kann sich erklären, weshalb Stern ermordet wurde, war er doch allseits beliebt.

Auch Journalist Siggi Baumeister kommt in diesem Fall zunächst nicht weiter. Doch mit Ausdauer und ohne sich von den wenig brauchbaren Aussagen vermeintlicher Zeugen beirren zu lassen, gelingt es ihm schließlich doch, greifbare Motive für die Tat ans Licht zu bringen …

»In seinen Eifelkrimis liefert Berndorf stimmige Porträts
einer Landschaft und ihrer Bewohner – schlauer Bauern,
Dickschädel, Eigenbrötler mit gelegentlich
schweijkschen Zügen.«
Frankfurter Rundschau

Fischer Taschenbuch Verlag

fi 19344 / 1

Jacques Berndorf

Die Nürburg-Papiere

Ein Eifel-Krimi

Band 19345

»Die beste Serie im zeitgenössischen deutschen Kriminalroman.«
FAZ

Die Furcht der Eifeler Kneipenwirte, Pensionsinhaber und Hoteliers schien berechtigt: Der Bau eines Freizeitzentrums am Nürburgring brachte für sie nicht die versprochenen Vorteile. Stattdessen wurden sie von einer Clique von Managern rüde aus dem Geschäft gedrängt. Das Klima auf den Eifelhöhen ist eisig geworden. Und dann wird der wichtigste Mann aus den Reihen der Manager auf brutale Weise ermordet. Bereits kurz darauf gibt es zwei weitere Tote. Journalist Siggi Baumeister glaubt an einen Zusammenhang zwischen den drei Verbrechen und setzt alles daran, einen roten Faden ins Labyrinth der »Nürburgring-Morde« zu bringen …

»In seinen Eifelkrimis liefert Berndorf stimmige Porträts einer Landschaft und ihrer Bewohner – schlauer Bauern, Dickschädel, Eigenbrötler mit gelegentlich schweijkschen Zügen.«
Frankfurter Rundschau

Jörg Maurer
Niedertracht
Alpenkrimi
Band 18894

Hier trägt das Böse Tracht:
Der dritte Alpenkrimi mit Kommissar Jennerwein

In der Gipfelwand über einem idyllischen alpenländischen Kurort findet die Bergwacht eine Leiche. Kommissar Jennerwein ermittelt zwischen Höhenangst und Almrausch, während die Einheimischen düstere Vorhersagen über weitere Opfer machen. Was bedeutet derweil die Mückenplage in Gipfelnähe, warum hat ein grantiger Imker auf einmal viel Geld, und wieso hilft ein Mafioso, ein Kind aus Bergnot zu retten? Jennerwein hat einen steilen Weg vor sich …

»Einen Drahtseilakt in Sachen Konstruktion
legt Maurer hin, und er hält dank seines leichtfüßigen
Humors die Balance.«
Abendzeitung

»Wer schwarzen Humor mag,
wird diesen Krimi lieben.«
Für Sie

»Jörg Maurers Bücher
sind einfach auf der Höh'.«
Bergliteratur Online

Fischer Taschenbuch Verlag

fi 18894 / 1

Jacques Berndorf
DER MONAT
VOR DEM MORD

KBV-Taschenbuch · 184 Seiten
ISBN 978-3-940077-52-3
9,50 Euro

Niemand ahnt etwas von Horstmanns Träumen. Für seinen Chef ist er der hochqualifizierte Chemiker, der nur in Formeln denken kann. Für seine Kollegen, besonders für Ocker, ist er der nette, immer ein wenig zerstreute Weltfremde.
Seine Träume? Er braucht Geld, um sie realisieren zu können. Viel Geld. Ein neuer Forschungsauftrag kommt ihm daher sehr gelegen. Der Auftrag lautet, ein Mittel gegen einen verheerenden Kiefernschädling zu entwickeln. Horstmann will dieses Mittel schneller finden als die Kollegen, schneller als die Konkurrenz.
Umsichtig und raffiniert macht er sich an die Arbeit, die ihn seinem Ziel einen Schritt näherbringen soll. Einem Ziel, das er ohne Gewalt nicht erreichen kann. Einem Ziel, das einen Monat entfernt vor ihm liegt.

Deutschlands meistgelesener Krimiautor hat in seinem Fortsetzungsroman im „stern" den Zeitgeist der Siebziger Jahre eingefangen und seziert mit dem aufmerksamen Blick des Journalisten und dem großen Talent eines versierten Erzählers das Kleinbürgertum in einer wilden Zeit des Aufbruchs.

„So grausam kann das kleinbürgerliche Leben sein ... ein scharfgestochenes Sittengemälde der 70er Jahre." (Lesart)

„... schon damals – lange vor den Eifel-Krimis – erwies er sich als überzeugender Baumeister spannender Handlungsbögen. Ein ungeschöntes, unerbittliches Buch." (Przybilkas Primärtipps)